# 中国各民族神话

主编 姚宝瑄

佤族　阿昌族
纳西族　普米族
德昂族

山西出版传媒集团
书海出版社

# 编 委 会 名 单

# 逐日与填海（代序）

　　夜深了，推窗远眺，一轮皎月悬挂在窗前，圆圆的，似乎伸手就可以捧起。月亮中的影像不由使我想起了嫦娥奔月、玉兔捣药、吴刚砍树的神话传说，同时也为自己的想象感到幼稚、可笑。恍然间想起，今天是农历甲午年五月十五（公历2014年6月12日），正值月圆之日，也是我刚刚度过一个甲子的日子。六十岁了，想说想写的东西似乎瞬间涌满心间，往昔岁月里的件件往事、缕缕思绪，升腾在眼前，像那一轮丰满的明月。小区内家家灯火都悄悄地睡了，静得逼人沉思、催人回味。那种"虫声窗外月，书册夜深灯；半醉聊今古，千年几废兴"的感慨，随着"窗竹影摇书案上"，便自然地"野泉声入砚池中"了。于是，提笔为自己倾注了二十余年心血的"中国神话大系"留下几行文字，算是对过去岁月的一个交代吧。千言万语，悠悠长情，似乎不吐不快，却又无从谈起，只好随着思绪的流淌，将泛起在脑海中的往事印在书案之上……

（一）

　　综观全世界各个民族的神话、传说、民间故事、童话、

1

寓言等，均有一个人人熟知的开头"很久很久以前，有一个……"谁也无法摆脱这个民俗学、神话学、民间文学研究中不可回避的规律，我也只能说，这件事还得从头说起……

"文革"刚刚结束，几千万被误了青春的年轻人，拥向了高考的独木桥，我——一个只读过初中一年级、只懂得一元一次方程的不懂事的年轻人有幸跨进了高等学府的大门，成为山西大学中文系汉语言文学专业的一名七七级大学生。四年多的寒窗苦读，四年多的窝窝头、玉米面糊糊、咸菜、水煮白菜的岁月，付出了一缕缕墨黑头发的代价，换来了一张改变命运的毕业证。派遣证上写着"新疆"——两个让人永生难忘的字。

1982年的初春，春寒料峭，长长的充满了寂寞和无奈的西去列车，将一个充满幻想又不知所措的年轻人送到了大西北。列车上我还背诵着贺敬之的长诗："在九曲黄河的上游，在西去列车的窗口……"

沿着丝绸之路的印迹，沿着张骞开凿的长路，我来到了新疆——一个充满魔力的地方。岁月是无情的，但它使我深深地爱上了这块土地，爱上了这个有着高山大漠、有着蓝天白云的地方。新疆，是抚育我成长的真正的摇篮。我遵照前辈赴疆学者的指引，入乡随俗，反复认真地阅读了伟大的维吾尔族长诗《福乐智慧》（一万三千多行）、《真理的入门》，阅读历代诗人的西域诗抄、敦煌文献，看了百余部新疆各民族的叙事长诗，更是领略了各民族众多的神话传说、人物故事。我理解了：在这块神奇的土地上，生长过男人的骄傲、女人的梦想，他们都有过成功的欢乐、事业的辉煌，也有过狂风骤起的恐惧、顿失生命的沙殇。至于肝肠寸断的眼泪、命运无常的慨叹、拍案而起的激情、凝神静思的沉默，也必然在一次次失望中展开，又萌生出一次次无瑕的希望。这希望是这块土地上几千年来上演过的波澜万千、气势雄浑的历史壮剧引发的思考，是诗意千重、英雄辈出的传奇神话导引的激情。我开始重新审视中国古代各民族的文化、文学和历史对整个中国乃至世界所起到的作用。

我首先提出了一个让一些人难以接受的观点："西域文学"与"中原文学"应当是中国古代两大区域文学。"西域文学"指的是以西部地域、漠北、青藏高原居住的各民族文学为主体，以阿尔泰语系所属语族及藏语语族为文学表达语言，以长诗、史诗、古代戏剧、哲理诗为主要文学形式，有别于中原汉语言文学的中国的一大区域文学。广阔的西域有着丰富多彩的神话传说，单史诗一项就令汉语言文学史望尘莫及。柯尔克孜族的《玛纳斯》、藏族的《格萨尔》、蒙古族的《江格尔》自不必说，经初步整理，单哈萨克族的叙事长诗便有二百余部。所以如果要真正书写一部完整的包括各民族文学在内的客观、系统的中国文学史，还需要将敦煌文学作为中原文学与西域文学的连接点进行宏观考察，将其放置在历史进程的大背景下进行梳理。

1983 年 3 月 23 日，我带着这个课题的初期设想前去征询我大学时的系主任、恩师，著名学者姚奠中先生的意见。幸甚，姚先生大力支持，他认为这是一个极有价值的选题，弥补了中国文学史之不足，同时告知我此类课题研究的方法、步骤。那就是先从文学的源头做起，一步一个脚印地实现我的理想，完成这一重大命题。而文学的源头就是神话、传说。

带着姚奠中先生及众多师长、家人的嘱托和期望，1984年8月24日，我带着近4万字的长篇论文《昆仑神话（中国古代神话）——中原文学、西域文学共同的祖先和土壤》，参加了在贵州兴义召开的首届中国神话（包括少数民族神话）全国学术研讨会。从此，我便走入神话研究、搜集、整理领域，直至今日。从那以后，我与朋友主编了《新疆民族神话故事选》，撰写并出版了30余万字的《华夏神话史论》，在维吾尔族、蒙古族同事的协助下，考察、搜集并整理了蒙古族创世神话《麦德尔娘娘创世》、维吾尔族创世神话《女天神创世》等。

渐渐地，随着研究的深入、视野的开阔，我以高耸的昆仑山为基点，开始将目光投向中亚、西亚、南亚次大陆，投向中国的大西南、东南亚、南太平洋群岛，投向中国东北，投向朝鲜、韩国、日本列岛以及太平洋彼岸……在与同行好友共同出版了《神鬼世界与人类思维》一书后，又完成了《太平洋文化比较研究》、《丝路艺术与西域戏剧》两书。书中对上述诸国家、地区与各民族的神话传说及历史、地理、民族学做了一个系统、宏观的考察和研究。在研究、写作和搜集资料的过程中，一个大胆的想法涌入脑海：古希腊、古罗马有自己的神话传说集，古印度、北欧、美洲（印第安）、非洲均有自己的神话传说集，连俄罗斯、日本、澳大利亚、新西兰以及太平洋各岛国都有自己原住民的神话传说集，可中国，拥有五千年的文明和五十多个民族，却没有一部完整系统的神话全集。而由袁珂先生主编、周明等先生协助完成的《中国神话辞典》虽说首开新声，但也只是一部辞典，而非"大全"或"大系"。

这不能不说是一个莫大的遗憾，是中国文学、中国神话领域的一大空白。心底渐渐产生一个愿望、一个理想：自己能否完成这一巨大的任务？这是给自己出了一道难题。因为这个任务十分艰巨，涉及内容之丰富、篇幅之宏大、民族之繁多、地域之广阔，实非一人力所能及。

这一年是1987年，我从新疆社会科学院民族文学研究所调回山西省社会科学院文学研究所，时年33岁。没想到的是，在民族地区工作时产生的想法，却在山西这一黄土高原上迈出了可喜的第一步。

（二）

1988年底的一天，突然接到时在山西人民出版社任美编的老同学董智敏的电话，说看完了我的《华夏神话史论》后，与同事们谈起神话这个话题，恰好与其同为美编的刘文哲先生、姚军先生等有一设想，即希望搞一本"插图本中国神话"，辑选一部分中国人熟知的神话故事，配以插图，图文并茂以利发行。与董、刘等见面后，谈得很是投机，我将自己想编一套包括中国五十六个民族神话在内的神话大全或大系的愿望告诉了他们，得到了一致赞同。在大家共同的努力下，不久便成立了以我为文字主编、刘文哲等为美术主编的包括诸多顾问、编委的团队。丛书初定名为"插图本中国神话大系"，并报出版社列入计划，得到出版社领导的肯定，并很快签署了协议。一切准备工作迅速地开展起来，我向全国各顾问、各分类分册的同行们去信或电话，众同行和受邀的前辈先生们极为高兴，并答应全力协助。所请的顾问有该领域泰斗级大师钟敬文先生、袁珂先生，以及陶阳、王松、刘锡诚、刘魁立、鲁刚、杨智勇、吴超、萧兵等先生。同时还请了同辈学者陶思炎、叶舒宪、周明、王四代等分别任各类神话的主编。我开始向全国各地区各民族的同行们组稿，刘文哲也开始组织联系各地的画家，一切都朝着一个美好的明天奋进着。

唯一遗憾的是，没有经费。原先讲我们自己先垫付，而后报销。可后来这些承诺却无一兑现。在当时信心满满、情绪高涨的情况下，这个问题并没有阻挡住我们努力的脚步。我以山西太原为起点，将目光和脚步向四方延伸。我翻越皑皑白雪的天山，爬上帕米尔高原塔吉克的"公主堡"；踩着青海湖的水波，翻过格尔木山口；走进祁连山南北，黄河上游两岸；从成都出发，过二郎山，越大渡河，走铁索桥，上跑马山，渡金沙江，过昌都，进拉萨；又进入川南、广西、云贵高原，穿行在傣族、彝族、苗族、侗族、白族、羌族、水族、佤族、纳西族等风景如画的少数民族聚居地；从海南岛黎族的椰林中归来，又掉头北上，来到延边朝鲜族地区，走入呼伦贝尔蒙古族、鄂温克族、鄂伦春族的草原、森林。从南国水乡，到北国大漠，从青藏高原到东南部畲族所在地，可以说当时除了台湾的高山族地区无法前往外，我的足迹几乎踏遍全国所有兄弟民族的聚集地。整整三年半的时间，我开阔了自己的视野，了解了各兄弟民族的神话传说、民情风俗，也真正体会到祖国山河之壮美辽阔，兄弟民族的热情与真诚，中国文化之博大精深、丰富多彩……功夫不负有心人，在上述各地众同行、师长、朋友的帮助下，数百万近千万字的神话资料堆满了我那不大的书房。各地各民族兄

6

弟们的热情、无私的奉献（因当时没有一分钱的酬劳）、倾其所有的真诚、盼望"插图本中国神话大系"早日面世的期待，至今回想起来，依然令我心潮起伏、热泪盈眶……

钟敬文先生慷慨应诺做顾问，并指导如何分类、如何排列。王松先生倾其所有，将自己亲自搜集、整理的约七十则云南诸民族神话故事的手稿交付于我。袁珂先生的嘱托、陶阳先生的指点、刘锡诚先生的教导，还有那众多的兄弟民族神话的搜集、记录、整理者的行动，桩桩件件的往事，成为激励我一直走到今天的精神瑰宝和支柱。

根据诸位前辈的意愿和世界神话学分类的基本原则，按照方位，先中原，再西北、西南、东南、东北的排序，将所有的神话故事遵循创世神话、洪水神话、天体神话、大地神话、英雄神话等分类标准，打破民族局限，编辑成为一部数百万言、十余卷本的神话资料，为日后研究者查阅和读者阅读，提供了一个前所未有的"神话大系"。按当时的编排思路，前有总序，各类有分序，是一个不错的选择。但今天看来，这种编排方法却有着一个明显的不足，即作为资料，供研究者使用无疑是科学客观的，但作为一部供普通读者阅读的民间文学神话故事大系，相似、相同类型的故事排列在一起，难免会失去众多的读者。今日，出版社的同志以聪慧的思路、敏锐的眼光指出其中的不足，并将其按民族重新编排，无疑为该丛书平添了几分亮色。真的应该谢谢他们，谢谢他们付出的努力。

时至今日，最令人遗憾的是以刘文哲先生为主导的所谓"插图本"三个字不得不取消。虽说已组成数十幅画作，但随着时间的流逝、内容的庞杂、出版经费的久难到位，这些

7

只能成为一个美好记忆。在姚军等先生多年来的不懈努力下，丛书今日终于付梓，但往事还是应当让人知晓。

## （三）

从这套书开始设想至今，二十五年过去了。二十五年，对于任何一个人来讲，如何形容它的珍贵价值都不为过。而今我已至耳顺之年，太多的往事，充溢胸间，看着这套在众多的资料中筛选、编辑出来的《中国各民族神话》，有着说不尽道不明的感想与启迪。下面就将我的几点感悟呈奉给读者，也算是了却自己的些许心愿吧！

首先，只要认真读完这数百则各民族的神话故事，就一定会产生一个想法，那就是今天我们这个中华大家庭中的各个民族，在各自的童年时代就有着亲密的联系，有着割舍不断的血缘亲情。比如射日神话，在各个民族神话中或多或少都有其变异、发展的踪迹。虽说各民族同类神话异彩纷呈，但究其精髓、查其细节，相同或相似点远多于相异处。如果我们按地理坐标来查寻的话，从东海之滨的古代部落说起，沿黄河一线西去至昆仑神话系列，再从东北各民族的神话南下西南各地，均有射日、请日、唤日出的情节。而按照这些点、线，我们总可以在相近地区甚而相邻国家找到这则神话故事的众多变体。而在中国版图上，犬祖神话、洪水神话、英雄神话中诸如此类的故事俯拾皆是。这说明中华民族在很早以前就是一个松散的整体，是一个文化血脉相连相亲的大家庭。

其次，在各民族的图腾神话中，创世神的形象、创世的

8

过程竟然如此相似。比如关于龙的神话传说、巨人的神话故事、天鹅处女型的神话传说，不仅在国内各民族中广泛流传，甚至远播到南亚、东南亚、西伯利亚、中亚、朝鲜半岛、日本列岛。这充分说明在神话传说时代已有了民族意识的萌芽，已呈现出民族美德的初级形态。各兄弟民族神话相聚一处，既可看到各民族人民豪迈、粗犷、激情澎湃、气势磅礴的情怀，也可看到其默默无闻、勤勤恳恳、扎扎实实履行自己职责的品格。中华民族流传千古的性格、思想、美德无不清晰入目。倘若从神话美学角度来看，民族意识、民族美德、民族精神在神话中已表现得淋漓尽致。

其三，我们在这众多的神话故事中，可看到一条清晰的发展脉络，即爱情故事结构的发展轨迹。从神与神的恋爱，到神与仙的恋爱，再发展至神与人、仙与人的恋爱，而后延续发展出精与人、怪与人、鬼与人、动物与人的恋爱。遍查中国文学史，无论是中原汉语言文学，还是西域多民族文学中，歌颂爱情，尤其歌颂爱情中的女性是一个源自神话时代的母题。无论岁月如何流逝、朝代如何变更、民族间如何争斗，这一文学的叙事方法一直沿着自身的发展轨迹义无反顾地向前发展、繁荣着。如果日后有人想写一部中国女性文学史的话，要将目光盯在自古至今女性在文学形象中发展、演进的脉络上，必能成就一部皇皇巨著，而源头，就深深地植根于古代神话的沃土。

其四，就像每个人永远不可能再回到自己的童年时代一样，人类也不会再回到自己的神话时代。但那个人类纯真时代留给今人与后人的那些清纯的思想、健康的人际关系、丰富的想象、执着的追求、坦诚的信任、无瑕的希望、朴素的

9

语言表达、不自觉的宇宙解释，将永远永远牵动着人类的思念与回忆。

不必再一一列举，中国各民族的神话呈现给我们的还有更多更多。只是让我最难以启齿的是，最初研究神话学、文化人类学是起步于"西域文学"与"中原文学"这一命题的论证，可没想到，当年一头扎进神话领域，至今仍深陷其中，难以自拔，加之后来涉猎太广，如今已无法再去完成这一历史使命。回想这么多年来，多数时候碌碌无为，难有成就，真是愧对岁月，愧对师长，愧对当年的一腔热血。这个命题，只有留给后来之俊杰们去完成吧！而逐日与填海的精神是完成这一命题的源泉。

时至今日，在这套神话大系问世之际，留下几段发自内心的文字，算是对过去的往事做一个交代，对读者做一个说明。至此，我必须再一次地感谢前辈钟敬文先生、袁珂先生等对我的指导，王松、陶阳、刘锡诚、刘魁立、鲁刚、杨智勇、郎樱、吴超、萧兵诸先生对我的支持，陶思炎、叶舒宪、周明、陈江风、陈勤建、王四代、唐楚臣、杨士恭诸朋友对我的帮助。特别要感谢李广洁社长的大力支持和出版指导，姚军先生、刘文哲先生、董智敏先生的首倡之功和不懈努力，阎卫斌、莫晓东等同志的鼎力协助。对于所有参与本书编写工作的前辈、师长、同行、朋友，在此一并感谢。

当读者看到这套书的时候，唯一使我欣慰的是，在大家的大力协助下，我们终于填补了中国在此领域的一项空白。最后，用两句诗来作为代序的结束语：

"屈指历数平生友，只觉人生也丰盈。"

（需要着重说明的一点是，当年我们在搜集、整理、归

纳各民族神话故事时，关于民间文学的著作权有关规定尚未
颁布，现已无法再一一关照，特此注明。）

姚宝瑄

2014 年 6 月 12 日（甲午年五月十五）

于山西大学陋室

# 佤族

## 创世神话

## 洪水神话

## 大地神话

## 天体神话

## 英雄神话

目录

1

目 录

# 阿昌族

## 创世神话

## 英雄神话

# 纳西族

## 创世神话

目录 ◎中国各民族神话

CONTENTS

# 德昂族

## 创世神话

## 洪水神话

# 佤族

◎ 中国各民族神话

创世神话

# 天为什么变脸

天和地原是一对恩爱夫妻，后来，妇女舂米把天顶高了。天离开了地，十分伤心，因此，一想起地，就阴沉、难过，最伤心时就号啕大哭，大雨就是它的眼泪。但有时它也发怒，一怒起来，便大发雷霆，那吼声就是可怕的雷鸣。

老天一伤心，或是一发怒，人就害怕，就不能做活，因此，人也很难过，只好向天送去礼物，表示道歉。人先送去谷糠，金色的谷糠飞到天空，变成了朵朵彩云。接着又送了天一件美丽的花衣服，这件花衣服飞到天上，就成了五色缤纷的彩虹。老天很高兴，每天早上和晚上都把新衣服穿起来，又把彩虹镶在衣裳的边上，它很感谢人类打扮了它。但有时它还是要发怒，有时又很伤心，所以，还常常打雷下雨。

**搜集者：岩　　洪**

# 人

传说，人类出现在地球上先后有两次，第一次的人早死去了，现在的这些人都是第二次出现的。

第一次，地球上只有一个人。时间长了，他感到孤独，很想找个伙伴，可就是找不着。后来这个人便用黄泥土捏了两个小人，尔后用自己的嘴贴在泥人嘴上一吹，泥人动了起来，变成了一个男孩和一个女孩。

有一天，这两人要出去捕野猪，临走时对两个孩子说："你们一定要守好果园，园子里大树结的果子可以吃，那棵小树结的果子不能吃，我打着野猪就回来。"

大人走后，两个孩子就守在园子里。时间久了，他们的肚子饿了，很想吃果子。女孩先对男孩说："哥哥，这棵小树结的果子为什么不可以吃呢？"

男孩眨了眨眼，轻声地回答说："妹妹，你问的这个问题，哥哥我也不知道。"

就在这时，从树下爬出一条大蛇，张口对孩子慢悠悠地说："孩子们，你们的肚子太饿了，树上的果子那么多，爬上去吃吧！"

男孩子抢着说："小树上的果子吃不得……"

大蛇打断了男孩的话说："谁说的？"

女孩接着说："你不用管，这是我阿爹说的。"

大蛇冷笑一声，又花言巧语："如果你们吃了小树的果子，以后就会像你们的阿爹一样勇敢，就能远走高飞。"

孩子们听了大蛇的话，都想成为一个勇敢的人。女孩子饿得实在忍不住了，顺手就摘了两个果子来吃，当果子刚刚被咽到胸部的时候，忽然被什么卡住了，很快就变成了两个乳峰。

男孩子看见了，就更不敢吃果子了。天黑了下来，小女孩怕哥哥受饿，便将果子硬塞了一个在小男孩嘴里。

小男孩咽了又咽，实在咽不下去，果子被卡在脖子里，不上不下的，变成了男人的喉头。

过了不多久，他们的阿爹回来了，十分惊奇地看着孩子们，问他们为什么变成如此模样。孩子们诉说了见到大蛇的经过，阿爹非常气愤，提着长刀去找大蛇，把大蛇的手脚全砍光了。从此以后，大蛇失去了手脚。

后来，男孩同女孩结了婚，时间一长，子子孙孙就多起来了。他们的孩子之间，有的经常吵架、械斗，长辈也管不了。

天神只好派糯阿降到人间，用了三天三夜的时间，制造了一条大船，将一部分男女装在船上。

这时，发生了大火。几天大火之后，泛大水了。水愈来愈大，淹到了女人的螺丝拐，女人就死去了。水淹到了男人的膝盖头，男人也死去了。

什么东西都被水淹死了，只剩下船上那一小部分人和一只老虎、一只松鼠还正常地生活着。

船在水上四处漂，漂了四十个白天与黑夜。洪水一天比一天大，最高的公明山也只剩下一个鸡蛋大的小山尖了。后来，船漂到了公明山，又被山顶绊住。

人们商量后，叫乌鸦想办法治水，可是乌鸦只会忙着吃漂在水上的死人肉，一去就没有回来。人们又派斑鸠想办法治水，斑鸠只带回来了一点沙子，还是退不了水。人们又派青蛙想办法治水，青蛙说它的背脊是平的，退不了这么大的洪水。人们最后派马鬃蛇想办法治水，马鬃蛇回答说："我的背脊同地球一样凸凹，我是会退水的。"

马鬃蛇的背脊变成了无数座大山、小山，水顺着层层群山往下流，流成了数不清的巨川、小河。

人们坐的那条大船，终于漂到河里去了，漂到了公明山的脚下。

人们和老虎、松鼠都从船上走了下来，这些人就是地球上第二次出现的人。

口述者：肖门江

口译者：王有明　黄　伦

搜集整理者：张相松

## 谁做天下万物之王

传说大地开始出现于天下的时候并没有一定的形状，宽阔的地面今天是高山，明天是平原，后天是大海。地形的千变万化，每天都严重地威胁着万物的生存和发展。而当时的人、动物和植物，一切的一切却都有着思考的脑袋、说话的舌头，它们的长相虽是千差万别，可是却有着共同的感受和愿望，大家都为地形的千变万化而忧心忡忡、胆战心惊，谁都希望它们中间尽快出现一个能固定地形、治理天下的神物来。

这时候，老蛤蟆站出来，说自己是天使，可以使大地的形状固定下来。在大家的巴望中，它爬到一块石头上，面对着模糊无形的大地大声喊道："大地啊大地，愿你的形状定下来，像我的脊背一样，平滑无边。"话音一落，大地果然变成平平整整的了。万物为此齐声欢呼："老蛤蟆万寿无疆！"大家一致推举它为天下之王。

没想到，过了不久，大水竟然上涨，淹没了整个大地，万物纷纷爬到木船、枯枝、叶片上去，漂泊在茫茫的大海中。面对新的灾难，大家发出一个共同的呼声："尊敬的老蛤蟆大王，请你改改口，重新固定大地的形状吧！"固执的老蛤蟆却说："我大王没有改口的习惯，改了口就不算大王。"火炭一听就火了，一下子蹦到老蛤蟆的脊背上，烙烂了它的皮肤，使它成了癞蛤蟆。

老蛤蟆受到了惩罚，但大家的命运仍在危急之中，仍然一筹莫展。这时候，聪明的马鬃蛇站了出来，它爬到一棵树上，面对着浩瀚的大海喊道："大海啊大海，请你让一让，愿大地和我的脊背一样凸凹不平、高低分明。"话音一落，大海后退，大地随着改变了模样，有高山，有平原，有河沟湖泊，也有大海。万物齐声欢呼："马鬃蛇万寿无疆！"大家一致推举它为天下之王。地形便从此固定下来了，天下的万物在安乐无忧中繁衍生息。马鬃蛇大王做了这么大的好事，仍认为自己不能和天神相比，一年一度都要大家杀牲祭祀天神。可每次祭祀时，大家总要留下一只腿，送给尊敬的马鬃蛇大王。

过了许多年后，马鬃蛇大王死了，万物为之悲泣，发出一片嘈杂的哭喊声，听不清其所以然。这时候，驴子高声喊道："大家静下，一个一个来。"万物静下后，干茅草伸出头来，说："我来哭，准能表达大家的共同心意。"干茅草哭了大半天。"烧烧烧""沙沙沙"，越哭越难听，大家劝它停，它竟装聋作哑，老是"烧烧烧""沙沙沙"地哭着，于是火苗生气了，就跳到它的身上，烧得它噼里啪啦叫。干茅草一停，老青蛙又跳出来："我来哭，准能表达大家的共同心愿。"说着就哇哇地哭起来，越哭越难听，大家劝它停，它反而加大了嗓门哇哇叫，于是泥巴生气了，就把它捏在自己的手心里。青蛙一停，蜥蜴站出来："我来试试看。"说着便"蜥蜴——蜥蜴——"地哭起来，表达出忧伤的感情，发出悦耳的声音，万物一片静悄悄。听得入神时，穿山甲突然"嗬"地笑起来，这可把老熊惹怒了，举起熊掌啪啪地给了它几个耳光，打得穿山甲全部掉了牙。蜥蜴哭罢，大家给它穿上了漂亮的绿衣裳。

随后，大家为马鬃蛇大王杀了一头猪，以祭祀它高贵的灵魂。不料竟激怒了天神，天上几声轰隆响过，只见整个天板已慢慢地朝下降，万物又是一片乱哄哄。在万分焦急中，小蜜蜂从花丛里飞出来："快找一个能顶天的神物来，把猪腿送给它，让它做天下的大王。"白花说："我看只有月亮才能顶，它舍去自己的睡眠，黑夜里给万物照明，它高尚，也一定能干，找它去吧。"大家都说对。马蜂从葫芦里飞出来："让我去吧，我知道月亮居住的地方。"大家一致赞成，马上拿出猪腿来，紧紧地拴在马蜂的腰杆上。可马蜂飞出不远又翁喔翁喔地返回来了，大家一看不好，它竟被勒得差点断了腰。这时候，大雕从树林里飞出来："我去吧，一只猪腿我叼得动。"大家又一致赞成，大雕便轻轻地叼起猪腿飞走了。大雕在路上遇着一只老猫，老猫看见它叼的猪腿，便说："这猪腿给我吃算了。"大雕说："呸！你算什么东西，我要送给伟大的月亮。"说着又往上飞去了。

大雕飞到月亮那里，把万物请它做王的事告诉了它，同时拿猪腿送给它。可月亮说："我不如太阳，我发出的光是太阳给的，你找太阳去吧。"大雕飞到太阳那里，把原话照说了一通，太阳说："我不如云雾，它不让路我就不能照到地上……"大雕飞到云雾那里，把来意照着说了一通，云雾说："我不如大风，我的来去都由它摆布……"大雕飞到大风那里，大风说："我不如蚂蚁堆，别看它小，我可吹不倒……"大雕飞到蚂蚁堆那里，蚂蚁堆说："我不如公牛，只要它一拱我，我就受不了……"大雕飞到公牛那里，公牛说："我不如绳子，只要它一拴住我的头，我就得乖乖服从……"大雕飞到绳子那里，绳女说："我不如老鼠，一旦它咬断了我，那我什么也做不成了……"大雕飞到老鼠那里，老鼠说："我不如猫，只要它一抓到我，我就休想活命了……"最后，大雕只好又飞到老猫那里，老猫说："我早就说了嘛，猪腿该我吃。"于是大雕把猪腿递给它，它接过去了闻了闻就骂起来："呸！猪腿都臭了。"骂着就将猪腿狠狠地砸在大雕的屁股上，弄得大雕臭烘烘的，从此大雕便成了臭雕。

臭雕觉得自己辜负了万物的委托，羞愧万分，便躲进草堆里很少出来了。

可是，天板的下降并没有停止，吼声越来越大，速度越来越快，先是压弯了耸立的竹尖，压塌了象耳，接着又碰断了坚硬的马角，然后急速向下，向一个正在舂米的妇女头上压来。那妇女握紧舂棒，不慌不忙地用力向上一顶，只听得"轰隆"一声，天板被弹了回去，弹得老高的，而且，再也不会塌下来了。天下万物齐声欢呼："人类妈妈万寿无疆！"大家向那个妇女拥去，一致推举她为治理天下的大王，并把它们各自最美丽的语言送给她。

从此，人类便成了万物之王、大地的主宰，而且有着万物所不能比拟的智慧和最美好的语言。

搜集整理者：挨　嘎

# 司 岗 里①

一

天刚形成的时候，像个癞蛤蟆的背，疙里疙瘩，很难看。里②伸出巴掌不停地磨呀磨呀，不知磨了多少年，终于把天磨得像山白鱼的肚皮，滑溜溜亮刷刷的。里在光滑平坦的天上安了太阳，安了月亮，安了星星。从此，天变得好看了。

地刚形成的时候，像个知了的肚襄，空落落的，很别扭。伦③用泥土不住地堆呀堆呀，堆出了高山，堆出了深

---

① "司岗里"是佤族关于地球形成、人类起源，某些风俗来历的解释性神话传说，过去主要由魔巴口头讲述传之后代。

"司岗"，西盟佤族解释为石洞，"里"为出来。即人是由石洞出来的。沧源佤族解释为葫芦，即人是由葫芦出来的。但无论作何解释，都认为人是由司岗出来的。又译为"西干里""赛岗里"。

"司岗"，西盟佤族认为实有其地。此洞在今西盟县岳宋区对面不远的边戛底附近。据到过边戛底的人讲，那里森林茂盛、草木葳蕤、峰岩耸峙、奇石林立。绿茵茵的草坪间积一洼清幽幽的水塘，该水塘即是传说中的出人洞遗址。因年深日久，石洞风化沉陷而为水塘。当地佤族人每隔五年就带上丰厚的物品到此举祭，剽一头玄色黄牛以飨神灵。西盟佤族自称"勒佤"，意即奉神之结果守住圣洞的人。

沧源佤族认为出人"葫芦"生长在山道、养贺、岳宋地方，和西盟佤族所传"石洞"所在地，基本同属一个地方。这说明，"司岗"是佤族的共同祖地。

"司岗里"的传说，过去曾有一些搜集整理，但都较为零散，说法也龃龉甚多。本文经过大量调查访问，主要根据随戛、岩扫、岩瑞等同志的讲述综合整理，内容较为完整。

② 里："磨"的意思，传说中的天神，旧译"利吉神"。

③ 伦："堆"的意思，传说中的地神，旧译"路安神"。

11

谷，堆出了河道，堆出了海堤。从此，地变得像马鬃蛇的身子，有高有低，有沟有坎，很顺眼了。

里磨天磨出的渣渣掉进了大海，吸住了海水，从此，江河湖海变得规矩了。

那个时候，天和地是用铁链拴在一起的，天地离得很近。地上的万物不自在了，不歇气地向里和伦抱怨。里和伦派达能①用巨斧砍断了拴着天地的锁链。天高高地升上去，地低低地降下来。从此，天地分开了。

天和地原来是一对夫妻，他们舍不得分开，哭啊哭啊，不知哭了多少天多少年，流不完的眼泪成了雨露和云雾。

那个时候，只有白天，没有黑夜。太阳落了月亮升，月亮落了太阳升。饭是太阳晒熟的，水是月亮晒沸的。地上的生物活不下去了，不歇气地向里和伦抱怨。里和伦商量，把一棵大树放进月亮里，月亮变得阴凉了。从此，才分出了白天和黑夜。

达能一顿要吃三亢②小红米饭，一步能跨千里远，一个指头能拎起一只大象，十个人搬不动的木鼓，他拈起来塞进耳垂当耳柱。他砍断了拴着天地的铁链后，生怕天又掉下来，砸死大地上的生灵，就双手托着天，从西盟一直托到昔薄、安瓦③。到安瓦时踩通了大地，达能掉进地里去了。他在地下看不见光，望不见亮，黑咕隆咚地不知过了多少年。他怕大地上的生灵都死光了，每隔一些日子，就要摇动一次

---

① 达："达"即爷爷，"能"为名。传说中的动物神。
② 亢：佤族计量单位，一亢为六十公斤。
③ 昔薄、安瓦：地名，今属缅甸。

大地，问一问大地上是不是还有生灵。后来，人碰上了地动，就敲锣打鼓、鸣枪放炮、大喊大叫。达能听见这些声音，就放心了，不再摇大地了。

天下万物的创造，都是按照事先安排好的顺序进行。里和伦创造了天和地以后，又创造了植物和动物。里和伦派普冷①管植物，派达能管动物。

## 二

莫伟②创造了人，把人放在石洞里。

有一天，差③从石洞旁飞过，听见石洞里轰轰地响着，就跟打雷一样，还听见了人的声音。差飞遍大地，把这个发现告诉了所有的动物、植物。差说："人要出来了，我听见他们的声音了。"

动物、植物听到人要出来的消息，都很紧张。大家议论纷纷：该不该让人出来？人出来咋个办？

大树说："不能让人出来，人出来会砍死我。要是人出来了，我就倒下去把他压死。"

豹子说："我也不同意让人出来，人出来会打死我。要是人出来了，我就要咬死他们。"

不过，大多数动物、植物都同意让人出来。

"不能给人出来，人出来我非把他们都压死不可！"大树坚持说。蜘蛛生气了："哼！你连我的一根丝都压不断，

---

① 普冷：传说中的植物神。
② 莫伟：传说中的人神，旧译"木依走""慕依走"。
③ 差：一种小鸟。

还想压死人？不信我们打个赌，要是你压得断我的一根丝，就不准人出来。要是压不断呢，就得让人出来。"于是蜘蛛就在树林里拉了许多丝。

大树一棵接一棵地倒下来，要把蜘蛛的丝压断。蜘蛛的丝不仅没有被压断，反而越扯越长。大树认输了，只好同意让人出来。

人要出来了，可是石洞没有门，出不来。

动物们决定帮助人打开石洞，让人出来。

大象卷着长长的鼻子来撬，打不开。

犀牛晃着尖尖的犄角来抵，打不开。

野牛伸着粗粗的嘴筒子来拱，打不开。

麂子扬着硬硬的蹄子来蹶，打不开。

老熊甩着厚厚的巴掌来拍，打不开。

鹞鹰、臭雕、猫头鹰、啄木鸟用锋利的嘴壳来啄，打不开。

鹦鹉和犀牛的嘴壳都啄弯了，也打不开。

差只好去求莫伟，莫伟说："请小米雀去啄吧。"

小米雀去找苍蝇，对它说："莫伟叫我去啄开石洞让人出来，只有你能帮我的忙。"

苍蝇问："我能帮你哪样忙呢？"

"我啄一口，你就在我啄过的地方吐上一口唾沫就行了。"

小米雀带着苍蝇来到了石洞。小米雀的身子只有橄榄果那么大，嘴壳黄秧秧、嫩生生的，动物们都有些不相信地看着它。

只见小米雀"呼"地飞到枇杷果树上饱饱地吃了顿枇

杷果，蹲到岩石上蘸着山泉水磨了一阵嘴壳，叫苍蝇拿一根细藤子把它的嘴壳绑牢了，然后攀到石洞上，"夺！夺！夺！"地啄了起来。小米雀啄一口，苍蝇就在啄过的地方吐一口唾沫。渐渐地，石洞裂开了。

"轰隆隆"一声，石洞终于打开了，人从石洞里挤挤攘攘地走出来。

本来就不同意让人出来的豹子，早就龇牙咧嘴地守在洞旁边。人出来一个，它就恶狠狠地扑上去咬死一个。一个、两个、三个，豹子已经咬死第三个人了。老鼠生气了，"嗵"地跳到豹子身上，使劲咬住豹子尾巴不放，豹子痛得嗷嗷叫着在地上打滚，这样人才一个接一个出来了。豹子见人越来越多，害怕了，拼命甩掉老鼠，逃跑了。

从第四个起，人才活了下来，这个人就是佤族人，排行为老大。以后出来的是拉祜族、傣族、汉族，分别排行为老二、老三、老四，这就是岩佤、尼文、三木傣、赛口。再往后出来的就是其他民族了。

人出来后，要感谢小米雀，小米雀说："你们要感谢我，我不要，以后你们种出粮食来了，田边地角抛撒掉的，给我捡吃一点就行了。"

人要感谢苍蝇，苍蝇说："你们要感谢我，我不要，以后你们吃剩的汤汤水水、渣渣涝涝，给我捡吃一点就行了。"

人要感谢老鼠，老鼠说："你们要感谢我，我不要，以后你们收得了粮食，仓旁、囤箩边拔掉的，给我捡吃一点就行了。"

人要感谢蜘蛛，蜘蛛说："你们要感谢我，我不要，以后你们盖了房子，让我在房檐下搭个窝、张个网，避避风、躲躲雨就行了。"

以后，佤族帮了朋友的忙，不兴要报酬，给吃一点就行了。这个习惯，就是向小米雀、苍蝇、老鼠、蜘蛛学的。

### 三

人从司岗出来时，身上灰蒙蒙的，面貌模糊不清。老大跑去抱住了一棵大椿树，老二跑去抱住一棵竹子树，老三跑去抱住了一棵芭蕉树，老四跑去抱住了一棵大车树。

莫伟吩咐妈农①说："你带他们去洗洗澡吧。"于是妈农领着人来到阿龙黑木②洗澡。洗过澡以后，人的面貌就看得清楚了：佤族像大椿树一样，白嫩白嫩的；汉族像大车树一样，又白又高大。

### 四

人从司岗出来时，不晓得该到什么地方去住，人们去问莫伟。

莫伟对岩佤说："你是勒佤③，凡有大椿树的地方就是你的住处。"从此，佤族就住在阿佤山上，总是离司岗不远。

莫伟对尼文说："哪里竹子多，你就到哪里去住吧。"从此，拉祜族就住在竹子多的半山腰上。

_____

① 妈农：传说中人类的第一个母亲。
② 阿龙黑木：传说中离司岗不远处的一条小河。
③ 勒佤：守大门的人。佤族自称勒佤，意即守住圣地的人。

莫伟对三木傣说:"你到芭蕉树多的地方去住吧。"从此,傣族就住在热带平坝地方。

莫伟对赛口说:"哪里大车树多,你就到哪里去落脚吧。"从此,汉族就像大车树一样,分布很广,热地方、冷地方有。

## 五

人从司岗出来时,不会说话,只会像独弦胡①一样哼,人就去找莫伟要语言。

莫伟对岩佤说:"以后牛是你们的伙伴,你去向牛学说话吧。"从此,佤族说话就拗嘴拗舌的。

莫伟对尼文说:"你的话在斑鸠那里,你去向斑鸠讨吧。"从此,拉祜族说话就紧一声慢一声的。

莫伟对三木傣说:"你去向细蜜蜂学说话吧。"从此,傣族说话就像蜂蜜一样,甜蜜蜜的。

莫伟对赛口说:"你嘛,就去请教画眉鸟吧。"从此,汉族说话像是在唱歌。

## 六

人从司岗出来时,不晓得生娃娃,也不晓得该由男人生娃娃呢还是由女人生娃娃。他们去问莫伟。

莫伟喝多了水酒,正在打瞌睡,他迷迷糊糊地说:"让男人去生娃娃好了。"

这下,男人可为难了。男人家平素要打猎、撵山、盖房

---

① 独弦胡:佤族弦乐器,似二胡,只一根弦,发音低沉。

子、砍木鼓，做的都是重活。在哪里怀孕生娃娃好呢？肚子里肯定不行，怀里揣着一个娃娃，咋个好干重活呢？想来想去，男人就决定在膝盖上怀孕生娃娃。九个月过去了，娃娃从男人的膝盖上生下来。可是生出来的娃娃只有蟋蟀那样一点大，而且咋个长也长不大。娃娃倒是聪明，一生出来就会喊爹喊妈，会走路，成天蹦蹦跳跳、叽叽喳喳。

有一天，大人叫蟋蟀娃娃去守晒场。娃娃很听话，抬了一根竹竿蹲在篾笆边守着。太阳火辣辣的，几只饿馋了的公鸡"咯咯咯"地叫着跑来偷吃谷子。娃娃举起竹竿敲打，公鸡不怕蟋蟀娃娃，打一下跳一下，公鸡被打恼了，纵身一跳把蟋蟀娃娃啄吃了。

娃娃的爹妈很伤心，去找莫伟。

莫伟这才明白自己把话说错了，就对女人说："以后就由你们女人去生娃娃吧。"

从此，怀孕生娃娃才变成女人的事。

## 七

人从司岗出来时，没有文字，也不懂得用文字记事情。莫伟拿出一块牛皮递给岩佤，拿出一匹芭蕉叶给尼文，对他们说："这是我给你们各自的文字，日后你们会用得着的，千万要好好保存。"

后来，有一次闹饥荒时，岩佤把牛皮烧吃了。从此，佤族的学问全在肚子里了。尼文有一次撵麂子撵到江边，拿芭蕉叶盖了窝铺，夜雨把芭蕉叶淋坏了，一些字变得模糊不清，辨认不出来了。从此，拉祜族文字就变得残缺不全。三木傣和赛口的贝叶和纸保存得好，傣文、汉文就流传下来了。

## 八

人从司岗出来时，莫伟怕人类日后为贫富争吵打闹，就打开一个金盒子，把"富"拿出来，照人头匀匀地分成几份，摆在地上。他对人们说："这是我给你们的'富'，每人一份，谁也不多，谁也不少，你们赶紧找东西来装吧。"

赛口拎来一只箱子，把"富"装进去，锁起来。

三木傣拿来一只筒帕，把"富"装进去，双手捂起来。

尼文找来一只背篓，把"富"装进去，用芭蕉叶盖起来。

岩佤找不着家什，匆匆忙忙弄来一个竹筒，把"富"漏掉了一些，因此佤族一直很穷，富不起来。

## 九

人从司岗出来后，找不到东西吃，就吃土。人去找莫伟要吃的。

莫伟说："你们去和野兽赛跑，哪个跑出屎来，就吃哪个的肉。"

野兽跑在前面，人跟在后面。野兽跑得屁股流出屎来，从此，人就捉野兽来吃。野兽害怕了人，和人分开了。

起初，人没有火，也不懂得用火，捉到野兽只会吃生的，人去向莫伟讨办法。

莫伟说："去找达赛①帮忙吧。"

---

①　达赛：传说中的雷神。

达赛住在太阳寨。起先，人派猫头鹰去求火。猫头鹰看见达赛家炕笆上挂着许多老鼠干巴，肚子饿了忍不住，偷吃了老鼠干巴。达赛很生气，把猫头鹰给赶走了。人又派萤火虫去求火。萤火虫闻到达赛家竹筒里的水酒香味，口渴了忍不住，偷喝了水酒。达赛很生气，又把萤火虫给撵走了。人派蚱蜢去求火。蚱蜢很守规矩，没过多少日子就和达赛交上了朋友。达赛很喜欢蚱蜢，就教它说："你把干藤子放到石头上敲，火就会出来了。"从此，人学会了取火，懂得用火取暖、烧东西吃。

## 十

人从司岗出来后，大地上的野兽渐渐地不够吃了。人去求莫伟帮助。

莫伟说："我把种子忘记在海里了，你们去拿回来吧。"

人派老鹰去拿种子，老鹰的嘴巴太短，够不着海水里的种子，拿不出来。

人派鹭鸶去拿种子，鹭鸶的脚杆太细，夹不住种子，拿不出来。

人派蛇去拿种子，蛇卷起尾巴把种子打捞上来了。

种子拿回来了，莫伟很高兴，说："以后你们就种庄稼吃吧。"

莫伟拿出夺铲、锄头、小犁、大犁、背索、扁担、鞍子，放在地上叫人们挑拣。

岩佤挑了夺铲和背索。从此，佤族就用锄头种山地，用背索背东西。

尼文挑了锄头和背篓。从此，拉祜族就用锄头种山地，用背篓背东西。

三木傣挑了小犁和扁担。从此，傣族就用小犁种水田，用扁担挑东西。

赛口挑了大犁和鞍子。从此，汉族就用大犁耕田种地，用牲口驮东西，走南闯北。

## 十一

安木拐①的母亲妈农死了。安木拐在芒杏垭口②为母亲吊丧，丧礼上让动物比赛唱歌。

安木拐拿出一块金子对动物们说："哪个歌唱得最好，就把这块金子奖给它。"

比赛开始了。第一个出来的是戏帅（春蝉）的大合唱，只见一群戏帅扑喇喇飞上一棵大椿树，放开嗓子"戏帅——戏帅——戏帅"地唱起来。歌声清脆整齐，受到了安木拐的夸赞。后来，佤族就把戏帅叫的日子定为撒旱谷撒秧的节令。

第二个出台的是额列（绿青蛙）的小合唱。只见三只翠绿色的小青蛙"扑通扑通"跳上草台"咕呱——咕呱——咕呱"地唱起来。歌声厚实洪亮，得到了安木拐的表扬。后来，佤族就把额列叫的日子定为薅旱谷的节令。

第三个出台的是格朗晚（一种秋虫）的独唱。只见它撮了撮脖子"晚晚——晚晚晚——对！晚晚——"地唱起来。歌声婉转甜美，受到了安木拐的嘉奖，安木拐把金块奖

---

① 安木拐：传说中氏族社会的第二位女首领。
② 芒杏垭口：地名，在今西盟岳宋区。

给了它。后来，佤族就把格朗晚叫的日子定为秋收的节令。

## 十二

安木拐那个时代，洪水猛兽经常威胁着人的安全。安木拐召集人和动物来商量办法。

马说："洪水它涨就给它涨，涨得多高都不怕，怕的是人和野兽不团结，你吃我，我吃你。只要大家团结了就什么都不怕，到那时，小红米会有我的头一样大，谷子会有我的尾巴一样长。"

马鬃蛇不同意马的看法，它说："洪水不能给它涨，人和野兽要打架，你吃我，我吃你。到那时，小红米才会有我的头一样大，谷子才会有我的尾巴一样长。"

安木拐采纳了马鬃蛇的意见，领着佤族同洪水猛兽做斗争，人生存下来了。后来，小红米当真只有马鬃蛇的头一样大，谷子只有马鬃蛇的尾巴一样长。以后，佤族形成了一种习惯，开地时，总要在地里找一条马鬃蛇，把它打死，划开脖子放出血来，说一滴血就是一堆谷子。要是不见有血，这块地就不要了。

## 十三

有一天晚上，安木拐已经睡了，忽然听见林子里有一种声音在响，就跟唱歌一样，好听极了。向外察看，什么也不见。第二天晚上，又听见了同样的响声，就顺着声音去寻找，发现了一个小土洞。她守住洞口，逮住了洞里的主人——团（蟋蟀）。就问团："你是咋个唱歌的?"团不搭理，一抽身跑了。安木拐想："一定还有别的什么东西，就扒开土洞来瞧。洞里摆着一些光滑晶亮的小石头和一些圆圆整整的小木头，安木拐想：团能把石头、木头搬进去，让它发出那样好听的声音，人为什么不能把石头、木头搬来，让它发出那样好听的声音，让它为我们唱歌呢？于是就叫人搬来一些大石头，照着洞里小石头的样子做成石鼓。一敲，不响。不知敲了多少年，石鼓依然不会响。安木拐想："准是那些小木头唱的歌了。就叫人砍来大树，照着洞里的小木头的样子做成木鼓。一敲，果然咚咚地响，就跟当初听到的那种响声一样好听。不过响声很小，十几步外就听不见了。安木拐不晓得咋个凿木鼓，响声才会大，心里老是苦恼。有一天晚上，她做了个梦，梦见莫伟笑眯眯地拍了拍她的肚皮，她的肚子立即发出咚咚的响声，声音很大，把她都给震醒了。安木拐明白了。第二天，她指了指自己的下身对人们说："以后你们就照着它的样子凿木鼓吧。"后来凿出的木鼓，果然响声很大，声音传得很远很远。从那以后，佤族就有了木鼓，成了能歌善舞的民族。

那个时候，佤族没有弩弓，没有标子，只会使用石头和木棒，围捕一只野兽，要靠大伙的力量。白天，人们敲响木鼓，集中起来，一齐上山打猎。夜晚，人们敲响木鼓，唱歌跳舞，野兽听见木鼓声，吓得躲得远远的。木鼓保护人的安全，给人们带来欢乐和温饱。从此，佤族很敬重木鼓。凡猎到野兽，就把兽头砍下来供祭木鼓。

那个时候，打猎全靠人的勇敢。安木拐为了培养佤族的勇敢精神，就把活捉来的野兽拴在石头桩桩上，让人们比赛把它们活活撕死。谁撕抢的肉多，谁就是英雄，就受到安木拐的表扬和人们的敬仰。这项活动一代一代流传下来，后来演变成了"砍牛尾巴"的习俗。

## 十四

有一回，刮了一阵大风后倒下一棵大树，挡住了安木拐家的门。安木拐进进出出很不方便，于是她就对人和动物说："哪个有本事把大树搬开，以后人和动物就听它的话。"

人来搬，搬不开。
马鹿来搬，搬不开。
老熊来搬，搬不开。
大象来搬，搬不开。

没有哪个人和动物搬得开，大家蹲在树干上叽里呱啦地商量办法。

这时，木丙领木①来了，见大家蹲在树干上，便想出了个办法。它使劲摇动着树枝，尖着嗓门大叫起来："大树要断了，大家快躲天呀！"

大家看见树枝摇晃，又听见这突如其来的喊声，吓得一齐从树干上跳下来。"咔嚓"一声，大树被蹬断了。这样，大家不很费劲地就把大树搬开了。

从那以后，木丙领木的话就成了大家必须听从的金口玉言。后来，佤族就形成了这样的习惯：凡离家外出，都要听听木丙领木的叫声，叫声好才出门，叫声不好就不出门，直到今天都是这样。

-----

① 木丙领木：一种像云雀的小鸟。

# 十五

安木拐死了，牙董①为她举办葬礼。

牙董通知所有的动物都来参加葬礼。她特别关照豹子说："你的样子太难看了，大伙都怕你，你要等大家来完了才能来。"

猪和牛带着肉来了，鸡带着蛋来了，蜜蜂带着水酒来了……牙董家的屋子挤不下了。

牙董尝了尝蜜蜂带来的水酒，对它说："你的水酒很甜，很好吃，等大伙来齐了一起吃吧。屋子太小了，你在门外休息吧。"

从那以后，蜜蜂就住在外屋了。佤族水酒很甜很好吃，就是学蜜蜂酿的。

豹子蹲在路边等啊等啊，动物们长长的队伍老是走不完，等得瞌睡都上来了，队伍还没有走完。豹子实在不耐烦了，就插到队伍中间来了。豹子后面的动物瞧见豹子的眼睛绿绿的，吓得一个个转身跑了。从此，来到牙董家的动物就成了家畜家禽，被豹子吓跑的就成了野生动物。

豹子不听牙董的话，牙董很生气，就罚豹子去背盖房子的茅草，豹子背不赢，在路边休息，捡起石头敲着玩，石头和石头碰出了火花，燃着了茅草，烧着了豹子，豹子痛得到处乱跑。

坡上碰着了黄牛，豹子问："黄牛兄弟，黄牛兄弟，我身上着火了，该往哪里跑？"

---

① 牙董："牙"即奶奶，"董"为名。传说中氏族社会第三位女首领。

"往山上跑！"黄牛说。

豹子遇到了水牛，豹子问："水牛大哥，水牛大哥，我身上着火了，该往哪里跑？"

"赶快跑到水塘里去！"水牛说。

豹子跑进了水塘，身上的火熄了。

豹子被烧得花里胡哨，身上留下一股难闻的臭味。从那以后，豹子恨死了黄牛，专逮黄牛，不逮水牛。

## 十六

有一回，金子、银子和小红米、旱谷为争地皮吵架。

金子和银子说："世界上的东西就数我们兄弟最贵重，人要想生活得好，准离不开我们兄弟，这块地皮我们要住！"

小红米和旱谷说："人活在世上首先得有吃的。没有吃的，人就会饿死，这块地皮我们要住！"

吵来吵去，金子、银子吵不赢小红米和旱谷。

"啪！"金子、银子抄起巴掌打了小红米和旱谷："哼！不要脸的东西，还不赶快滚开！"

小红米、旱谷哪受得了这种闲气，抬起脚来逃跑了。小红米跑到河底藏起来，旱谷跑进森林里躲起来。

于是，人没有吃的了。开头时吃树叶，树叶吃光了剥树皮，树皮吃光了只好吃土。把山梁都啃凹下去了，眼下就要吃金子和银子了。

牙董很着急，发动所有的人和动物去找小红米和旱谷。找呀找，不知找了多少年，才把旱谷从森林里找回来了。可是小红米却一直藏在河底，找不着。牙董派大蛇去找。大蛇把尾巴伸到河里去搅，才发现小红米和泥沙在一起。可是大蛇没有办法把小红米拿出来。牙董又派蚂蟥去拿，蚂蟥把小红米吸在屁股上拿出来了。

小红米和旱谷被请回来了，金子和银子因为做错事害羞，就钻进土里去了。从那以后，小红米和旱谷就住在地上，金子和银子就住在地下了。

## 十七

有一年，寨子里突然发了洪水，房屋被冲毁了，许多人畜淹死了。洪水落了以后，人畜又遭瘟疫，谷子长不好，牙董把这个情况报告了莫伟。莫伟亲自下来察看，发现是因为达赛和牙远①兄妹通奸触怒了天神降下的灾祸。于是，牙董找来达赛和牙远审问，达赛和牙远都不承认。这时，着（一种虫）出来证实，说它瞧见的。莫伟很生气，叫牙董派人抄了达赛的家，把达赛撵到天上去了。临行时，达赛对大家说："以后哪个再犯我的过失，我就要用雷打死他！"牙远害羞了，钻到地里去，变成了彩虹，每年只好意思出来两三回。从那以后，佤族就形成了同姓不能结婚的习俗。

## 十八

克列托②和颇托结婚后，婆娘颇托一直不会生娃娃，两口子就找了一个同姓的孤儿岩朗做养子。

两口子待岩朗就像自己的亲生儿子一样，自己舍不得吃的给岩朗吃，自己舍不得穿的给岩朗穿。两口子巴不得岩朗

---

① 牙远：传说中的虹神。
② 克列托：传说中佤族最早的部落头人，具有半神半人的特征。

赶快长大成人，好继承自己的家业。日子一天天过去，岩朗渐渐长大了。

有一天，克列托出门到一个远方亲戚家做客。晚上，他做了个梦，梦中听见木鼓"克列托，叮咚！克列托，叮咚"地叫着自己的名字。醒过来后，觉着奇怪，克列托想：木鼓为什么会喊自己的名字呢？莫不是家里出了什么事吧？第二天一早，他匆匆辞别了主人，心神不安地回到家来。

家里果真出事了，婆娘颇托病在床上，克列托就去找魔巴瞧卦。

魔巴对他说："你出门后，你家的大梁歪了，你回去把大梁砍断，婆娘的病就会好了。"

克列托回家砍断了大梁，房子垮了，可是婆娘的病依旧不好。

克列托又去找魔巴。

魔巴笑了笑说："克列托呀，你真蠢，我不过是打个比方。"

"莫非是我的养子……"

克列托砍了岩朗的头，婆娘颇托的病好了。为了感谢木鼓神，克列托把岩朗的头供在木鼓房。从那以后，佤族就兴砍人头祭祀木鼓的习俗了。

## 十九

芒杏大王子岩展和允恩①大王子岩可士是好朋友。有一次，他们相约到很远的地方去游玩。在折回来的途中，允恩大王子岩可士不幸得急病死了。岩展很伤心，背着朋友的尸

---

① 允恩：地名，今属缅甸。

体走啊走啊，路程实在太远了，天气又热，岩展背不动了，只好砍下了岩可士的头背回来。岩展怕岩可士的父母太伤心，一直不敢把岩可士的头送回去。留的日子长了，只好把岩可士的头埋在自家的园圃里。

岩可士的父亲听说芒杏大王岩展回来了，独独不见自己的儿子岩可士回家，就找到岩展家来。

"你的朋友岩可士哪里去了，咋个不和你一起回来？"

"他——他有些事，走在后面……"岩展怕说出真情吓坏朋友的父亲，只好扯个谎暂时遮掩一下。

朋友的父亲来了，岩展急急忙忙去泡酒，杀鸡煮饭招待客人。

稀饭煮好了，没有佐料下饭，岩可士的父亲吩咐手下人说："去园圃里找些补巴来吧。"

手下人掏补巴时，发现了岩可士的头。

岩可士的父亲怒不可遏，指着岩展大骂："你害死了我儿子还不敢承认，算个什么汉子！"

任岩展咋个解释，岩可士的父亲都不相信。

岩可士的父亲回家后，组织允恩部落的人对芒杏部落发动突然袭击，砍走了芒杏部落不少人的头。芒杏部落组织报复，又砍走了允恩部落不少人的头。砍来砍去，仇越结越深。双方部落的朋友也参加进来，冤家越结越多。从那以后，佤族就形成了长期打冤家的局面。然而，这个冤家打得实在冤枉啊！

讲述者：随夏　岩扫　岩瑞等
搜集整理者：艾荻　张天达

29

# 人类是怎样生存到现在的①

人是从地洞里出来的——这是我们阿佤人的说法。现在红的黑的人都有，他们到底是从哪里出来的，就不知道了。

不知道是几千年，还是几万年以前，出人的地洞叫养贺。距离西盟山百多里的岳信也是出人的地方，我们每隔三年就要杀白公鸡去祭哩。

那时，人出来得很少，而且不会说话。过了许多年，才渐渐多起来，并且和豹子、野猪、水牛等在一起生活。最初，大伙都吃草，四只脚的野兽总想吃人，出坏主意说："两只脚的，我们讲好，哪个走起路来站着屙屎的，就吃那个的肉，好不好？"

人猜透了野兽的恶意，也说："走着瞧吧！"

没走了半天，野兽都站着屙屎。从那以后，人便吃野兽的肉了。

不知道过了多少年，人又搬到翁浦那地方。翁浦有个大水潭，在那里发现了谷子。那时树上不结果了，草也枯了，于是人和野兽都想把谷子取到手，可是，潭子是那样宽，水是那样深，大家都想不出取谷子的办法。最后还是人出主意，叫大蛇游到水里，去拖谷子，大家拉着蛇尾巴，这样才取到许多谷子。

大家离开水潭，到了养片。人对野兽说："大家一起种谷子吧！"于是，用手的、用脚的、用嘴的，大家一起用力

<hr/>

① 本故事流传于云南省西盟县佤族地区，由斯林选自《中国少数民族民间故事选》，中国民间文艺出版社1981年版。

刨地。以后怎样做呢？谁也想不出办法。就去问老天，老天说："再用竹子挖地，把杂草收拢，就可以撒谷子了。"

大家撒谷子之后，谷子果然出来了，但草也和谷子一起出来了。人说："要得吃，就要把草拔掉。"野兽嫌麻烦，都有些不高兴。锄草以后又问老天："还要怎样做？"老天说："过不久，谷子熟了，就可以吃了。"野兽说："我们等不得吃了。以后，人种谷子，我们去吃草、吃野果子算了。"

野兽不想用力，所以仍然是野兽，仍然吃草、吃野果子；人因用力，和野兽一天天不同。人会说话，也把谷子留到今天。

又过了许多年，山上突然起火，人开始吃烧死的兽肉，学会了吃熟的食物，留下了火种。

在火烧过的地方种谷子，谷子特别好，所以，后来我们种地就砍倒大树，用火烧后，用竹子挖挖土再撒谷子。

以后人和野兽分居。那时不分白天和晚上，种谷子要碰时候，碰不好谷子便长不出来，因此，大家都很着急。一个仙人说："不要紧，到小鸟'嘴、嘴'叫的时候，你们就快快挖地；'姑姑'鸟'姑姑'叫时，就赶快撒谷子。以后，六个月下雨，六个月天晴，白天做活计，晚上睡觉，你们就不会误时候了。"

人类又搬到养不累去住。在睡觉的时候，感到草像针一样刺人。于是，大家便商量把草拿来盖房子。从此以后，草便不再刺人，又遮住风挡住雨，人也有房子住了。

那时，草对树说："树哥哥，我给人去盖房子，要越割越出才好。"树说："人砍掉我一棵，我就要长出十棵。"那

31

时，小鸟都还没有羽毛，树就随口对鸟说："人砍我的时候，你们哭一哭嘛！"于是，小鸟经常唱起来，树就找了红的、蓝的各色羽毛给小鸟。

有一次，火忽然给大雨淋熄，再也找不到了，人便叫小鸟到天上去问雷。雷说："把藤子用力在木头上拉，火就会擦出来了。"后来，我们缺火，也就用这个办法取火种。

整理者：潘春辉

## 七兄弟和七个民族[①]

在很古很古的时候，这世界上只住着七兄弟，他们都是同一父母所生，所以长得非常相像。同样黑油油的头发，同样亮晶晶的眼睛，同样结实健壮的身体，一眼看去，简直无法分辨出谁是谁。真的，他们都有同样善良的心。这心，仿佛是用金子做成的，亮光闪闪，可是，说到他们各自的脾性和爱好，却很不同，老大比较文静，爱动脑筋；老二却很活泼，能歌善舞；老三喜欢骑马，勇敢剽悍；老四却喜欢水，最爱清洁；老五、老六、老七都喜欢那青翠葱茏的高山，他们一跑到山里，就感到无限兴奋和喜悦。不过，老五喜欢在山坡上培植树木，老六喜欢在半山坡上放牧牛羊，只有老七，他想看到整个世界，所以，总向着最高的山峰跑。

---

① 本故事流传于云南省阿佤山地区，由斯林选自《云南民族民间故事选》，云南人民出版社1960年版。

渐渐地，七兄弟都长大了，一个个都长成聪明、英俊的小伙子，一天，父母把他们找在一起，对他们说："孩子们，你们已经长大成人了，该到广阔的世界里去了。张开你们的翅膀飞吧！飞到你们认为应当停留的地方去。但要记住，无论飞到哪里，都要尽力互相帮助，帮助别人。十年后，每人带件最好的礼物，回来见我们。"

七兄弟辞别了父母，高高兴兴地踏上了通往广阔世界的路途。一路上，他们见到了许许多多新奇的东西，做了很多有意义的事情。一天，他们来到一片平坝上，只见平坝上长满了荒草，一个姑娘正蹲在草丛中，边拔草边哭泣。七兄弟一齐走上前去问："姑娘，你哭什么？"

姑娘回答说："我种的谷子都叫杂草给淹没了，杂草一股劲地长，总也拔不完，眼看今年就要挨饿了。"七兄弟听了都很同情她，商量了一阵，老大便对六个弟弟说："让我留下帮助她吧，我要想法除掉杂草，让土地长出好庄稼来。"说完，他便跳到草丛中飞快地拔起草来。

六个兄弟告别了哥哥，继续往前走，走了好久，来到一个湖边。只见一个姑娘对着湖水哭泣。六兄弟很奇怪，便走上前去问："姑娘，你哭什么？"姑娘回答说："我从小失去了父母，孤孤单单一个人生活，所以总是忧愁、流泪，从来不知道什么是快乐。"大家听了都很同情她。老二便对五个弟弟说："让我留下安慰她吧，我要唱最好听的歌给她听，跳最好看的舞给她看，让她感到快乐。"说完，他真的唱起一支悦耳的歌，那姑娘脸上渐渐漾起笑纹。

五个兄弟继续赶路。走了好久，来到一片草坡上，只见一个姑娘正坐在草地上哭泣。五个兄弟走上前去问："姑娘，你有什么伤心事?"姑娘回答说:"我心爱的羊儿叫狼给叼走了，追也追不回来，叫我怎能不难过!"老三听了，自告奋勇走出来说:"让我去帮她把羊追回来!"说完，他翻身跃上一匹正在附近吃草的马，一阵风似的顺着姑娘手指的方向追去了。

四个兄弟离开了草坡，继续上路，不久来到一条河边，河边有个姑娘正在洗衣服，泪水一串串地流到河里。四个兄弟问她:"姑娘，你为什么流泪?"姑娘说:"我靠给人家洗衣服过日子，你们看，太阳已经落山了，衣服还洗不完，叫我怎么办呢?"大家听了都觉得她怪可怜的。老四对三个弟弟说:"你们继续走吧，我留下帮助她洗。"说完，他卷起裤脚，"咚"的一声跳进水里帮姑娘洗起衣服来。

三个弟弟继续往前赶路，走了好久好久，来到一座苍翠的大山，三人高兴地大声唱起歌来。一个姑娘听到歌声，从茶林中跑出来说:"小伙子们，帮帮忙吧，你们看，嫩生生的茶叶儿都快长老了，可我总也采不完。"三个兄弟便跑上前去帮她采茶，正采着，忽然听见半山上有人叫喊:"来人哪，来人哪，老虎出来伤人喽!"五哥便对两个弟弟说:"我留在这儿帮助她采茶，你们看看去。"老六、老七便循着叫声往山上跑。

半山上，两个姑娘气喘吁吁迎着他俩跑过来说:"快，老虎在前边树丛里。"两兄弟从身边拿出弓箭，勇敢地向树丛里跑去，一只老虎果然正在从树丛里窜出来，他俩拉开弓，搭上箭，便"嗖""嗖"两声，两支箭已插到老虎屁股上，受伤的老虎"嗷"地吼叫一声，朝着山顶窜去。老七便对六哥说:"不能让老虎跑了，六哥，你守在这里，我再往山上追！"于是，他在一个姑娘的带领下，便顺着老虎足迹追到山顶。可是，老虎不见了，他俩手握弓箭，站在山的最高处，不停地搜索着藏匿的老虎。从此，就留在山顶了。

十年过去了，七兄弟和七个姑娘都成了家，他们高高兴兴地带着孩子回家乡看望父母。全家人欢聚是多么愉快哪！老大向父母献上自己的礼物——一束金灿灿的谷穗，老二献上一把玲珑可爱的月琴，老三献上一块柔软光洁的毛毡，老四献上一套美丽的衣服，老五献上一笼清香扑鼻的茶叶，老六献上一头健壮的小牛，老七的礼物最特别——一张亮闪闪的弩。

父母高兴地说："孩子们，你们都干得很不错，快让我看看你们的孩子——我们的小孙孙吧！"

七个孙子听说，就一起上前喊："爷爷、奶奶！"

爷爷高兴地捋着胡子说："好孩子，我给你们都取个名字吧！"

七个孩子都欢喜地跳了起来。

爷爷对大孙子说："你就叫'汉'吧！"接着又对二孙子说："你就叫'白'吧！"又对三孙子说："你就叫'黎'吧！"爷爷又让老四到老七的孩子分别叫"傣""哈尼""拉祜"和"佤"。

后来，七兄弟告别了父母，又回到原来居住的地方。渐渐地，他们的家庭越来越扩大了，最后繁衍、发展成七个民族。他们世世代代和睦相处、相亲相爱，就像亲兄弟一样——本来嘛，他们自古以来就是一家人。

整理者：康复昆

# 大蛇吐东西①

很古的时候，动物都会说话，当时最凶恶的动物是大蛇，因为它肚子里有东西，而且还有毒，所以人、牛、马、豹子、老虎……都非常怕它，慢慢地都被它咬死了。这时有个老佛祖，他看到大蛇如此毒辣，如果这样下去，世上的动物就被它吃光啦。于是，老佛祖就去找到大蛇，对大蛇说："大蛇，如果你真正是最凶恶的东西，你能不能把那棵大树咬死？"大蛇回答："当然可以。"老佛祖说："要是你能把树咬死，就算你是好汉，咬不死，就不是好汉。"老佛祖指着一棵大树说："就咬那棵大树，我给你七天的时间。"大蛇说："好！"

大蛇去咬树才咬了三天，真的把树咬死了。树上没有一片叶子，望去光秃秃的。老佛祖一看赶忙想个办法，把绿斑鸠和小绿雀喊去歇在大树上，然后把蛇叫去看："大蛇，你看树还是绿的，没有咬死！"大蛇抬头一看，树果然还是绿的，就说："七天的时间还没到，我再咬。"说着，大蛇又去咬树。

七天的时间过去了，树还是绿的。老佛祖就说："大蛇，你说你能把树咬死，怎么七天的时间到了，树还是绿的呢？"大蛇说："不怕！我嘴里可以吐丝丝，叫树死。"老佛祖说："你吐吐看，看树死不死。"

大蛇张开嘴吐出一摊东西。老佛祖就把所有的动物叫

---

① 本故事流传于云南省沧源佤族自治县，由陈平选自《佤族民间故事集成》，云南民族出版社1990年版。

来，把大蛇吐出来的东西拿了分给它们。人分得了指甲，牛分得了蹄子和角，虎豹分得了爪子，螃蟹分得了夹子……

大蛇继续吐，又吐出一摊东西，老佛祖又把它们分了。汉族、傣族、佤族都各分得一本字书。汉族和傣族把书拿回去很好地保存起来，一直就有文字用了。而佤族把分到的字书用菜叶包起来放在地上，一不小心，猪把菜叶吃了，所以佤族就没有文字用了。

老佛祖看着大蛇的东西快要吐完了，就叫山鼠吹起芦笙来。山鼠的芦笙声音吹得很大，也很好听。树上的绿斑鸠听到了，就飞起来说："山鼠你把芦笙借给我吹吹。"山鼠说："借给你倒不要紧，就是要还给我！"绿斑鸠说："一定还给你。"山鼠把芦笙借给了绿斑鸠。绿斑鸠吹出了咕嘟吐嘟的调子，所以绿斑鸠直到今天还学着芦笙叫。

老佛祖把绿斑鸠、小绿雀都叫来了，大蛇吐出来的东西也分完了。各种动物分到自己所需要的东西后，都在地上各显本事，这时，老虎和豹子就要吃人。老佛祖说："你们要吃人吗？那你们拿出打得赢人的东西来！"老虎不听，还是要吃人，老佛祖就抬出一张耙来，对老虎和豹子说："你看这是人用来梳头的梳子。"又抬出犁头来说："你看这是人的牙齿！"老虎、豹子一看人有这些东西，就不敢乱动了。老佛祖又把披着的蓑衣拿出给它们瞧："你看这是人的手！"老虎豹子一看吓慌了。心想：人有这么大的本事，吃不得，吃不得。所以直到现在什么东西都怕人。

大蛇只顾在地上吐东西，没有注意老佛祖把它的东西全都给分了，等它吐完东西抬起头来，怎么人、野兽、鸟雀和牛马等等，都带着自己的东西准备走了。它看看树，树也不绿了，只见绿斑鸠抱着芦笙"咕嘟吐嘟"地吹。大蛇想问问老佛祖到底是回什么事，可是它把话吐给别人了说不出话来。这时大蛇后悔了，责怪自己："我真笨，怎么把所有的东西都吐出来了，一样东西也不留下，现在只能在地上爬了。"

人和动物离开大蛇后，各分一路走了。临走的时候，老佛祖突然想起野兽、鸟雀、牛马等都和人一样，谁也管不了谁，那今后怎么办呢？于是，他就把所有的动物叫住，说："我们大家来比比看，谁的声音最大，大家就归它管。"各种动物听了都想大声叫，这时人就拿出老佛祖分给的牛角一吹，吹出很大很大的声音来，其他动物不管怎么叫，都没有人的声音大，老佛祖说："你们都归人管了。"从此，其他动物都怕人，全归人管了。

口述者：张老大
记录者：郭思九

洪水神话

# 达惹嘎木造人的故事[①]

很古的时候，草木会说话，鸟兽会说话，人也会说话，大家都有共同语言，大伙共同协作、互相依存，生活得很好。

有一天，人的首领达惹嘎木去赶街，在路上遇到了青蛙大王。青蛙大王对达惹嘎木说："你赶街回来，顺便给我带点芭蕉，我好久没有吃水果了。"

青蛙大王说："到了街子上，你到卖牛的地方去，那儿会有人给你的。"

达惹嘎木到街子上赶集，办完应办的事，就转到卖牛场去了。果然有一群人围在那里分芭蕉哩。达惹嘎木也分得一份，他舍不得吃，带回来给了青蛙大王。

青蛙大王很受感动，他对达惹嘎木说："你这样忠厚、讲信用，我要告诉你一件秘密的大事。"

达惹嘎木焦急地问："什么大事？"

青蛙大王说："洪水要淹天下啦，你快准备好木船吧。"说完，青蛙大王不见了。

过了几天，达惹嘎木还没来得及造船，大雨就瓢泼似的落下来，很快淹没了大地，人、动物和草木都被淹死了。洪水眼看就要淹没达惹嘎木家，他急得满头大汗。突然，他发现了家门口喂猪的大木槽，就赶紧把自己唯一的一头小母牛牵进槽里，他们随着洪水漂游，不知漂游了多久。

---

① 本故事流传于云南省沧源一带，选自陶立璠、李耀宗编《中国少数民族神话传说选》，四川民族出版社 1985 年版。

洪水落下去了，天底下只剩下达惹嘎木一个人，小母牛是他唯一的伴侣。他精心地喂养着小母牛，孤独地生活了若干年。达惹嘎木感到十分寂寞，心里难过极了。

一天晚上，突然电光闪闪、雷声隆隆，达惹嘎木异常惊异。他抬头一看，只见一个像阿佤山那样高大的老巨人站在他面前，问道："地上只有你一个人了吗？"

达惹嘎木回答说："还有一头小母牛。"

巨人慈祥地说："你要想办法繁衍人类嘛！光剩你一个人和一头牛，这像个什么世界啊！"

达惹嘎木听了，走了很多山头，却找不到一个伴侣，甚至连一只动物也找不到，不知怎么生活下去。

巨人哈哈大笑，说："你和母牛成婚，不就可以生活下去，不就可以繁殖人类了吗？"说罢巨人化作一股青烟，徐徐飘上蓝天。"啊，这巨人莫不是天神吧？"达惹嘎木又兴奋又惊奇，于是，他就按天神的吩咐，和小母牛结婚。小母牛也十分乐意，和达惹嘎木高高兴兴成了一家人。

不知过了多少年，小母牛怀孕了，肚子越来越大，一天、两天……就是不能生产。达惹嘎木急得毛焦火燎，向天神报告了他心中的忧虑。天神叫他耐心等待。

有一天，小母牛肚子疼得在地上打滚、呻吟。小母牛要生产了，达惹嘎木高兴地等待着。但是，小母牛生下的不是人，也不是牛，而是一颗拳头大的葫芦子。

达惹嘎木捧着这颗葫芦子去见神。天神叫他把这颗大葫芦子种下。

达惹嘎木种下葫芦子，不久，长出两根肥壮的葫芦藤：一根伸向北方，一根伸向南方。达惹嘎木给葫芦上肥浇水，葫芦藤长得枝粗叶茂。

秋天到了,达惹嘎木高兴地去察看葫芦藤结葫芦了没有。他顺着北边那条葫芦藤寻找,一直摸到藤尖尖,北藤没有结葫芦。他又顺着南边那根葫芦藤去寻找,走了三天三夜,走到司岗里地方,顺藤一看,结了一个小山一样大小的葫芦。达惹嘎木又高兴又惊喜,走近葫芦边,嘿,葫芦里竟有笑声和说话声。

达惹嘎木不敢摘下葫芦,又去报告天神。天神告诉他,要他用长刀将葫芦劈开,把里边的人和动物放出来。达惹嘎木扛着大刀,走到大葫芦旁,当他举起长刀往下劈时,葫芦里有人高喊着:"别砍,我在这里!"达惹嘎木轻轻放下手中的长刀,绕着大葫芦,另外再找下刀的地方,但到处都发出同样的喊声:"别砍,我在这里!"达惹嘎木绕着葫芦走了半圈,实在不忍心下手。

达惹嘎木又向天神报告。天神说:"刀砍下去,总要死伤一些人和动物,劈吧!"达惹嘎木回到大葫芦旁,抬起大刀,闭上双眼,用尽全身的力气,一刀下去,将葫芦劈成两半。葫芦切开了,达惹嘎木睁眼一看,从葫芦里挤挤攘攘出来很多动物和人。

达惹嘎木为第一个走出来的人取名叫"岩佤",这就是今天的佤族;为第二个走出来的人取名叫"尼文",就是今天的白族;为第三个走出来的取名叫"三木傣",就是今天的傣族;为第四个走出来的人取名叫"赛克",就是今天的汉族;为第五个走出来的人取名叫"奥面",就是今天的拉祜族。岩、尼、三木、赛、奥(一、二、三、四、五)以后走出来的,就是其他民族了。

动物也顺着走出来：第一个走出来的是老虎，第二个是猫，第三个是老熊……

达惹嘎木这一刀，也砍伤了人和动物。首先受伤的是人，人向前一倾，屁股上的尾巴被砍掉了，从此人没有尾巴了；其次是大象，大象本来有一对美丽的角，被达惹嘎木一刀砍掉了，所以大象再也不长角；再次是螃蟹，螃蟹的头被达惹嘎木砍掉了，从此，它只有身子没有头……

从此以后，人一天一天多起来，动物也一天一天增加，原先平静的世界活跃起来了。

又过了几十年，不知为什么天板突然垮了下来，恰好有一个妇女正在舂谷子，巨大的舂棒把垮下的天板顶起半边。但从此太阳照不到地上来了，世间变得一片黑暗。黑暗中的日子实在难熬。达惹嘎木去见天神。天神说："你砍上个人头，祭祭老天，天就会亮啦。"

第二天，达惹嘎木背着长刀，出门遇见一个人，他马上砍了人头，挂在寨旁木桩上，祭老天，果然天亮了。这就是佤族砍人头祭天的开始。

搜集整者：肖则贡　陶学良　陶立璠

大地神话

# 癞蛤蟆与马鬃蛇

传说大地开始出现时没有一定的形状，宽阔的地面今日是高山，明日是平地，后天则变为大海。千变万化的地形威胁着万物，大家都希望出现一个能固定地形的神物。此时，癞蛤蟆站出来说自己是神的使者，可以让大地的形状固定下来。果然，当癞蛤蟆跳到一块石头上，对大地说"大地的形状定下来，就像我的脊背一样"之后，大地真的变平整了。可是过了不久，洪水暴发，吞没了大地，万物却无高山可避洪水。这时马鬃蛇又站了出来对大海喊道："大海，请让开，愿大地变得像我的脊背一样凸凹不平。"顿时，洪水退了，大地随着改变了模样：有高山，有平地，有河流，有湖泊。以后，人们在杀牲祭祀天神时，总要留下一只腿敬献马鬃蛇。

整理者：李子贤

# 天体神话

# 天上怎样会有月食①

从前，有一个后生名叫艾奈。说起这艾奈，生性又聪明，手脚又勤快，着实是个不坏的孩子，只是家中很不宽裕，又兼早就没了父母，所以年纪虽然过了二十，却还没有娶上媳妇。

一天，艾奈出去干活，看见有条大蛇在路上游走。那蛇粗得像支臂膊，长得像条茅藤。艾奈一见，可就吓呆了。这时，也不知道怎样躲开，只是呆呆站着发怔。而那蛇，也是奇怪，既不向艾奈扑来，也没马上走开，只是在前面爬过来又爬过去，好像在那里戏耍。艾奈定神一看，却见那蛇身上有条刀伤，伤口足足有一尺来长，看来伤得很不轻。这时，它正绕着一棵小草转悠，使劲地把伤口往草棵上擦去，也怪，那蛇每爬动一次，伤口就愈合几分，不一会儿，伤口就没缝儿了！

这时，艾奈心里可欢喜了，心想那一定是棵药草。单等那蛇走开，就连蹦带跳地跑了上去。一看，可不是，正是一棵"年巴洛"——灵芝！灵芝，那可是世上难得的宝物呢！于是，艾奈慌忙把它连根拔起，高高兴兴地回家了。

艾奈走了一程，看见有只乌鸦伏在路边。那乌鸦见人来了，也不飞走。艾奈一时兴起，就捡了块石子向它投去，可是，那乌鸦还是没动。过去一看，已经死了。

艾奈心想："我何不将它救活！"于是，他就把灵芝往它身上擦了一擦，立时，那乌鸦就活过来了。

---

① 本故事流传于云南省。

"谢谢你，把我救活！"乌鸦说，"如果你以后有什么事情，要我帮忙，你就喊我一声。"说罢，就拍拍翅膀，慢慢飞走了。

又走了一程，有只马鹿躺在草丛中，那马鹿见人来了，也不跑开。艾奈一时高兴，就折了根树枝向它投去，可是，那马鹿还是没动。过去一看，也已死了。

艾奈心想："我何不将它救活？"于是，就把灵芝往它身上擦了一擦，立时，那马鹿也活过来了。

"谢谢你，把我救活！"那马鹿说，"如果你以后有什么事情，要我帮忙，你就喊我一声。"说罢，抖抖两腿，撒欢似的跑开了。

那艾奈一连救活了两条性命，心中非常高兴，回到家里，一想，附近一带也没有郎中①，也没有人懂得药性，那些长着疮的、生上病的，哼哼唉唉，有多痛苦！自己现在有这么一棵灵芝，何不出去给人治病？

于是，那艾奈就挂了个牌子，天天出去给人治病。也不管路远路近，也不说风里雨里，见一个，治一个，见两个，治一双，一年十二月，一月三十天，也不知治好了多少。远远近近，没有一个不知道有这么一个好心肠的后生。

且说，有一天艾奈进了一个寨子，只听得一片哭声，也不知是哪家遭了抢劫。这时，只见一个汉子急匆匆地迎面走来，艾奈见了，就把他拉住问道："什么事情哭呀？"

"死了人！"那汉子说。

"哪家死……"艾奈还要问下去，那汉子把手一摔，

---

① 郎中：医生。

说："人家还有事情!"就急急走了。这时，恰巧又碰见了个老婆子，艾奈就问："大妈，哪家死了人呀?"

"官家，"那老婆子说，"唉，真是个好姑娘，性情又和善，样子又讨人喜欢，就是命短!"

艾奈见说，就跟老婆子说："你带我去瞧瞧。"

"人都死了，还有什么好瞧!"那老婆子说。

"不是好瞧，我能把那姑娘治活。"艾奈说。

"哪见有死人能治活的!"老婆子说，"你别缠住我，我还得去请人来念经。"

"真的，我能治活。"艾奈一面说，一面就掏出那棵灵芝草，"只要把这东西往她身上擦擦，她就能活转。"

"你这是什么?"那老婆子瞧了一瞧，说，"还不是棵野草!"

"哈，你别小看这野草，"艾奈说，"不管什么头痛脚痛、生疔生疮，只要把这东西往身上一擦，管保药到病除!"

"真的有这等灵效?"恰巧，这时老婆子脚上生着个烂疮，就说："那你给我把烂疮擦擦瞧。"

艾奈把灵芝往烂疮上一擦，果然立刻好了。于是，那老婆子就把他带到官家那里去了。

"官家，"那老婆子说，"这后生说，他能把咱们的姑娘治活!"

这时，那官家正是心烦，紧锁着眉头，在屋子里踱着方步，见说是这么一桩近乎无稽的事情，只是把艾奈看了一眼，就冷冷地说道："要是你真的能把死人治活，我就把她给你!"

"好，瞧我的！"说罢，那艾奈就跟着老婆子进了姑娘的房里。

这时，那姑娘还没有入殓，静静地躺在床上，眉毛轻舒着，眼睛闭着，那张秀气的脸上还透露着媚人的神色。艾奈见了，就掏出灵芝往她嘴上擦了擦。立时，那苍白的嘴唇有了血色；再往鼻子上擦了擦，鼻孔里就透出了轻轻的鼻息，最后，往眼睛上擦了擦，那对水汪汪的大眼张开了！那姑娘张眼一看，见有个陌生的后生坐在身边，就羞涩地把头转了过去……

老婆子看见小姑娘活过来了，就快脚不迭地奔了出去，一路走，一路就喊："姑娘活了，姑娘活了！"

立时，看热闹的人就像潮水样地涌进了房里，把个没出嫁的姑娘弄得也不知道是什么事情，只是把头钻在被里，两只眼睛却从被角不住偷偷去瞅那坐在床上的后生。

可是，官家听说姑娘救活了，心里却翻悔了，他想：官家的姑娘怎能嫁给这样的一个穷人？于是就把艾奈叫出，对他说道："小子，你要金子，我就给你金子，你要银子，我就给你银子，可我的姑娘不能给你！"

"不，我不要金子，也不要银子，就是要你家的姑娘。"

官家听了，就胡子一翘一翘地说道："你干吗要我的姑娘？"

艾奈一听官家想抵赖，就把那个老婆子拉来，跟他论理。这时，那官家当着这么多的百姓，又不好发作，就说："好吧，你要我家的姑娘也容易，可是咱官家的姑娘，不能没有聘礼，你要是能拿出三个一样大小的凤凰蛋，就把姑娘接去，要不，你就别说我赖婚！"

这凤凰蛋叫他到哪里去找呢？这可把后生难住了。可是，当他穿出官家的院子，就想起了乌鸦说的话。也许，乌鸦有什么办法吧。于是，他就向天空喊了三声，立时，就见那乌鸦远远地飞来，落到了附近的树上。

"你有什么事情要我帮忙吗？"乌鸦说。

"你能帮我找到三个一样大小的凤凰蛋吗？"艾奈说。

"你要这凤凰蛋干什么？"乌鸦说。

"讨媳妇的聘礼，给官家的门户！"艾奈说。

"那好哕。"那乌鸦说完，就扑扑地飞走了。

不一会，那乌鸦就带来了三个一样大小的凤凰蛋。艾奈见了，忙向乌鸦道谢。

乌鸦说："别向我谢了，是凤凰帮助你的，我们都知道你是好人。"

艾奈接过凤凰蛋，就去把它给了官家，说："喏，这里是三个凤凰蛋，一样大小的。"

那官家拿了凤凰蛋，左比右比，实在没有什么可以挑剔，于是又说："还得有三对一样轻重的野象牙！有了，你就把姑娘接去；要不，咱们把话说在先了：官家的姑娘，你就别想！"

"这野象牙叫我一时哪里找去呢？"那后生心想。可是，当他跨出了官家的大门，就想起了马鹿说的话。也许，马鹿有什么办法。于是，他就向旷野唤了三声。立时，就见那马鹿远远地奔来，歇在附近的草地里。

"你有什么事情要我帮助吗？"马鹿说。

"你能帮我找到三对一样轻重的野象牙吗？"艾奈说。

"可是，你要这野象牙干什么呢？"马鹿说。

"讨媳妇的聘礼，给官家的门户！"艾奈说。

"那好吃。"那马鹿说完，就蹄不沾尘地跑走了。

不一会儿，那鹿就衔来了三对一样重的野象牙，艾奈见了，忙向马鹿道谢。

马鹿说："别谢我了，是野象帮助你的，我们都知道你是好人。"

艾奈接过野象牙，就去把它给了官家，说："喏，这里是三对野象牙，一样轻重的。"

那官家拿了野象牙，秤子称，戥子称，拿到哪里也是一样轻重！

那官家正想另外出些什么难题，可小姑娘忍不住开口了："爹，你要凤凰蛋，他给你找来了凤凰蛋；你要野象牙，他给你找来了野象牙；亏你还是官家，说话能不作数！"说罢，把艾奈一拉，说："咱们走吧！"

就这样，两个人头也不回地走了出来。

自此以后，媳妇在家里织纱织布，艾奈出去犁田种地，庄稼活闲些时，就给人看病行医。两口子又恩爱，小日子过得挺美满。

可是不久，事情却出了岔子。原来，那官家还有个姑娘，嫁在一个很远很远的寨子，不知道怎的，这时却到官家家里探亲来了。那婆娘听说妹子嫁了这么一个走江湖的穷郎中，就想艾奈家里究竟有什么起死回生的丹药。

那婆娘跑到艾奈家里，就跟她妹子说："阿妹，听说你家有什么神药，好不好让姊见识见识！"

也是他媳妇一时大意，忘了艾奈跟她说的："我不在家时，那灵芝你就别拿出来，怕有些歹人见了，起了什么不良的念头。"她想，就这么给阿姊看一下，也没有什么不可以。于是，就取出了那棵灵芝，给了那白面黑心的婆娘。那婆娘接过灵芝一看，果然是件宝贝，就嘴里说着借我再看一下，心里却不想还了。

他媳妇一看，那婆娘神色有些不对，就说："阿姊，这药不能久看，看久了，走了药味，就不灵效了。"

"真的吗?"那婆娘这时一边算计，一边尽量敷衍。

"真的，快些给我，该收起来了。"

"咦，怎的不见了!"这时，那婆娘把药往边上一藏，就假作吃惊地嚷了起来："是你自己拿回去了吆!"

"我哪里拿回了?"

"怎不是你拿回了!"

结果，两个人就吵了起来。那受了拐骗的，自然不会甘心让人家拿走东西；那存心拐骗的，自然也不会承认拐了人家、骗了人家。就这样，你一言我一语，从白天吵到晚上，两个人还是没有吵歇。

正当两个人吵得不可开交时，那天上的月亮却下来把灵芝给偷走了!

灵芝被偷走了，那婆娘的贪心自然是落空了。可是，艾奈借以治病救人的东西也就没有了。

当艾奈回到家里，媳妇就告诉了他这件事情。怎么办呢? 又不知道丢在什么地方，又不知道是哪个拿走了。于是艾奈就跑到附近一家有名的巫师家里，请他帮忙卜卦。那巫师卜了一卦，说是月亮给偷走了。

有了赃主，事情就好办了。

艾奈回到家里，就跟媳妇商量了一下，准备到月亮家里取讨。可是他媳妇却舍不得他走，说："到那里路很远，我看你受得了受不了这路上的辛苦。"

"可是，咱们那灵芝不能不讨回啊！"艾奈说。

"那，"他媳妇想了一下，说，"叫咱们的豺狗去取吧，它很懂事。"

艾奈想了一下，也行，于是就把豺狗唤来，交代了几句。然后架了把梯子，直通到月亮家里，叫豺狗爬了上去。

那豺狗爬了七天七夜，才爬到月亮家里，可是那月亮知道这事，早就躲起来了。豺狗又找了七天七夜，这才找着了月亮。豺狗一见月亮，就说："月亮，你怎么偷了人家的灵芝？"

"老巴诏①说你偷了，你还想赖？"豺狗说。

"谁是老巴诏，我不认得！"

"老巴诏你不认得？"那豺狗看见月亮这样耍赖，心底的火气就冲上来了。这时，只见那豺狗一个跳跃，扑了上去，撕下了月亮腿上一块肉。

"哎唷！"那月亮喊了一声，就躲到了一边。

"你还不还？"豺狗说。

"我还你什么？"

"好！"那豺狗又一个跳跃，扑了上去，撕下了月亮身上的一块肉。

"哎唷！"月亮喊了一声，又躲到了另一边。

就这样，豺狗咬，月亮躲，直到豺狗咬累了，在旁边歇下，月亮就偷偷掏出灵芝，往咬的地方擦去，立刻，那伤口

---

① 巴诏：意即圣者。

又好了。

豺狗看看没有办法，就想回来再讨主意。可是，回头看时，梯子却不见了！——原来日子久了，梯子叫白蠹虫蛀断了。因此，豺狗就没有办法下来了，所以，直到今天它还留在天上。

豺狗咬了月亮，月亮就蚀了；灵芝擦了伤口，月亮又明了。——这就是月食的原由。

记录整理者：王敬溜

英雄神话

# 家养的禽畜都是女人牵来的[①]

人和一切动物刚从葫芦里来到地面生活的时候，谁也不养谁。人和一切动物都是靠采摘树果、草叶生活的。

后来，人类发展了，各种动物也繁殖多了。树果、草叶一天天被人类和动物吃光了，于是人类也就开始学着保留移栽一些好吃的果树和野草，也就是现在的水果和蔬菜。

因为人和各种动物在寻食时常常争食斗架，于是，人就跑到神那里去告状。神听了人的话后就同意让人捕捉一些动物，用它们的血肉充饥。从此以后，人就开始了男女老少一群一伙地从这座山到那座山地追捉其他动物了。当人们捉住动物杀吃时，无论大小动物都首先割下动物四肢、五脏、五官和躯干各部皮肉，每处取一点用于祭祀神主，表示感谢神主对人类的这一恩赐。所以，现在我们仍可看到佤族人民每当猎得各种大小野兽要先祭祀神主。

据说，在那个时候，人们什么工具武器都还不会制造，人们居住在山洞，几天搬一次家。追捕野兽时，是所有的人都出动，拿着木棒、石头，撵的撵，截的截，大家一圈一圈地围住一座山、一片林，四面八方搜索围拢圈子。人群多，圈子宽，围起来的大小动物也不少，被人打伤砸死、撵累跑不动的都有。

当时的女人除了系裙子的腰带外，她们每人都还在腹部系着一条带子。这是因为她们的衣服没有纽扣，直到现在，

---

① 本故事流传于云南省沧源佤族自治县，由陈平选自《佤族民间故事集成》，云南民族出版社1990年版。

佤族女人自制的服装仍没有纽扣。当时，被人们围猎追捕时那些跑累、打伤了的大小动物，撞到女人跟前，便被她们用解下的腹部上的那条带子捆住，牵回家，而撞到男人面前的动物，则被他们几棒子、几块石头全都打死了。

多次的围猎追捕，女人拴下来的各种大小动物逐渐地多起来了，除了被人们猎不到动物时杀了分吃的以外，它们都被人们喂养着。从此以后，女人们就不再跟男人们一起继续围猎追捕动物了，而是在山洞周围的草地上放养那些她们拴住的各种动物。天长日久，女人拴住放养的那些大小动物，慢慢地繁殖了后代，习从了人养，成为我们如今的牲畜家禽。于是，直到现在，男人还是要每年每月组织起来或单独地上山狩猎，而女人们除了劳动以外就是负责在家喂猪喂鸡、关牛进圈了。另外，在生活上，女人们首先优享肉类，办婚事时，杀牛宰猪，三条腿的肉都归女方，而男家只得一条腿的肉；女人坐月子时，要给她们杀足够的鸡吃，有时还要杀牛、杀猪、杀狗给她们吃呢。

口述者：达布勒

整理者：梁红伟

# 芽喃半①

"半截观音"是一种生长在寒冷山区的草药。它能消炎镇痛、接骨止血，还可以治风湿、肝炎等病。它样子长得十分奇特，那叶子就像被人掐去了尖尖，活像一把锅铲，所以也叫锅铲叶。我们阿佤山人叫它"芽喃半"。

相传，很早的时候，我们阿佤山人有一个佤族寨子的头人，为人像箭一样的耿直，心地像马鹿一样的善良，对老百姓就像对待自己的兄弟姐妹一样。因此，老百姓对他也像对待自己的父母一样敬重和爱护。

一天，头人突然生病了，病得很厉害，一连几天不吃不喝，哪个也晓不得他生什么病。一家人为他着急，全寨子的百姓为他担心。大家到处找药、求医，可是头人的病一直也不见好转。

头人有个未出嫁的妹妹叫喃，也像他哥哥一样善良，是一个心灵手巧的好姑娘。全部落的人都喜欢她，叫她喃蒙②。喃见哥哥的病重，心里非常着急，吃肉没有味，喝蜜不觉甜。"谁能治好哥哥的病呢？"喃想啊想，"对，神佛或许会解救善良的人。"

喃选了一个吉日良辰，杀了一只大红公鸡，煮了些白生生的米饭，又舂了香喷喷的糯米粑粑……她把这些好吃的东西端端正正摆到供桌上，又在佛桌正中间点了黄蜡。喃双膝

① 本故事流传于云南省沧源佤族自治县，由陈平选自《佤族民间故事集成》，云南民族出版社1990年版。原名"半截观音"。
② 喃蒙：好姑娘。

跪下，合掌祈祷："实爷实勇①神仙大佛！可怜可怜我哥哥，如果世上有仙丹妙药，就请天神赐给我的哥哥，让他药到病除，早日康复吧！"待祈祷完，喃早已成了个泪人。

就在那天晚上，夜已很深了，喃还坐在床边伺候哥哥。忽然间，她看见一样闪着绿光的东西从窗口飞了进来，一直飞到哥哥的床前才落下来。喃赶忙从床上跳下来，捡起那闪着绿光的东西，一看，样子像一片普普通通的绿叶子，只不过它会发出宝石一样的光芒。喃十分高兴，她知道这是天神赐给的仙药，很快找来一把剪刀，把绿叶的尖尖剪下一截来，煨给哥哥吃。哥哥吃了喃煨的药汤，过了一会儿，就觉得全身轻松多了；过了几天，就能吃喝了，病很快就好了。

哥哥的病好了，喃心里十分高兴，她想：这片天神赐给的绿叶真是救命的仙丹妙药啊，我应该把它好好保留下来，用它来给全部落的人治病。喃本是一个心灵手巧的姑娘，她把剩下的那半截叶子细心地埋在地里，精心地照料它，背最清的山泉水来浇它……过了不久，那半截叶子在地里生了根发了芽，最后长出了许多绿油油的叶子。可惜那些叶子都没有尖尖，只有半截。

我们现在看到的半截观音，就是心灵手巧的喃栽出来的。我们阿佤人为了感谢和纪念喃，就把它叫作"芽喃半"意思是喃用剪刀剪出的叶子。

口述者：肖老大

整理者：彭建新

①　实爷实勇：老天老地。

# 诏　波①

古时候，在沧源勐懂镇的下方，有一棵参天大树，上面有一个蛇鸟的窝。蛇鸟是一种会吃人的大老鹰，它常常飞到附近的寨子里，把小孩抓来吃掉。大家都担惊受怕，寨子里随时都有悲恸的嘶叫，很多人家都失掉孩子。老人们共同商量对付蛇鸟的办法，有人提出将大树砍倒，把蛇鸟赶跑，于是周围的人集中起来砍树，他们分批砍，第一批把树砍开一个大口子，准备换第二批人继续砍，但刚把斧子拔出来，树的口子就合起来了，就这样，他们不断地砍，树也不断地合拢来。树砍不倒，有人提出用弩射蛇鸟，但树太高大，弩根本射不到鸟。蛇鸟依旧天天来抓孩子吃。

在腾龙大山下的一个部落里，有个诏波，他身强力壮、力大无穷，他使用的弩比别人用的大三四倍，一般人用的弩柄只有四庹左右，而他的弩柄却有十二庹，勐懂地方的老人们决定请他来除掉蛇鸟。诏波用斧头砍树，一口气就把树砍倒，鸟窝从树上掉下来，蛇鸟却飞逃了。诏波用弩射鸟，一箭射穿蛇鸟的胸膛。鸟射死了。但它的灵魂还在，为了斩草除根，彻底把蛇鸟镇住，人们在那棵大树生长的地方建造了一座白塔。

讲述者：王敬溜

整理者：陈　平

---

① 本故事选定者陈平。

# 鸟 泪 泉[1]

在阿佤山班洪大寨山后，有一座叫猴子崖的山崖。崖上绿树常青，野藤倒挂，一股清泉从崖顶倾泻而下，当地阿佤人叫它茸短醒，意思是鸟泪泉。当地的人们走过这里，捧起这清凉的泉水品尝时，会不由自主地想起一个悲壮的传说来。

据说，早先的时候，猴子崖上并没有这股泉，这泉水是后来由两只热爱家园、怀乡思亲的大鸟的眼泪汇积而成的。

远在班洪部落刚刚兴起的时候，部落里有两个贫苦的阿佤姐妹，姐姐叫叶茸，妹妹叫安并。她俩聪明伶俐，勤劳善良。那时部落的先民们团结和睦，互相帮助开垦土地，种庄稼、植果树，大家用勤劳的双手共同建设着自己的家园。姐姐叶茸是纺织的巧手，一天能织九个村寨姑娘穿的衣裳裙子，这些衣裙穿在姑娘身上，赛过了天上的彩霞；妹妹安并是耕种的能手，一天能种九山九坡的旱谷，能种九丘九岭的茶树，使部落的同胞都能吃饱喝足。全部落的同胞都很喜欢这两个能干的姑娘。

叶茸和安并聪明能干的事，传到一个势力强大的外族部落王子的耳朵里，他给班洪王送来了金银宝玉、猪羊牛马，要买叶茸、安并当家奴。班洪王见到这么多礼物，看花了眼，就把姐妹俩卖给了他。

叶茸、安并要走了，她俩多么舍不得离开自己曾经耕织过的土地和织机，多么舍不得离开抚育自己成人的父老乡亲

---

和衰老的阿爹阿妈。乡亲们对班洪王出卖叶茸和安并气愤万分，见到两位姑娘要走了，他们就像挖心割肉一样痛苦，许多人吃不下饭、睡不好觉，部落里失去了生气。

外族部落的来人带走了叶茸和安并。一路上，日头火辣辣，瘴气熏死人，走在异乡的路上，叶茸、安并心情沉重，她俩走路想家乡、睡觉思亲人。过了一天又一天，走了一山又一山，故乡越来越远了，姐妹俩的心都要碎了。她俩成天愁眉苦脸、不吃不喝，慢慢消瘦下来，不久就死在途中。

两朵洁白的花儿被摧残了，但是姐妹俩思念家乡的心并没有死。那年春耕时节，阿佤山遇上了大旱，布谷鸟叫过了，黄泡①熟过了，天还是不下一滴雨。山溪无水，河水断流，禾苗干死，绿竹枯萎。人们没有水喝，孩童哭干了嗓子，老人渴裂了嘴唇。就在这时，部落里知道了叶茸、安并已不幸死去，她俩的双亲气瞎了眼睛，父老乡亲都伤心地哭了起来。天灾人祸一齐降落到部落头上。

说来很奇怪，突然有一天，猴子崖上飞来了两只乳白色的大鸟，它们站在崖上，面朝班洪部落，"哀、哀"地叫个不停，边叫眼睛边流血，那声音叫得凄惨，就像人们在哭啼。越近黄昏，大鸟叫得越紧越伤心，听了使人心肠绞痛。

阿佤人说，只有心地善良、热恋家园的人，死后才会变成各种美丽的鸟飞回故乡。叶茸、安并死后就变成了这两只大鸟回家园。那时候，部落的先民们到山坡上种旱谷，到野林里打猎，到山箐里采野果，路过猴子崖都要停下来，深情地望着这两只不知名的大鸟，看到它们，就像看到了叶茸、

---

① 黄泡：野生果，味甜、色黄、可食。

安并两姐妹。

有一天，部落里的人路过猴子崖，看不见大鸟了，却见崖上流下来一股清澈的泉水，那泉水清凉甘甜。人们用竹筒把泉水背上山去浇旱谷，旱谷发芽长叶。人们把泉水引下山坡浇茶树，茶树叶绿芽新。黄牛、水牛喝了泉水，腰壮体肥。叶茸、安并的阿爹阿妈喝了泉水，重见光明。小伙子喝了泉水，气壮腰硬。小姑娘喝了泉水，心明眼亮……

原来，叶茸、安并变成大鸟后，眼见故乡大旱，为了使部落回春，它们飞遍了无数草场，吸了万株草上的露水，飞回故乡，把露水化作思乡怀亲的泪水，让泪水化作了这股泉水，从崖头直泻下来，滋润着故乡的土地。阿佤人为了纪念叶茸与安并，就把这股泉水取名为"鸟泪泉"。

搜集整理者：白　花


# 斗魔的故事①

许多年前，阿佤山来了一个自称佛爷的汉子，他身穿黄袈裟，貌似慈祥，口口声声说自己是阿佤的后代，只因父母双亡，才当了和尚，如今已从小和尚升到二佛爷，又从二佛爷升到了大佛爷。随后，他说道："父老兄弟们，我们阿佤为什么不富？因为大家不信佛。我们阿佤为什么得摆子病？因为大家有佛不信。只要大家信佛，让娃娃当和尚。就可以

---

① 本故事流传于云南省澜沧县，由陈平选自《佤族民间故事》。

像汉人、傣家一样富，就可以不再得摆子病。"

大家的心都被说热了，阿佤人耿直，自然相信了他的话，在永勒寨给他盖了缅寺，并送去三十个娃娃当和尚，过了一个月，娃娃的爹妈们想念娃娃，想到缅寺看望。大佛爷说："他们正忙着念经书，你们不要去干扰他们。你们送第二批来吧，第一批已升了一级。"

人们又送去三十个娃娃当小和尚。又过了一个月，不见娃娃面，第二批娃娃的父母很是想念，第一批娃娃的爹妈更着急。

"大佛爷，两个月了，让我们的娃娃回来一趟吧？"人们说。

"不行，他们正忙着念经书。等到你们送第三批来，满了三个月再让他们一起回家。"大佛爷回答。

人们不得不又送去了三十个娃娃当小和尚。

有一个老阿婆十分想念自己最心爱的小孙子，到了第九十天凌晨，头遍鸡还没叫，就偷偷跑到缅寺去看。"阿婆救救我，阿婆救救我呀，魔鬼要吃我。"快到缅寺时，老阿婆隐隐约约听见小孙子的叫喊声。她轻手轻脚走到缅寺大门口，朝里面看，只见一个头是狼头、手是豹子爪、身子是大佛爷的魔鬼，正在掏自己小孙子的心。老阿婆跌跌撞撞跑回家里，让她儿子敲吃木鼓报急。寨子里的人们问明情况后，一同赶到缅寺里去看，果然大佛爷现出了魔鬼的样子。人们气愤极了，就对着魔鬼，拿枪射，可枪不响；拿弩打，可箭会断。而魔鬼从口里喷出一股烟，便把人们熏得个个全身颤抖、四肢无力，就连拔出长刀的力气也没有了。

老阿婆恨死了老魔鬼，她要替小孙子报仇，恨不得一口咬死魔鬼。看见魔鬼喷烟使人们无力，她便把自己的旧裙子脱下来点上火，朝魔鬼丢去。裙子冒出一股青烟，冲向魔鬼，魔鬼害怕了。但是，后来魔鬼不知从什么地方又学会了吐水的本领。当人们烧旧裙子驱赶他时，他就吐水把火灭了。魔鬼更得意了，对人们说："你们还得给我送娃娃来吃，不然，我就让你们全身发抖，永无力气。"

永勒寨人害怕了，就跑到山上的窝棚里住。

"你们跑不了，快给我送娃娃来。"魔鬼又追到山上来要孩子。

"给他做个木头娃娃！"魔鬼走后，有个人说。所有的眼睛都看着这个人。他是永勒寨最巧的木匠，他的心像白露花一样纯净。他做的各种飞禽走兽，活灵活现，像真的一样。

过了两个八天，木匠对人们说："木娃娃做好了，你们就叫它'吉留'吧。当送给魔鬼时，请一定让魔鬼背它一下。如果它战胜了魔鬼，就把它放在寨子路口，大家就可以平安了。"木匠说完就死去了。

人们哭着给木匠换新衣服时，发现他的心脏没有了。再看木娃娃，嘿，有一颗活生生的心在它身上跳动着。

魔鬼来要娃娃时，人们把吉留送给了他，并说，"可怜这孩子，你先背他一下，回去再吃吧。"

"好，好，好，只要你们经常给我送娃娃。"魔鬼一把抓住吉留，放到脊背上。吉留左手紧紧抓住魔鬼，右手从口袋里拿出木匠的小锯子，一下子锯断了魔鬼脖子上最粗的青筋。黑红黑红的血从魔鬼的血管里喷出来，魔鬼挣扎几下倒在地上死掉了。

后来，人们为了纪念木匠，也为了给寨子的人畜消灾禳邪，便照木匠说的，把吉留放在寨边的路口。

整理者：尼　嘎


# 达惹罕①

相传很早以前，天神和地神为了争夺地盘，双方打了起来。他们整整打了三天三夜，斗了几千几百个回合。天神因为法力和武艺都不如地神，结果被地神打败了。天神失败后，心怀不满，一心要寻机报复。有一天晚上，他想了一个妙计，偷偷地把太阳藏起来了。从此大地失去了光明，人间一团漆黑，田地里的庄稼渐渐枯黄了。人们在漆黑的大地上不能打猎，不能采野果，不能种庄稼，只好成天躲在山洞里，靠泉水充饥。日子一天天过去，每天都有人死掉。

有一天，达惹罕看到洞里的乡亲们饿得骨瘦如柴，便和妻子商量，要去寻找太阳。他的三个儿子听说父亲要去找太阳，都争着要去。老大岩戛说："阿爸，我身强力壮，刀使得好，能斗豺狼，让我去吧！"老二尼块说："阿爸，让我去吧，我的弩箭比哥哥的刀法强！"老三桑木团等两个哥哥说完后，恳求道："阿爸，两个哥哥在家照顾你，我去更好些。"三个儿子争着要去，最后达惹罕和妻子只好让岩戛

①　本故事流传于云南省沧源佤族自治县，由陈平选自《佤族民间故事集成》，云南民族出版社1990年版。

去。临走前，达惹罕再三嘱咐岩戛半年内一定要转回来。岩戛点了点头，挎上长刀，背着一筒帕食物上路了。一转眼，半年过去了，岩戛没有回来。达惹罕对妻子说："么戛，老大一去半年不见回来，会不会出了什么事？"

"是啊，他可能遇到什么灾难了。"妻子回答说。

老二听说哥哥可能是遭难了，连忙从篾炕上跳起来，向阿爸阿妈发誓，不找到哥哥和太阳就不回来。

老二一去又是半年没有音讯，达惹罕夫妻只好叫老三去找。临行前，达惹罕夫妇再三嘱咐，找不到太阳就赶紧回来。又是几个月过去了，老三也不见转回。达惹罕与妻子商量，决定自己走一趟。

达惹罕告别妻子，踏上了路途。他走啊走啊，一路上风餐露宿，走累了就躺在大树下休息。一天，他实在太累了，倒在大树下睡着了。蒙眬中听见一只白鹇鸟对自己说："达惹罕，达惹罕，太阳是被天神藏起来了，你的三个儿子也被天神抓起来啦。你要想和天神拼，先要求百寿老太帮忙。"达惹罕醒来一看，树上不见白鹇鸟，他又四周看了看，也没有发现什么，便继续向前赶路。

达惹罕一路上钻刺棵、攀高山、蹚溪流，翻了九十九座山，过了九十九条河，来到了一间茅草房前。他走进茅草房，看见屋里坐着一个白发苍苍的老婆婆。达惹罕连忙上前说道："老婆婆，我叫达惹罕。"

老婆婆仔细打量了达惹罕，关切地问道："你要干什么呀？"

"老婆婆，我要去找天神要太阳。"

"你要去找天神要太阳，怎么连刀箭都不带，这怎么行呢？"

达惹罕听了这话恳求说："我也不知道要带哪样才好，更不知道要用哪样办法才能战胜天神。老婆婆，您能告诉我战胜天神的办法？"

老婆婆看了看达惹罕说："达惹罕，我的眼睛被眼屎糊住了，请你先把我的眼屎舔干净！"

达惹罕听了老婆婆的话，毫不犹豫地把老婆婆的眼屎舔干净了。随后，老婆婆拿出一把生锈的长刀递给达惹罕，叫他用这把长刀去砍河边的一棵又硬又粗的大树。没砍几下，长刀就断成了几截，周围再也找不到砍树的东西，他只好用牙啃。啃啊，啃啊，啃了好长时间，牙齿啃掉了几颗，才把大树啃倒。就在大树倒下的那一瞬间，一把金光闪闪的长刀从树心跳了出来，直飞到达惹罕的脚旁。他急忙捡起长刀，转身跑到茅草房去找老婆婆。

"老婆婆，您看，从那棵树心里跳出了这把长刀。"

"这就是你与天神斗争的武器！"

达惹罕仔细看着闪闪发光的长刀，心里高兴极了，急忙谢过老婆婆又准备上路。

"你先别高兴，看看你脚上什么也没穿，通往天神家的道路可是荆棘丛生啊！"老婆婆边说边给达惹罕一双鞋子。

达惹罕接过鞋子穿上，告别了老婆婆，继续去寻找太阳和三个儿子。

他走了三天三夜，爬了三座大山，过了三条大河，来到了一个大山洞前。只见山洞的石门前站着一个青面獠牙、手持长矛的神将。他看见达惹罕朝石洞走来，忙号叫道："喂，你是什么人？如此大胆，竟敢闯到这里来了！"

"我是达惹罕，是找天神要太阳来的。他把太阳藏了起来，今天定要他交出来！"

"哼，看你这样子，还想战胜我们大王？不要做梦了，快滚开！不然我一矛戳死你。"

达惹罕大叫道："你们偷了太阳，还想称王称霸，我叫你先吃我一刀。"说着就抄起刀和神将打开了。刀棒在空中飞舞，达惹罕英勇拼杀，神将被打败了。

天神见神将被打败，急忙拎着宝剑大步走出洞来，暴跳如雷地吼道："你是哪里来的狂徒，竟敢欺到我的头上来啦！"

达惹罕答道："我叫达惹罕，是来找你要太阳的。快把太阳还来！"

"大胆的狂徒，你哪是我的对手。我不费吹灰之力就可以把你捏得粉碎，快滚！"

达惹罕听完天神的大话，气得脖子上的青筋直跳，他挥动着手中的长刀，奋力向天神的头上砍去。他和天神展开了激战，刀剑相碰时发出的响声，就像打雷一样。

达惹罕穿着老婆婆给的鞋子，能跨箐，能上天。天神飞到天上，达惹罕追到天上；天神跳回地上，达惹罕追到地上……他俩打了七天七夜，达惹罕一只脚踏在天神的身子上，一只手高举长刀说："你把太阳藏到什么地方去了？快拿出来，不然我就杀了你！"

"哎哟，哎哟，"天神呻吟着，连连向达惹罕求饶，"达惹罕老弟，太阳还给你，饶了我吧！"

天神把太阳放回了天空。顿时，光明和温暖又回到了大地，世上的万物又恢复了生机。达惹罕征服了天神，救出三个孩子，回到了妻子身边。

搜集者：刘新春　陈玲玲

# 阿昌族

◎ 中国各民族神话

# 创世神话

# 遮帕麻与遮米麻[①]

这是一个最古老的故事，也是一个真实的故事，它告诉我们人类的始祖遮帕麻和遮米麻造天织地、创造人类的经历。这个故事是天公遮帕麻亲口告诉我们阿昌的莫陶（巫师），再由活袍世世代代口传下来的。

在远古的时候，既没有天也没有地，只有混沌一片，混沌中无明无暗、无上无下、无依无托、无边无际，虚无缥缈。记不得是哪年哪月，混沌中忽然闪出一道白光。有了白光，也就有了黑暗；有了黑暗，也就有了阴阳。阴阳相生诞生了天公遮帕麻和地母遮米麻，明暗相间产生了三十名神将、三十名神兵。

遮帕麻没有穿衣裳，腰上系着一根神奇的赶山鞭，胸前吊着两只山一样的大乳房。他挥动赶山鞭招来三十员神将、三十名神兵，还有三千六百只白鹤。他叫三十名神兵背来银色的沙子，叫三十员神将挑来金黄色的沙子，叫三千六百只白鹤鼓动着它们雪白的翅膀掀起阵阵狂风。有风就有雨，遮帕麻用雨水拌金沙造了一个太阳，用雨水拌银沙造了一个月亮。遮帕麻造的月亮就像泉水凉阴阴、清汪汪，遮帕麻造的太阳像阿昌家的火塘火辣辣、亮堂堂。太阳造好了，可惜没

---

① 遮帕麻与遮米麻：阿昌族的创世神话。它以史诗的形式保存下来，由莫陶（巫师）口头代代相传。只有在祭祀时能唱，仪式十分隆重，平时不准唱，如果一定要唱，必须莫陶烧香请示天神，天神同意之后才能唱。史诗分四部分，有两千多行，分别是《创世》《补天治水》《妖魔乱世》《降妖除魔》。散文体整理者以遮帕麻与遮米麻两个人物为中心，将史诗各部分连成完整的故事。本故事由王松选定。

有窝；月亮造好了，可惜没有放的地方。遮帕麻用右手抓下左边的乳房，变成一座太阴山；又用左手抓下右边的乳房，变成一座太阳山。两座山一样高，山高十万八千丈。遮帕麻舍去了自己的血肉，从此以后，男人没有了乳房。遮帕麻张开胳膊，右边挟起光闪闪的月亮，左边挟起火辣辣的太阳，迈开了巨人的步伐。他跨出一步就留下一道彩虹，他走过的地方都被踩出一条银河，他喷出的气体变成了满天的白云，他流下的汗水化成无边的暴雨。遮帕麻来到山中腰，举起月亮放到太阴山顶上，让月亮有了歇脚的地方；举起太阳放到太阳山上，从此，太阳有了归宿。遮帕麻在两山中间种了一棵梭罗树，让太阳和月亮绕着梭罗树转，太阳出来是白天，月亮出来是晚上。遮帕麻又用珍珠造了东方的天，用玛瑙做了南方的天，用玉石造出西边的天，用翡翠做了北边的天。天造好了，遮帕麻派龙鹤早牦做东边的天神，派腊郒早列做南边的天神，派字劢早牦做西边的天神，派毫祢早牦做北边的天神。

就这样，遮帕麻创造了日月，定下了天的四极。他造的天像张开的幕布，他造的日月光芒四射，遮帕麻的名声也从此流传下来。

在天公造天的同时，地母也开始织地。地母遮米麻刚诞生的时候，裸露着身体，头发和脸毛有八尺长，长长的脖子上长着一个比柞果还要大的喉头，遮米麻摘下喉头当梭子，拔下脸毛织大地。从此以后，女人没有了喉头，也没有了胡须。遮米麻拔下右边脸上的毛，织出东边的大地；拔下左边脸上的毛织出了西边的大地；拔下下额的毛，织出了南边的大地；拔下额头的毛，织出了北边的大地。东、南、西、北都织好了，大地比簸箕还要平。遮米麻的脸上流下了鲜血，鲜血流成了大海，淹没了整个大地。遮米麻用她的肉托起了大地，使世界有了生机。遮米麻的功绩就像大地宽阔无际，像海水深不见底。

天公造完了天，地母织完了地，但是，天造小了，地织大了，天边罩不住地缘，狂风席卷着海面，波浪拍打着天空。遮帕麻拉住东边的天，大地露出了西边；拉住南边的天，大地露出了北边。苍天拉出阵阵炸雷，震撼着天涯海角。遮米麻连忙抽去三根地线，大地产生了强烈的地震，结果大地有的地方凸起，有的地方凹下，凸起的地方成了高山，凹下的地方成了平原、山箐。大地缩小了，天边盖住了地缘。从此，白天太阳把大地照得通明透亮，夜晚月亮洒下银色的光芒，青草把平原铺满，森林把高山遮住，鱼儿在水里嬉游，小鸟在空中歌唱。

天幕和大地合拢了，天公来到了大地上。"是什么样的巧手织出来的大地？是什么样的魔法使大地能伸能缩？"望着苍茫神奇的大地，遮帕麻百思不解。他带着神兵神将，提着赶山鞭，在大地的四周漫游，要把创造奇迹的地神寻找。

遮米麻把抽出的三根地线绕成线团收好，看着给大地投来光明的月亮、给大地送来温暖的太阳和慢慢飘来浮去的朵朵白云，好似走入了一座迷宫。她拼命地奔跑起来，上高山，下深箐，要去找寻造天的神。肚子饿了，她飞到树上采下鲜嫩的树尖，摘来山果野梨充饥；夜幕降临时，她就在石洞、树洞里藏身；天热时，她把芭蕉叶顶在头上；寒冷时，她把树叶、茅草披在身上。

在一个晴朗的早晨，空气是宁静的，没有丝毫声音，河水停止了流动，林木也垂下了枝叶，一切都在静静地等候着天公和地母的来临。在大地的中央，在高高的无量山上，遮帕麻和遮米麻相遇了。他们的相见就像太阳和月亮第一次见面的情形。他们的相见就像星星盯着大地，永远不会满足。

遮帕麻赞扬遮米麻织的大地有巍峨的崇山峻岭，有辽阔的大草原，有肥美的河谷坝子，还有那宽阔的海洋。他说："我造的天就像一朵云彩随风飘，只因有了您织的大地，天才有了支撑，有了根底。"

遮米麻伤心地答道："山高没有人砍柴，林深没有人打猎，田野肥沃没人去耕耘，海洋宽阔没有人去捕鱼，大地有什么用？还得有支配世界的人啊！"

"你能织地，我会造天，让我们结合在一起来创造人类吧。"遮帕麻说道。在那个古老的时候，大地上仅有遮帕麻和遮米麻这一对人类的始祖，无人为他们说媒，也没有人为他们定亲。他们想结合在一起来创造人类，又怕违背了上天的旨意。他们就决定到相距很远的两个山头上，各生一堆柴火，让腾起的火烟来代表天意。遮米麻用两块石头相碰找到了第一个火种。遮帕麻挥舞赶山鞭，抽出一串串火花，他只留下一朵火花点燃了自己的柴堆，其他火花飞到天上，变成了满天的星斗。两座山头上同时冒起浓烟，在高高的天空相交，合成了一股青烟，久久地在天上扭转盘旋。①

遮帕麻和遮米麻结合了，他们就安身在大地的中央。过了九年，遮米麻生下了一颗葫芦子，遮帕麻把这颗葫芦子埋在土里。又过了九年，葫芦子发出芽，葫芦藤长得有九十九

---

① 遮帕麻与遮米麻成婚时，史诗还加上了"滚磨盘"的情节。

庹长。可是，整根藤上只开了一朵花，只结了一个葫芦。葫芦越长越大，遮帕麻怕它撑破了大地，就用大木棒打开了一个洞。葫芦里立即跳出九个小娃娃。最初的人类就这样被创造了。但是，在很长的时期里，他们不知道该怎样利用他们的四肢，也不知道怎样使用他们的大脑，他们既不会做熟食物，也不会建造房屋，他们如同鸟兽一样，被变幻莫测的大自然吓得躲进了深深的土洞里。后来，遮米麻教会了他们刻木记事，用占卜和咒语来驱赶疾病和灾难。遮帕麻教会了他们打猎、做熟食物和盖房子。①

大风吹过树梢，带走树木的种子，把种子撒满大地的每个角落，独木变成了森林；鲤鱼到浅滩上摆子，把鱼子粘在沙粒上，海水卷走沙层，鲤鱼布满了大海；九兄妹互相交往，人类就慢慢地多起来了。而且，他们不像他们的父母那样愚昧无知，他们已变得聪明能干，他们的生活一天比一天过得好。

这样的好日子不知过了多少年，突然，在一个早晨，闪电劈倒大树，惊雷打落窝里的小鸟，狂风吹开了天幕的四

---

① 葫芦里跳出九个小娃娃之后，史诗还有"老大跳出来/看见园里开桃花/以陶（桃）为姓是汉族/住到平坝种庄稼/老二跳出来/看见长刀挂在葫芦架/以刀为姓是傣族/住在河边捕鱼虾/老三跳出来/看见李树开白花/以李为姓是白族/洱海边上去安家/老四跳出来/听见门前河水响哗哗/以和（河）为姓是纳西/丽江坝子去养马/老五跳出来/看见牛打架/以牛为姓是哈尼/向阳山坡去种茶。一直到老九，说彝族看见竹箐，于是力大去背盐巴；说景颇、崩龙、老九是小姑娘，遮米麻最喜欢她们，留在她身边学织布，"织出腰带似彩霞"，因为她起得早，便姓早，"阿昌住在半山腰"。最后，史诗唱道："九种民族同是一个爹/九种民族同是一个妈/九种民族子孙多得像星星/九种民族原本是一家。"

边，暴雨降落到大地上，洪水淹没了所有的村庄，大地又变成了一片汪洋。①

天破了地母会补，遮米麻原来留下的三根地线缝合东边、西边和北边。一根地线缝一边，缝合了三边，用完了三根地线，南边的天地无线缝补。东边的天补好了，太阳和月亮又从那里升起。西边的天补好了，太阳和月亮到那里歇息。北边的天补好了，深夜里，北斗挂在北边的天幕上。只有南边的天无线去缝补，南边还在刮大风、下暴雨。

遮帕麻和遮米麻商议，决定在拉涅旦造一座南天门，来挡住从南边吹来的风雨。有一天早晨，天还没有亮，遮帕麻就告别了遮米麻，带领着三十员神将和三十名神兵，挥动着赶山鞭向南方出发了。高山挡住去路，遮帕麻挥动赶山鞭，把它赶到一旁。河水挡道，遮帕麻把赶山鞭往河两岸一搭，就架起一座桥梁。走了不知多少日日夜夜，终于到达了拉涅旦。

拉涅旦的平地泡在水里，活下来的人和动物一起被困在山头上。洪水每天还在不断往山顶上涨。遮帕麻立刻率领神兵神将用石头筑起了一道挡洪水的墙，用木头造了一座挡风门，这门就叫南天门。洪水被制服了，风雨被挡住了，动物又开始了捕捉食物和繁殖后代的活动。人们又从山顶上回到平地，重新建设他们的家园，恢复了和平安宁的生活。

造南天门时，智慧而美丽的盐神桑姑尼来到了遮帕麻身边，心中燃起了对遮帕麻火焰一般的爱情。她除了像影子一样地跟随在遮帕麻的身边，还不时地用甜言蜜语引诱和挑逗

---

① 关于洪水，即史诗的第二部分，史诗详细地描述了洪水情景。

遮帕麻。这时，遮帕麻就要回中国①，她就苦苦哀求遮帕麻留下，说："我来到这块土地上，不光是为了给你的后代子孙带来食盐，我是为了陪伴你啊，才在这里久久地把你等候。如果你真的要抛下我，我将会在痛苦中和我的食盐一同消失。"

伟大的天公遮帕麻深深地陷入了桑姑尼的情网。

就在遮帕麻南行补天期间，狂风和闪电孕育了一个最大的火神和旱神腊旬降落到中国。这个魔王的本性就是骄横乱世，以毁灭幸福和制造灾难为乐。他看到人们白天男耕女织，晚上唱歌跳舞，日子过得美满幸福，便本性发作，造了个假太阳钉在天幕上。假太阳不会升，也不会降，使地面上只有白天，没有夜晚。绝对的光明，变成了绝对的灾难。天空像一个大蒸笼，地面比烧红了的铁锅还要烫。水塘烤干了，草丛、树叶枯萎了，水牛的角被晒弯了，黄牛的背被烤黄了。腊旬还不甘休，他又把山族动物赶下水，把水族动物赶上山，强令树木倒着长，让游鱼在山头打滚，让走兽在水里漂荡，整个世界陷入了一片混乱。

受惊的羊群会呼唤主人，遭难的小鸟会寻找伙伴。看着魔王横行霸道，生灵遭受涂炭，听着动物痛苦的呻吟和人们求救的呼声，遮米麻的心急似火烧。可是，她无力战胜魔王，日夜盼望着遮帕麻归还。

她想起遮帕麻南行之时指着滚滚南流的河水曾说道："我顺河水去补天，大功告成水折头。我让河水传讯息，你在家里慢等候。"她便每天都跑出家门，来到河边，盼着河

---

① 中国：指大地的中央，以下同。

水早日折头。早晨跑三转，下午跑三转，晚上跑三转，一天跑九转，然后，河水仍然翻滚着向南流去。

遮米麻的心等焦了、眼望穿了，还是见不到遮帕麻的身影。

望着浑黄的河水遮米麻大声呼唤："遮帕麻啊，你在哪里？"浑黄的河水除了"哗哗"的流水声，再无别的反应。

向着南边的天空，向着飘飘浮浮的白云，遮米麻大声呼唤："遮帕麻啊，你在哪里？"南边的天空空荡荡，听不到一丝回响，飘动的白云静悄悄。回答遮米麻的，只是山风的呼啸。

遮米麻急得原地直打转，忽然看见一黄一黑两只狗夹着尾巴，正在水里游，遮米麻好像忽然见到了光明，两只眼睛亮了起来。她踮起脚尖，远远地直向两只小狗招手："小狗呀小狗，踩着遮帕麻的脚印走。去到拉涅旦，叫回遮帕麻，回家把妖精收。"

两只小狗直摇头，黄狗伸长脖子开了口："汪汪，拉涅旦山高路难走，爬山过水几千里，不知跑到什么时候！"

黑狗抬起头，泪水往下流，也开口诉苦道："汪汪，腊訇把我们赶下水，不许我们上岸走，天又热，地又烫，实在难熬，背脊被烤得流出了油，要我们送信收妖精，我们心中真高兴，只是拉涅旦路遥山坡陡，去找回遮帕麻，恐怕我们有心力不足。"

黄狗接过黑狗的话，边说边点头："汪汪，对了，路上饿了吃什么，碰上老虎，命都会丢。好奶奶呀，拉涅旦我们去不了，还是留在你身旁，为你把家守。"

听了狗的话，遮米麻不断淌冷汗，又跺脚又搓手，又是叹气，又是摇头，心里在暗暗埋怨："狗东西呀狗东西，信不送到拉涅旦，妖精如何收啊！"

遮米麻正在着急，又看见河里漂着两只鸡，忽上忽下，一起一落，两只小鸡浑身湿透，翅膀无力扇动，鸡头已经下垂，危在旦夕。遮米麻赶了过去，从滔滔的河水中打捞起了这两只鸡。

小鸡得救了，望着遮米麻，扇扇翅膀，抖落身上的水。水星子散开在酷热的阳光下，幻出斑斓的色彩，一会儿就消失了。它们连声向遮米麻道谢。

"好奶奶呀好奶奶，腊訇把我们赶下水，谢谢你把我们搭救，你的情义深，我们怎样才能报答你？"

听了小鸡感激的话语，好似吹过一阵凉风，吹散了遮米麻脸上的忧愁。她走到小鸡的身旁，苦苦哀求："小鸡呀小鸡，你们踩着遮帕麻的脚印走，去到拉涅旦，找到遮帕麻，回来把妖精收。"

一只小鸡直摇头："好奶奶呀好奶奶，太阳我能叫出山，远离中国的遮帕麻，我怎能把他叫回来！"

另一只小鸡更作难，遮米麻还没有开口，它就抢着说："腊訇把我们赶下水，不许我们把窝回，送信告诉遮帕麻，我们心里多高兴，只是可惜啊，我们空有翅膀不能飞。"

"路上饿了找不到吃，碰上野猫更倒霉，不是我们推脱啊，拉涅旦山高路难走，明明做不到的事情，何必让我们再受罪？"

听了鸡的话，遮米麻急得流眼泪。信儿送不到，遮帕麻何时才能归？她沿着河岸，不知走了多少个来回。她左思右想，她焦急盼望，却找不到给遮帕麻送信的办法。不知是累的，还是气的，她只感到浑身无力，只得坐在河岸上，两眼呆呆地看着河水，独自垂泪。

这时，河里出现了一只小獭猫。它一会儿白肚皮朝天，在水面打滚，一会儿又沉入水底，在水中潜游。它悠闲自得，随意沉浮，看那神气，虽然泡在水里，却比鱼还痛快，比在地上自由。

小獭猫看见坐在河边的遮米麻，慢慢地朝岸边游了过来，爬到遮米麻身上。遮米麻抚摸着它。这只小獭猫虽然刚刚从水里出来，身上却不沾一滴水。它把头偎在遮米麻身上，像儿子躺在母亲的怀里。这只可爱的小獭猫啊，看着好奶奶在河岸独自伤心流泪，它要亲亲热热地把遮米麻安慰。它不忧不愁，好像整个世界根本没有发生过什么灾难，还如过去一样平静安宁。腊訇把它赶到水里，它不害怕。腊訇把它赶到山上，找个洞它照样安家。肚子饿了，山上它可以刨蚂蚁充饥，水中可以逮鱼虾饱腹。它不怕冷不怕热、饿不着淹不死，世界上还有什么东西能难倒它呢？

它把毛茸茸的小脸紧贴在遮米麻挂满泪珠的脸上。它毛皮轻软、柔和，像婴儿的细皮嫩肉。它轻声细语地安慰大地的母亲：“好奶奶呀好奶奶，什么事情想不开，有了难处告诉我，有了什么差事，就派我去办。”

遮米麻指着不会下落的假太阳，诅咒万恶的妖魔；望着遥远的拉涅旦，想念遮帕麻。她对小獭猫说：

“小獭猫啊小獭猫，快快踩着遮帕麻的脚印走，去到拉涅旦，找到遮帕麻，回来把妖精收。”

“小獭猫啊小獭猫，奶奶说的话，你一定要记牢，山高水深，不要大意。”

"小獭猫啊小獭猫，信一定送到拉涅旦。这关系到千千万万生灵的安危，路上千万莫贪玩。"

小獭猫完全听懂了遮米麻的意思，它点了点头，说话了："奶奶不用愁，山高水险我不怕，我立刻动身去找遮帕麻，信不送到拉涅旦，我就不回家。"

好一个小獭猫，专拣直路走。上山，它比兔子跑得快；下山，它比老虎跑得快，像离弦的飞箭，像骤起的疾风。它不知道转弯，碰到刺蓬，头一低就钻过去了，比地老鼠还麻利；碰到深沟，它一纵身就跳了过去，比鸟儿还飞得快；碰到大河，它一个猛子扎进去，比梭鱼还游得快。

好一个小獭猫，山上它可以捉到蚂蚁充饥，但它来不及去刨一只蚂蚁；水中它可以逮住鱼虾充饥，但它舍不得花时间去捕鱼捉虾。山上它可以找到洞子睡觉，漂在水中它也可以闭上眼睛，但它不敢在山上停留，也不愿在水中游戏。它一个劲儿朝着拉涅旦，大大地睁着眼睛，拼命地跑啊，不停地跑。

翻了九十九座山，过了九十九条河，肉跑掉了九斤，皮磨破了九层，小獭猫终于来到了拉涅旦。

小獭猫咬着遮帕麻的耳朵，悄悄地报告了中国遭遇的灾难。

激怒了的大象会把森林踏平，中国遭难的消息撕碎了遮帕麻的心。他心急如焚，召齐兵将就要出发返回中国。拉涅旦的百姓知道了，前来把他挽留："神圣的天公啊，南方的洪荒是你制住的，南方的好日子是你带给的，南方的人民也是你的后代儿孙，你怎能把我们丢下？"

桑姑尼听说遮帕麻就要离开她，眼中的泪水如雨下。她舍不得离开拉涅旦，舍不得共同生活的南方的兄弟姐妹。她苦苦地哀求遮帕麻，求他不要离开南方，求他不要离开她。

再坚实的大树，细雨也能把它动摇；百姓的眼泪啊，深深地感动了遮帕麻。是归还是留，他难以确定。最后，他向百姓宣布："你们对我的拥戴，我永远记在心头。我愿意长久地和你们住在一起。可是，中国的生灵正在遭受妖魔的折磨。天的意志是最公正的，就请他来决定我们的命运。现在让我们共同去狩猎，专门撵山老鼠。山老鼠的行踪可以代表天意，如果山老鼠从旧洞里出来进新洞，说明天意叫我留下来，我就长住在南方；如果山老鼠从新洞出来进旧洞，说明天意叫我归，我不能违背天的旨意，必须马上回去消灭腊訇魔王。"

百姓都同意了，他们在遮帕麻的引导下，载歌载舞，祭过了猎神，就一同到山林里去狩猎。众人吆喝，猎狗钻进树林里追踪。不一会儿，一只山老鼠从山林里跑出来，众人紧追，山老鼠从新洞跑出来，钻进了旧洞。遮帕麻在洞前祭过了神祇，感谢了天的旨意，带着他的兵将离开了拉涅旦。桑姑尼也跟随遮帕麻，把她的食盐带到了中国。

遮帕麻回到了中国，他看到到处是干旱和饥荒。钉在天幕上的假太阳照得空中滚滚而来的是一阵阵的热风，地面蒸腾的是一股股的热气，大地裂开的大口，连牛都能掉下去，山林冒着火烟，田野里的庄稼荡然无存。遮米麻又把腊訇的罪恶桩桩件件向遮帕麻诉说。

面对这被搅乱了的世界，遮帕麻愤怒了，他猛力地挥舞起赶山鞭，震动得山摇地动。但是，他尽力平息自己的怒火，把赶山鞭缠在腰杆上，坐下来和遮米麻商议除灭魔王的计策。遮帕麻想凭借自己的神威去和魔王硬战，遮米麻制止了他。他们想：两只猛虎打架会揉伤青草和树苗，他们害怕战争又会给百姓带来更大的损伤。遮帕麻又想把断肠的毒液放在水里来毒死腊旬，却又即时止住了，因为怕连累更多的生灵。最后他们决定先假装和腊旬交朋友，用魔法战胜他，再把他消灭。

在阿公阿祖的时代，没有什么东西能比得过魔法的力量，魔法是战胜一切的法宝。

遮帕麻走进腊旬的家，魔王鼓圆了他的十二个眼球，鼻孔里喷出两股火焰，满脸杀气，不说一句话。遮帕麻却带着笑声说明他是来交朋友的。腊旬以为遮帕麻是害怕自己了，就提出交朋友可以，但必须以他为大，天地都归他管辖。遮帕麻立即向他提出，尊谁为大，要用比赛魔法来决定，谁的魔法大，谁就管天下。腊旬自以为魔法无边，就欣然答应了。

遮帕麻和腊旬走进了山林，山林里是安静的，一丝儿风都没有，万物都睁大了眼睛看着谁是魔法比赛的胜利者。腊旬走到一棵花桃树前，掐动手指，同时口里念着咒语。咒语刚念完，整棵花桃树的叶子全蔫了。腊旬得意地夸口说："谁的神通都比不过我，我掌握的是生杀大权！"遮帕麻回答说："杀死容易复活难。真本事就要让枯枝再发芽。"遮帕麻对着蔫了的花桃树，念完咒语又含了一口清泉水喷在花桃树上，顿时花桃树伸开了树枝，抬起了叶子，并发出了新芽。

看了遮帕麻的魔法，腊旬就像枯黄了的花桃树，目瞪口呆地垂下了头。但他意识到自己将是失败者，又重新露出了凶相，要求再斗两次法，以最后的胜负定输赢，并提出比谁的梦做得好。

在人神同住的时代，大家都认为，梦表面看来虚幻，其实是最真实的，做梦不受任何限制，在梦中可以到任何自由王国。

第一次比赛，腊訇睡在山头上，遮帕麻睡在山脚下，并约定明日在山中腰相见。

遮帕麻用松叶铺床，用石头当枕头，很快就进入了梦乡。他梦见自己造的太阳又从海里升起来了，被假太阳晒死的树木都活过来了，小鸟又飞回了树林，鱼儿在水里游来游去，世界充满了欢乐。

腊訇却梦见自己的假太阳落地了，自己在黑暗中到处乱撞，直到真的撞在大树上，他才吓醒过来。

第一次比梦，腊訇失败了。

第二次比梦，遮帕麻上山顶，腊訇下山脚。这一次腊訇的梦更可怕，他梦见天塌下来了，地陷下去了，他自己也掉进万丈深渊。

三次斗法腊訇都失败了，他不得不同意和遮帕麻交了朋友。遮帕麻请腊訇吃饭时，用"鬼见愁"毒菌把他毒死了，并把这个魔王碎尸万段。

腊訇死了，遮帕麻砍来黄栗树做了一张千斤弓，砍来大龙竹，做了一根九庹长的箭，射下了假太阳，挽救了中国。天上又出现了遮帕麻造的太阳和月亮，太阳会出也会落，月亮会降也会升，世界又恢复了阴阳，有了明暗。遮帕麻挥动赶山鞭，把倒插的树木扶正，把倒流的河水理清，把混乱了的天地又重新整顿。他把泡在水里的山族动物放回山里，把困在山上的鱼类赶回河里。只有学会了打洞的穿山甲，从此留在山里了。

为了防止妖魔再来扰乱世界，遮帕麻则派三十名神兵去把守山头，派三十员神将管理村寨，自己和遮米麻住在天山上，永远保护着所有的百姓。

讲述者：赵安贤

整理者：智　克

英雄神话

# 腊亮镇三嘴怪①

　　遮帕麻和遮米麻造出天地日月星辰和万物后，阿昌族居住的坝子，风调雨顺，气候宜人。山是绿油油的，四季常青，长满了合抱粗的大树。水是清幽幽的，到处游着一尺长的大鱼。田里的稻子苗壮粒饱，稻穗像马尾一样长，谷粒有鸡蛋大。地里的苞谷秆粗包大，玉麦包有一尺长，每一粒都像拳头一样。牛马猪羊满圈，放到山上就像蚂蚁一样数不清。鸡鸭成群，就像河里的石头一样拿不完。娃娃长得白白胖胖，老人都活到百岁以上。人们和睦相处，相亲相爱。无论谁上山打回野兽都要分给全寨人吃，哪一个下河捉的鱼也归全寨人，就是只够熬鱼汤也是大家分享。

　　这样的日子一代一代传下来，阿昌族的人口越来越多，坝子挤不下就搬到山脚，山脚也住满了就搬上山坡。

　　就像吃饭也会嚼着沙子一样，传到九百九十九代时，寨子里出了一个怪人。他生着三张嘴，刚生下地一顿就要吃一箩米（约十三公斤）的饭，一岁时一顿要吃两箩米的饭，十岁后一顿要吃五箩米的饭。心地善良的阿昌人都心甘情愿地给他吃。他长到十五岁还不会割草，十八岁还没有捏过锄把，大家做活做得汗水淌，他在大青树下躲凉。大家累得腰酸背疼，他在荆竹棚里逗小虫玩。日子一长，大家都不喜欢他了。爹妈约他下地，他嘟着嘴说："我生来就是三张嘴，一张吃天，一张吃地，一张吃人。"爹妈认为他是说气话，

---

　　① 本故事由王四代选自云南省德宏州文联编《阿昌族文学作品选》，德宏民族出版社1983年版。原文为《桑建木的故事》。

不以为然。他长到二十岁时，一顿要吃十箩米的饭。全寨子人种出的粮食被他吃了大半。大家虽然气愤，谁也不愿说，因为阿昌族的祖先说过：竹子根连根一齐生长，人帮人大家兴旺。

这年的冬天还没有过完，全寨子的粮食已是一颗不剩。地里的豆子刚刚长出，田里的麦子才有五片叶，大家没有办法，只好杀鸡鸭吃。鸡鸭吃完了，豆子才开花，麦子才吐穗。只得杀牛、杀羊吃，后来连骡子也杀完了，庄稼还没有成熟，全寨子的成年人只好上山采野菜充饥。

人们第一天采野菜回来时，有九家人的孩子不见了。全寨人都来帮找，整整忙了一夜，天亮了也没有找到。为了不被饿死，大家只好劝慰九户人不要太难过。第二天仍然上山找野菜，太阳落山了，大家回到家，又有九户人家的孩子不见了。全寨人点起火把，找遍了村子里的每一个角落，看遍了村外的每一条河沟，走遍了每座山梁和深箐，还是没有见到这十八户人的孩子的影子……就这样，每天都有几户人的孩子丢失，每天都有几户人家的老人在哭喊儿女。

有一天，三嘴怪人的爹妈从山上背野菜回家，由于几天没有吃饭，又饿又累，一进门就跌倒在地上爬不起来。老两口喘息着叫三嘴怪人："儿呵，快来把野菜拿去煮！"一连叫了九遍也没有人答应。妈妈忽然听到房里有响声，她挣扎着爬起来，推开房门一看，"啊"地叫了一声就昏过去了。

原来房里的三嘴怪人正抱着半截孩子大口大口地吃，血顺着他的嘴角往下流。他把孩子吃完了，才抹抹肚皮大摇大摆地走出来。这时，经过他爹一声又一声地呼叫，他妈刚刚醒过来，一睁眼就看见三嘴怪人站在面前。她用颤抖的声音指着儿子骂："你这个伤天害理的豺狼，大家用粮食喂饱了你，你却把大家的孩子当饭吃。"老爹一听，气得抖着胡子指着儿子骂："你吃了孩子，阿昌人要断种呵！"说着，顺手拿起灶门前的搅火棍就打三嘴怪。三嘴怪哈哈大笑，声音一声比一声高，最后竟像霹雳一样，震得全寨子的房屋都摇起来。大家顺着声音跑来看，原来是三嘴怪人在狂笑。

三嘴怪人的爹把情况一五一十地对大家说了，全村人个个气愤，有的咬破了嘴皮，有的咬碎了牙齿。老爹流着眼泪对大家说："我养了个妖怪，害得全寨子不得安宁，再让他活着，阿昌人就得绝种。从今后他不是我的儿子了，你们大家处理他吧！"于是大家一齐动手，推的推，拉的拉，把三嘴怪人送出九座山的外边。寨老对三嘴怪人说："大家省下粮食喂你，你不报大家的恩反而害了大家，我们阿昌人疼爱孩子，不忍杀死你。从今后不准你进寨子，你也不配做阿昌人，自己走吧！"说完领着众人回寨子。

大家认为送走了三嘴怪人就可以平安无事，可是，第二天早上起来却出现了怪事：家家的水缸都干见底，到井里去打水，井水干了；到沟里去提，沟水断了；到村外的河里去挑，河里的鱼都变成干的。全村人聚集在公房议论，谁也说不出原因，议到太阳升在中天，个个口干舌燥，渴得嗓子冒烟，有个小青年想摘几片树叶来嚼，才发现大青树的叶子也焦了。跑到地里，豆子全部干枯；跑到田里，不但麦子全部点得着火，田也开了大裂。

正当全寨人急得团团转的时候，村外突然传来炸雷似的哈哈声，原来三嘴怪人回来了。他的三张嘴，一张像血，一张像锅烟子，一张像蓝靛。他对着全寨人说："你们只知道

口渴的苦处，就不晓得我肚子饿得难受。你们要想喝水并不
难，每天给我送九个童男童女来，我吹口气就有水。要是舍
不得童男童女，你们一个也不要活。"听了三嘴怪人的话，
有的人吓得发抖，有的人急得搓手，更多的人气得咬牙。寨
老气愤地说："起房盖屋就想起造地的遮米麻，喝水吃饭时
忘不了遮帕麻，大家用粮食把你喂大，你怎么还要害大
家？"三嘴怪人不但不害羞，反而又是一阵哈哈大笑："嘿
嘿嘿，哈哈哈！你们要问问自己，为什么要给我粮食吃？为
什么就记不得我腊匋的苦处？我被他们害得皮在东、肉在
西、骨在南、筋在北，九万年的苦日子过够了，现在才出
头。你们的好日子要换给我，我的苦日子要还给你们。老实
说，我不但要吃孩子，连你们也要吃！"

三嘴怪的话，有的人相信，有的人认为他在吓唬人。正
当大家迟疑时，三嘴怪突然伸出毛茸茸的大手，张着血红的
大嘴向人群冲过来。看着这情景，寨老喊了一声："与他拼
了！"举起挂棍就打。人们一齐动手，有的用棍，有的用
叉，赤手空拳的就拣起地上的石头往前冲。这场仗整整打了
半天，由于大家人多势众，三嘴怪没有抓着人，但是人们也
没有办法打败三嘴怪。有个叫腊亮的小伙子，爬到大树上，
用打野兽的弹弓瞄准三嘴怪的眼睛，射了两弓，一弹打中左
眼，一弹打中右眼，三嘴怪疼得哇哇叫，捂着眼睛逃跑了。

三嘴怪一边跑一边吐出一股又腥又臭的白沫，大家把三
嘴怪撵出九十九座山岭外才返回家。

腊亮走进家门，妈妈喜欢得淌下眼泪，一面给儿子扑打
身上的灰尘，一面不住口地称赞儿子："全寨都说你又勇敢
又聪明，我这个做娘的也添了光彩。"两娘母正在高兴着，

忽然听到邻居家传来哭声："腊乖，我的心肝，你在哪里……"腊亮跑到腊乖家一问，才弄清原因。原来大家去追打三嘴怪时，腊乖站在门外看，突然一阵狂风吹来把腊乖卷走了。

腊乖的三个弟弟都被三嘴怪吃了，腊乖的妈妈哭瞎了眼睛，现在腊乖又失踪，腊乖的妈怎么活呀？

腊亮把情况告诉母亲，决定由母亲照顾腊乖的妈，他背上弹弓就朝着风的方向追去。

夜，黑漆漆的，腊亮高一脚低一脚高地跑着，边跑边喊着腊乖的名字。"腊——乖——"的呼唤声回荡在山山洼洼。

腊亮跑了一夜，翻过了十座大山，脚走肿了，嗓子喊哑了，也没有见到腊乖的影子。

天亮了，腊亮在沟边抓了一把草嚼嚼又上路。他一直走到太阳落，又走过了十座山，大嘴皮裂了，脚跛了，还是没有腊乖的影子。

天黑了，到处是野兽的号叫，腊亮继续往前走，走不动就爬，又爬过五座山还是不见腊乖……

第二天黄昏，腊亮到了一座大山下，实在不能动了，就斜躺在一座大石岩下歇息。他实在太累了，不一会儿就睡着了。刚一睡着，耳边就隐隐约约听到腊乖的声音："腊亮哥，救救我！"他翻身坐起来，什么也不见。他又把眼睛闭起，腊乖的呼救声又在耳边响起。他睡了七次，惊醒了七次。

天蒙蒙亮时，山路上出现了一群羊，一位白胡须的老人在后面赶着。老人走到腊亮的身边，好像什么也没有看见。

腊亮挣扎着爬起来，有礼貌地对老人说："请问尊敬的大爹，你放羊走过的山坡比我见过的大山多，这三天你有没有看见一个十八岁的姑娘？"老人打量了一下腊亮，上气不接下气地回答："我没有见过，三天前我的羊掉进岩洞里，我去打，洞里有个老婆婆，我好像听她说过这件事。不过，岩洞里边野兽多，我的老命都差点送掉，你还是不要去的好。"腊亮听到腊乖有了消息，谢了老人，转身就往前走。老人叫住腊亮，严肃地说："洞里太危险，你不要命了吗？"腊亮说："只要能救出腊乖，死了也心甘。"

老人赞许地点点头，慢腾腾地从筒帕里掏出三个发霉的饭团递给腊亮，说："性急的小伙子，吃点东西再走吧！"

要是在过去，谁也不会想吃这种看了就恶心的饭团。可是腊亮几天没有粒米进口已实在太饿，谢了老者后，接过饭团就大口大口地吃起来。说来真奇怪，吃了第一个饭团，疲劳好像都飞了；第二个饭团下肚，浑身都是力气；吃了第三个饭团，他感到一下长得高大了。他转过身来还要再谢老者时，老者已经无影无踪。

腊亮背起弹弓，顺着岩石往上爬，爬着爬着爬到一个大岩洞边，他心想，一定是这个洞了，就朝洞内走去。越走洞越窄，光线越来越暗，只好摸着前行。走着走着，远处出现了两盏灯，走近一看，不禁毛骨悚然，原来是一只大老虎。老虎大吼一声就扑向腊亮，腊亮把身子一侧，又躲过去。腊亮第三次躲过老虎时，弹弓碰到石壁上，他赶紧取下弹弓，不等老虎返转身，就打在老虎的腰上，老虎再也没有爬起来。

腊亮心里挂着腊乖，顾不上剥虎皮就径直往前走，走着走着瞌睡就来了，他想使劲往前走，两条腿却一点不听使唤，没有办法，他只好靠在一棵长满青苔的大木头上先睡一觉。睡着睡着，腊亮的身子好像被绳子捆了一样，睁开眼一看，哪里是什么绳子，原来是一条柱子粗的蟒蛇缠在身上。他一面运足力气撑，一面拿起弹弓，对准蛇头射去。蛇头被打开花，身子软绵绵地松开，腊亮赶紧起身继续往前走。

走着走着，前边现出了一个又宽又亮的场坝，岩壁上长满青翠的桑建（椎栗树）和各种颜色的杜鹃花，中间是一个清澈见底的水塘，空中飞着一对老雕。腊亮走到水塘边，俯身下去要喝水时，两只大雕突然像箭一样冲下来，把他击倒在水塘里。他正想往上爬，两只大雕又冲下来，腊亮急得去拔弹弓。两只老雕一上一下、一前一后来啄腊亮，腊亮抵挡不住，脊背和胸脯被啄得鲜血直淌。两只大雕像庆贺自己的胜利，在空中盘旋起来，腊亮知道这是恶雕要吃人的准备，挣扎着拉开弹弓连发两弹，把一对大雕打落下地。

腊亮刚刚爬出水塘，只听哗啦一声，前边的石壁像门一样打开，两个老者微笑着从石洞里走出来，男的胡子快拖到地上，女的头发比棉花还白。腊亮以为又是妖怪，赶紧做好自卫的准备。白胡子老汉开了口："勇敢的小伙子能战胜一切，腊乖有救了！"白头发老奶奶说："有了诚实善良的腊亮，阿昌人又有希望了。"听到两位老者的夸奖，腊亮悬着的心才放下来，赶忙走上前行礼后问："两位尊敬的长者，无知的腊亮打扰了你们，你们已经知道我的来意，请指给我方向，我们的子孙会世世代代记住你们的恩情。"白头发老奶掉下了眼泪，白胡子老汉长长地叹了一口气后说："勇敢的腊亮啊，只怪我们开造天地时没有把腊訇碾成灰。我们老两口多睡了一觉，他的尸体还魂，托生成三嘴怪人，害得阿昌人不得安宁！"说着说着就哽住了。白发老奶奶擦了一把眼泪对腊亮说："对妖魔不能留情，这是应该记住的教训。现在救人要紧，你要赶快回去。"说着就拿出一个葫芦到塘里打了一葫芦水交给腊亮。白发老汉顺手折下一枝开满花的桑建递给腊亮，又采了一束桑建花插在腊亮胸前，然后说："水是圣水，花是神花，桑建是降魔棍。无论什么恶魔灾难，只要用桑建花蘸圣水洒去就可以免除，回去吧，阿昌人兴旺的日子还会回来。"

听了老者的指点，腊亮赶忙行礼道谢。因为救人心急，转身就走，走了几步突然想起还没有问老人的姓名，返回来再想问时，已不见老人的踪影。又折回头，岩洞也不见了，眼前是一条明亮亮的大路。谁有那么大的神通呢？腊亮顿时醒悟，原来是遮帕麻和遮米麻来搭救啊！

腊亮回到寨里，听不见鸡叫狗咬，也不见人的影子，回到家里，老母亲无力地躺在床上，浑身发颤，嘴里吐着白沫，眼睛半睁半闭，一句话也说不出来。腊亮赶忙打开葫芦，用桑建花蘸水洒在母亲身上。母亲活过来了，跳下床就告诉腊亮："你走后，三嘴怪人又回来，围着寨子洒黑灰，全寨人都得了瘟疫，赶快去救吧！"

腊亮就顺着寨子用桑建花蘸葫芦里的水一路洒去，花水洒到哪里，哪里的人就活过来，等他把寨子洒完，全寨人都活了。

腊亮把经过告诉大家，男女老少都感谢遮帕麻和遮米麻，也感谢腊亮。在腊亮的带领下，全寨的男青年上山采回了桑建花，在寨子中间扎起高高的花塔。

正当大家欢庆新生时，三嘴怪人又吼叫着来了。全寨人气得咬牙切齿，把三嘴怪围在中间打，可是怎么也伤不着它。腊亮拔开葫芦，用桑建花蘸水泼去，三嘴怪人一下就像猪屎一样瘫在地上，大家按照腊亮的指挥，举起桑建树打三嘴怪人。全寨人的仇恨化作无比的力量，凝聚在桑建树棒上，不一会儿就把三嘴怪打成肉酱。

消灭了三嘴怪人后，全寨的小伙子与腊亮找了三天三夜，爬了九十九座山岭，终于找到了被三嘴怪抢走的腊乖。回到家后，腊亮与腊乖情投意合，结成了夫妻。

从此后，阿昌人又开始了新的生活。

腊亮救活全寨人的日子是清明后七天，所以以后每年的这一天，阿昌族人民就要上山采桑建花回寨扎花塔，表示对给了阿昌族天地和生命的遮帕麻和遮米麻的怀念，牢记对恶魔不能姑息的教训，时刻警惕会吃人和散布瘟疫的妖怪，用辛勤的劳动去争取一年的丰收。

用桑建花蘸水互洒，可以驱魔除瘟，带来幸福，所以这个节日叫做泼水节。泼水节开始，家家供桌的花瓶上都要插桑建花。人人都要戴桑建花，男青年别在胸前，表示要像腊亮一样勇敢无畏；女青年戴在头上，表示像腊乖一样会得到幸福和满意的伴侣；老人则插在包头上，表示有"福气"，有幸活着过泼水节。

腊亮找到腊乖是在泼水节的第四天，所以，阿昌族男女青年从这一天开始，在互相泼水后，互相邀约到山坡对歌，晚上则到女青年家对歌，用对歌搭起爱情的桥梁。

为了表示阿昌族人民的团结向上，泼水节又一个高潮是各村寨之间互相邀请，共度佳节。

泼水节的锣鼓一停，男女老少都为了把阿昌山寨建设得繁荣昌盛，积极投入春耕生产。

讲述者：曾老大

整理者：钟离石

# 纳西族

◎ 中国各民族神话

创世神话

# 昂姑咪[①]

## 一

天地刚刚分开的时候，天上住着天神和他们的家族。天神用云雾砌起厚厚的墙壁，把天地隔开。这时，地上还没有人类和万物，只有一个又深又黑的海子和一座又高又大的山。这海子后人叫它喇踏海，这大山后人叫喇踏山。地上没有光亮，黑咕隆咚的，只在每年天神的生日那天，天神要看地下的景色，天门才打开一次，这时天上的光亮才会照到大地上，大地才有光亮。

喇踏山的山脚伸进海子，稳着大地，地才不会摇；喇踏山的山尖撑着天，天才不会垮。在喇踏山的半腰，有一个又大又深的石洞，后人叫它哈咪洞。那是在天地刚分开时，天神怕地下的海水漫到天上，叫雷神凿出来泄水用的。

天上有一只叫格儿美的神鹰，一刻不停地在天地交界处飞绕，巡视海水的涨落，守卫着天宫。它飞累了，就钻进哈咪洞里睡个觉，歇息歇息。有一次它在洞里睡觉，下了一个会发光的大蛋。以后，它到石洞中歇息，就枕着大蛋睡觉。

在喇踏海的海眼里，住着一只猴子。它是天地还没有分开时，天神和地母生的孩子，因为在天上不听天神的管教，被天神赶到地下受苦。它在地上太孤单了，没有玩的伙伴，没有耍的地方，就常常爬到哈咪洞中去玩耍。有一次，它钻

---

① 本故事流传于云南省宁蒗县摩梭人居住的地区，由王松选自 1986 年第 3 期《山茶》。

进石洞，被洞中闪亮的金光射得眼花缭乱，就朝洞中找去。它看见那个大蛋，喜欢得搔耳抓腮，抓起大蛋玩呀玩呀，玩厌了，就把闪亮的大蛋吞进肚里去了。

等它转回住处时，肚子痛了起来，痛得它在地上打滚，地皮都被滚出个大坑。滚来滚去，只听"嘭"的一声巨响，鹰蛋从猴儿的肚脐眼进飞出来，撞在一块崖壁上，砸了个粉碎。蛋壳、蛋白、蛋黄变成的粉末到处乱飞，有的飞到空中，有的粘在崖上，有的落进海里。飞在空中的变成了雀鸟蜂蝶；粘在山崖上的，变成了虎豹熊鹿、甲虫蚂蚁；落进海里的变成了鱼虾海草。蛋核没有撞烂，在洞中滚呀滚呀，变成了一个美丽的姑娘。她就是摩梭人的老祖宗昂姑咪阿斯。

## 二

昂姑咪独自一人住在哈咪洞里，再没有别的伙伴，很孤单，她多想有些伙伴同她说话玩耍呀！后来，她同雀鸟蜂蝶、鱼虾甲虫交了朋友，大家一起玩耍、一起生活，天长日久，昂姑咪学会了伙伴们的话，常常同伙伴们谈天、唱调子、跳舞，日子过得很欢乐。

在哈咪洞中，有个模样像人的石头，高高的鼻子，大大的眼睛，厚厚的嘴皮，很像个小伙子。每当昂姑咪同她的伙伴们唱调子时，这石头人的眼睛就眨个不停，嘴巴也会咧个不住，还会从石嘴里发出"呜依呜依"的回应，好像也在唱调子一样。每到这种时候，昂姑咪会快活地扑上去，搂住它亲个够。

也记不清过了多少年月，只记得天门开过几千次的时候，昂姑咪的身体有了变化。原来她吸了石人的精气怀了

孕。后来，天门又开了九千回，昂姑咪生孩子了，一胎生下
六个女娃和六个男娃。怪事就多啦，这十二个娃娃一落地，
就成了六个大姑娘和六个大小伙子。从此，昂姑咪就有了帮
手，有了家，日子过得更快乐了。后来，她把六对男女配成
夫妻。小夫妻又生下了儿女，长大以后，又互相配合，一代
又一代，喇踏山上住满了昂姑咪的子孙。

人丁多了，吃穿成了棘手的事情，再加上地上没有光
亮，又冷又黑，日子实在难过。昂姑咪想：再难，也要去天
上讨光亮、火种和吃食。

昂姑咪的伙伴听说她要到天上去，都跑来给她出主意。
蚕子和蜘蛛说："天高不用怕，也不用愁，我们编一架梯
子，一头系在天墙上，一头拴在喇踏山尖上，你顺着梯子就
可以爬上天去了。"

蜜蜂和蝴蝶说："我们身子小，最能飞。蚕妹妹和蜘蛛
姐姐编的梯子的线头由我们含到天上去拴。"

耗子说："天地相连处，隔着厚厚的云墙，有了天梯，
昂姑咪也进不了天宫。等天梯编好拴牢了，我先上天去把云
墙挖通，这样就有门进天宫了。"

猫头鹰接着说："我眼力好，给大家带路。"

大伙说干就干。猫头鹰飞在前面，仔细辨认着方向，一
边飞，一边"看清路，看清路"地叫唤，带领伙伴向天上
飞去。蜂子咬住蚕子吐出的银线头。蝴蝶咬住蜘蛛吐的金线
头，紧跟在猫头鹰的后面，也向天上飞去。飞呀飞呀，天门
开过九次以后，它们飞到了天地的交界处。蜂子把尾巴上的
箭钉在云墙上，拴牢蚕子吐出的银线头。蝴蝶把头上的箭钉
在云墙上，把蜘蛛吐出的金线头拴牢。然后大家又跟着猫头

鹰飞回喇踏山来。大伙把金线、银线的另一头拴在山顶崖石上。蚕子和蜘蛛一刻也不停地吐着金线、银线，顺着梯子来来回回编织横档。天门又开了九回，天梯编织成了。

这回轮到耗子显本事了。它在猫头鹰的带领下，顺着天梯爬到天与地交界处的云墙下。猫头鹰用尖硬的嘴壳和爪子，耗子用锐利的牙齿和爪子，啃呀，刨呀，云墙被它们啃得一点一点往下落，落下的粉末飘散在空中，发出晶莹的光亮，变成了满天星星。

天门又开了九次，耗子和猫头鹰终于把厚实的云墙打通了一个大圆洞，五光十色的亮光从圆洞中漏出来，照亮了天空，照亮了大地。这漏出来的光亮，一时金黄，一时银白，后人便把见到金光的时候叫做白天，见到银光的时候叫做夜晚；把白天的光亮叫做太阳，把夜晚的光亮叫做月亮；见到太阳一次叫一天，见到月亮一次叫一夜。有了上天的梯子，有了进天空的圆洞，昂姑咪乐得笑歪了嘴，领着伙伴们登上天梯，上天找火种和吃食去了。

三

昂姑咪同她的伙伴从打通的云墙中爬进了天界，被望不到边的云海挡住了去路，正在为难的时候，一条神牛拖着犁头来到她身边。昂姑咪向神牛哀求道："好心的神牛啊，我们是地上来的。大地上没有吃的和穿的，也没有火，这叫我们怎么过日子啊，请你给我们火种和吃食，我们会永远记住你的恩情的。"

"我在天上，半点也不晓得你们的苦处，你们真是太可怜了。可是，我在天宫中只管使憨力，干犁云耙雾的重活，不能帮你多大的忙。不过，我可以把我吃的豆子、苞谷、荞麦送给你们做种子，你们种在地上，以后就有吃的了。天宫的火锁在阳赤山石洞中，守火的是天神的儿子昂神，我带你们去向他讨个火种带回去，人间就有温暖了。"神牛把它吃的豆子、苞谷、荞麦给了昂姑咪，又叫昂姑咪同她的伙伴骑在它的背上，驮着他们向阳赤山奔去。神牛把自己的吃食送给了人类，以后就只得靠吃草活命。所以今天的牛都是靠吃草过活的。

神牛驮着昂姑咪和她的同伴在云端里飞奔，不一会儿来到天门。守门的神狗拦住去路，不让昂姑咪进去。昂姑咪上前哀求道："好心的神狗啊，我是地上的人。在我们那里，没有吃的，没有穿的，也没有取暖的火，我们到天上来讨这些东西，请你帮帮我们的忙吧。"神狗听了不住地点头："你们着实可怜，我把我吃的稻米给你们做粮种吧。我同你们一起去阳赤山要火种，有了火种，你们的日子就不苦了。"神狗把稻谷种送给了昂姑咪。后人为了感谢它的恩情，自己吃什么，都要拿一份喂狗，每年吃新米时，先要拿一个米粑粑给它尝新。

神狗在前面引路，神牛驮着昂姑咪和她的同伴向阳赤山奔去，不一会，来到了天河边，守天河的神羊拦住了去路，不让她们过河。昂姑咪上前哀求说："好心的神羊啊，我们是地上来的。在我们那里，没有吃的，没有穿的，也没有火取暖，没法过日子了。现在神牛和神狗给了我们吃食，但还没有御寒取暖的火，请你帮帮忙吧！"神羊听了昂姑咪的话，点头回答："你们确实太可怜了，我应该帮你们的忙，我把身上的毛皮送给你们做御寒的衣裙吧！"神羊把毛皮送给了昂姑咪，人类就用羊毛编织衣裙，用羊皮缝褂子穿。为了永远记住神羊的好处，摩梭人用羊角卜卦，把羊角当家神供奉的习俗就是这样来的。

神羊叫神狗架好天河上的浮桥，请神马驾起云车，请昂姑咪和她的伙伴坐上云车，一起往阳赤山奔去。

昂姑咪和她的伙伴坐着云车来到了阳赤山下，被守护天火的昂神发现了。昂神是只大公鸡，它见昂姑咪一伙来到山下，爪子一伸，翅膀一拍，飞到昂姑咪面前，瞪着眼睛吼道："哪里来的鬼怪，格是活不耐烦了，到这里来干什么？不滚开，就不要怪我不客气了。"

昂姑咪大着胆子上前回答："天和地只隔着一堵墙，天上的神有吃、有穿、有火烤，地上的人没吃、没穿、受冷受冻。我们是地上的人，没法活下去了，上天来向你们讨个火种，带回地上让我的儿孙们能活下去。"神牛、神狗、神羊、神猪、神马和昂姑咪的伙伴一齐替昂姑咪求情。昂神被感动了，说："我把火种给你们，可你怎样把火种带走呢？这火一近身，就会把你烧成灰，给了你火种，你也没命了。"

昂姑咪直起身子回答："只要你给我火种，只要大地上能有火，我死了也值得。"众神听了昂姑咪的回答，感动得流下眼泪，都愿意护送昂姑咪回家，跟随她到大地上过活。

### 四

昂姑咪把神牛、神狗送的种子交给蜂子和蝴蝶带着，叫它们先飞回地上，自己双手捧着昂神给的火种，骑在昂神背上，同伙伴和众神一起，离开了阳赤山，向大地上飞来。

109

火种在昂姑咪手中燃烧，不一会儿，她的整个身子都烧着了。昂神驮着她，刚飞到天地交界处的云洞口，她的身子就被烧焦了，从昂神背上落了下来，一直坠落到喇踏山上。昂姑咪身上的火，把整座大山都点燃了，她的身子也同大山融成了一体。昂姑咪的儿孙们看到阿斯的躯体从天上落下来，赶忙去抢，可是，哪里还有阿斯的身体呢？没办法，大家只得把和她融成一体的石块抬进崖洞，把树枝草草放在上面，树枝草草燃烧起来了，从此，人间有火了。

如今，摩梭人的火塘正前方都要供一块叫做"括鲁"的锅庄石。摩梭人世世代代崇拜锅庄石，因为锅庄石是象征昂姑咪灵魂的住处。从此，摩梭人建新屋，要先砌火坑；新屋建好后，要举行立锅庄石的祭庆活动，大宴亲朋；平时吃饭前，都要先祭锅庄石；每年除夕前一天吃团年饭的祭锅庄石活动，称为"祭祖"，这天，家族同一支的成员要围绕锅庄石唱歌、跳舞，赞颂昂姑咪的恩德，家中的长辈还要给后人演唱昂姑咪创造世界的《续宗谱》祭词。每当人们"打跳"时，在舞场中心都要烧一堆火，跳舞的人们手牵手绕着火堆歌舞。据说，这是人们在向阿斯昂姑咪倾吐对她的怀念之情，向她叙述摩梭人的欢乐生活，赞颂她造福于子孙的功绩。

五

大地上有了光亮和温暖，人们在天神和昂姑咪伙伴们的帮助下，为兴建家园忙开了。神牛犁地，人们跟在后面用石块敲打碎土；神狗带着妇女下种；神羊领着小娃娃盖土……天上的粮食种到人间的土地上，刚一种下，马上就冒芽、长叶、扬花、结穗，从此人间有了粮食。

蜂子和蝴蝶飞到天上，采来花草的种子，撒在人间的泥土里。转眼间，大地上处处开满鲜花，结满瓜果。蚕子和蜘蛛领着人们，把羊毛搓成线，编织成衣裙。从此，人们穿上了衣裳。神狗带着人们进山追捕野兽，学会了狩猎。

大地上的人类有了吃的穿的，过上了好日子。人们忘不了昂姑咪和她的伙伴们的好处，为了报答他们的恩情，摩梭人不捉猫头鹰；让蜂子、蝴蝶吃百花蜜；怕蜘蛛被风吹雨淋，就请它在屋檐下安家；用桑叶喂养蚕子；准许耗子吃百姓粮……

为了让后代儿孙永远记住天神的好处，人们给各个天神都安排了一天受祭的日子：每年正月初一，祭昂神；初二，祭神狗；初三，祭神羊；初四，祭神猪；初五，祭神牛；初六，祭神马；初七，各位天神一起受祭，这天，人们跳舞、唱歌，欢庆人类的生日。

先辈们怕子孙忘掉昂姑咪的好处，就把她和她的伙伴们的事迹编成"阿哈巴腊"唱颂，后来就形成了摩梭人传统的调子——关安。

从此，昂姑咪的故事，就千年万代流传在人间。

# 鹰神汁池嘎尔<sup>①</sup>

很古很古的时候，有一个龙王叫鲁帕斯拉，他是地上众水神、众火神和众山神的总管，以他无比的神力统管着众神。他是一个贪婪凶狠的家伙，要下雨时，他让地上洪水滔天，冲毁一切田园家舍；不高兴时，他让天干旱，地上的树林干枯，青草不长。并且，他总是跟人们作对。

有一次，他为了惩治地上的生物，让天上生了九个太阳，九个太阳一齐亮，九年不下一滴雨，地上的生物都被烧焦了，地干到开裂，连石头都会冒烟起火；地上的禽兽和人都奄奄一息，只剩一口气了，连众山神也喝不上一碗水。这样的结果，激怒了地上的万物，地上所有的生灵都联合起来要对付鲁帕斯拉。生灵们先是派了细腰蜂到天神那里去诉说龙王的罪孽，可是，细腰蜂见花歇在花朵上，见了泥塘又叮在烂泥巴上，恰好被天神的小儿子在泥塘边捉住。小孩儿玩了一阵后腻味了，就把细腰蜂扯成几截丢在屋外。到了晚上，天神回到屋里，闻到一股腥味，就问自己的孩子，孩子如实地回答了。天神知道细腰蜂是天神派到地上的使者，让孩子把扯成几截的蜂身找回来。孩子总算找到了，天神用草茎把蜂身串起，然后吹了一口神气，细腰蜂复活了（细腰

---

① 本故事流传于云南省宁蒗县永宁区拉伯乡。它讲述了鹰神汁池嘎尔与凶神龙王争斗的故事。过去，在摩梭人家里都供奉着汁池嘎尔的神像，祈求他消灾免祸。摩梭人认为有水鬼作祟时，就要捧着汁池嘎尔的神像去除魔驱鬼，遇到旱灾时，也要带着鹰神像到河源或泉边去祭拜，祈求鹰神赐给雨水，希望他回来惩治龙王，求得庄稼丰收、清水长流。本故事由王四代选自《云南摩梭人民间文学集成》，中国民间文艺出版社1990年版。

蜂腰细的缘故就在这里）。细腰蜂如实地把地上的灾难都说给了天神。天神松基奴吐西听了龙王的所作所为很气愤，也听到了地上生灵的呼救声，便派了鹰神汁池嘎尔去制服龙王。

汁池嘎尔有着一副锋利的铁爪，还有一副坚硬如铁的翅膀，再加上那张长刀一样的嘴，天下所有动物都怕他三分。他听了天神的吩咐，就往天上飞呀飞，飞了九天九夜，才飞到太阳出生的地方。他扇起巨大的狂风，把八个太阳刮落了，只留一个太阳在天上。八个太阳落了以后，地上才渐渐凉起来。

有一天，汁池嘎尔飞到了龙王居住的大海边，歇落在一个海堡上，震天动地地叫了三声，没有听到龙王的答应声。他拍了三次翅膀，海就掀起了波浪，波浪像山一样立起来，可是，龙王还是不理睬他，地上照常干得冒火烟。汁池嘎尔朝着海面低飞了三次，被他的翅膀扇着的地方，海水落下去，岩石露了出来。但是，龙王鲁帕斯拉还是不肯露面，汁池嘎尔还是不知道它躲在哪层海下面。汁池嘎尔怒不可遏，他飞到大海的上空，又扇起他的巨翅，对着海面拍三次，海水顿时像煮沸般涨腾起来，冒起一阵阵热气，龙王被烫得躲不住了，把头露出海面求饶。汁池嘎尔箭一般猛冲过去，啄住龙王的头把它拽出水面，悬在空中转来转去，让他头昏眼花。龙王在空中耐不住了，只能答应降雨，汁池嘎尔才把龙王丢回水里。龙王掉下去的地方，溅起了冲天的大浪，水花落到了地上，这就是下雨了，地上才又有了河流、泉水。从此，龙王再也不敢胡闹了，冬天下雪，夏天降雨。

汁池嘎尔害怕龙王再胡闹，便在每一个山泉边都派了一只鹰形的蜻蜓守护，只要有事情就向汩池嘎尔汇报。这样，龙王就无法再捣鬼了（至今，摩梭人不许捉山泉边的蜻蜓，原因就在这里）。

地上的生灵虽然得救了，但是，龙王怀恨在心，聚集起所有水鬼，从中挑拨，共同对付汩池嘎尔。汩池嘎尔的蛋下在树上，他们集合起来摇树，让鹰蛋落入水中，他们把蛋吃了，让汩池嘎尔无法延续自己的后代。汩池嘎尔只能飞到月亮上，把蛋下在那里。月亮上有一棵树是他下蛋的地方，等把蛋孵出来，才把孩子带回来，所以，至今，地上的鹰还是很少。

讲述者：根若尔青　达　史
收集翻译者：拉木·嘎吐萨

## 人和龙的争斗①

一

圆圆的天刚刚开创的时候，就像一块青石板，灰沉沉的，还没有磨光。方方的大地辟出来了，像一块绿璞玉，绿茵茵的，还没有雕琢。这时候，太阳才刚刚学走路，天地间便有了白天；月亮刚刚学会微笑，天地间便有了夜晚；星星

———————————

① 本故事根据《东巴经》和民间口头流传的故事改写，由王松选定，成林木改写。

刚刚学会眨眼，就会分辨南北；云彩刚学会红脸，就能分清
东西了。人和龙的家也分清了。可是，天下的是非还没有分
清。

丁巴什罗神[①]和神勇的大鹏鸟共同住在十八层的天上，
共同管理着是与非。

神鹏是个伟大的勇敢的最古老的英雄，他的两只眼睛，
能看见千里之外的事物；他的两只耳朵，能听见万里之外的
声音；他的翅膀有九丈长，能遮盖半边天；他的爪子有九拃
长，能抓起半座山。

> 鹏飞九万里，
> 万里狂风旋。
> 上天眼一眨，
> 下地一眨眼。

> 鹏踊像利剑，
> 恶者打冷战。
> 鹏心像火团，
> 喜者开笑颜。

## 二

人和龙都生在居那什罗山，人和龙都是在大地上出生，
他们本是同父不同母的兄弟，他们本是一家人，应该和和睦

---

① 丁巴什罗：非凡的神人，东巴教的开山祖。

115

睦过日子。只是，香木与臭草各开一样花，家畜和野兽各吃一蓬草。龙和人分了心，有天开不成；龙和人分了路，有地辟不成。麻绳分两头，各自拉一头，龙和人分家，各自做一家。

怎么分家呢？天父留下财产、天地、田园、房屋、家畜、金银和珠宝，"馍馍掰两半，各自分一摊"。天高拉不下，看着星宿来分开；地大端不起，只好凭了河流来划分。长的折成两截分，宽的割开两块分，厚的剖成两份分，薄的剪开两片分。房屋家畜分好了，金银珠宝分好了，熟田荒地也拿来分，野兽禽鸟各一份。该分的分尽，不留一颗什；能分的分匀，不剩一滴水。留下一顶明珠帽，实在是无法分，两兄弟商量，留下作为传家宝吧，传给后代子孙。

家分好了，两兄弟都没有意见，从今之后，各奔前程。可是，无风起了恶浪，无雨酿出水灾，都只因为一个"贪"。

三

母龙的名字叫娜布，是个既贪婪又黑心的娘。俗话说白布包烟锅，它就是个黑心肝。分天才一夜，她的心就被鬼偷了去；分地才一天，她的手就变成了贼手。

一个夜深人静的黑夜，娜布悄悄摸进屋里，像个贼似的，把那顶明珠帽偷了去。那明珠帽一被摘下，屋子里突然黑麻麻。

娜布母龙偷了明珠帽，慌忙躲往米丽达吉海，把明珠帽藏在又深又宽的神海里，整个海水呀，顿时就亮汪汪。人哪，眼看着母龙把宝偷了去，却毫无办法，只好叹口气，红黑那是祖先传下的，就让她拿去。

龙心变鬼心，善龙变恶龙；龙手变贼手，神龙变成了孽龙。贪心益贪心，膨胀又膨胀，就得大无边。小口变馋口，馋口深难填，偷得传家宝，还想霸了世界。娜布的眼睛越睁越发红，娜布的馋涎越淌淌成河，张口吐黑风，伸手夺地盘。善良的人哪，只好叹口气，红黑是同父异母一家人，就让她三分。哪知道，你越让，她就越进，让三寸，进一尺，让一尺，她进一丈，没完没了地侵占、抢夺。分过的蓝天，九成被龙占；分过的耕地，九份被龙占。山上有树木，娜布夺了去；沟里有流水，娜布霸住了。

如此，龙的脑壳一直伸到天上；如此，龙的尾巴一直拖进大海，像根长又长的麻索，悬挂在天与地之间。娜布那随时都张开的巨口呀，就像无底洞；娜布那不停的号叫声，就像雷神的怒吼。她竟狂妄粗暴地宣称：

> 排神①开天地，
> 我要来管天；
> 改个新名字，
> 叫他龙的天。
>
> 祥神②辟了地，
> 我要来管地；
> 改个新名字，

① 排神：《东巴经》中开天的九兄弟的合称。
② 祥神：《东巴经》中辟地七姐妹的合称。

　　　　叫他龙的地。


　　　　瑟神①养了树，
　　　　我要来管树；
　　　　改个新名字，
　　　　就叫他龙的树。


　　她狂叫，东神②造了石，她也要来管世间的石，把石的名字也要改成"龙的石"。房子呢，水呢，都要改名改姓，全世界，天上地下，都要打上龙的烙印，都变成姓龙。娜布吼不停，就像满天都飞舞着乌云，就像满天黑雾滚滚。龙想吞天地，龙想吞星宿，龙想吞人类，龙想吞万物。

　　懦弱的人哪，没有一点办法。大胆的黑脸汉子，樵夫俄拿尼丁若上山去砍柴。娜布就派了野公鸡拦住樵夫不准砍。俄拿尼丁若乜了野公鸡一眼，心想：人又不是一只小虫，难道还会怕鸡不成？便挥起栗树棍，一棒就打歪了野公鸡的脖子。哪料到，娜布教了野公鸡妖术，它"咯咯咯"一叫，俄拿尼丁若的脖子就痛得像被火烧了一般，哪里还敢去砍柴。

　　挑水的吉吾化罗妹，挑了水桶进山沟里去挑泉水。娜布又派虎爪蛙去挡住不让挑。挑水妹乜了它一眼，心想：人又不是小鱼小虾，难道还怕一只青蛙不成？举起水桶就朝青蛙砸了去，一下子就把青蛙的虎爪打肿了。哪料到，娜布又教

――――――――――

　　① 瑟神：女善神，全名勒金瑟。
　　② 东神：善神，全名米利东，瑟神之老伴。

了青蛙做妖法，青蛙一阵"呱呱"叫，吉吾化罗妹的手呀就疼得像刀刮，哪里还敢再去挑水。

人要盖房子，进山去找木料，恶龙就派黑山雕去堵，谁敢去砍木料，黑雕便飞过来抓烂他的脸。黑雕还狐假虎威地喊："奉龙大王之命，不准砍木材！"树木长满山，龙又派猴子去守；泉水流满沟，龙又派青蛙去守；石头丢满坡，龙又派毒蛇去守；肥田沃土满地是，龙又派野狗去守。人哪，要盘庄稼，却没有了土地；要放牛羊，却没有了牧场；快要冻死了，却没有房子住；快要渴死了，却没有泉水喝。鸟儿没得水喝会渴死，牦牛没得水喝，有草有粮也会渴死。

灾祸降人间，苦难在眼前。不能再忍耐，不能再退让。

怎么办呢？大家都在商量，大家都在议论，智者和能人凑在一起去商量，凑在一起去议论；会算的、会量的人凑在一起去商量，凑在一起去议论；老年人、青年人，男人和女人，早早晚晚都凑在一起去商量，早早晚晚都凑在一起去议论。又商量，又议论，如何去对付恶龙啊，如何去要回天和地，如何去继续求生存。议论来议论去，商量来商量去，办法只有一个，办法只有单项，那就是去请什罗来主持公道，那就是去请神鹏来帮助人类。此外，再没有别的办法，此外，再没有别的能耐。

可是，谁去请呢？丁巴什罗住在十八层天上，大鹏鸟住在高高的蓝天。大家又商量，大家又议论，都说路途艰难又遥远，都说要选一个最有本事、最勇敢的人。大家又商量，大家又议论，都说丁巴什罗不知肯不肯主持正义、神鹏不知愿不愿意帮助人类，都说要派一个懂道理、会讲话的人去求情。于是，他们选定了董本阿高。他们说董本阿高比老虎还勇敢，董本阿高啊，比鹦鹉还会讲。派他当使者，上天诉苦情；十八层天上，去把大鹏请。

## 四

董本阿高骑着雄山骡，不敢怠慢，风餐露宿，日夜不停地往天上奔，很快就来到了十八层天，见过了大鹏鸟，见过了什罗神，历数孽龙罪，表白人心诚。

听说人受了苦，神鹏暗暗伤心。听说龙正在欺侮人，神鹏呀，抱不平。他立刻换了新装，白色的羽毛闪闪发亮如同白海螺一样。他立在高高的雪山上，就像一朵美丽的雪莲。

神鹏展开翅膀，顿时扇动了万里的风，乌云吓得慌忙向西逃窜，黑雾急急忙忙逃向东方。神鹏飞翔在天空，蓝天干净得如同洗过一般，太阳笑嘻嘻，大地亮堂堂。神鹏快到地面时，很快就收起翅膀，变成一个普通人的模样，急急忙忙就去寻找娜布。没一会儿，他就来到了米丽达吉神海边。

神海茫茫不见边，因为神海被恶龙霸占，连海鸟都不敢在这里飞翔。因为那孽龙做贼心虚，她骗了一个叫苏笃罗布和一个叫恒命素舍玛的人来看守神海，男人站在海头上，女人站在海尾上，罗布守着天，舍玛守着海。大鹏来到海头，走到罗布的面前。罗布的身旁，一边金子堆如山，一边银子堆成冈。金子、银子都是龙给的，所以，他骄傲得只看见天。大鹏问一句，他像没听见，眼睛也像石头一般，转都不转一转。大鹏问两句，他像没看见，嘴巴像木头，不曾张一张。大鹏没办法，又来到海尾，找到了恒命素舍玛。舍玛的身边珠宝堆成湖，绸缎铺成海。珠宝和绸缎都是毒龙收买她的，她坐在珠宝上，乐得笑眯眯。大鹏问她道：

"美丽的姑娘，你为什么这样忙？我要找娜布，麻烦你去喊她一声。"

舍玛很吃惊，对大鹏眨眨眼，惊讶道："汉子，你是吃了豹子胆还是咋的，就不怕龙吃了你？"

大鹏回答道：

办事为大家，
不知有害怕。
专同恶作对，
我胆比天大。

能中选能人，
我是最能者。
请你去通报，
喊龙来碰头。

舍玛吓得胆战心惊，这是哪里来的狂人，竟如此大胆妄为。她告诉这汉子，龙家不种庄稼不盘田，吃的都是大白面；龙家从来不放牧，吃的是肉，喝的是奶。她说："我不能离开，我不能去通报，你不怕死，我却不愿丢了财宝，不愿失了天堂，我才不愿被撵出龙家。"这大汉生气了，指着这女人骂道："你这个女人，不认好歹，你的心已被财宝迷惑，你的良心已被恶龙偷了去。那毒龙和蛇一样恶毒，你却甘心情愿做她的帮凶，你还不知道你是受了恶龙的欺骗，请对我说一句真话，我很讨厌说假话的人"。

舍玛看看这汉子，知道他不是普通的人，便发了善心，悄悄告诉大鹏："她呀，只在初一和十五洗头时，才出海心。"

五

初一终于来到了，太阳刚刚睡醒，母龙娜布就起了床，要到海心去洗头。

初一盼到了，太阳刚刚露了脸，大鹏就起飞了，要去斗孽龙。

大鹏飞到美丽的达吉海，来回飞掠过海面，飞到海的东面，停在高高的雪山顶，只见海水绿汪汪，就像一面镜子亮晃晃。大鹏的身子立刻就映在海里，影子摇摇闪闪。人都说，世上狐狸最狡猾，这母龙比狐狸还要狡猾，她看见大鹏的影子，连忙就转身藏到海底。大鹏没办法，只好又飞回天上去，找到丁巴什罗，商量来商量去，降龙的担子只有落到大鹏的身上，擒龙的办法只有一桩，只有用智擒，只有趁它不提防的时候，突然把她抓住。

初一去了，又来了十五，又是娜布洗头的日子，一大早，大鹏就在做准备。他把铜套在翅膀上，他又把铁套在尾巴上，嘴上套上了金，爪上套上了银。然后，他悄悄飞到西海边的黑山上。黑山上有两棵参天大树，树叶遮住了前面，大鹏要抓孽龙，必须先把影子隐藏。他藏在大树后面，透过树叶缝缝看出去，大海里看不见大鹏的身影。

霎时间，只见海心翻起黑浪，就像海水被烧得沸腾起来。过了一会儿，只见娜布把头伸出海面，偷偷地望望四方，只见阳光明媚，树叶沙沙响，既不见有什么可疑的影子，也听不见什么可疑的声响，娜布才放了心，慢慢伸出身子，却又夸口道："嘻，我就说，海是龙的家，谁敢来侵扰；大地都姓龙，谁敢太岁头上动土。"

母龙放心了，拿起金瓢舀海水，拿起银盆来盛泉水，海水来洗头，泉水来漂头，又拿出珍珠梳，梳她的长长的头发，拿出宝石箆，箆她那黑油油的头发。就在这时，神鹏轻轻展开翅膀，贴着黑山低低地飞下，骤然掠过海面，霎时间扑到了海上。只见他如同闪电穿乌云，只见他如同疾雷轰击大地，眨眼防不及，挠耳来不赢。那孽龙猛然一怔，仿佛天崩了，地裂了，还不知出了什么事，只见两眼一黑，大鹏的金爪子已揪住了龙头，大鹏的铁尾巴已挟住了龙身子，顿时天旋地转，把母龙的魂都吓散了。

神鹏擒住了娜布，就像老鹰叼着小鸡。娜布拼命挣扎，就像小雀困在网里。

狡猾的母龙眼看挣不脱了，便吸了口气充起胖子来，她说："哼，放开你的臭爪子，你算老几？告诉你吧，你想整倒我，没那么容易，我有三节身，两节还在海里哩，你小子拼了吃奶的力气，顶多也只能拉我一节。"

大鹏用力把铜翅一扇，冷冷笑道："拉你三节的身子，就像捡起三片叶子，你瞧吧！"说着已拉起了一节，再用力把铜翅一扇，拉起了第二节，又说："瞧我把你拉出海，绕在若倮山①，再把你吊在九重山。"于是又一节，母龙顶不住了，她哼一声，那海水便落一节。

母龙那三节身就像山草绳，围着若倮山绕了三个圈。大鹏那金嘴死死啄住母龙的脑壳，痛得它哀哀地喊着要求饶

---

① 若倮山：居那若倮山，《东巴经》及纳西族传说中的神山。

命。

"尊贵的大鹏啊，饶了我吧，我没有害人的歹心，求求你，放了我吧！"

俗话说：灰雾会遮住眼睛，沙粒会塞进眼里。只是，大鹏的眼睛清清如水，灰沙再大也吹不进。他大喝一声道："你还没有歹心？如何占了人的天？就像牛犁了一条埂，当初你和人对半分了地，你却又夺了人的地。你还没歹心？又坏、又毒、又狠，硬是抢了人的屋和田地，逼得人挨饿却没有田地耕，寒冷却没有房屋住，你却荒着田，你却空着房，这难道还不是歹心？"

孽龙又羞又愧，却仍然不甘心，她又像一条疯狗，反把人来咬一口，她说："美神大鹏啊，莫听人乱说，他们做了坏事，反把坏事推在我身上。就拿俄拿尼丁若来说吧，他黑脸又黑心，砍了柴还要杀我鸡；还有吉吾化罗妹，心地就像发了霉的米，挑了水还要砸我的蛙。鸡被打歪了嘴，蛙被砸肿了手，喊天喊地，如今还睡在床上。江水哗哗流，泉水处处有，人却偏偏要夺我的井，汲水还杀了我的牲口，金鬃马、银角牛、黑毛熊、金丝猴，都没了命；阳山虎被斩，阳山猪挨了刀，杀了石上蛇，诛了草田蛙，砍光了我的树，连蜂窝都被掏光；拿了我家的鱼，还有金沙也掏光。还说我母龙欺侮了人，还说我发了大脾气，我母龙受人如此欺侮，你大鹏应该公正，应该主持正义。"

她又哭又喊，装做十分委屈，装做十分悲痛。大鹏一阵哈哈大笑，一面顺手拿来一根大铁链，将龙拴在桑树上，一面说：

破篮会漏水，
吃多会拉稀；
铁链管着你，
废话莫出嘴。

## 六

人类听见了，气得火星冒，一传十，十传百，四面八方的人都跑了来，喊着，叫着，就像春雷初响，个个都指着毒龙骂：

不准龙胡诌，
不许龙撒谎；
人类遭苦难，
要龙命来偿。

愤怒的人群都举手高呼：

龙血当酒喝，
龙肉当菜炒；
龙筋当马鞭，
龙骨当柴烧。

大鹏见人如此气愤，反倒来安慰人类。只是甘露浇枯枝，人类又起忧心，生怕大鹏把毒龙放回大海，便都苦苦地哀求道：

125

野猫放回山，
还会把鸡咬；
孽龙是祸种，
留根祸难消。

毒龙看见愤怒的人就像大火烧天，吓得树叶一般发抖，泪水涟涟，像河流淌，其实是猫哭耗子，用头发遮住眼泪，用巴掌抚住心头。母龙不死心，还要称霸强。

### 七

那个守在东海边的苏笃罗布，就像喝了迷魂酒一般，听见他的主子被大鹏逮了去，就要去救他的主子；就像瞎子走平路，总怪地不平，他跌跌爬爬地走，高高低低地喊："母龙在哪里？恩主在何方？"

孽龙听见了，赶忙长叹一声："铁链捆得紧呀，铁扣箍得深呀，我的罗布啊，快快来救龙的命！"

只是，铁链环环相锁，不是大鹏鸟，谁也开不开！孽龙只好不断喘气，装做可怜的模样叹气："皮破痛到骨，肉裂疼到心，快快来救我龙的命。"她见奴才闰金利余若，又施诡计说：

"闰金利余若啊，快去天上告状吧，就说人心毒，就说大鹏坏。"

吃了昧心汤的闰金利余若就急忙跑上天去见丁巴什罗。他装做十分虔诚的模样说："大鹏做尽了坏事，无故把母龙用铁链拴；人类坏心肠，要把母龙杀！米丽达吉海都要干了，居那若俣山快要山崩塌了，含英宝达树也快倒了，赠拿含鲁美石也要裂了，①山上的树木快要枯死了，沟里的清水也快要干涸了。天上不下雨，地上不长草；蛇尾干了，蛙嘴干了，都是人不会坐，坐在犁板边；大鹏也没有站在他该站的地方，却站在犁架上。神明的善神啊，请快快去救救母龙的命，快快去评评是与非。"

八

丁巴什罗神听了闰金利余若的话，就驾着祥云，来到居那若俅山。娜布见了善神，连忙装做又委屈又冤枉，她说：

"尊贵的善神呀，你就像亲爹亲妈，求求你，救救善良，请你把祸害消除。"

丁巴什罗说："铁链没有拴你的嘴，有话，就快讲明。"

娜布一阵高兴，她挤挤眼，谎话就从嘴里喷出，就像吃鱼被刺卡，反说被鱼害。她说："人哪，好没道理，扛了犁头来，强耕了我的田和地；我荒地上的野兽，全都被杀光。人类真可恶，踩坏了我的牧场，野兽被赶跑，它们都怕人，要搬到天上去躲藏。我也害怕人类，准备搬到天上去躲起。"

丁巴什罗仍然不动声色，又试探道："按你这样说，该把人如何处置？"

娜布更加高兴，她说："好办，叫人来向我赔情，拿了重礼来赔礼，净面要九盆，酥油要九饼，柏枝要九背，固水拴来山羊，苏河拴来公鸡，白马和黑牛都要来向我表敬

---

① 含英宝达树、赠拿含鲁美石：《东巴经》及纳西族神话中的神树、神石。

意。"

丁巴什罗忍无可忍，只见他把脚一跺，大声喝道："好一个贪婪的毒龙，人要盘庄稼，田地都被你霸占；人要养牛马，牧场被你硬夺了去；人要攀柴烧，大山被你强霸去。火把烧眉毛，你还说鬼话，反诬人害你，要这要那，要人类向你赔礼，今天要评出公正，叫人类也诉诉他们的衷情。"

人类听从了神的号召，从四面八方聚集到神的面前，在神的面前壮了胆的他们愤怒地大声声讨："不准恶龙胡诌，不准恶龙诬蔑人类。孽龙是灾星，应该割她的肉当菜炒，应该抽她的血当酒喝，应该把她的骨头当柴烧，应该抽出她的筋当马鞭。"

百鸟都飞来作证，百兽也跑来证明，不是人心坏，实在是恶龙对人类的诬陷。青山也开口作证，绿水也高声证明，不是人类降祸，实实是恶龙造下灾难。

娜布这才哑口无言。丁巴什罗作法，恶龙顿时变成了一条蛇。恶龙想逃跑，却被大鹏捉住了，大鹏对龙说："听着，娜布，你看见了，人怒怎么平？天怒如何消？"

人类多老实，如同牛一样；人类多耿直，如同铁一样。

大鹏说："杀了你，人无罪；刮了你，人有理。判罪重判你，看你悔不悔？"

恶龙丢尽了脸，只有服输才能保命，于是又摇身一变，忙匍匐在地，苦苦向大鹏求情："神勇的大鹏啊，请替我求求人；公正的善神啊，请帮我劝劝人。"

## 九

大鹏软了心，什罗发善心，只要恶龙真心悔过，只要恶龙真心忏悔，就准许她重新做龙。娜布连忙举手对天发誓，娜布连忙跪下对地发誓："从今日今时起，龙再也不欺侮人类，只给人带来好处，不给人带来灾难。"

人类很担心，母龙不是真心悔过；大鹏看出了，母龙不诚心；什罗看出来，母龙是应付权宜。于是，那铁链子就勒紧了又勒紧，痛得母龙叫娘又叫爹。第二次发誓，母龙才有三分真心，铁链子便松开了三分。第三次发誓，母龙才诚心忏悔，那铁链子才自动往下掉。

娜布认了输，只留给她一份天，只留给她一成地，只留给她一所房。树木、流水、牧草都归还人类，从此，不准再喊"龙天"，不准再喊"龙地"，不准再喊"龙树"和"龙石"。

一言说定了，冬天三个月，龙住黑山顶，不许她逞威；春天三个月，龙住在黑洞里，不许她出来害百姓；夏天三个月，龙住在河底，不许她出海作孽；秋天三个月，龙住在石头的旁边，不许她甩尾害别人。百花开放了，百鸟歌唱了，海浪欢笑了，海水奔腾了，人类高兴了。

松树万年绿，柏树绿千年。千年万年间，不许龙称狂。孽龙再要出来，除非"黑石变黑猪"，除非"白石变白羊"。盟约订好了，法规立下了，母龙也一一答应了，人类才原谅了母龙。只是，被藏在海底的明珠帽如何处理呢？人类说：吃上甜蜜水的人，不应该忘记金翅蜂，夺回明珠帽，不要忘记大鹏的功劳，人类便把明珠帽赠送给了大鹏鸟。从此，大鹏的头上便长了明珠，永世放着光芒。

## 十

恶龙被降服了，罗布回了心，舍玛转了意，回到人群

中，人类都感谢大鹏鸟，都感激善神丁巴什罗。丁巴什罗
神，弯弓搭金箭，对着冒米巴拉山，一连发了三箭，三箭都
把山射穿。三个箭眼里淌出三股药水，牛、羊动物饮了水，
化成奶浆淌。犏牛、牦牛奶水挤不完，山羊肉又香又多吃不
完。大地得到了滋润，麦子长成林，谷子铺成海，美酒就像
大河一样淌。人类啊，就像天上的星星，就像地上的青草，
永远昌盛、繁茂……

讲述者：和东光　和正才

翻译整理者：桑文浩

# 四个部落的由来①

古代的纳西族有四个部落：禾部落、梅部落、束部落和
叶部落，又叫禾墩②、梅墩、束墩和叶墩，还有"禾梅不离
居，束叶不分离"的说法。据传，禾、梅二部落居住在金
沙江东岸沿江峡谷，即现今的盐源、宁蒗、木里等县；束、
叶两个部落居住在金沙江西岸峡谷一带，即现今的丽江、维
西、中甸等县区。禾、梅、束、叶四个部落的姓氏是怎么来
的呢？

远在公鸡还在老林深处搭窝的时候，纳西族传到了猎人
高楞趣这一代。他有四个聪明的儿子：老大叫趣若的，老二

---

① 本故事流传于云南省丽江地区，由斯林选自1986年第4期《山茶》。
② 墩：纳西语，即居住的地方。

叫趣若吕，老三叫趣若斯，老四叫趣若鲁。

高楞趣是个很出色的猎手，雪山岔口上看得见他的影子；雪羊行走的陡壁上，留着他的脚印；密林深处传有他粗犷的呼喊声。他看一眼百兽走过的脚印，就能分辨出是老虎还是豹子，是獐子还是麂子；他从野兽留下的屎堆上，也会判断出野兽什么时候路过这里，又朝哪座大山走去了。他的判断准确得不差一根头发丝。高楞趣埋下的地弩，从来没有虚发过；他挖掘的陷阱，能欺骗狡猾的狐狸；他下的扣子，一次能扣住两只菁鸡。九山十八寨都传扬着高楞趣的大名。

一天，他挎着牛筋做的大弓，领着生有六趾脚爪的猎狗，来到马鹿经常出没的沟坎边安设地弩。正当他支下地弩的时候，突然轰的一声响，山洪暴发了。眨眼间，滔天洪水涌满山谷，漫溢到山顶，坡坝被冲塌了，高楞趣被埋在坡坝下面。

滚滚洪水淹没了村寨，高楞趣的四个儿子只好逃进大山里。等到山洪退落了，四个儿子回到家里，低矮的木楞房被冲坍了，牲畜和家禽都被淹死了，村寨里只留下枯树桩和石头，人间荒凉得像一片沙滩。四个儿子只得重建家园。

在辛苦和劳累中，三年的时光过去了。这三年里，高楞趣的四个儿子没有吃过一顿安逸饭，没有睡过一个安稳觉，没有工夫坐下来谈一次家常。他们流下的汗水，浇出了幸福的硕果：木楞房梁柱上挂着百兽的干肉，牧场上游动着云朵样的牛群和羊群，奶汁像河水一样流淌，酥油和奶碴堆成山，生活像蜜糖般甜。

在贫困的时候，四个儿子没有工夫寻找失散了的亲人，

131

当富裕又回到身边，一家又可以团聚的时候，他们就加倍思念失散的老父亲。一天，四兄弟邀请村寨里的人到家里做客，当全寨人都环坐在篝火边吃肉喝酒的时候，一份坨坨肉多出来了，一只斟满酒的酒碗多出来了。是请漏了哪个客人，还是谁还没有到？高楞趣的四个儿子从寨头算到寨尾，又从寨尾算到寨头，全寨子的人都在座了。

当老人们捧着酒碗，唱起祝福词的时候，高楞趣的四个儿子的脸色突然变了，他们突然想起，这多出的坨坨肉和酒，是自己阿爸的那份，他们的泪水像断线的珍珠洒落在酒碗里。

趣若的哽咽地说："弟弟们呀，我们应该去寻找阿爸的下落。""寻找"两字的纳西语叫"梅"。以后，"梅"就成了老大一支的姓氏。

趣若吕伤心地说："我们想得太迟了。""迟"的纳西语是"禾"。以后，"禾"就成了趣若吕一支的姓氏。

趣若斯难过地说："恐怕阿爸的尸体都已经萎缩了。""萎缩"的纳西语是"束"。"束"就成了趣若斯一支的姓氏。

趣若鲁焦急地抢过话头道："可能阿爸的尸体已腐烂了。""腐烂"的纳西语就是"叶"。这"叶"就成了趣若鲁一支的姓氏。

四个兄弟商议一阵后，老大趣若的骑着一匹黑马，去寻找阿爸了。有一天，他在大山里默默地走着，一只金色的蜜蜂在他的耳边兜着圈子。趣若的烦恼极了，抬起手把蜜蜂撺开，蜂"嗡"地哼一声，飞走了。趣若的没有找到阿爸，伤心地骑着黑马回来了。

老二趣若吕也骑着一匹黑马去寻找阿爸，他一边走一边把手搭在嘴边，冲着密林呼喊了几百遍，大山响起了呜呜的回声。突然，一只金色的蜜蜂飞来，在他的耳边兜圈子，也弄得他十分烦恼。他扬起马鞭把蜜蜂撵开了，蜜蜂留下一串哭声，又飞走了。趣若吕没有找到阿爸，伤心地骑着黑马回来了。

老三趣若斯也骑着一匹黑马，捧着一碗祭食，出门去寻找阿爸。他默默地骑在马上，在一个幽静的山谷里走着。金色的蜜蜂又飞来绕着他不住地飞旋，他也烦躁地摇晃着巴掌，把蜜蜂撵跑了，蜜蜂呜呜地哭着飞走了。趣若斯也没有找着阿爸，只好骑着黑马回来。

老四趣若鲁骑着一匹雪白的骏马，也捧着一碗祭食，去寻找阿爸。他冲着大山和老林一边走一边悲伤地呼唤着，他的呼喊声在大山间久久回荡。突然一只金色的蜜蜂飞来，在他耳边悲鸣盘旋。趣若鲁心想：这只蜜蜂也许和阿爸有关。他捧着祭食，虔诚地说："金子一样珍贵的蜜蜂，雪山一样尊严的蜜蜂，你若是我阿爸的灵魂，请歇在祭食上；若不是阿爸的灵魂，请你赶快飞走吧！"趣若鲁的话刚说完，蜜蜂在他头上盘旋了三圈，然后轻轻地落在祭食上，又瑟瑟地抖动着翅膀，仿佛是一位父亲在对儿子倾吐着心声。趣若鲁用一根白毛线拴在蜜蜂的腰上（据说，蜜蜂的腰就是被他勒细了的），蜜蜂又"嘶啦"一声飞走了。趣若鲁鞭着白马，紧紧尾随在后面。那只拴着白毛线的蜜蜂飞到一道塌坡的土堆上，兜着圈子飞了三圈，就隐没到土堆里去了。

趣若鲁急忙骑着白马跑回家，把三个哥哥叫拢，一起来到蜜蜂隐下的土堆前面。他们扒开土堆，终于找到了阿爸高楞趣的尸体。阿爸的脑壳上长着一棵刺柏树，手上长着一棵黄栗树，脚上长着一棵白桦树。

从此以后，纳西族遇到在耳边飞鸣的蜜蜂，就认为它是祖先的灵魂，不能伤害，还要对它祈祷，请求祖先保佑。另外，祭天时，要在祭台中央插一枝刺柏，两边插两枝黄栗，前面插一枝白桦，顶着一个鸡蛋，表示天地和祖先。

四兄弟流着伤心的泪水，给阿爸举行了火葬礼，把他的灵魂送到祖先居住的地方。以后，他们就分了家，老大趣若的迁到梅墩居住，为梅氏部落的祖先。老二趣若吕迁到禾墩居住，成为禾氏部落的祖先。老三趣若斯迁到束墩居住，成为束氏部落的祖先。老四趣若鲁迁到叶墩居住，成为叶氏部落的祖先。他们的后裔像五月的青蒲一样，在金沙江峡谷两岸繁衍。

讲述者：和正才

整理者：木丽春

# 月其嘎儿①

龙王鲁帕斯腊统管着地上所有的水神，他以为天下数自己最厉害，谁也斗不过他。所以，鲁帕斯腊为心所欲，想下雨就下，想叫大地干旱就一滴雨也不下。

---

① 月其嘎儿：神鸟名，一直被摩梭人奉为保护神而加以供奉。有另外的神话说神鸟月其嘎儿系女性，会生蛋。这种女神崇拜，与摩梭人的母系制是相一致的。此神话故事由和志平选定。

　　有一次，鲁帕斯腊一连几年不下雨，弄得大地龟裂，草木枯槁，地上的飞禽走兽渴得四处乱飞乱跑，人也渴死了。就是那些山神，也喝不上一口水。鲁帕斯腊见了，十分得意。他对众神说："我几年不下雨，看你们吃什么？你们有金有银，看看能不能吃？"

　　天神松基努实西见到这种情景，觉得不妙，就命众神来商议，决定派神去命令鲁帕斯腊下雨。天神松基努实西决定先派羌男独次神去劝说鲁帕斯腊下雨。羌男独次骑着一只狮子来到了海边，手中摇着"安夸"①，叫鲁帕斯腊快出来听天神松基努实西的命令。龙王鲁帕斯腊从海中露出个头，骄傲地对羌男独次骂道："你这瘟神，骑一条麻皮狗来找我干什么？"羌南独次说："你几年没下过一滴雨，人也渴死了，山神也没水喝，天神松基努实西命令你赶快下雨。"鲁帕斯腊根本不理睬，只见他在海中摇摇身子，便在浪涛中隐没了。

　　天神松基努实西得知羌男独次无法劝说鲁帕斯腊下雨，又派神鸟月其嘎儿去命令鲁帕斯腊下雨。

　　神鸟月其嘎儿有一对铁一般坚硬的翅膀，她那无比坚硬的嘴一旦啄住了谁，谁就休想脱身。月其嘎儿从神山上腾空而起，落到地上最高的鲁月甲白儿龙山上，对着大海厉声喊道："老龙鲁帕斯腊，天神松基努实西命你赶快下雨，你到底听不听？"鲁帕斯腊从海中露出头来，仍然十分傲慢地对着月其嘎儿大声嚷道："天底下数我最大，到处的水神都归我管，我想下雨就下雨，我不想下雨就不下，你管得着

───────────────

　　① 安夸：摩梭语，喇嘛念经时手中拿的银铃。羌男独次手拿银铃的情节，可能与喇嘛教传入有关。

我?"月其嘎儿眨了眨眼睛,说道:"命你快下雨,你听不听?"鲁帕斯腊说:"不听!"月其嘎儿拍了拍翅膀,又说:"命你下雨,你听不听?"鲁帕斯腊又回答:"不听!"这下子激怒了月其嘎儿。她呼地飞了起来,飞到海面上时,用翅膀将海水朝东边拍打了一下,只见东边的海水顿时从海底翻腾起来。可是,骄横的鲁帕斯腊仍想反抗。他把身子一摆,刹那间大海白浪滔天,一股股水柱直冲云霄。鲁帕斯腊正想用水柱将月其嘎儿卷入海中淹死呢,但他哪里知道月其嘎儿的厉害!只见月其嘎儿在海浪中穿来穿去,趁龙王鲁帕斯腊正得意的时间,一嘴啄住了鲁帕斯腊的头。

为所欲为惯了的龙王鲁帕斯腊怎么也想不到会出现这样的情况,他感到自己的头被钳子夹住,周身更是动弹不得,整个身子仿佛在被往空中提。果真是这样,月其嘎儿啄住龙王的头,把龙王的身子从海里提出了一截,问龙王:"你下不下雨?"龙王鲁帕斯腊仍然不服输,照样回答:"不下!"月其嘎儿又把鲁帕斯腊的身子往上提起一截,问:"你到底下不下雨?"

龙王还是嘴硬,又说:"不下!"月其嘎儿索性将龙王鲁帕斯腊往空中一提,龙王的整个身子就离开了大海。这一下,龙王还没等月其嘎儿问他,就急忙求饶道:

"我立刻下雨。以后我一定冬天下雪、夏天下雨,再不敢违抗了。"

可是,月其嘎儿已怒不可遏,便"唰"的一声,将龙王提到三层天上,嘴里叼着他在空中绕了三圈,再警告道:"以后,你若再敢违抗命令,就叫你粉身碎骨。"

说罢,月其嘎儿把嘴一松,龙王鲁帕斯腊就从三层天上摔下大海去了。

龙王鲁帕斯腊摔到大海里时，大海顿时浪花四溅。浪花溅到了大地的山山岭岭、各个角落，凡是被溅到的地方，立刻就出现了泉水、河流和湖泊。

后来，龙王鲁帕斯腊果然就规规矩矩了。他在冬天下雪、夏天下雨，再也不敢为所欲为了。

讲述者：达巴苏诺　阮衣底子

记录整理者：李子贡

# 崇 邦 统

## ——人类迁徙记

太古那时候，天体在摇晃，阴阳相混杂，树木会走路，石头会说话，大地在震荡。

天和地还没有开辟，先出现了三样天影子和地影子；日和月还没有创造，先出现了三样日影子和月影子；星和辰①还没有创造，先出现了三样星影子和辰影子；山和谷地还没有形成，先出现了三样山影子和谷影子；水和渠还没有形成，先出现了三样水影子和渠影子。

三样出九个，九个出母体，出现真和假，出现实和虚。

---

① 辰：日、月、星的总称。此外的"辰"纳西语读"绕"，相当于彗星之类，不能实指。

137

最初真和实来做变化，开始出现白天亮太阳；白天做变化，出现亮光闪闪的碧石；碧石做变化，出现白晶晶的实蛋；实蛋做变化，出现好声好气的唤者；声气做变化，出现了善神依古阿格。

假和虚来做变化，开始出现夜晚暗月亮；夜晚做变化，出现黑黝黝的虚蛋来；虚蛋做变化，出现恶声恶气的叫者；声气做变化，出现了恶神依古顶那。

最初依古阿格做变化，出一个白蛋；白蛋做变化，出一只白鸡；白鸡没人来取名，自己给自己取名，名叫东族①的额玉额玛。

额玉额玛呀，高飞到天上，广阔老天不能开；低飞在地上，辽阔大地不能辟。

额玉额玛呀，会飞不要飞，会跳不要跳；官目不要恶，巫卜不要比，独马不要赶，犁田不要偏，扛矛不要直，背刀不要横。

额玉额玛呀，高飞飞上天，抽来天空三朵白云做被窝；低飞飞在地，抽来大地三丛绿草做蛋巢，生下九对白蛋来：一对变为盘神②和禅神③，一对变为高神④和吾神⑤，一对变

---

① 东族：全称为美令东主，代表善神和光明。
② 盘神：即藏族之神。
③ 禅神：即白族之神。
④ 高神：即常胜之将帅。
⑤ 吾神：即参谋之军帅。

为窝神和恒神①，一对变为阳神②和阴神③，一对变为能者和智者，一对变为丈量师和营造师，一对变为酋长和目老，一对变为巫师和卜师，一对变为贵族和百姓。

依古顶那做变化，出一个黑蛋；黑蛋做变化，出一支黑鸡；黑鸡没人来取名，自己给自己取名，名叫术④族的负纪俺纳。负纪俺纳做变化，生出九对黑蛋来：一对变为鬼和怪，一对变为毒鬼和争鬼，一对变为水鬼和水怪，一对变为恶鬼和无头鬼，一对变为秽鬼和污鬼……⑤

接着下一代，天神九弟兄，来做开天的匠师，天又不会开，把天开成峥嵘倒挂着。地神九姐妹，来做辟地的师傅，地又不会辟，把地辟成松软湿烂的。

天神九弟兄，会同地神七姐妹商量：大水的东方，竖立起白螺天柱；大水的南方，竖立起碧玉天柱；大水的西方，竖立起墨珠天柱；大水的北方，竖立起黄金天柱；天和地中央，竖起一根擎天大铁柱。天不圆满玉石补，玉绿大石来接天，补天很圆范。地不平坦黄金铺，金黄大石来压地，铺地很平坦。

神鸡额玉额玛呀，筛动最后一个蛋，下出个苦蛋。冬三月呀雪来抱三天，抱了孵不出；春三月呀风来抱三天，抱了孵不出；夏三月呀雨来抱三天，抱了孵不出；秋三月呀土来

---

① 窝神和恒神：即纳西族之神。

② 阳神：纳西语读"动"，又称"美令动阿普"，是男神、石神，即造物主。

③ 阴神：纳西语读"生"，又称"勒琴生阿祖"是女神、木神，即造物主。有一本《动顶》的经书，叙述动、生神造物的过程。

④ 术：人名，全称"美令术主"，代表恶鬼和黑暗。

⑤ 原文只写到五对，没有写全九对。

抱三天，抱了孵不出。

孵不出的那个蛋，抬来丢海中；左边起白风，右边刮黑风，风吹海摇荡，海荡蛋飘飘，蛋飞撞岩上，岩间闪出晶莹的亮光。

父族生冠种，料想生冠子，又不生红冠，却生一对角，角长撑住天，天上布了星。

母族长羽种，料想长羽翼，又不长彩羽，却长一身毛，毛长如长草，地上铺了草。

母族生爪种，料想生爪子，又不生爪子，却生人脚板，脚宽去铺地。

寨后住能者，去向能者说，能者说无能；寨前住智者，去向智者说，智者说不知。

河古①北方地，向阳神请教，触怒了阳神；阳神用斧砍，一砍吼一声，吼声如蓝天霹雷，眨眼如电光闪灼。

押赤②南方地，向阴神请教，触犯了阴神；阴神用剑刺，一刺吼一声，吼声如地震巨响，舌长如长虹彩耀。

吃牲宽脚之怪物，其头祭高天，其皮祭大地，其肺祭太阳，其肝祭月亮，其肉祭泥土，其骨祭石头，其血祭河水，其肋祭山岩，其尾祭树木，其肠祭道路，其毛祭草丛。尸首上半节，炙祭了北方；尸首下半节，炙祭了南方；左边长肋骨，炙祭了左边；右边短肋骨，炙祭了右边。

跟着后一代，人生大地上，能者和智者商量，丈量师和

————————

① 河古：北方，纳西语称"河古罗"。
② 押赤：南方，纳西语称"押赤麦"。

营造师商量，酋长和耆老商量，东巴①和卜巫②商量，贵族和百姓商量：什罗神山非建立不可，需要赶快修。

一伙群神呀，有的带墨石，有的带黑土，有的带金银，有的带玉珠，有的带螺片，建起四方什罗山。

修建之后要保卫。人生大地上，九匹瘦马呀，保九个响石；五支虎豹来保卫，螺白雄狮来保卫，肥壮大象来保卫，久高那布大力神也来保卫。神山两边由金银保卫，两边由玉石珍珠保卫，什罗山的山顶卫住天，老天不叫唤；山脚镇住地，大地不动荡。

保卫之后要支撑。人生大地上，三根冰凌柱，撑三滴白露；三撮黑土块，撑三丛绿草；三棵青蒿枝，撑三棵白栗；三棵白松树，撑三棵红栗；三棵云杉树，撑三棵柏树；三座高岩呀，撑三座大山。什罗山的山顶撑上天，天不再叫唤；山脚镇住地，大地不动荡。

支撑之后要轮守。猴子火狐轮流来看守，火豹猛虎轮流来看守，能者智者轮流来看守，竹子钉子轮流来看守，阳神阴神轮流来看守，螺白雄狮轮流来看守，肥壮大象轮流来看守，久高那布大力神轮流来看守，什罗山的山顶守着天，天不再叫唤；山脚镇住地，大地不动荡。

居那什罗山，最早没出啥，先出白鹤鸰。鹤鸰白生生，要做白出处，要成白来历。鹤鸰不该黑，胸口黑一块。不是黑的古朴和模范，做不成白的出处和来历。

---

① 东巴，古称"本"或"本布"，指使用经书的祭司及行巫的宗教徒。
② 卜巫或卜师，古称"扒"，指专门行卜者；近代又称"商尼"，无经书，既行卜，又行巫跳神。

最早好气象，先出黑乌鸦。乌鸦黑黝黝，要做黑出处，要成黑来历。乌鸦不该白，翅尖白一根。不是白的古朴和模范，做不成黑的出处和来历。

最早好气象，先出白蝴蝶。蝴蝶白生生，要做白出处，要成白来历。蝴蝶不会生，生在冬三月，翅膀软无力，被寒风猛刮，很快飘死在山头，只是开创飘死的先例，做不成白的出处和来历。

最早好气象，先出黑蚂蚁。蚂蚁黑黝黝，要做黑出处，要成黑来历。蚂蚁不会生，生在夏三月；细腰弱无力，被夏洪猛冲，很快漂死到阴河，只是开创漂死的先例，做不成黑的出处的来历。

最早好气象，上面出响声，下面出气息；声气相变化，出三滴白露；白露做变化，出三个大海；大海做变化，生出人类的祖先：

　　　　　　海史海古①

　　　　　　海古美古

　　　　　　美古初初

　　　　　　初初慈禹

　　　　　　慈禹初居

　　　　　　初居具仁

　　　　　　具仁迹仁

　　　　　　迹仁崇仁

---

① 《丽江木氏宦谱》在"海史海古"之后，多一代"海羡刺羡"。

## 崇仁丽恩[①]

丽恩共有五弟兄，丽恩共有六姐妹。丽恩五弟兄，弟兄无伴侣，为同姐妹结伴而争斗；丽恩六姐妹，姐妹无配偶，又同兄弟结缘成对偶。

秽气污染了高天和大地，污染了太阳和月亮，污染了山林和深谷。日月出现了眼病，阳神阴神发出了苦言：

> 高松会震断，
>
> 巨石会炸碎，
>
> 大山会搬移，
>
> 深谷会冲迁！
>
> 过不了三天三夜呀，
>
> 上面高原会震倒森林，
>
> 连老虎和豹子也不能过路；
>
> 下面箐谷会横流洪水，
>
> 连水獭和鱼类也不能漂游。

丽恩弟兄们，想去捕捉树上白鹇鸟，可是狩猎去迟了；

---

① 据《东巴经》传说记载："丽恩"以下的世系为丽恩糯、糯术培、本培窝、窝高来、高来秋，共十四代。前六代被认为住在天上，后八代才住在人间。到高来秋一代，有买、何、束、叶四子，以后衍生成四个氏族和部落（支系），成为纳西族的先民。又：纳西语"人"古语叫"迹"或"崇"，可能与"俱仁迹仁"和"迹仁崇仁"这两代名字有关。"迹"和"崇"发展成最初的统治者，即牧主和贵族，与此相对应，牧奴读"鲁"，奴隶读"吾"，奴隶主读"苏培"。而"人"发展为"西""恒"，男性为"日""若"，所以纳西族的自称有纳、纳西、纳恒、纳日、纳若等。

想去放牧松林白羊群，可是放牧去晚了。丽恩弟兄们，不会做活呀，去向黑蚂蚁学习；不会放牧呀，去向白蝴蝶学习；不会犁田呀，使黑眼公牛犁到阳神阴神相会聚集处。阳神愤怒后，放出一头长嘴大黄野猪来，白天耕的地，夜晚全被乱撬翻平了。

丽恩弟兄们，带白银活扣，带黄金拴套；夜晚下活扣，夜晚没中去守夜；清晨下拴套，早晨不中晒阳光。第二天早晨，又去看一下，套住大黄野猪的前脚。

丽恩垮古①呀，不会抬犁撞着阳神老公公，差点撞烂阳神头上白银帽；丽恩急古呀，不会拿铧触着阴神老奶奶，差点触断阴神手中黄金杖。老公喊疼声震响了天，老奶奶吟痛声震动了地。

崇仁丽恩前去安慰道：

> 阿普②您痛不痛呀？
> 我来替您灸艾拔火罐③！
> 阿祖④伤口裂了吗？
> 我替您扎针缝伤口⑤。

阳神老公公来回答说："做好事的人，不会被遗忘；好

---

① 丽恩五弟兄的名字，此书只有崇仁丽恩（丽恩高古）、丽恩垮古、丽恩急古三人，据东巴神话说还有丽恩考古、丽恩比古两人。丽恩六姐妹名字无记载。
② 阿普：原意为"祖父"，是对男性老人的尊称。
③ 拔火罐：民间草医对头痛、痈肿的一种治疗方法。
④ 阿祖：原意为祖母，是对女性老人的尊称。
⑤ 缝伤口：民间草医对外伤的一种治疗方法。

人会长寿，骏马蹄不腐！你们五弟兄，为同姐妹结缘而斗争；你家六姐妹，又同弟兄结伴成配偶。秽气污染了天地，污染了日月，污染了星辰啊！天呀不会是现在的天，会出现新天；地呀不会是现在的地，会出现新地！"

崇仁丽恩呀，又向阳神老公公处去请教。阳神老公公说道："丽恩好男儿，心境你善良，嘴也说好话，手也做好事，我不会忘你！你去宰杀公牦牛，剥了牦牛皮先抽拉，拉干制成革，革皮擦上油，制成大皮鼓，要用细针粗线来缝合；皮鼓拉上九股牛皮绳，三股系在柏树上，三股系在杉树上，三股拉向天和地。金山羊和金小狗，金小鸡和金火链，还有上好的九样五谷种子，统统都要放进皮鼓里面去！"

崇仁丽恩呀，完全按照阳神老公公的指点去执行。

丽恩垮古和丽恩急古呀，也向阳神老公公处去请教。老公公因为撞伤过，好事容易会遗忘，坏事哪能忘掉啊！阳神老公公说道：

"你们去宰杀黄猪，剥了猪皮先抽拉，拉干制成革，革皮擦上油，制成大皮鼓，要用粗针细钱来缝合；皮鼓拉上三股竹皮绳，一股系在松树上，一股系在栗树上，一股拉向天和地。好东西呀一点不能放进去，坏东西呀统统都要放进去！"

丽恩垮古和丽恩急古呀，完全按照阳神老公公的指点去执行。过了三天后，老天突然起变化，变成坏的天；大地顿时起变化，变成坏的地。高山被搬移，深谷被冲迁，白松被地爆，黑杉随山垮。阴阳又混沌，日月又无光。

上面高山上，堆满了炸裂的树木，连老虎和豹子也无法通行；下面深涧里，积满了暴发的山洪，连水獭和鱼类也没法浮游。

天上的玉绿青龙霹雷又闪电，白松被雷劈，劈成千百节！丽恩急古呀，抛到九层白云间，不知丢埋在哪儿。

红栗被地炸，炸成亿万块！丽恩垮古呀，掷入七层黑土中，不知丢埋在哪儿。

白脚柏树是天的舅父，柏树没有被雷劈；宽叶杉树是天妻之母，杉树没有被地炸。

崇仁丽恩呀，坐在皮鼓里。山也不像山，似乎到了新的山脚下；地也不像地，似乎到了新的平地上。慢慢来计算，已有七个月零三十天。拔出腰间的长刀，割开牦牛皮鼓往外看：从左看过去，没有一匹马；从右望过去，没有一头牛；又从中间看，山岩直耸耸，涧谷阴森森！

崇仁丽恩呀，来到一棵大杉树底下。可爱的小山羊咩咩叫不休。"你呀为啥这样叫？""我叫不是为好玩！小时给我吃青草，长大吃不着。大地青草呀，不知丢埋到哪儿？丢草又寻草，我叫就是为此啊！"

大杉树下可爱小狗汪汪叫不休。"你呀为啥这样叫？""我叫不是为好玩！小时给我吃奶汁，长大吃不着。人间甜奶水，不知丢埋到哪里？丢奶又找奶，我叫就是为此啊！"

大杉树下可爱小鸡喔喔叫不休。"你呀为啥这样叫？""我叫不是为好玩！小时给我吃白米，长大吃不着。村庄白谷米，不知丢埋到哪里？丢米又找米，我叫就是为此啊！"

辽阔新天地，没有住人类，苍蝇到处在搓脚；没有养牲畜，杂草遍地绿油油。

"崇仁丽恩呀，身穿羊毛裳，衣毡恰合身？手抚三尺弓，带着三尺箭，利箭射三面，射箭给谁啊？"

"我的利箭要穿石,中靶石碎要喝酒!"

崇仁丽恩呀,走到雪山松林中,歌声来做伴;走到深峡大江边,马儿当伴行;最后来到楞从楞纳高原上,有三座杉林,住在杉林中。日照大白天,烟子茅秆大,三股烟子升上天。月夕夜晚上,火光似红冠,三股火光亮高原。新天高苍苍,新地大茫茫,人类无生存,要接人种啊!

阳神老公公,做下九对木人和木马,送给了丽恩,嘱咐又嘱咐:"不到九天九夜呀,千万别去看!"

崇仁丽恩呀,还不满九天,又去看一下:

> 有眼不会看,
> 只会眨眨眼;
> 有舌不会说,
> 只会张张嘴;
> 有手不会拿,
> 只会摇摇手;
> 有脚不会走,
> 只会匍匐爬。

阳神老公公,砍掉木人和木马;一架丢进山岩中,山岩从此有回声;一架扔到老林中,老林从此有山妖;一架甩入山溪中,山溪从此有水怪。

崇仁丽恩呀,又向阳神老公公处去请教:

> 千对好姻缘,
> 我要结良缘;

百对好伴侣，
我要找情侣！

阳神老公公回答说："天高星岩下，岩脚绿树丛，有一对天女：美女生直眼，丑女生横眼；不要去请直眼的美女，要把横眼良女请回来。"

崇仁丽恩呀，身硬控制不住心，一心想着合心人；美貌阻挡不住眼，要找美貌的配偶。他不理睬貌丑横眼女，却把美貌的直眼女领了来，两个结缘做一家。

生呀不该生，一胎生下蛇和蛙，一胎生下松和栗，一胎生下猪和熊，一胎生下猴和鸡。

崇仁丽恩呀，又到阳神老公公处去请教。阳神老公公说道："好男不听话，三年你受苦；好女不听劝，三月你受饿；骏马不会跑，烂蹄在眼前。生上松栗胎，丢到沙丘山里去；生下猴鸡胎，扔进高悬岩中去；生下熊猪胎，攫到大森林中去；生下蛇蛙胎，赶到阴湿沟里去！"

崇仁丽恩呀，看到男仇人，见仇用箭射，射死在山头！见到美女蛇，用艾蒿打扫，打死在深谷！懊恨不出气，悲愤来唱歌：

天空飘白云，
白云养白鹤，
恩情深可思。
若能善珍摄，
云间独鹤飞，
顾影自依依！

大地广无涯，
乡亲养育我，
恩情实深长。
若能善珍摄，
逍遥孤栖者，
何故欲成双！

崇仁丽恩呀，好男无情伴，找伴去上天！册恒布白命①，好女无爱侣，寻侣来下凡。

黑白交界地，
盛开白梅花；
梅花开两季，
两花争吐艳！
两缘共相遇，
两愿互相逢；
有缘互愿来结伴，
情同意合成配偶。

崇仁丽恩呀，变一朵白花；册恒布白命，变一只白鹤②。那朵白花呀，寄在鹤翅上，飞到上天十八层，来到住着天神的国度。

---

① 册恒布白命，是天神祖老阿普的女儿，原先已许给天神可罗可喜九弟兄家，但她不愿嫁到他家，下凡到人间另找结伴的配偶。
② 纳西语"媒人"称"哥潘米老布"，意为"白鹤媒人"，这个词的形成与这个传说有关。

祖老阿普天神：①家，要过围着九层树桩大篱笆，要走九座高墙深屋大院落，最后才到天女住房最里那一间。崇仁丽恩呀，竹箩罩头上，先藏在门角。

祖老阿普呀，傍晚将外面的羊群往里关，羊群却从里头受惊往外跑；早晨将狗圈的狗往门外放，放出的狗却直往里吠。祖老阿普产生了怀疑，傍晚在磨刀，早晨在擦刀！

册恒布白命问道："尊敬的父亲呀，为何在磨刀，为何在擦刀？"

祖老阿普回答说："傍晚关羊群，受惊往外跑；早晨放家狗，狗却往里吠！人生大地上，本说人类无生存，人类腥气却臭到我家！"

册恒布白命对父亲说："尊敬的父亲呀，不必磨刀哟，不必擦刀哟！石头不热蜂巢不搬家，石头过热蜂群会搬迁哟；男主不狠奴隶不逃跑，男主凶狠奴隶会逃跑哟！过些日子后，天不会不晴，天晴日子里，守晒粮食可使他；不会不下雨，下雨日子里，修沟引水可使他啊！人生大地上，发生高山倒翻那一年，没淹在山中；发生深谷冲迁那一年，没埋在谷里；这个天地间，没人再比他勇敢，没人再比他能干。好男崇仁丽恩呀，是我把他领到家中来的啊！"

祖老阿普回答说："金竹弹口弦，弹弦我阿妞！是否真实哟，是否实在哟？到底什么人，我要看一看！"

崇仁丽恩呀，九条河来洗，洗得白生生；九饼油米擦，

---

① 祖老阿普天神：简称"阿普"，祭天经中又称"祖老阿普美"。简称"美"。在本书中是典型的反面人物形象，一心想迫害崇仁丽恩，拆散其女儿和丽恩的爱情，最后以自己的失败而告终。

润得光滑滑；象牙箆来梳，头发亮晶晶。天女来引进，丽恩紧紧跟；走过九把利剑桥，登上九把利剑梯，来到天神祖老阿普住的那间房。

祖老阿普发问道："有没有手纹？""手纹没有破，手血也没流！""有没有脚纹？""脚纹没有伤，脚血也没出！阿扣龙灵山，父亲的威灵还没有儿子大哩！"

崇仁丽恩恳求道："祖老阿普呀，您的姑娘给我来！嫁女要给嫁妆来，送娘分给金银来，陪嫁要分牛羊来！"

祖老阿普回答说："高原大杉林，若不长高原，杉树会枯干；高坡青蒿绿，若不生高坡，青蒿会枯黄；松林流山溪，若不穿松林，山溪会干涸；人间纳萨若①，若不住人间，纳若会逃回！你的伴侣配偶不在这地方，你要求婚抢婚也无用！聪明就算你聪明，能干就算你能干，好好地把九十九座森林砍伐完。"

崇仁丽恩又说道："人家十母生的十个儿，一天不能砍完一座林；我呀只是一母生的一个人，一天怎能砍完九十九座森林呢？"

夜里夫妻共计议，早晨情侣在商谈。九把利斧挂到九十九座森林中，能干地把九十九座森林砍伐完。

第二天早上，崇仁丽恩呀，又向祖老阿普去禀报："祖老阿普呀，我要的人快快给我来，嫁女要给嫁妆来，送娘分给金银来！"

"她呀你很想要不能给！能干就算你能干，聪明就算你聪明，砍完森林就要去烧荒。"

---

① 纳萨若：与"纳若"同意，均指"纳西人"（男性）。

"人家十人一天烧完一片森林都困难，我一个人一天如何烧完九十九片森林啊！"

夜里夫妻共计议，早晨情侣在商谈。九支火把放到九十九片森林中，能干地把九十九片森林烧回来。

第二天早上，崇仁丽恩呀，又向祖老阿普去恳求："祖老阿普呀，您的姑娘给我来！"

"她呀你很想要不能给！就算你能干，就算你聪明，烧完生荒就要去播种。"

"人家十人一天播种一片火地都困难，我一个人一天如何种完九十九片火地啊！"

夜里夫妻共计议，早晨情侣在商谈。九个粮袋放在九十九块火块里，能干地把九十九块火地播种完。

第二天早上，崇仁丽恩呀，又向祖老阿普去恳求："祖老阿普呀，您的姑娘给我来！"

"她呀你很想要不能给！就算你能干，就算你聪明，撒完种子又要去拣种。"

崇仁丽恩反问道："昨天早晨呀，刚刚去播种；今天早晨呀，为何要拣种？见到过播种，没见过拣种！"

夜里夫妻共计议，早晨情侣在商谈。九个皮袋放到九十九块火地里。男儿不是獐子和麂子，白毡蒙住头，像野兽似的睡在火地里，做梦来变化："白蝴蝶呀快快来，快来帮我忙！黑蚂蚁呀快快来，快来帮我忙！"

崇仁丽恩呀，能干地把九十九块火地种子拣回来。回来家以后，崇仁丽恩呀，扬簸顶在头，册恒布白命，筛箕拿在手，来到麦架场里来扬场。嘴里吹哨如马叫，微风轻轻吹粮场；饱实颗粒吹进来，空壳糠麸外扬去。

能卜算的阿普来算种，善计量的阿祖①来量种："少了完整三颗粮，少了缺半两颗粮；三颗吃在斑鸠嗉子里，两瓣吞在蚂蚁腰肚里。"

第二天绝早，斑鸠不会停，停到丽恩园子里头来。崇仁丽恩呀，带上弓和箭，想射瞄三次，犹豫了三下；册恒布白命，正织布当儿，用亮闪梭子，狠触丽恩颤手臂；说时迟，那时快，刚好射中斑鸠胸脯上，找出短缺的三颗粮食。

崇仁丽恩呀，带马尾细线，掀翻大黑石，蚂蚁骚动往外爬，逮住一大个，用马尾紧拴，找出缺少的两半粮粒。

"祖老阿普呀，这回您的姑娘该给我了吧！"

"她呀你很想要不能给！就算你能干，就算你聪明，咱们要到岸间去捉杀岩羊。"

夜里夫妻共计议，早晨情侣在商谈。

册恒布白命说道："不是到岩间去捉杀山岩羊，而是要迫害杀死你啊！"

崇仁丽恩呀，按照册恒布白命嘱咐，牦皮包树桩，放进阿普的脚尾。阿普到了半夜三更时，甜睡说梦话：

"该死奴该死，摔个破土罐！"缩脚伸脚的时候，一伸大脚板，皮包踢下岩，打在羊头上，背着岩羊回家来。

男奴②抄小路，男奴到家快，岩羊肉呀放在阿普灶房台架上。阿普走大路，到家到得晚。崇仁丽恩对着阿普说："昨晚到岩间，去捉山岩羊；我的小身呀，没寄在岩中！我的亲族呀，都来到岩间；岩羊肉礼物，全由他们送。鲜嫩可

---

① 阿祖：是祖考阿普之妻，又叫"册恒阿祖达"，简称"达"。
② 男奴：原文读"巴吾"，意为"男奴"，即指崇仁丽恩。

口的岩羊肉呀，请做阿普晚餐下酒的酒菜，请做阿普早餐待客的美肴。祖老阿普呀，您的姑娘这回该给我了吧！"

祖老阿普回答说："她呀你很想要不能给！就算你能干，就算你聪明，咱们要到河里去捉杀肥鱼。"

夜里夫妻共计议，早晨情侣在商谈。

册恒布白命说道："不是到河里去捉杀肥鱼，而是要迫害杀死你啊！"

崇仁丽恩呀，按照册恒布白命嘱咐，毛毡包黑石，放在阿普的脚尾。阿普到了半夜三更时，甜睡说梦话："该死奴该死，摔个破土罐！"缩脚伸脚的当儿，一伸大脚板，毡包踢下河，打在鱼头上，端着肥鱼回家来。

男奴抄小路，男奴到家快，肥鱼放在阿普灶房水缸盖板上。阿普走大路，到家到得晚。崇仁丽恩对着阿普说："昨晚到河边，去捉拿肥鱼；我的小身呀，没寄在河中！我的亲族呀，都来到河间；鲜肥鱼礼物，全由他们送。美味好吃的肥鱼呀，请做阿普晚餐下酒的酒菜，请做阿普早餐待客的美肴。祖老阿普呀，您的姑娘这回该给我了吧！"

祖老阿普回答说："她呀你很想要不能给！就算你能干，就算你聪明，去把三滴虎奶挤回来。"

崇仁丽恩诧异地说道："所有的事都可以办到，这件事却很难办到哟；所有的绳都可以搓紧，这条绳却很难搓紧啊！"

夜里夫妻不计议，早晨情侣不商谈。

崇仁丽恩呀，不去山里挤虎奶，反到荒田荒地里，挤来三滴野猫狐狸的奶水。回到家以后，能卜算的阿普来卜奶，嗅觉灵的阿普来嗅奶，一滴拿来放在牛圈马圈上，牛马一点不恐惧；一滴拿来放进牦牛犏牛圈，牦牛犏牛一点不受惊；一滴拿来放进山羊绵羊圈，山羊绵羊一点不害怕；一滴拿来放在鸡圈上，大公鸡呀吓得罗罗飞！

祖老阿普不高兴地说："这根本不是三滴虎奶呀，而是荒田荒地里的野猫奶和狐狸奶！"

夜里夫妻共计议，早晨情侣又商谈。

第二天早晨，母虎在阳坡寻食，小虎在阴坡窝里。崇仁丽恩呀，带个尖刺石，来到虎窝里；刺石打小虎，剥了虎皮套上身。母虎回来跳三跳，丽恩学着跳三下；母虎嘴里"呱叻呱叻"吼三声，丽恩学着"呱叻呱叻"吼三下，能干地把三滴虎奶挤回来。

回到家以后，能卜算的阿普不放心，一滴拿来放进犏牛牦牛圈，犏牛牦牛惊得全骚动；一滴放进牛圈和马圈，牛马怕得又吼又乱嘶；一滴放进山羊绵羊圈，羊群惊得惶恐又动乱；一滴放进鸡圈棚顶上，大黑公鸡全然无所谓，一点不受惊。

祖老阿普只得点头说："这才是能干的人挤来的三滴虎奶啊！"

崇仁丽恩趁机恳求道："让我做的都做完，而且做得都很好；让我找的全找到，而且找得很齐全！您的好姑娘，该给我了吧？嫁女要给嫁妆来，送娘分给金银来，陪嫁要分牛羊来！"

祖老阿普反问道："她呀你很想要不能给！你来结伴配缘的今天，你是什么样的种族呢？你是什么样的亲族呢？"

崇仁丽恩回答说："我呀，是开天九弟兄的后代，是辟地七姐妹的后代。我的祖先呀，漫步九十九个大高原，九十九个山寨所称赞；翻越七十七座大山坡，七十七个山庄所夸奖。我的种族呀，像螺白雄狮那样雄威，像肥壮金象那样高大，像久高那布那样力大无穷；一口咬进三腿牛肉哽不住，一嘴吃下三升炒面不会呛，江水灌入口也不解渴，雪山吞下肚也吃不饱。我的种族呀，所有会杀的人来谋害，根本不可能杀绝！所有会打的人来打击，终究没有被打垮啊！祖老阿普呀，您的好姑娘，该给我了吧？"

祖老阿普回答说："你想捕获树上的白鹇，狩猎来得太迟了；你想放养松林的白羊，放牧来得太晚了！你来寻找伴侣配偶的今天，带来什么样的聘礼和身价呢？"

崇仁丽恩又说道："天高星密布，不能背着金银来；地大路遥远，不能赶着牛羊来。过去时间里，砍了九十九座大森林，砍完又烧荒，烧完又播种，播完又收拣，结伴聘礼已送够，配偶身价已赎完！高岩猎岩羊，没跌死岩间；深水捉肥鱼，没淹死河底；挤三滴虎奶，没被虎咬死。还不能算结伴聘礼吗？还不能做配偶身价吗？！"

昨晚阳神来评断，剑火已经收起来；今早阴神来劝告，低头顺耳气已消。"姑娘册恒布白呀，若是自家的女儿；好男崇仁丽恩呀，也是自家的儿子；成为自己的种族，变为自己的亲族；好也是自己身上的一块肉，坏也是自己身上的一点垢！"

天空白云间，白鹤要起飞，先舒展翅尾；松涛大高原，老虎要过山，先抖搂威风；天国天神家，男女要迁徙，还没佩宝剑，还没穿新裙！

崇仁丽恩呀，好男出去办行装；册恒布白命，好女出门找裙裳。高地仙湖岸，见虎女先见；仙女不敢射，忙喊丽恩来；丽恩来射虎，虎皮做美裳，虎皮做鞍褥，虎皮做箭囊，男的迁徙行装已做成。

秋天秋三月，高原羊群已下山；拦上金竹篱笆墙，利剪剪羊毛；弹五斤披毡，弹十斤垫毡，弹一斤毡帽，弹半斤腰带，女的迁徙行装也做成。

崇仁丽恩、册恒布白命两人呀，要从天国迁徙下来的时候，到底是阿普的骨肉哟，终究是阿祖的闺女哟！嫁女送嫁妆，送娘送金银，陪嫁分牛羊，没有不送的一样，没有不给的一样：

给九个银碗，

给七个金碗，

给九个玉碗，

给七个珍碗，

送九对耕牛，

送七对耙牛，

送九匹乘骑，

送七匹驮马，

给九个东巴，

给七个卜巫，

给三个男奴，

给三个女奴。

……

家畜给九种，独不给家猫。家猫是畜类，偷了藏在丽恩胸怀中，带到人间来。后来被阿普发觉，十分气恼发咒言。

157

今日家猫肺里出噪音，猫肉不兴吃，古谱典故就出在这里。

五谷给百样，独不给蔓菁。蔓菁是谷种，偷了藏在天女指缝中，带到人间来。后来被阿普知道，非常愤狠发咒言。今日蔓菁不能当饭吃，一煮变成水，古谱典故就出在这里。

公山羊呀是羊群的头领，一边跑呀一边咩咩叫；甜荞麦呀是五谷的先种，一边播呀一边开红花。

崇仁丽恩呀，迁徙不带狗，分不清主宾；领条白狗来，才分清了主和宾。册恒布白命，迁徙不带鸡，分不清昼夜；公鸡挟腋下，才分清了昼和夜。

崇仁丽恩、册恒布白两个呀，从天国迁徙下来时，一夜睡在太阳宫，照不到阳光，要当父亲了；一夜睡在月亮宫，照不到月亮，要当母亲了。净水汲在背桶里，清洁平安了；柏柴火把拿在手，光辉灿烂了。①

崇仁丽恩、册恒布白两个呀，从天国迁徙下来时，礼物样样都送了，没有不送的一样；嫁妆样样都给了，没有不给的一样；唯独没有给四样：善卜算雷电的"祖老"② 不给卜雷电，善卜算凶星的"苏托"不给卜凶星，善卜算星相的"布勒"不给卜星相，善卜算日子的"久阿"不给算日子。

人类迁徙呀由天国起程，由天上的最里头起程，来到蕊青素星座前面，遇上了不好的坏星座。那个红虎三星座呀，与蕊青素星座相斗争，一斗就呕吐，呕吐就天阴，天阴就下雨，洪水满山谷。

---

① 丽江纳西族结婚时，新娘过门要由一位妇女挑一担水，一位男人持柏柴火把，在新娘前面引路过门。这一风俗与这个传说有渊源关系。
② 祖老、苏托、布勒、久阿都是掌管天象的神。

阴雾笼高山，天也不高阔；"花华"① 叫三声，地也不广宽；大水流淙淙，山泉不晶莹。迁徙无路走，迁徙无桥过。

崇仁丽恩呀，带白银丈杆，又去丈天空；天空不能丈，不丈又转来。册恒布白命，带黄金量尺，又去量地面；地面被水占，地面不能量，不量又转回。迁徙无路走，迁徙无桥过。

崇仁丽恩呀，无法又转回，去请善卜算的"祖老"卜雷电，又请善卜算的"苏托"卜凶星，去请善卜算的"布勒"卜星相，去请善卜算的"久阿"卜日子。

崇仁丽恩呀，带着三饼红牛油，册恒布白命，带着三升净面粉，朝着这边的高山，向着那边的深涧，虔诚地向山神龙王烧天香。

烧过天香后，阴雾又散开，天空高而阔；"花华"叫三声，大地广又宽；河水流淙淙，山溪清莹了。迁徙之桥又能过，迁徙之路又畅通。

迁徙由天国起程，由天上的最里头起程，经过蕊青素星，来到蕊夸顶星座，一直往下迁。经过能者的村头，来到智者的村尾；经过天国最后纳西寨，来到白银有角庄，搭起白银梯子走下来；接着经过黄金有眼寨，紧握金子攀绳慢慢走下来；接着来到神山居那什罗山顶上。

居那什罗山顶上，阳神老公本来没有活路可以做，戴个

---

① 过去在祭天结束后，从祭天台往回家走时，人人高喊"花华""疑华"，表示祝愿风调雨顺。

大斗笠，站在山顶阴坡来挤奶，提防凶神可罗可喜来捣鬼①，不让九种家畜往回跑，帮助丽恩顺利下山来。

居那什罗山脚下，阴神老奶本来没有活路可以做，穿套亮衣裙，坐在山脚阳坡搓麦穗，提防凶神可罗可喜来捣鬼，不让百样谷种往回抢，帮助天女平安下山来。

崇仁丽恩、册恒布白命两人呀，在阳神阴神的协助下，用鹿长角抵在什罗山顶上，用红脚白鹇抵在什罗山腰，用黑臂獐子抵在什罗山脚，从此不让可罗可喜来捣乱。

人类迁徙呀先从什罗山顶走下来，经过什罗山山腰，来到什罗山山麓。从天底白山脚迁徙，来到天底撒种地；从天高星伴山迁徙，来到大地草伴山；从种麻麻田坝迁徙，来到干地蔓菁田；从住人广阔地迁徙，来到精肯熟陀地；② 从精肯熟陀地迁徙，来到洛多布洁大河边；从高地飞鹰山迁徙，来到连天飞鹤山；从虎过虎爪山迁徙，来到熊过熊爪山；从勒起都主山迁徙，来到米鲁阿呷山；从喜潘高鲁山迁徙，来到北母许主坡；从黑岩两路口迁徙，来到十二白坡脚；从恒英玉水河上游迁徙，来到恒英玉水河下游；从精肯苏美坝迁徙，来到洛多红栗山；从高地烂泥潭迁徙，来到高地涉水坡；从高地龙高老迁徙，来到叶本地吕古③"；从绵羊白草山迁徙，到来吕本松林山；从木里鼠罗菁迁徙，来到左边柏

---

① 传说可罗可喜是天上的凶神，是册恒布白命原来的未婚夫，掌管风雨雷霆。丽恩和册恒布白命迁徙到人间后，举行祭天仪式时，用一分叉的白杨树枝抵一个鸡蛋，就是祭祀可罗可喜家；春末夏初请东巴念斗布经（抵灾），也是祭祀可罗可喜家。

② 有的经书记录迁徙路线到此为止，说明以后的路线是崇仁丽恩后代子孙的迁徙路线。

③ 叶本地吕古：有人认为即今宁蒗县永宁坝子。

林菁；从赶猪坡迁徙，来到肥沃山；从木里苏吉顶（无量河）迁徙，来到十二拦队坡；从大水两股菁迁徙，来到两谷白木寨；从窝左罗地迁徙，来到三竹丛之间；从增那郭山迁，来到增来增寿山；从长刺深谷迁徙，来到翠柏高鲁山；从卸驮子地迁徙，来到鹏停箐山谷；从青草山头迁徙，来到草水箐山谷；从弯俺坡山迁徙，来到恩统弯寨子；从涉水坡头迁徙，来到杀狗坪地方；从勒托丁地迁徙，来到蕊邦素地方；从冬渡口处迁徙，来到夏天渡口处；从盘又大匮（今丽江大具）迁徙，来到古苏古又山；从黑水迁徙，来到白水河；从上乾般高原迁徙，来到下乾般高原；从本窝里坪迁徙，来到展展坡垭口；从置偶岩洞迁徙，来到盘朵纳多坝；从三思渠村迁徙，来到塔本甸（祭祖台）村子；从巴古巴尸①地迁徙，来到媄斤耍畏②地；最后来到英古地③。

崇仁丽恩和册恒布白命呀，人类迁徙来到英古地以后，建下胜利的石碑，打下胜利的石桩。男的搭毡房，女的烧铁火，重新开辟新天地，重新筑墙建村寨。九种家畜放山上，百样谷种撒地里；自己做活自己吃，自己放牧自喝奶，过着自由幸福的生活。

崇仁丽恩呀，好男婚配晚，养子迟三年；册恒布白命，好女迟结婚，养女迟三月。生儿育女不由自主呀，要生富贵不由自主哟！九月去打卦，九天去占卜。巫师卜师告诉说；

---

① 巴古巴尸：意为"巴人死亡之地"，即今日白沙。

② 媄斤耍畏：意为"尸首堆高之地"，即今日束河。

③ 英古地：指今日以大研镇为中心的丽江坝区。据说象山背后有一个古寨，名叫英古瓦托，英古地因此而得名。《元一统志》的"样渠头"，当是纳西语"英古地"的音译。

要儿女，要向父亲去请愿；要福禄，要向母亲去求教。

派出金蝙蝠使者去当面请愿，派出银灰狗使者昼夜不停叫。天国天宫里，拆去了原先架好的白银梯子，解除了原先挂好的黄金攀绳。

蝙蝠不停地请愿，灰狗不停地叫唤。"父亲阿普呀，请指点生儿育女的奥秘；母亲阿祖呀，请告诉幸福生活的诀窍！"

阿普阿祖不高兴地回答说："人间的牲畜再怎么兴旺，也不愿见到子孙的兴旺！大地的五谷再怎么茂盛，也不愿见到颗粒的饱满！"

聪明的蝙蝠装着飞回去的样子，① 灵敏的灰狗躲在门角落里。金黄蝙蝠呀，飞到高地松坡上，装成露宿过夜的样子，烧起翠柏天香来。

> 银色白鹤鸽，
>
> 又跳又飞翔；
>
> 金色黄蜜蜂，
>
> 边响边飞翔；
>
> 摘朵白曲花，
>
> 送给它们俩。

祖老阿普家的背水女家奴早晨出来背水时，看见蝙蝠回程露宿的情形，回去禀报给天神。

---

① 传说因崇仁丽恩和册恒布白命迁徙下来时，偷了天神阿普不愿送给的家猫和蔓菁种，因此施行报复，不让他们生儿育女。

阿普阿祖两个呀，夜晚夫妻共计议，早晨两老互商谈："册恒布白命，若是自家女；崇仁丽恩呀，也是自家儿……"

阿普嘴里吐奥秘，全为蝙蝠所听见；阿祖口里说诀窍，都为灰狗所听着。

崇仁丽恩呀，天上出众星，星辰今天好；大地长满草，草长今天绿！冬天冬三月，青龙不劈雷，开天开成了；春天春三月，树叶不枯萎，辟地辟成了！

崇仁丽恩呀，使快足童奴，去请东巴久布通赤来，举行隆重的祭天①，报告岳祖的恩情。砍来罗多地方黄栗树，做祭天圣树②；又蒸祭天米，又煮祭天酒。黑眼公黄牛，生献给天神；黑猪四脚白，熟献给天神。祭天由地祭，天神来受益；太阳由天出，大地也暖和。

崇仁丽恩、册恒布白命两人呀，养下三个好儿子。儿子成长满三年，还不会说话。母亲急得慌，恰似身上皮裂不能缝！

再一次让金色蝙蝠上天去请教，让机敏的灰狗上天去呼喊。天地互通情，善事又相知，岳祖给指点：要用母鸡下的第一个蛋，架在白杨木的叉口上，才能抵挡可罗可喜的祸害。三个好儿子，才能说出话，皮裂才能合。

有一天早晨，三个儿子呀，来到门口蔓菁田里玩，突然

---

① 祭天是纳西族的重要节日，民谚称"纳西祭天大"或"纳西祭天人"，把祭天作为民族标志之一。祭天有大小两次，大祭在阴历正月上旬，小祭在七月；时间按古代氏族、部落普都、古许、古展、陈余等祭天群体，沿袭下来的传统，有先有后，大祭举行三天，小祭一天。祭天圣树有三棵，左边称"美"，代表祖老阿普天神，用栗树；右边称"达"，代表阿普之妻，用栗树；中间称"旭"，代表连、王，用柏树。大祭天时，还举行射箭打耙等仪式，从中还可以看到古代纳西族的某些遗俗。

跑来一匹马，拼命吃蔓菁。三个儿子着了急：长子说一句："达尼芋吗早！"次子说一句："软尼阿肯开！"幼子说一句："满尼左各由！"（都是"马吃蔓菁"之意）

一母之子变成三种人，一坛泡酒酿成三样味，一匹好布织成三个色！

穿衣三个样，骑马三个样，住也住到三个不同的地方。

老大是古孜（藏族），住到上头拉萨垛肯盘①地方。藏子与盘族相好，跟盘女盘初结婚，饲养白犏牛和白牦牛，播种白青梨和白麦子，住在白帐篷里头，自己过着自由的生活。

老大藏族呀，做面偶来烧天香，打白铜抵响，念藏文经书，自己来祭自己的祖先，自己繁衍自己的幸福，藏族的子孙多得像沙石一样。

老三是勒布（白族），住到下方布鲁知绕买②地方。白子与禅族相好，跟禅女禅妞结婚，饲养宽角大水牛，驮负宽耳的大象，栽种白稻和红麦，住在大瓦房里头，自己过着自由的生活。

老三白族呀，点一根根的香条，击大钹小钹，念白文经书，自己来祭自己的祖先，自己繁衍自己的幸福，白族子孙多得像树叶一样。

老二是纳西，住在中间精久老来堆③地方。纳西与吾族相好，跟吾女吾初结婚；马儿拴在大桩上，牛也拴在大桩

---

① 拉萨垛肯盘：直译是"拉萨白山脚"。
② 布鲁知绕买：直译是"牧羊下路尾"。
③ 精久老来堆：直译是"人生广阔地"。

上，建下能者住的坚铁寨，自己过着自由的生活。

老二纳西呀，自己信仰自己的祖先。纳西祭天人，祭天又从地祭，天神来受益；太阳由天出，大地得暖和。纳西住在天底下，子孙多的像众星；住在大地上，儿女多的像草繁；纳西的后代，像儿马鬃毛一样旺盛，像蔓菁种子一样繁衍。

祝愿丽恩后代人，听到的是悦耳消息，看到的是莹水满塘，光辉灿烂，万寿无疆。

编译者：和　芳　和志新

# 人类迁徙记①

上古时候，天和地在不息的动荡之中。后来，高处出现了喃喃的声音，低处出现了嘘嘘的气息。声与气相结合，生出三滴白露。三滴白露变成三片大海。大海中生出恨古。恨古生每古，每古以后七代，便是人类的祖先：每古初初，初初雌玉，雌玉初居，初居九仁，九仁姐生，姐生崇仁，崇仁丽恩。

到了崇仁丽恩一代，有五个兄弟和六个姊妹。他们没有适当配偶，互相结了婚，秽气冲天，触怒天神。这时日月无光，山和谷也啼哭起来。这是山崩地裂、洪水横流、灾难临

---

① 本故事选自陶立璠、李耀宗编《中国少数民族神话传说选》，四川民族出版社1985年版。本书有删节。

降的预兆。

崇仁丽恩啊，他走到大山上去，想捕捉树上的白鹇鸟，可是，他来得太晚了。他走到高原上去，想牧放白云似的羊群，可是已经太迟了。他本来不会做工，就去向蚂蚁学习。他本来不会玩耍，就去向白蝴蝶学习。他也不会耕田呀，但他用一条黑眼的公牛、一具黄栗木的犁，走到动神和生神的地方就去开起荒来。动神和生神大为愤怒，便放出一只凶恶的长牙野猪，把他白天耕的地，在晚上全都翻平。于是，崇仁丽恩带了下活扣①的器具，到新开荒地中去下活扣。他白天等在地边，白天没有下着；晚上等在地边，晚上也没有下着；直到第二日早晨，才下着野猪。他看到野猪，多么高兴呵！

他拔出腰间的大刀，正想愉快地开剥野猪，没有想到啊，有一个白发老翁，胡须长得如同麻束；还有一个老婆婆，执着一根黄金拐杖，已经站在他的面前，脸上似笑非笑。崇仁丽恩一时手足无措，全身潜出冷汗，急忙地抬起犁来，想逃回去。由于举动慌张，犁梢撞着白发老翁，把老翁头上戴着的白银竺帽差一点撞破。老翁叫了一声，声音震天。他去取犁铧时，一不小心，又碰了老婆婆的拐杖，差一点把拐杖碰折。老婆婆也叫了一声，声音震地。

丽恩害怕极了，他对老翁恳求道："老人家，您痛不痛啊？我给您拔一下火罐吧！"他又对老婆婆恳求道："老人家，撞坏您没有？我给您包扎一下吧？"

老翁说："崇仁丽恩呀，你想到树上去捕捉白鹇，可是

---

① 活扣：捕捉鸟雀的工具。

去得太晚了。你想到高原去放牧羊群，可是也太迟了。你们兄弟姊妹负的罪太重，苦难即将到来。"

丽恩闻听，就跪在两位老人面前，恳求请罪，请他俩搭救他的生命。两位老人看见丽恩真心悔悟的态度，于是向丽恩说道："你要杀一头白蹄的公牦牛，剥下牛皮，做成皮鼓，要用细针粗线来缝，鼓上系起十二根长绳，三根系在柏树上，三根系在杉树上，三根系在高空，三根系在地底；把肥壮的山羊、金黄色的猎狗、雪白的公鸡，以及九样谷种，装在皮鼓之内；还有呢，当然你是不会忘记这些的：一刻不能离身的长刀和金火镰，也要放进鼓里。这一切都准备好了，你也就可以坐在鼓里了。"

丽恩回到家里以后，把这事告诉兄弟姊妹。于是他们也去向老翁恳求。老翁叫他们宰一只猪，剥下猪皮，制成皮鼓，用粗针细线来缝，什么也不要带在身上，什么也不要装进鼓里，只要坐在里面就行了。

丽恩的兄弟姊妹各自照着老翁的话做了。

过了三天，天吼起来，地叫起来；上面山崩谷裂，连老虎豹子都不能存身；下面洪水横流，连水獭和鱼也不能通行；日月无光，白天黑夜都一样阴沉暗淡。

白松树啊，被雷劈得粉碎，丽恩及古[①]呀，被抛到九层云外，尸首丢在哪里、埋在哪里，都不知道。

红栗树啊，被地炸得粉碎，丽恩垮古[②]呀，被掷到七层地里，尸首丢在哪里、埋在哪里，也不知道。

---

① 丽恩及古：崇仁丽恩的兄弟之一。
② 丽恩垮古：崇仁丽恩的兄弟之一。

　　崇仁丽恩坐在皮鼓里，又害怕又愁闷，皮鼓里的黑暗笼罩着他，使他恐怖，这里真是呼天不应、求救无门啊！皮鼓漂在大海中，过了很多时候，冲在一座新长出的高山旁边。皮鼓撞着山坡，震动崇仁丽恩，于是他拔出腰间的长刀，割开鼓皮，走了出来。他啊，立刻呆住了：左边啊，一匹马也没有了！右边呀，一头牛也没有了！当中呢，只有高山和深谷，布列在他的眼前。他一看到这个情景，不禁恸哭起来。

　　他走到一棵大杉树下，从皮鼓里放出来的山羊"本海本海"地叫个不休。

　　"你为什么叫呢？"

　　"我不是因为高兴才叫的啊，小时候给我青草吃，长大了不给我青草吃了。大地上的青草呀，不知收到哪里去了。我是叫青草哪！"

　　从皮鼓里放出来的小狗"主丹主丹"地叫个不休。

　　"你为什么叫呢？"

　　"我不是因为高兴才叫的啊，小时候给我白面汤吃，长大了不给我白面汤吃了。人间香甜的白面汤呀，不知放到哪里去了。我是叫白面汤哪！"

　　从皮鼓里放出来的小鸡叫个不休。

　　"你为什么叫呢？"

　　"我不是因为高兴才叫的啊！小时候给我白米吃，长大了不给我白米吃了。村里的白米呀，不知藏到哪里去了。我是叫白米哪！"

　　……

　　大地上，没有了人类，只见苍蝇满天飞；没有牲畜，只是绿草遍地铺。丽恩到了这里，又寂寞又伤心，眼泪汪汪，

168

直往下流。高山融化的雪水啊，人说那是非常的寒冷；崇仁丽恩的心呀，比雪水还要冷啊！

丽恩身穿毛布衣裳，背着皮制的箭囊，把桑木大弓当作手杖，嘴里唱着歌，但是没有人回答，只伴有山鸣谷应。他就这样无精打采地走着，过着孤苦凄凉的生活。不知过了多少日子，他不觉来到一座高山脚下。两眼向前一望，看见了利从利那坝子。在那里，白天有火烟，像线香的烟子一样细微，从地上直向上升；到了晚上，火光像雄鸡的冠子似的闪亮着，火光虽小，却照得满天通红。

丽恩于是走到那里去。有一个老人接待了他。那个老人啊，胡子很长，形同麻束，白得像雪一样。他似在自言自语，说："世间没有人类了啊……"

丽恩又惊又喜，即跪在老人面前恳求道："老人家，您可怜我吧！我独自一个，实在太寂寞，太凄凉了！我要一个白天一同劳作、晚上一处谈心的伴侣。可是世上已经没有人类了啊，您说我该怎么办呢？"

老人说："在那美山根俺的一座高山底下，住着一对天女，那个直眼女，是最漂亮的；那个横眼女，是不漂亮的。但是你要千万记住，不可要直眼女，只可与横眼女结婚。"

丽恩记住老人一切吩咐，满心欢喜，走到那座高山下面，果然看见两个天女正在嬉戏。一个是善良的，容貌却不好看；另一个是不善良的，却有一双勾人的媚眼。丽恩身体虽很壮实，能够控制身外一切，但他控制不了自己的感情，控制不了自己的眼睛。他想身巧不如心巧、心巧不如眼巧，于是违背白发老人的告诫，娶了貌美的直眼女。

结婚不久，天女怀孕，就要生育，丽恩非常高兴。可是到了产期，天女生的不是人啊！她连生三胎：头一胎是熊和猪，第二胎是猴和鸡，第三胎是蛇和蛙。丽恩满头大汗，又急又怕，就跑到老人那里去请教。老人说："不听老人言，吃苦在眼前。马跑的时候只顾逞兴，却不防越跑快越会蹿子跑脱。你呀，真是个不知利害的小家伙啊！把熊和猪丢到森林里去、猴和鸡丢到高岩中去、蛇和蛙丢到阴森和潮湿的地方去！"丽恩这回不敢违拗，就照着老人的话去做了。

阿普是个聪明能干的神。他做了许多木偶，有男有女。有一天他变成一个老人，见了崇仁丽恩，把木偶给了崇仁丽恩，并对他说："你的伴侣不久就会有了。你把这些木偶拿去，但是不满九个月，你不要去看他们啊！"丽恩过了三天以后，心里放不下，他很好奇，就去看看木偶。木偶啊，有眼不会看，只会眨；有手不能拿，只会拍；有脚不能走，只会顿。丽恩又把这些情形去告诉阿普。阿普听说；生起气来，拔出腰间长刀，把所有木偶砍得七零八碎，拿了一些丢到山岩中，于是山岩中便有了回声；拿了一些丢到水里，于是水里便有了鬼怪；拿了一些丢在森林里面，于是森林中便有了四脚的兽。

丽恩来到了黑白交界的地方。那个地方啊，美丽得难以形容。有一棵梅树，开着洁白美丽的花朵。其中有两朵尤其引人注目，因为两朵相对开着，仿佛一朵离不开一朵似的。他正看得出神，忽然看见一个极其漂亮的姑娘走了过来，丽恩出了一身冷汗，不知如何是好。他想：这样的地方怎么会来了一个漂亮的姑娘呢？他正在犹豫，那个名叫蔡很保白命的姑娘用甜蜜温柔的语气向他说了话："黄鹰孤独地飞翔，飞得跟平常不同，请问要到哪里去呢？"

"我曾听人说,这里是个好地方,梅花啊,一年开两度,树下有一个好姑娘,因此特地来找她。"

他俩互相介绍了自己的来历,谈得非常投机。

原来,蔡很保白命被她父亲祖老阿普许给了天上的美汝可罗可喜家。他家有九兄弟。蔡很保白命不愿嫁到他家,但又不敢直接向父亲提出不同意的话,所以经常苦闷。

这一天,天气晴好,天空明净得没有一朵云彩。蔡很保白命变成一只美丽的仙鹤,从天上飞下地来,翩跹翱翔,散散愁闷,却不想在这梅花树下,竟遇见这个刚强的青年。她想到丽恩的遭遇,对他十分同情,并且在心里爱上了他。

于是,丽恩躲在仙鹤翅膀下面,飞上了天宫,到了天神祖老阿普的家里。

不久,蔡很保白命有了喜,一胎生下三个儿子。可是儿子养育了三年,不会讲话。这可把他俩急坏了。怎么办呢?叫井白井鲁(蝙蝠使者)去见阿普吧,问问他是什么原因;叫黄狗昼夜不停地叫吧,家里有了事,阿普会听到的。

井白井鲁飞到阿普家,把事告诉阿普。阿普听说,不但不告诉他什么原因,反而生起气来,说了许多闲言碎语。井白井鲁从天上回来,对丽恩夫妇说:"阿普生你们的气哩!他说'喝水不忘挖井人,吃饭不忘庄稼汉',你们两个啊,好像小鸟出窠,高飞远走,不再顾念生身父母了!"

丽恩夫妇商量又商量、考虑又考虑,到九布通耻大多吧那里去看了吉凶,然后请九布通耻大多吧斫黄栗木作祭木,砍白杨树作顶神杆,宰一头公黄牛,杀一只大公鸡,还用祭米祭酒,于阴历正月十一日,举行一次极其隆重的祭天①,以感谢父母——祖老阿普和阿祖,并感谢可罗可喜家。

祭天为纳西族古俗,从崇仁丽恩一代开始,代代相传,以至于今。

有一天早上,丽恩的三个儿子正在门前芜菁田里愉快嬉戏,忽然看见有一匹马跑来偷吃芜菁。三个儿子一时着急,齐声喊出三种声音,变成三种语言:长子说"打你于吗早",次子说"软你阿普开",幼子说"满你走哥于"。

一母所生的三个儿子,变成了三种民族,正如一瓶酒变成了三样味道。他们穿三种不同的衣服,骑三种不同的马,住到三个不同的地方去了:长子是藏人,住到拉桑多肯潘去了;次子是纳西人,住到姐久老来堆去了;幼子是民家人,住到布鲁止让买去了。② 他们啊,好像天上的星星那样布满了天,地上的青草那样长满了地,儿马的鬃毛一样地成长,芜菁的种子一样繁殖!他们的井水是满满的!他们听到的消息都是好消息!他们的后代,光辉灿烂,万世繁昌!

翻译整理者:和志武

---

① 祭天是纳西族隆重的仪式。时间是正月(日子不一定是正月十一)和七月,正月叫"大会不天",七月叫"小祭天"。祭祀取黄栗木祭木两根,一根代表祖老阿普,一根代表阿祖;杀一头黄牛(现用猪)以祭阿普和阿祖;用白杨树"顶神",杀一只公鸡,以祭可罗可喜家后人;还在黄栗木祭木脚下立小祭木(亦用栗木)两根,代表崇仁丽恩和蔡很保白命。

② 拉桑多肯潘:是部落时代的古地方,意为"上面",姐久老来堆意为"中间",布鲁止让买意为"下面",即指"上面""中间""下面"某个地方,具体地点不详。

# 海失海羡①

人类胞蛋出生于天，人类胞蛋孵化于地。

其体质尚混沌不清，经孵化，渐渐温暖起来。身体温度变化成气，气体变化成露珠，露珠结成了大滴。

一滴落入海中，人类的祖先海失海羡出现了。

# 石猴生人类②

人类产生之前，首先出现了天和地。

天是绿茵茵的，地是黄澄澄的。天上下了霜，地上变成了海。

海水蓝晶晶，鱼虾数不清。大海出现后的第七天，海中出现了一个岛，岛上有个圆石头。

有一天，突然雷声轰鸣，石破天惊，从石头里跳出一对猴子，公猴母猴相配，生出了人类。

# 人祖利恩

洪荒时代，混沌未开，天地不分，这时候没有日月，没

---

① 本故事由李霖灿根据《东巴经》翻译，由林向肖选自《么些象形文字字典引言》。

② 本故事由林向肖选自雷宏安《云南省中甸县三坝公社纳西族宗教调查》，中国社会科学院世界宗教研究所昆明工作站、云南民族学院民族研究所民族宗教研究室 1986 年印。

有星辰，更没有山河和生物，宇宙间只有一团绿气。渐渐的，绿气中出现了一道白光，白光化为美丽的声音，这声音又逐渐成了一位英格阿格真神。一天，英格阿格下出一个白蛋，孵出一只白鸡，这时天地间还没有人迹、走兽、飞鸟，也没有巫觋。白鸡飞上天空，以白云为巢，里面铺上绿草，就在巢中前后生了几对鸡蛋，孵出了天神地神、灵与魂、男神与女神、知识与能力之神、重量与长度之神、巫觋。最后的两对鸡蛋，一对孵出了光明之神，一对孵出了黑暗之神。这些神灵便成了开天辟地之师（其中九位神兄弟是开天之神，七位姊妹是辟地之师）。不久，九兄弟与七姊妹竖白曼天柱于东方，竖绿嵩天柱于南方，竖白玉天柱于西方，竖黄金天柱于北方，竖黑铁天柱于中央，用绿松石铺天，用黄金矿镇地。这时，天和地才分开。

在白光凝为真神不久，宇宙间的黑影黑雾云气也凝结成很难听的哑音，哑音化为英格下那之神。英格下那下了一个黑蛋，黑蛋生黑鸡，黑鸡又生了九个黑蛋，黑蛋孵化后便生出各种鬼怪。又过了不知多少年后，宇宙间出现了一只黄鸡，黄鸡下了一个蛋在海里。这蛋在海洋中东漂西荡，有一天碰在岩石上，把蛋壳碰裂了，里面出来一只头无冠、面生角、足无爪而有蹄的怪鸡。这只怪鸡拿头上的高角撞开了天上的云雾，天上便出现日月星辰；他以蹄踏地，地面就平坦了。这怪鸡又把他的鸡毛变成了青草长在地上，于是鹤鸰、乌鸦、蝴蝶、蚂蚁等等相继就出现了。

再说天地分开之后，天气与地气交合而生白露，白露凝为大海，大海中生"恨古"。恨古传至几代之后，又生出五个兄弟和六个姊妹，其中最小一个弟弟叫利恩。

174

五个兄弟和六个姊妹结婚了。他们的结婚秽亵了天地和星辰。神祇大怒，誓将这些人消灭。在神祇的威力下，山也崩了，海也沸腾了，这几位兄弟姊妹除了小兄弟利恩逃到深山的松岭中躲藏起来外，其余的便都饿死了。

利恩逃入深山后，深山中的飞禽走兽树木等，都因神祇的作祟，逐渐死了，利恩在绝望之际，忽然遇到了一位天神，他便向天神求救。天神要他去猎捕一头白蹄的牛，以牛皮做成革囊，囊上缀着九根长线，三根系于柏树，三根系于杉树，还有三根系于空中；大神又给他几件实物：谷种十样，金色的山羊、小狗及公鸡等，令他藏在囊中，可以避难。

三日后，利恩刚刚做好皮囊，忽然被神祇发现了。神祇便用雷劈他，立刻火光大作，响彻天地，山也崩了，水也沸了，利恩被炸到半天空中，幸亏有皮囊保护着，没有丧命。

利恩在空中飘荡了七个月之久，最后落在一个高崖上，用刀割破皮囊，放出金色的小鸡、小羊、小狗等。他举目四望，茫茫大地，左无驮运之兽，右无耕稼之人，山愈高，谷愈深，金色的羊饥肠辘辘，不胜其饿，黄鸡小狗也在崖间诉说痛苦。

利恩在山谷中种植了皮囊中天神给他的谷种，暇时则以猎捕野兽为生。几个月后，他深感到一个人太寂寞了，便又找到天神。天神告诉他，在美双星岩上住着一对天女，一美，一善，并劝他把善良的天女娶来做妻。

利恩到了美双星岩，果然看见两个仙女在那里嬉戏，一个很善良，但是不美；另一个不善良，却有着一双勾人的媚眼。利恩想着：身巧不如心巧，心巧不如貌巧，貌巧不如眼巧，于是，他竟违背了天神的训诫，把那美丽而诡诈的仙女娶了回来。

利恩结婚后，仙女一连生了四胎，头一胎生下松和栗来，二胎生出蛇和蛙来，三胎生出熊和猪来，四胎生出猴和鸡来。利恩见他妻子一连生了许多怪胎，心中郁郁不乐，便又去找天神。天神怪他不听话。利恩又苦苦哀求，天神便令他再到美双星岩去把那个善良的仙女娶来。利恩便捉了一只白鸡，骑着它飞到美双星岩。

却说这天，善良的仙女的父亲知劳天神忽然对他女儿说："夜间羊惊，早上犬吠，一定有歹人来，须快磨刀戒备。"仙女道："父亲不必惊讶，来的人一定是个有能耐的，父亲何不和他见见。"知劳天神听说，便命仙女把客人请进来。仙女出门一看，果然看见利恩远远越过九刀搭成的桥而来。仙女便同他一同拜见知劳天神。知劳天神见利恩途经刀桥，除手心脚心受伤外，全身毫无伤痕，心中大喜，即取九江之水，令他洗净污垢，用九饼膏油令他涂擦光滑。

利恩和仙女结婚后，一胎生了三个儿子，这三个孩子长到六岁还不会说话。仙女便令蝙蝠使者去问她父亲。知劳天神说："你们只知享受万物，而想不到利于万物。"

利恩夫妇听了，便决定每年祭天两次，以表示对万物的感谢。

利恩照办之后，一天，他们夫妇带着三个孩子看马吃草，三个孩子忽然都会说话了。但是，三个孩子说话的声音却完全不同，长子说的是古宗话，次子说的是么些语，三子说的是民家话。以后，长子便成了藏族之祖，次子便成了么些族之祖，三子便成了民家之祖。①

---

① 现在丽江一带的么些族每年正月、七月各祭天一次，就是起源于这个神话。么些族，系纳西族在中华人民共和国成立前之旧称。民家族，系白族在中华人民共和国成立前的旧称。

# 喇氏族的来源①

摩梭人有不少姓喇②的，传说这些喇姓人的祖先是老虎。喇喇始祖是怎样创造了喇氏族人的呢？说来话就长喽。

天神格尔美创造了天地和万物后，各种飞禽走兽占据着山岭河海，自由自在地过着日子。一天，天神格尔美对众神说："大地上什么都有了，就是没有人类，我想派一个神到地上去创造人，不知谁下去最好，请大家说说嘛！"

一听说要到大地上去造人，众神都不吭声了。为什么？他们害怕。害怕什么？刚造出的大地根基还不稳固，成天老是不住地摇摇晃晃，就像是漩涡中的一片树叶。再说，那时的山会走路，水会爬坡，石崖子会炸，树木会飞，走在平地上，地皮会凹下去，飞禽走兽相互残杀……这样的地方谁敢去？

天神格尔美见众神都不出声，心里很不高兴，只得点名派人。他指着拖咽（兔子）说："你在天上是最机灵的神喽，又会说又能道，去大地上造人，看来你最合适。"拖咽急得忙摇头，直摆耳，装出一副哭相回答说："我这几天正害眼病，什么东西也看不清，莫说下地去造人，连吃饭睡觉也要请别的神服侍。去不成，去不成，还是派别的神去吧！"

格尔美听了拖咽的回答，生气地说："看来，你只是个

---

① 这个神话是从么些族的《多巴经》（《多巴经》是么些族多巴教的经典。多巴教是一种多神教）中选译出来的。原文部分意思晦涩难懂，本文是按经文的意思改写而成。本故事流传于云南省宁蒗县摩梭人地区，由王松选自1976年第3期《民间文学》。

② 喇：纳西语，即虎。

惯会说大话的胆小鬼。像你这样的神，有什么资格享受天上的仙果、仙肴，只配去吃草。"格尔美是众神之王，他说的话最有魔力，怎么说就怎么应验。所以，直到如今，兔子胆子最小，一听到风吹草动，就逃就躲，靠吃野草饱肚子。

化（老鼠）神平时最得众神的称赞，他会打洞，会登高攀缘，很有本领。格尔美也喜欢他，决定派他到地上去造人："化呀，你的本领最高，看来，到大地上去造人的担子，只有你来挑喽！"化听了格尔美的吩咐，吓得半天说不出话来。最后，他边哭边叫，撒了一个大谎："神王呀，你可能还不晓得，在这几天内，我的伴就要生娃娃了，我要服侍她。我恳求神王，另选高手吧！"

格尔美听了鼠神的回答，火冒三丈，大骂道："平时你在我面前小心谨慎，一副君子相，在背后却干出神规不允许的事。神界中岂能允许添丁增口，岂能准许乱七八糟胡来？像你这样的神，有何面目居住在天界？有何面目在光天化日之下生存？你滚蛋吧！"从那时起，老鼠只敢在黑夜里出来偷偷摸摸地干坏事。他心中有鬼，不敢见光明，怕在光天化日之下现出原形。

情（猪）神是天界中的大力士，他嘴一拱，能掀掉三座大山，开出四个大海；耳一扇，能飞沙走石。格尔美最后只得把下地造人的希望寄托在他身上。"情呀，你莫学那些只会说空话，遇事就后退的神，我相信你会下地造人……"格尔美边说边在众神中寻找猪神的影子，却怎么也找不着猪的影子。他问众神："猪到哪里去了？"值神见格尔美脾气来了，不敢隐瞒，只得如实回答："早在一年前，他就领着情木（母猪）到北方去了。他说受不了这里的熬煎生活，要去北方过安逸日子。"

格尔美听了值神的回答，大发雷霆："坏蛋，像情这类畜生，有什么资格称神，是挨刀的!"从此，猪便成了供人杀吃的畜类。

格尔美的吼骂声，惊动了守天门的喇（虎）神。他不知发生了什么事，忙跑到格尔美身边来问："没有电闪闹事，是不会打雷的；没有黑云闹事，是不会下雨的。尊敬的格尔美王呀，难道是我们有什么疏忽，惹出什么乱子，让您生气吗？还是您遇到什么不顺心的事？要是我能为您分忧解愁，您又信得过我，您就吩咐吧!"

虎是天界中最不惹格尔美注意的神。他一年到头为天神把守天门，很少参加众神的聚会，又不爱出风头，难怪格尔美没想到他。格尔美听了虎神的话，摇了摇头："你的话使我心中快活，但你挑不起为我分忧解愁的重担。"

虎神虽不如别的神能说会道，但他生性忠厚，办事踏实。他又有一股闯劲，只要他想干的事就一定能做好，他向格尔美请求道："我是笨嘴笨舌，但有一身力气，就请您吩咐，不管叫我干什么，我一定干好。只要能为您分忧解愁，就是苦死累死也甘心情愿。"

格尔美被虎神的诚心打动了，就把下界造人的打算和刚才派神的事对虎神说了一遍，最后问他："这副重担你挑得起吗？"虎神回答："我一定不辜负您的希望，到大地上造人造物，让万物赞颂格尔美神王的洪恩。"

格尔美心中暖烘烘的，高兴地说："你要是下地造出了人类，你和你的儿孙将长生不老。我封你为大地之王，地下的万物由你统管，好好干吧!"格尔美边说边用中指在虎神的额上写了一个"王"字。据说，老虎额上的王字，就是格尔美的神手描的；老虎不会老死，也是格尔美赐的。

虎神由格尔美和众神送出天门，独自一人日夜不停地向大地上走去。他走呀走呀，爬过了七十七座雾山，游过了七十七个云海，走了七千七百七十七天，终于到了大地上。这么长的路程，够虎神走的了，但他没有一点怨气。一天，他来到一座大山脚下，没路了。山尖连着云天，山根扎在地心，爬不过去，绕不过去，要去到格尔美交代的喇踏寨干木地方，不经过眼前这座大山，是到不了的。虎神坐在山脚下想呀想呀，只有刨山打洞，穿山而过，别无他法。于是，他就用一双爪子不停地刨山打洞。刨呀刨呀，刨了七百七十七天，终于把大山打通了。后人便把虎神刨通的这座大山，称作"喇垮"①。

虎神穿过了大山洞，又走了七百七十七天，来到一片望不到边的沙漠上。太阳像个大火球，烤得他浑身冒油。他想喝口水，没处找，只得用一双爪子在沙漠中刨坑引水。刨呀刨呀，刨了七百七十七天，刨出的泥土堆满大沙漠后，才咕噜咕噜冒出清水。一会儿，坑内就积满了水，像一个碧绿的海，这就是今天的泸沽湖。这泸沽湖，从前人们叫它"喇沽"，就是虎湖的意思。刨坑刨出的黑泥土，堆得东一堆，西一堆，看着碍眼，虎神想了想，用爪两下三下把它扫平了，用泥土盖尽了沙漠。原来他有他的打算：这儿有水，刨出的泥土又是黑油油的，今后造出了人，把子孙迁到这里来住不是正好吗？他用泥掩盖的地方，就是今天宁蒗县的永宁

---

① 喇垮：意为虎爪刨的地方，在今宁蒗县耳桥区狗钻洞山峰的下边。

盆地。后来，虎神的子孙果然搬到这里来居住了，人们称这块地方为"阿喇瓦"，即虎村。

虎神扫平挖坑堆积的泥土时，用力过猛，把一小堆泥土扫进虎湖里去了，形成了湖中的小岛，即今天泸沽湖中间的里格岛。当地人称其为"喇克"，就是虎肘的意思。

虎神引出了水，美美地喝了个够，养足了精神，便一步从湖面跃过，跳到了湖对岸，落在一座奇秀的大山上。着地的震动把大山震得发抖，还震塌了几堵峰崖。峰崖刚裂开，便从里面走出了一个漂亮的姑娘来。这姑娘比天上的仙女都美，她头戴星星编串的帽子，身穿彩霞缝制的衣裳，下系白云剪裁的裙子，腰系虹带，脚穿玛瑙鞋子，眼睛比月亮还亮，肉色像太阳一样发光，走路像风一样轻巧。她轻飘飘地走到虎神面前，红着脸问："你这不懂礼貌的东西，是魔鬼还是妖怪？来到我居住的喇踏寨干木干什么？为何把我住房破坏？"

姑娘一提"喇踏寨干木"，虎神乐坏了。乐啥？他到了格尔美神王指定的地方。他连连向姑娘赔礼道："美丽的姑娘呀，天上的神仙没有你漂亮，神笛吹出的声音没有你说话的声音动听，不知你是哪路神仙，请原谅我的唐突。我不是魔鬼，也不是妖怪，我是天神虎，奉格尔美神王的命令，来到大地上造人。"

姑娘听了虎神的叙述，被他的诚实、勇敢和礼貌感动，愠怒顿消，客气地说："我叫干木，是喇踏寨干木地的山神。我在这里住了七千七百七十七年了。闲时，我栽树栽花，驯养野兽，为万物造福。可雀鸟不能同我谈心，走兽不知我的心情，孤孤单单过日子，多寂寞哟。你既来到这里，就同我做伴，我俩一齐来造人吧。"

虎神听了干木女神的话，心里比吃蜜还甜。从此，他同干木女神结成夫妻，住在石洞里，互敬互爱，干活玩耍，日子过得很顺心。过了十年，干木女神生下了一对儿女。从此，大地上有了人类。虎神喜得笑歪了嘴，干木也乐得心里开了花。夫妻俩商量了七天七夜，给一对儿女取了个又响亮又吉祥的名字：儿子叫"喇若"，姑娘叫"木喇"。后来，喇若和木喇长大成人，虎神和干木女神把他俩配成夫妻，待喇若和木喇又生了儿女，长大成人后，再把他们配成夫妻，就这样，一代又一代，喇氏成了一个大氏族。他们生活在自由自在的地方，过着快乐的日子，喇踏寨干木是喇氏族的发祥地，后人把这里称作"喇罗金米"，即虎氏的家园。

千万年后，喇氏氏族成了有许多人的大部落，喇踏寨干木地方再也住不下这么多人，他们便慢慢往山下的盆地里迁徙，沿喇湖周围，住满了喇神和干木女神的子孙。他们忘不了祖先，都用"喇"来给自己的姓名和居住的地方命名。至今，宁蒗县永宁区的好些地方还有许多袭用"喇"命名的村寨。

"花树能开出鲜艳的花朵，是它的根扎得深；喇氏的摩梭人丁兴旺，是虎神和山神的庇佑。"凡是属喇氏氏族的摩梭人，不论老少，都会唱这首古老的民歌。他们不但用赞歌来歌颂祖先的功劳，还用行动来寄托对祖先的怀念。

凡是喇氏族的成员，自古沿袭着这种习俗：住房门楣上悬挂虎图，作为避邪的神灵；在喇氏族人的婚礼上，长辈要赠送新娘一张虎布，绘成人首虎身，作为新娘的护身符；在达巴（巫师）作法用的神棒上，刻有一个虎头，象征主宰一切；禁止猎人杀虎，违者问罪；土司家每年旧历正月初一要在衙门里举行祭虎仪式，他们把一张虎皮悬在大堂之上，让属官、百姓和家奴瞻仰膜拜，过后收藏起来，为传家之宝，秘不示人。

现在喇氏氏族中还流传着一首古歌：

> 我们的祖先是哪个？
> 是天神和山神！
> 我们的老家在哪里？
> 在"喇踏寨干木"地方！
> 我们的氏族是人类的主宰，
> 因格尔美神封我们是万物的王！[①]

讲述者：巴采若　桑绒泥搓

搜集者：章虹宇

---

① 纳西文化跟东巴教有非常密切的关系，许多神话传说都被收集在《东巴经》里，如著名经典《创世纪》（即《崇邦统》）、《鲁撒鲁饶》《黑白战争》《祭天古歌》等，此外还有摩梭人的《打巴经》，其中有创世歌《子吐从吐》等等。口传神话也丰富多彩。《创世纪》中与天女成婚的故事，在羌族为《木姐天女的儿女》（后被改为神话故事《木姐珠与斗安珠》），藏族的同类故事则被改为《种子的起源》，类似的还有彝族的天人交感等等。纳西文化对傈僳族、怒族、独龙族都有不同程度的影响。

洪水神话

# 锉治路一苴

很古的时候，有一家摩梭人①，只有兄弟三人。他们每天赶着牛下田犁地。可是，很奇怪，白天犁的地，到了晚上，土块又翻平了，好像没有犁过一样。

有一天，老二见一只青蛙正在把他们犁过的土块一块一块地翻下去。他急忙叫老大和老三去看。老大一看见青蛙在翻土，就高声叫起来："原来是它搞的鬼，把它抓起来，打死它！"老三急忙说："不能把它打死，饶了它的命吧，留着也许有用。"说也奇怪，这时，青蛙忽然说起话来："我劝你们兄弟三人，不必再犁地了，很快天下就要发洪水，如不快去躲躲，你们的性命就难保了！"

老大、老二不以为然，可老三听了青蛙的话，非常着急，就向青蛙恳求道："尊敬的青蛙，怎样才能躲过洪水，请你指指路，救救我们的命吧！"

青蛙说："只有一个办法，把你们的那头牛杀了，把牛皮缝成口袋，你们三人就躲到普拉岸普那棵大树上去，老大躲在树根上，老二躲在树腰上，老三就躲在树尖上。"说完，又把老三叫到旁边，送给了他四件东西：一把石锤、一只公鸡、一只狗儿、一把小刀，然后小声对他说："你爬到树尖上后，把牛皮口袋拴牢，然后带上这四件东西钻进去。洪水如果淹到树尖了，牛皮口袋会把你漂到岸上去的。若淹不到，你要知道水情时，就先把石锤丢下去，假如听到水的响声，你就不能下来。过后，你把公鸡放下去，如鸡在下面叫

---

① 摩梭人：纳西族的一个支系。

了,那说明洪水已经退去。你再把狗儿放下去,如果狗在下面汪汪汪地叫了,你就用小刀把牛皮口袋割开可以下来了。"

老三听了青蛙的指点,跟着两个哥哥找到了普拉岸普那棵大树,按青蛙的吩咐,老大坐在树根上,老二坐在树腰上,老三爬到树尖上,钻进牛皮口袋里。

第二天,乌云滚滚,狂风呼啸,山崩地裂,洪水暴发了。洪水哗哗地往上涌。老二担心地问老大:"哥哥,水淹到什么地方了?"老大答:"水已经淹到我的脚尖了。"过了一会儿,老二又问:"哥哥,现在水淹到什么地方了?"老二连声叫几声都没有听到老大答应,原来老大已经被水淹死了。

在树尖的老三,钻进牛皮口袋里,一点也不知道外面的情况,他想问个究竟,于是就问老二:"二哥,二哥,水淹到什么地方了?"老二紧张地答道:"水已经淹到我的腰杆……"说着说着就没有声音了。

老三心急如火,等着洪水淹死他。可是等呀等,等了很长时间,水也没有淹到他那里,他就想起了青蛙教他的那几件事。首先把石锤丢下去,一听没有水的响声,接着又把他那只公鸡放下去,不久公鸡喔喔地在叫了。再把狗儿放下去,狗儿也在下面汪汪地叫着。这时老三才放心大胆地用刀子把牛皮割开,钻了出来。一看四周,只见被洪水淹过的山林披上了一层厚厚的黄泥巴。除此之外,什么东西都不见了。他急忙爬下树,东奔西跑,到处去找人,可一个人影也没有见到,只是在沟边捡到了一个篮子。

他又跑啊跑,不知跑了多少路程。终于在一个岩洞里找到了一个白胡子老爷爷。老爷爷一见他,就问:"你叫什么名字？为什么跑到这么远的地方来？"老三恭恭敬敬地回答："我叫锉治路一苴，因天下大发洪水，只剩下我一个人了，种地没有伴，有事无处商量，东奔西跑，到处找人，一个人也没有找到。找着找着就走到了这里。老爷爷，您是……"老爷爷笑着说："你就不必问了，我给你造人做伴，你就等七年吧！"锉治路一苴一听，觉得七年时间太长了，就说："老爷爷，七年我等不得了。"老爷爷说："那你等七个月吧！我用杜鹃木和山茶木做人给你做伴。"锉治路一苴答应等七个月。

老爷爷就用杜鹃木和山茶木做成人的模样，埋在土里，对锉治路一苴说："等到七个月你就有伴了。"说完就走了。

锉治路一苴心里很急，感到时间过得很慢，他等不了，还没有到时间就把木人挖了出来，大声对他们说话。杜鹃人只会向他弯弯腰，山茶人只会向他招招手，不会走路，也不会说话。锉治路一苴更加焦急了，便又去找老爷爷指路，准备到天上去找仙女做媳妇，老爷爷说："到天上去可以，你必须去做一件事。如做好了，就可以上天去。"锉治路一苴问："是什么事？我愿意去办。"老爷爷指着一个很远的大山脚说："在那个大山脚下，有两条牦牛正在打架，一条是白的，一条是黑的，你去把黑的那条打死。回来你就可以到天上去了。"说着递给他一把弓箭。锉治路一苴接过弓箭就朝着老爷爷指的那个山脚走去。到了那里，果然看见一头黑牦牛和一头白牦牛正在打架，他举起弓箭射死了那头黑牦牛。突然，高山上传来了欢声笑语，山沟里传来了哭声叫声。他急忙回去告诉老爷爷。老爷爷笑着说："小伙子，你做得很对，今天就可以到天上去了。刚才你打死的那打黑牦牛是妖怪，白牦牛是神仙。哭叫的是妖怪，欢笑的是好人。现在我送你这个吉助克都路①，你骑着它，想到哪里就会到哪里了。"

锉冶路一苴高兴地接过吉助克都路，告别了老爷爷，背上路边捡来的篮子，就到天上去了。他日夜兼程，不知走了多少时间，在一个傍晚，终于到了天上。当他横睡在泉水边的小路上休息时，天王家的一个女奴来背水，见有个人睡在路上，挡住了路，就喊："喂，兄弟，请你让路，我要去背水。"锉冶路一苴头也不抬地说："姐姐，你从我身上过吧！"那个女奴见他不让，只好绕道走到泉边，把水桶装满，请睡在路上的锉冶路一苴帮忙抬抬水。锉冶路一苴趁抬水的机会，把手镯脱下来，悄悄放进她的桶里。

那个女奴背着水回到家里，往水缸里倒水时，桶里手镯的碰响声被天王的大姑娘彩红吉增米听见了，就过来问："你水桶里有什么东西在响？"那个女奴说："没有什么呀。"彩红吉增米不信，就自己往水桶里看。一看，见一个闪闪发光的手镯，就问女奴："这个东西是哪里搞来的？"女奴回忆说："刚才我去背水时，泉边睡着一个小伙子，看样子是远方来的。我请他抬过水桶，是不是他放的手镯？"彩红吉增米听说有个小伙子在泉边，感到很奇怪，便把大妹姆米年助梅、二妹姆米年扎梅叫来，一起去看远道而来的客人。

她们到来泉边，问锉冶路一苴："你叫什么名字？到这里来有什么事？"锉冶路一苴说："我叫锉冶路一苴，人间洪水漫天，人全被淹死了，只剩下我独自一个人，种地没有

_____

① 吉助克都路：纳西族神话传说中的神马。

伴，有事无处商量，只好到天王这里求亲来了。请三位姐姐禀告天王，能不能见见我？"

三个姑娘叫他在泉边等候，她们转回家告诉了天王。天王听了她们的话，同意见他，并特别吩咐她们，把客人领来后，慢慢打开他的门，不然会吓着客人，因为他的头像马。三个姑娘听了父亲的话，就到泉边叫铿治路一苴见天王。到了门口，她们慢慢开门，让铿治路一苴见天王。铿治路一苴见了天王一点也不怕，而天王一见了他，却从宝座上跌了下来。天王心里想，这个人是一个很了不起的人物，于是就用各种办法考起他来。天王问铿治路一苴："你来我家求亲，带些什么宝贵的彩礼来？"

铿治路一苴两手空空，一无所有，却故意对天王说："我有数千头肥壮的牛羊，可我单身独马无法赶来。我有数百匹肥壮的骏马，可道路遥远，无法牵来。我的金银堆如山，可就像河沙一样沉重，无法背来。只好随身带来这个篮子做彩礼，请天王收下。"接着便把篮子递了上去。

天王收下篮子后说："你来求亲可以，但要你去做几件事情。"

铿治路一苴忙问天王："哪几件事？"

天王拿给铿治路一苴把柴刀，指着很大的一片森林说："你把那九架山的树子砍完。"

铿治路一苴接过柴刀，就去树林砍树。他砍啊砍，一天只砍了一棵。心想，这样大的山林，一天才砍一棵，到什么时候才能砍完呢？他自言自语："娶不着媳妇算了，我用歌声做伴，跳舞过日子。"便扛上柴刀回来了。

天王的大女儿彩红吉增米很喜欢铿治路一苴，便来帮助他，对他说："做事遇困难，可不能泄气啊！来，我教你。明天你带上这九把刀子，砍在九棵大树上。然后你就站在山尖上大声说：'神刀九把，拿出蚂蚁搬土的力，使出蝴蝶远飞的功，九把神刀一齐砍，九片树林一齐倒。'这样你一天就可以把树子砍完。"说完随手递给他九把柴刀。"

第二天，锉治路一苴照着彩红吉增米的指点做了，果然九架山上的树都全部砍倒了。锉治路一苴高兴地回来告诉天王，树已经砍完。

天王又对锉治路一苴说："你把倒下的树子全部烧完。"说罢递给他一把火链。

第二天一早，锉治路一苴带上火链，到山上去烧荒。但树子又粗又大，一天都烧不完一棵。他想，那么多的树子到哪天才能烧得完，还是不要媳妇算了。这时，彩红吉增米又来指点他了。她说："明天你用九把火放在九个山头上，站在山顶大声说：'风王放风来，九片树林一齐吹，九沟森林一齐燃。'这样就可以烧完了。"

锉治路一苴又照她的话去做了。他的话音未落地，突然狂风呼啸、火越烧越旺、不多时，所有的树都烧光了。他回去向天王说："山已经烧完了。"

天王点点头，又说："明天你把烧完的荒地挖好，种上苦荞和花荞，你要用三升苦荞种出三十三石，把两升花荞种出二十五石，一棵不能少。说着拿给锉治路一苴一把挖锄和三升苦荞、两升花荞种子。锉治路一苴想，这件事只有去求彩红吉增米了，就急忙去找她。彩红吉增米教了他办法，很快地挖完土，并种上了荞子。隔了不几天，荞子成熟了。锉治路一苴收割完后扛去交给了天王。天王一量，苦荞和花荞各差半碗，就问锉治路一苴："为什么两样品种都少着一点？"锉治路一苴没有办法回答，又去找彩红吉增米。她告诉他是被鸽子吃掉了。锉治路一苴很快回去对天王说："被野鸽子吃掉了。"天王叫他把野鸽打回来看一看。

锉治路一苴只好去准备弓箭。准备好后，彩红吉增米把锉治路一苴叫到织布架旁，她自己织布，叫锉治路一苴打院坝里的鸽子。锉治路一苴举起弓箭，瞄啊瞄，心怦怦直跳，生怕打不着。正在这时，彩红吉增米故意用手拐撞他的手肘，"嗒"的一声，箭射出去了，刚刚打死了一只鸽子。锉治路一苴把鸽子拿到天王面前划开肚子，里面刚好一碗荞子，这才勉强说服了天王。

天王还不甘心，又叫锉治路一苴扛一根水柱来。彩红吉增米教他找一根毛绳子，拴在从山上流下来的水边，不停地往绳上放水，冻成冰以后就可以去取水柱了。锉治路一苴照着去做，一夜就把水柱造出来了。天一亮，他就把水柱扛到天王跟前，天王没话可说了。过了半天，天王又说："我现在叫你做最后一件事：你去把老虎奶挤出来。如做成了，我的三个女儿由你选一个。"

锉治路一苴只好去找虎奶。他走到一座山的脚下，遇见了一只野猫，就把野猫奶拿回来了。刚走到天王家的院坝里，把鸡全部惊跑了。天王出来说："你挤回来的奶使鸡惊跳了，这说明不是虎奶而是野猫奶。"无法，第二天一早，锉治路一苴只得又上山去找虎奶。走呀走，来到山腰时，跑来了条狼，他又把狼奶挤了回来。走到天王的羊厩前时，羊子又全都惊叫起来。天王走出来说："你挤回的奶不是虎奶，我的羊都惊叫起来了，肯定是狼奶。"

第三天，锉治路一苴又去找虎奶。这时，彩红吉增米走来对他说："在一座大山上，有个母虎下了两个虎儿，母虎出去找食，因一连下了三天大雪，把它隔在山那面了。你赶快找到虎窝，杀掉一只小虎，把它的皮剥下来披在你身上，学着另一只小虎的动作，蹦蹦跳跳，母虎回来时你就会挤得着奶了。"锉治路一苴来到山上，找到了虎窝，照着彩红吉增米的办法挤着了虎奶。他走到天王的马厩旁时，马匹惊得跑的跑、叫的叫。天王出来笑着说："骏马惊叫是老虎来临，今天你真把虎奶挤回来了。明天你就等着在那垭口上，我的三女儿跑过时，由你选一个。"

第二天，锉治路一苴高兴地跑到垭口等着。突然过来了一只虎、一只豹子、一条龙。锉治路一苴一看，有些害怕起来。他先让虎、豹翻过了垭口，当龙翻垭口时，尾巴在他的面前摆动了一下。这时，他突然想起天王对他说的话，心想："这虎、豹、龙会不会是天王的三个姑娘？要是是，再不抓住就不好了。于是他急忙一把抓住了龙尾巴。结果一晃眼，龙摇身变成了天王的三姑娘姆米年扎梅。原来，天王把大姑娘扮作老虎，二姑娘扮作豹子，三姑娘扮作龙来考锉治路一苴。这样，天王就把三姑娘姆米年扎梅嫁给锉治路一苴，给了他们一些粮食种子，叫他们下到人间去种地安家。于是锉治路一苴和姆米年扎梅背着种子，回到人间，建起了家园，过着幸福美满的生活。

这时，那一心想做锉治路一苴媳妇的彩红吉增米看着锉治路一苴和妹妹姆米年扎梅结成了夫妻，在人间过着幸福的生活，心里很忌妒。有一天，她变成一头野牛，糟蹋了锉治路一苴和姆米年扎梅种的庄稼。姆米年扎梅知道这是彩红吉增米搞的鬼，就对丈夫说："锉冶路一苴，这不是野兽吃的，是野人来吃了，你拿弩箭来射！"锉冶路一苴仔细一看，有一头野牛正在吃庄稼，就拿起弩箭，一箭射去，射中了野牛的脚后跟，野牛一跑脚就跛起来。锉冶路一苴连忙追去。可是快追上时，野牛却大步大步地跑起来，离远了它又慢慢地跛着脚走。就这样，锉冶路一苴一追就翻了几座大山，过了几条深沟。他实在太累了，就在一条河边坐下来休息，不知不觉睡着了，一直没醒过来。

姆米年扎梅在家里见丈夫没有回来，心急如焚。一天，她请蜜蜂帮她去找，蜜蜂已经飞到锉冶路一苴的身边，但没有叫醒他，只是把他的汗吸回来叫姆米年扎梅闻了一下。姆米年扎梅再也等不住了，就亲自去找。当她走到一个山坡上时，迎面走来了一只猴子，那猴子问姆米年扎梅："你在找什么，走得那么急？"姆米年扎梅回答说："我的丈夫去打野牛，不知走到什么地方去了，我是来找他的。"猴子听了，就打起主意来，装着很关心的样子说："哎呀，你一个妇女到山上找人太可怜了。我帮你去找好了，你给我两双草鞋，我穿起好走路。"姆米年扎梅感谢了猴子，给了它两双草鞋后转回去了。

狡猾的猴子见姆米年扎梅走回去了，就钻进密林把草鞋乱拖乱抓，搞破了，天黑时候，它转回来对姆米年扎梅说："哎呀，真是累死人，今天我跑了很远的路，草鞋都走通了，没有见到你的丈夫，我又饿又累，只好回来了。明天我再早早去找，你给我找双铁鞋，走远路就不怕烂了。"姆米年扎梅信以为真，又找了一双铁鞋给它。第二天，猴子一早就出去了。它跑到山上岩洞里磨着铁鞋。把铁鞋磨通后，天也黑下来。这时它又回来对姆米年扎梅说："哎呀，饿得要命，我走遍了天下，钻完了山林，铁鞋也穿通了，还见不到你丈夫的半根汗毛。看来他是早死了，我看你就死了心吧。你一个人住着孤单单的，怪可怜，你就同我去住吧。我们的生活可好啦，不劳动有吃的，不织布有穿的。"姆米年扎梅听了以为丈夫真的死了，就同猴子住到山上，做了猴子的媳妇。

在山上，吃的是野果，穿的是树皮，姆米年扎梅很不习惯，她对猴子说："这种生活我过不下去了，你还是同我下山去种地吧。"猴子听了就连声答应："好，好。"于是猴子和姆米年扎梅又回到老家种庄稼过日子。不久姆米年扎梅生了一个猴子。

这时候，在天上的彩红吉增米看见姆米年扎梅生下了一个猴儿，就故意让天神下了一场大冰雹，冰雹落进锉治路一苴的口里，他一下子醒过来，提起弓箭走回家来。猴子看见，就悄悄逃跑了。姆米年扎梅看见丈夫回来了，又惊喜又惭愧，知道自己上了当。她看看身旁的猴儿全身毛茸茸的，赶忙用火把它身上的毛烧掉了。所以，至今我们人还有点像猴子呢。锉治路一苴和姆米年扎梅团圆后，夫妻俩养儿育女，恩恩爱爱地生活着。我们摩梭人就这样一代一代地繁衍起来了。

讲述者：阿啊打把　多比苴　任布次尕

翻译整理者：杨尔车

# 宋则利力[①]

在远古的时候，有一天忽然漫山遍野地发了大水，除了一个叫做宋则利力的青年外，所有的人类和生物都被淹死了。原来宋则利力是一个聪明英俊、能歌善舞的青年，这天正在做一面大鼓，刚要蒙上上面鼓的时候，忽听自远处传来不断的像响雷似的声音，他抬头一看，才知洪水滔天而来，他就赶紧跳到水中，把上面的鼓皮蒙紧。

水不断地上涨，鼓也不断地上升，这样漂了好久，有一天鼓忽然停止了动荡，这时水已经涨得和天相接了。宋则利力知道水已止住，就破鼓而出，他顺着天山的山崖走着，想找寻一点食物，忽然碰到了一个年轻而美丽的仙女崔合白泊密，她一见着宋则利力心中就非常喜欢，她问他道："你是个世间的凡人，怎么跑到天上来了？"宋则利力说："地上发了大水，我的宗族完全淹死了，我难耐孤凄，所以随水漂到这里来了。"仙女说："我在天上，也觉得很寂寞，我们何不做个好朋友？你且到我家去吃饭。"于是就把他带到家中，给了他些食物，又把他藏在门后的竹篮里。仙女的父亲崔拉阿甫从外面回来，忽然嗅到生人气味，大怒道："哪里的野狗跑到咱们家来？"说着，拿起一把刀来，一边磨一边自言自语道："我已经知道家中来了异类，非杀了他不可！"仙女的母亲说："你且不要忙，待我来细细察看察看。"母亲就追问仙女，仙女知道宋则利力难免被杀，就求她母亲道："这个人是从地上来的，我家留了他并没有什么损害，还可以给我们做工。"崔拉阿甫听得她们母女谈论，就申斥她们道："你们不要为妖人所惑，赶紧把他领来给我看看。"仙女就把宋则利力从竹篮中领到父亲面前。崔拉阿甫善于识人，他相了宋则利力的面貌，又看了看他的手，知道是个聪明人，就对他妻子说："这个人虽然聪明，但不是我们的同类，连做我们的奴隶都不配，且饶他的性命，把他赶到人间去好了。"他妻子坚请崔阿拉甫试试宋则利力的能力如何再说。原来仙女的母亲也很喜欢宋则利力，愿意他与女儿匹配，再三请求，她的丈夫才假装答应了。

到了晚上，崔拉阿甫叫宋则利力同他一块睡在崖石上，他想趁宋则利力睡熟时把他扔到山崖下摔死，不想被仙女母女俩知道了，她们偷偷地告诉宋则利力说："你今晚和父亲同睡时，千万记住要做一块毡子包上石头，趁他熟睡了放在他身旁，你再躲到别处去睡。"果然睡到半夜，崔拉阿甫以为他身旁的石头就是宋则利力，一下就把他推到崖下，石头落到崖下，打死了一只獐子。第二天醒来，他看见宋则利力不但没死，并且还在一旁做工。他又想了一个计策，对宋则利力道："昨天石头落下来，打死了一只獐子，你可去取来，今天晚上再陪着我到河边去睡。"到了天黑，母女二人又叫宋则利力用毛毡裹着石头放在崔拉阿甫的脚旁，并在二人之间放上了一条木棒，果然到了夜晚，崔拉阿甫就用脚把这毛毡和石头一起踢到河里去了。可是第二天，崔拉阿甫看见宋则利力仍然活着，就说："你到河里去捉点鱼，回来到山中给我打一只乳虎来。"宋则利力就到河中把昨天晚上石头打死的鱼捞上来，跟着就拿了棒子到山中去猎虎，但是打了一天，仅打了些獐鹿之类的东西回来。崔拉阿甫大怒道："我叫你打虎，为什么弄些獐鹿来骗我，赶紧再去打，打不着老虎你就别想活了。"仙女母女俩又告诉宋则利力说："老虎多在暗处，小虎喜欢晒太阳，你可以再去找找。"宋则利力听了就蒙着虎皮去找，果然一下就猎得了一只乳虎。

　　崔拉阿甫见一再陷害宋则利力不成功，又想了一个办法，叫宋则利力一天之内要把九亩地内的森林都砍倒。宋则利力感到很为难，他想，一天一亩地的树还砍不完，如何能砍倒九亩地的树？仙女母女俩就安慰他道："明天你带九把斧头去，我们会派人去帮你的忙。"果然，到了晚上，这九亩地里的大树全都砍倒了。崔拉阿甫又叫宋则利力去把这九亩地的树都烧成灰，宋则利力也办到了。崔拉阿甫再叫他在一天之内把九亩地的谷子撒上，宋则利力到地里才要撒上种子，仙女母亲从后面赶来说："你在每亩地上只要撒上九粒谷就够了，因为明天崔拉阿甫还会叫你把谷再拾回来的。"宋则利力照着办了，回来后崔拉阿甫果然让他再把谷拾回来。第二天，宋则利力到了地里去拾谷子，但是有三个半颗的谷子找不到了，他只得把其余的谷子放在昨天没有撒的谷子里一起送到崔拉阿甫面前，崔拉阿甫一数，发现少了三个半颗的，勃然大怒道："还有三个半颗的到哪里去了？"宋则利力说："两个半颗的被蚂蚁吃了，还有半颗被鸽子衔去了。"崔拉阿甫叫他去找回这么三个半颗的谷子来。宋则利力没法，发现只好到地里捉住一只蚂蚁折成两截，算做两个半颗。现在的蚂蚁所以头粗、尾粗、腰细就是曾被宋则利力折断了的缘故。宋则利力回到家来正寻思那半颗没有着落，抬头见一只鸽子飞过，他才要拿起箭来射，仙女正在织布房中织布，见了就赶快把手中的梭子扔出来，恰好助他一臂之力，一箭射出，鸽子应声而落，剖开一看，嗉子里正好有半颗谷。宋则利力就把这半颗谷取出来，连同那两个冒充半颗谷子的半截蚂蚁一同交给崔拉阿甫。

崔拉阿甫看见了三个半颗的谷子也找回来了，半晌无语，他想许多事都难不倒宋则利力，他是够得上做自己的女婿了。崔拉阿甫的心意活动了，就问宋则利力道："你到天上干吗来了？"宋则利力说："地上人已死尽了，我到天上来是想讨一个老婆回去。"崔拉阿甫说："你想讨我的女儿吗？"宋则利力说："不敢，但是世上的人都死光了，天上的女儿无论好坏，只要娶上一个就行了。"崔拉阿甫说："你带了多少钱来娶亲呢？"宋则利力道："地上一片洪水。我只身逃命，哪里还带着钱？但是在天上这些日子，给你打獐子、打老虎、伐木头、烧山、撒谷子、拾粮食，这些工钱也该够娶妻的代价了。"崔拉阿甫说："你有本家吗？"（意思是你有什么特别的本事）宋则利力道："我们的族人是打不死、害不死的。"（意思是无论你想怎么害我，但也害不死我）崔拉阿甫道："好个小伙子，我的妻子和女儿既然都喜欢你，我又何必拦阻呢？"于是就命宋则利力和他女儿结婚，婚后俩人便很恩爱地住在天上，不久，仙女怀孕，崔拉阿甫便打发他们夫妇下凡去传种，他们夫妇俩就拜别了老夫妇和哥哥嫂嫂，向人间走来。

他们正走着，只见前面烟雾弥漫，分不出道路，原来在宋则利力到天上以前，仙女已经和一个叫克司那撤的天神订了婚。克司那撤听到仙女和一个凡人结了婚，并且还要到下界去，不由大怒，便在宋则利力两口子启程的时候，撒下云雾，使他们认不出到人世的道路，好把仙女留住。但是仙女很爱宋则利力，誓愿和他同生死，俩人便冒险向云雾中走去，正在不辨东西南北的时候，宋则利力看见路旁立着一只仙鹤，他俩便恳求仙鹤把他们背下去。他们虽然回到了人间，但是上天的路已被云雾遮住，从此，人们便不能自由地在天地间往来。

这时水已落去，地面上除了嗡嗡叫的蜜蜂外，已经没有任何动物和食物，他们就用茅草搭了一间房子。几个月后仙女生了三个男孩，但却不会说话。仙女的母亲在天上得知，知道非祝告仙女的兄嫂不可，于是派了蝴蝶下凡告诉仙女。宋则利力夫妇便设祭向天祈告，果然三个孩子马上便能说话了，但是三个孩子说的话语完全不同，大孩子说的是古宗（藏族）语，次子说的是那希（么些）语，三子说的是白子（民家）语。这三个孩子便成了三族的祖先。

在新夫妇下界的时候，他们父母给了各种粮食种子和十二头不同的动物，可是没有猫和萝卜，仙女暗暗地把萝卜子藏在指甲中，把小猫藏在怀中，带到了人间。

崔拉阿甫在天上察知女儿偷窃萝卜种和猫到凡间后，大怒，他说："我已经给你们许多食粮，为什么还要偷萝卜？那以后我让萝卜一煮熟就变软，不能当作粮食，猫是天上的兽类，不让它和人间的兽类一样。人间兽类用嘴叫，我让它也会用肚子叫，来和人间的兽类区别。"现在人间吃的粮食便是仙女从天上带来的种子，十二属相的动物便是仙女从天上带来的兽类，但是萝卜和猫是仙女偷着带下来的，所以粮食中没有萝卜，属相中没有猫。仙女的母亲恐怕仙女下凡后过不惯人间生活，不会理家，就派了一只狗到人间来告诉宋则利力夫妇，让他们每三天吃一顿饭，每一天梳三次头。可是这狗把这话记成了一天吃三次饭，三天梳一次头。宋则利力夫妇照着狗的话做去，并且给人类留下了一个习惯，但是本应一天吃一次饭的，现在一天要吃三顿饭，饭吃得太多，不得不变成屎拉出来，这便是现在的人为什么吃了饭必须拉屎的缘故。狗把命令传错了，崔拉阿甫夫妇很生气，便不许狗再回到天上去，并且叫狗把宋则利力夫妇每天拉的屎都要吃掉，从此人间便有了狗这种动物。

克司那撒知道仙女在人间生了小孩，知道她不会再回到天上来了，非常生气，便把霜、雪和瘟疫散播到人间来，想把宋则利力夫妇和他们的小孩害死。虽然聪明的宋则利力夫妇巧妙地和他们的孩子逃避了克司那撒撒下的灾害，可是以后的人间每年都会因霜、雪和瘟疫死去一些人。

大地神话

# 斯汝山神和女儿的故事①

雪山顶上是终年不化的白雪，雪山山腰是茫茫无边的森林。在西面山麓的森林里，住着掌管飞禽走兽的斯汝山神，斯汝山神有一位美丽聪明的独生女儿，名叫斯汝命。在东面山麓的森林里，住着峨高楞猎神；峨高楞神有一个勇敢智慧的儿子，名叫高楞趣。

美丽聪明的斯汝命，每天公鸡刚叫头遍，她就吆喝着黄麂群、野猪群、马鹿群……到青草茂盛的溪谷滩头去放牧。聪明智慧的高楞趣，每日启明星刚冒出山尖，他就挎着千眼猎网，带着地弩、扣子等猎具，到幽谷深箐里去狩猎。一天，斯汝命好奇地想：峻峭的山岭的东边怎样？何不去那里看看！她赶着飞禽走兽，愉快地边唱边走，不觉进到了东面地界，来到了高楞趣狩猎的地方。斯汝命忽然看见一个挎着弓弩的青年，像柏树一样英俊，像雄鹰一样矫健，她的心像小兔儿一样嘟嘟嘟地跳，心里涌起了像火焰一般的爱情。这青年就是高楞趣，但他们从未见过。斯汝命想出一个巧妙的办法：她把畜群赶往高楞趣布设着扣子、埋着地弩、张有猎网的地方，引诱黄麂、野猪和马鹿进入狩猎的地界。这样，她就可以此作借口，同高楞趣说上几句话。斯汝命打定了主意，便扬起牧鞭，吹着吆喝畜群的口哨，赶着黄麂群、野猪群、马鹿群向高楞趣靠近。高楞趣听到了黄麂、野猪、马鹿的声音，抬头一看，只见一个美丽的姑娘赶着畜群向他走来。静静的水塘，被突然投下的石子溅起了水花，高楞趣被

---

① 本故事根据《东巴经》和阿更的讲述改写。

这突然出现的姑娘把心搅乱了，他是一头没有负过轭的牛犊，除了自己的母亲之外，没有同第二个女的讲过一句话；他是一个憨厚的"傻小子"，还没学会用蘸蜜的语言去向姑娘表白爱慕的心情。他只是想道：我布设的猎具，如果碰掉姑娘畜群的一根毫毛，就会惹她不高兴；如果射伤她的一只牲畜，就会刺伤她的心灵。我宁愿今日空手回家，也不能做对不起她的事。高楞趣手忙脚乱地收起猎具，涨着像鸡冠一样通红的脸，一步三回头地边走边看姑娘，依依不舍地离开了斯汝命。

高楞趣扛着猎具回到家里。打猎空手回家，这在过去是从来没有过的事。父亲峨高楞不高兴地说："高楞趣呀，你出去一整天，没有带回一只兽蹄子，这可不像猎人的儿子呀，难道你是像蝴蝶一样的串花闲荡去了？难道你布设的猎具吃素禁腥？还是你的心地仁慈，看见野兽的鲜血就胆战心悸？"

聪明的高楞趣早已想好了怎样回答父亲的责问，他不慌不忙地说："做人只能做解疙瘩结亲善的好事，不能做伤和气结冤家的坏事；处邻居只能用笑声对话，不能在暗地里撅黑蹄。这林间的飞禽走兽都是斯汝家豢养的，我今天遇到的野兽是斯汝家的姑娘亲自放牧的，我宁愿空手而回，也不愿从人家眼皮底下把牲畜劫走；我宁愿挨饥受冻，也不能为争只鳞片爪的猎物伤了两家的和气。"

勤劳善良的峨高楞听了儿子的话，高兴地对高楞趣说："聪明的儿子，你说得有道理。明天把猎具挂在墙上，背上九升大麻种子、九升蔓菁种子、九升苦荞种子，去到九山七谷烧荒种地吧。"

林间的布谷鸟还没有亮开喉咙，峨高楞和高楞趣父子俩就已烧好了九座荒坡；太阳还没有当顶，他们就吆喝着黑犏牛翻犁出了九架山的荒地；太阳还没有落坡，他们就把九升麻子、九升荞子和九升蔓菁子撒遍了新翻犁的土地。

种子落土地。按照古老的规矩，种子落土以后，主人三天得跑去看一次庄稼。若是隔了五天不去看望苗情，落地的种子就会埋怨主人的心肠不好，气恼的种子就会伤心腐烂。峨高楞和高楞趣父子俩，每隔三天时间就跑到山里察看苗情，到了第九天早晨，他们俩看见麻苗儿像箭杆一样钻出土层，荞苗儿挑着两片嫩叶冒出土层，蔓菁苗儿驮着细面似的黑土撒破土层，嫩汪汪的庄稼挂着晶莹的露珠，在阳光下，嬉笑着脸儿向主人献殷勤。峨高楞和高楞趣父子俩别说有多高兴啦！

斯汝命自从那天遇见了高楞趣以后，就像失落了魂魄一样，她一闭上眼睛，高楞趣的影子就浮现在眼前，一睁开眼睛影子又不见了。相思和苦恼折磨着她的心，她每天吆喝着畜群装着放牧的样子，在幽谷深箐里不停地奔走，实际是在急切地寻找她所爱慕着的高楞趣。她找了三天，没有找到高楞趣的踪影，直到第四天的早晨，她才翻过山岭、赶着畜群来到了高楞趣耕耘播种的山地边，她看见这一片嫩绿的庄稼地，仿佛找寻到了高楞趣。怎样才能使高楞趣和自己说话呢？这得想个办法。她暗自思量：我不如把畜群赶到他的庄稼地里，使禾苗受到糟蹋糟蹋蹂躏，让他生气看看吧。斯汝命打定主意，把畜群赶进了庄稼地里。畜群见了嫩绿的苗芽，嘴里淌着馋涎，一起拥上前去。转眼间，麻田被野猪拱翻了三层新土，黄麂啃光了所有的荞芽，马鹿踩平了所有的蔓菁地。直到傍晚，斯汝命看着庄稼已被糟蹋得一片狼藉，才高兴地赶着畜群回家去……

第二天，峨高楞和高楞趣又来到地边察看庄稼苗情，父子俩只见麻地被野猪扒拱得翻起新土，荞子地里没有一根嫩芽，蔓菁地里没有一片绿叶。看着辛勤劳动的成果被毁坏成这个样子，父子俩像迎头挨了一瓢冷水，从头凉到脚跟。峨高楞埋怨斯汝家的心肠太狠，高楞趣埋怨姑娘不该贪玩惹下了祸事。峨高楞气得眼睛冒火，急得在地上踩出了三个深坑。他训斥高楞趣道："糟蹋别人的劳动，就比猪狗还可恶！你说什么与邻居结亲善，眼下斯汝的牲畜踏平了我的庄稼，斯汝家的恶风摧毁了我的篱笆墙，你和这样的邻居笑着说话去吧！"高楞趣听了父亲的气话，心里很是难过，但又不好辩解，只好把委屈强忍在心底。

人在气头上，报复的心会使他失去理智。峨高楞逼着高楞趣在山地边布设了九十九个报复的扣子，在山垭口埋下了九十九张地弩，在坡头上张起了九十九张猎网，还逼着高楞趣坐在山地上边吹奏笛子，在山垭口弹拨口弦，在坡头"唔呼"地高喊。悠扬的笛音迷住了斯汝命的灵魂，她寻着笛音把黄麂群赶过山地这边来了，九十九个扣子都套住了黄麂；悦耳的口弦音拨动了斯汝命的心弦，她觅着弦音把野猪群赶到山垭口这边来了，九十九张地弩都射倒了野猪；动听的"唔呼"声搅乱了斯汝命的神志，她赶着马鹿群走到坡头上来了，九十九张猎网都网住了马鹿。扣子没有白踩，地弩没有虚发，猎网没有空扑，峨高楞高兴得像解冻的小河水一样，僵硬的舌头又变灵活了，喧嚷不止。而高楞趣却怀着心事，脸上罩着愁云，无心张嘴动舌。黄麂抱在怀里，马鹿背在背上，野猪拖在身后，父子俩匆匆往回走。

他们走到一座山坡上，峨高楞摸摸腰间，发现刀鞘空着，长刀丢失在山林里了。父亲对儿子说："儿子走路比父亲快，你返回去把长刀找回来吧！"高楞趣对父亲说："父亲走过的桥比儿子走过的路长，父亲煨过的烤罐茶比儿子吃过的饭还多，父亲有能想九样计谋的心，儿子怎能比得过父亲的智谋呢？还是父亲回去寻找吧！"儿子的话封住了父亲的嘴巴，峨高楞只好默默地返回去寻长刀。

峨高楞走到一座山坡上，看见斯汝命姑娘正赶着漏网逃生的兽群往家走。斯汝命也看见了峨高楞，她眉头轻轻一绽，转了几下眼珠，心里便有了主意：水和沟联姻有笕槽的引渡，我斯汝命和高楞趣要结姻缘，只恨没有撮合的媒人，就让他父亲来当媒人吧。于是，斯汝命悄悄隐到山林深处，暗里派遣山神的七个侍从去捉拿峨高楞。侍从们拦住峨高楞说："是你残害了主人的黄麂群，捕杀了主人的野猪群和马鹿群，我们倒要看看你的心是肉做的还是石做的！"峨高楞的身躯吓得变矮了，他颤着声音向山神侍从说："我的身上没有挎弩弓，肩上没有扛着猎网和扣子，哪里像个捕杀生灵的猎人？是我砍柴时把砍刀丢了，特返回来找寻砍刀的。"侍从指着峨高楞说："你的嘴上有油腻，手上抹着鲜血，身上沾着兽毛，浑身还散发着野兽的腥膻气味。有凭有证，你还是把七条舌头变回原来的一条舌头吧！"山神的侍从们把峨高楞抓住了，像捆猪一样，锁了脚镣，卡了木枷，往山神家里拖去。

斯汝山神因他家的畜群受到峨高楞家捕杀，就像从身上割去了三斤肉，伤口流出了鲜血，揪心一样的疼痛。当看见侍从们捆绑着峨高楞送来时，杀机在他的心头滋生，他狠狠地咬磨着钢牙说："峨高楞残害我的九十九个畜群，我要用他身上的九十九块肉来赔偿！"站在一旁的斯汝命姑娘，身体虽然站在父亲身旁，可是心却紧紧地系在囚犯的儿子身上。她听到父亲作了残酷的决定，浑身吓出了冷汗。她假装流着眼泪，劝慰父亲说："明智的父亲，峨高楞残害了我家的兽群，使我家受了巨大的损失，这都是峨高楞的罪过。但是，由于有满天乌云，才会有瓢泼的大雨，是女儿放牧时寻花贪玩，把畜群放到了峨高楞家的庄稼地里，把他家的九十九块庄稼糟蹋光了。按理说，女儿的身上也该割下九十九块肉……"斯汝山神被女儿的话拨亮了心，怒气泄了一半，他吩咐侍从们用鞭子把峨高楞狠抽了一顿，然后在热天里把他拉到火塘顶的篾巴上熏烤。为了不使扣押峨高楞的消息走漏出去，又命令家人白天管峨高楞叫"阿老板都"①，晚上管峨高楞叫"义早九高"②，来迷惑外人。

高楞趣狩猎回家，兽肉有九背，兽皮有七背，好消息传遍了村头寨尾。聪明的高楞趣按照古老的规矩，邀请了族人亲戚共同分享猎物。所有的族人都请到了，所有的亲戚都来齐了，唯独自己的父亲还没有回来。儿子想父亲，伤心的泪水滚出眼窝；儿子牵挂父亲，感到揪心的疼痛。高楞趣放下酒碗，离开火塘，急急忙忙到外面来找寻父亲。

他走到一座山坡下，看见一条白蛇和一条黑蛇在争斗，心地善良的高楞趣心中念叨："做人只宜解疙瘩，不宜结冤

①　阿老板都：大力人。
②　义早九高：小仆人。

仇。"便扯了一根细蒿枝，把斗胜的白蛇吆到路上面，把斗败的黑蛇吆到路下面。他爬到雪山松林里，看见白山骡和黑山骡的斗争，心地宽厚的高楞趣又折了一根冷杉枝，把斗胜的白山骡吆到坎上面，把斗败的黑山骡吆到坎下面。高楞趣匆匆来到一条幽谷的溪边，看见斯汝命姑娘在溪边洗头发，正对着溪水照样子。高楞趣站在溪边，偷偷觑着姑娘映在水里的影子，轻声哀求说："姑娘呀，我年迈的父亲赶路口渴，会在溪边喝泉水，他的脚印一定会留在溪水畔，你是否看见我父亲的足迹……"姑娘回答说："这溪边除了我的脚印，没有别人的脚印。你要找你的父亲的脚印，早已深深地印在我的心上了！"姑娘的话，使高楞趣产生了疑问，他焦急地说："难道是你知道我父亲的下落？请给指点！"斯汝命却一语双关地说："若要找到你失踪的父亲，先得找到一对相爱的情人，去叩开锁住你父亲的铁门。"高楞趣被斯汝命捉弄得摸不着头脑。他沉默了片刻，眼睛忽然一亮，只见映在水里的姑娘的影子，一对含情的眼睛正在看他。高楞趣被斯汝命炽烈的爱情燎烤得心发烫，嗫嚅着说："可是他们去叩铁门的时候，只怕山神家守门的白蛇会拦路，看门的老虎会伤人……"斯汝命柔声甜语地说："只要这对情人真挚相爱，爱神会显灵保佑的。"

斯汝命和高楞趣情投意合、心心相印，两颗心儿想到一块了。他们坚信真挚的爱情能消除两家的仇恨，能解开两家老人心中的疙瘩。斯汝命把高楞趣带到家里，把高楞趣安排在火塘边尊贵的首位上。高楞趣刚刚落座，忽然一串水珠滴落在他的头上，他惊悸地扬头一看，发现自己的父亲被熏烤在火塘上空的篾巴上，痛苦的泪珠一串串地滴落下来。高楞趣被哀伤哽住了喉咙，一时说不出话来。峨高楞喃喃地对儿子说："斯汝山神已经下了残酷的命令要把为父处死，全靠这位善心的姑娘帮着说情，才给为父留下了一条老命……"高楞趣听了父亲的话，心里十分激动，用惊异和感激的眼光呆呆地凝望着斯汝命，斯汝命也用诚挚的眼光凝视着高楞趣。两个满怀激情的年轻人，你的眼睛里留有我的身影，我的眼睛里也映着你的身影。高楞趣解下腰带递给斯汝命，斯汝命脱下玉手镯，戴在高楞趣的手腕上，他们互相交换了爱情的信物。

峨高楞在篾巴上把两个年轻人的举动看得清清楚楚，他在痛苦中得到了一丝快慰，他指点儿子说："高楞趣呀，你们的婚姻我赞成。但是如果斯汝山神赐给你牛和马，那牛和马是会变成马鹿和山骡的，你决不能接受；如果斯汝山神送给你山羊和绵羊，那山羊和绵羊是会变成黄麂和獐子的，你决不要领取；他赐金会变土，送银会变石头，你都不能领受；你只要求他答应送你白天叫'阿老板都'、晚上叫'义早九高'的东西，山神答应了你的要求，你俩的姻缘才会没有阻挡，父亲的身子也就有希望获释了。"高楞趣听了父亲的叮嘱，便急忙拉着斯汝命的手去找斯汝山神求情。

当太阳落山的时候，斯汝山神来到畜圈旁边查点他的飞禽走兽，高楞趣和斯汝命拦住山神的去路，双双跪拜在他的面前。斯汝山神看着跪在眼前的求婚者，从惊诧中慢慢地回过神来，他心中暗暗思忖：藤子缠树我能用快刀把它分开，鱼儿恋水我可以厔开河水使它分离，两颗拴了线的心我却没有办法把它掰开。他沉吟了一袋烟的工夫，想出了一个拒绝的理由，说道："残害我的黄麂群，是你出的计谋，捕杀我

209

的马鹿群和野猪群，也是你施展的诡计；今天你还图谋拐骗我的心上花，你简直是黑老鸹想吃天鹅肉！"高楞趣机智地回答："在高高的山坡上，你家的蛇头目和蛇奴仆在殴斗，圆滑的人不做流血斗殴的排解人，我却做了你家的排解人，使你家的头目和奴仆重归于好；在茫茫的森林里，你家的白山骡和黑山骡在打冤家，世故的人不做调解纠纷的事，我却做了你家的调解人，使你家的畜群兴旺繁盛；一碗蜜水掺进海水里，并不指望海水会变甜，我替你家做了别人做不到的好事，也不希望得到你家酬谢，但是你也不能以恶报善，说我设计残害你家的畜群呀！"

斯汝山神听了高楞趣的话，心里暗暗佩服：愚蠢自私的人不会排解纠纷，智慧正直的人才会排解纠纷。看到高楞趣是个聪慧能干而又善良的小伙，斯汝山神的心软了一层。他还想进一步试探一下高楞趣是不是一个贪恋钱财的人，便谦和地说道："年轻人高楞趣，是我错怪了你，为了感谢你为我家调解纠纷的善心，我要重重地奖赏你。我有堆成九座山的金银，也有挤满七条谷的牲畜，只要你说一句要什么东西，我都能赐给你。"高楞趣不恋金银、不贪牲畜，他一心想着解救自己的父亲。他对斯汝山神说："尊敬的山神呀，你家的金银堆成山，我不想取分文；你家的牲畜填满山谷，我也不要一蹄一腿。我要的只有一样，只要你家白天叫'阿老板都'、晚上叫'义早九高'的东西。"斯汝山神听了高楞趣纯正高尚的话，心里很受感动，深为峨高楞有这样一个智慧而又孝顺的儿子感到庆幸。他不仅答应了高楞趣释放他的父亲的要求，还愿把他的心上花斯汝命嫁给他为妻。

天上的白云和黑云掺合在一起，白云和黑云会变成美丽

的彩云；人间男儿和女儿纯洁的爱情结合在一起，能使两边
有着宿怨的老人变成和睦的亲家。斯汝山神和峨高楞猎神这
一对相见眼红的仇人，由于儿女的婚事重新和好了。峨家和
斯家的头人百姓以及飞禽走兽都高兴地庆贺峨家父子的团
圆，赞美高楞趣与斯汝命的美满婚姻，欢呼两家解仇联姻，
从此建立起亲善往来、永不破灭的友谊。


整理者：木　易

英雄神话

# 人类迁徙记①

大洪水后遗下的从忍利恩，在一个老人的指引下找到了两位姑娘，但他没听老人的话，和那美貌的直眼人结了婚，结果生下的是些动物。后来，米利东阿普神给了他许多木偶人，告诉他九个月以后才能去看。但他却犯了忌，没到时间去看，木偶也就变不成人了。于是，他就唱着悲歌漫无目的地流浪。

利恩走来走去，来到高高的雪山山顶，用手摘下一片树叶，噙在口中，轻轻吹着。树叶越吹越响，但是他越听越觉无味。他问自己，到底吹给谁听呢？于是立刻把树叶啜在嘴中嚼烂。

他又来到滚滚的大江旁。江水清澈，往里一看，他又惊又怕。他看到自己的影子，消瘦清癯，异常难看。他不敢再看下去，从地上拾了一个石子，用力投入江中，便即离开。

利恩来到了黑白交界的地方。那个地方呵，美丽到难以形容。有一棵梅树，开着洁白美丽的花朵。其中有两朵尤其引人注目，因为两朵相对开着，仿佛一朵离不开另一朵似的。他正看得出神，忽然看见一个极其漂亮的姑娘，她名叫衬红褒白命，走了过来。利恩出了一身冷汗，不知如何是好。他想：这样的地方怎么会来了一个漂亮的姑娘呢？正在犹豫，衬红褒白命用甜蜜温柔的语气向他说了话："黄莺孤独地飞翔，飞得跟平常不同，请问要到哪里去呢？"

① 本故事由王四代选自《纳西族民间故事选》，上海文艺出版社1981年版。

"我曾听人说这里是个好地方，梅花呵，一年开两度，树下有一个好姑娘，因此特地来找她。"

他俩互相介绍了自己的来历，谈得非常投机。

原来，衬红褒白命被她父亲子劳阿普许给了天上的美罗可洛可兴家。美罗可洛可兴家有九兄弟。衬红褒白命不愿嫁到他家去，但又不敢直接向父亲提出不同意的话，所以很是苦闷。

这一天，天气晴好，天空明净得没有一朵云影，她就变了一只美丽的白鹤①，从天上飞到地下来，蹁跹翱翔，散散愁闷，却不想在这梅花树下，竟遇见这个刚强的青年。她听到利恩的遭遇，对他十分同情，并且在心里爱上了他。

从忍利恩躲在仙鹤翅膀下面，飞上了天宫，到了天神子劳阿普的家。

衬红褒白命为了掩人耳目，便把利恩装在一个大竹箩中，把他隐藏在门后角落里。到了晚上，阿普放羊回来，他把羊群赶进羊圈，可是羊群惊得直往圈外奔窜；他把牧犬关在门外，可是牧犬反倒回头向家里狂吠。阿普生气地叫喊起来："有什么不祥的东西来到家里了！"于是早上、夜晚，只见他磨刀、擦刀。

衬红褒白命对父亲说："父亲，你为什么磨刀呵？为什么擦刀呵？蜂巢的石板不热，蜜蜂不会搬家呵！主人不狠，奴仆不会逃跑呵！池水不干，游鱼不会离去呵！父亲呵，山

---

① 从忍利恩和衬红褒白命成为夫妇是通过白鹤的媒介，所以现在纳西语中"媒人"一词与"白鹤"常相结合。"媒人"在纳西语中是"米拉布"，在这个词上往往加上"各潘"，称为"各潘米拉布"，"各潘"意即"白鹤"。"各潘米拉布"，析其原意，为"白鹤媒人"，这个词的形成与这个传说有关。

崩地裂的那一年，他没有被炸死在山上；洪水横流的那一年，他没有被淹死在水里，他是多么能干而又勇敢的青年呵！我爱他，所以把他领进家里来了。父亲，请不要生气吧。天晴的日子里，可以叫他晒粮食，看管粮食；下雨的日子里，可以叫他挖沟灌田。这难道不好吗？"

子劳阿普不耐烦地说："他到底是一个什么样的人呢？我要亲自看一看，把他领来吧！"

利恩用九条大河的水洗了澡，洗得又白又净；用九饼酥油来擦身，擦得又滑又亮。衬红褒白命把他从屋后插着九把利刃的桥上领了进来，去见子劳阿普。阿普很仔细地对他打量了又打量、端详了又端详，从头直看到脚，好久好久，才说："你呀，要不是手指甲和脚指甲，身上就没有一点血色啦；要不是手掌和脚掌，全身就没有一点纹路啦！——爸爸的家乡，阿扣鲁来坡的父亲可没有把自己的威灵传给儿子呀！——你呀，水流在松林里，就没有松树生存的地方！有蒿草滋长的地方，就没有青草生存的地方！青草呀，终究会枯死的！"

利恩听了这番话，觉得事情不妙，即忙跪在阿普面前恳求道："阿普呵，大地上的人类已经绝迹，单独剩下我一个。我要生活下去，您把您的好姑娘嫁给我吧！"

阿普说："我知道你是个能干的小伙子，好吧，你去给我把九片森林统统砍伐回来！"

利恩晚上和衬红褒白命商量，衬红褒白命暗暗把办法告诉了他。第二天早晨，利恩拿了九把大斧，放在九片森林之中，口中喊道："白蝴蝶来做工，黑蚂蚁来做工，利恩自己也做工。"果然，九片森林都砍伐完了。利恩高高兴兴走回来，对阿普恳求道："我要的，你给我吧！"

阿普说："你确是很能干，但是我的姑娘还不能给。你去把砍过的林地烧干净！"

利恩晚上和衬红褒白命商量，衬红褒白命暗暗把办法告诉了他。第二天早晨，利恩把九个火把放在九片砍过的林地，口中喊道："白蝴蝶来做工，黑蚂蚁来做工，利恩自己也做工。"果然，九片林地烧完了。利恩高高兴兴回来，对阿普恳求道："我要的，你给我吧！"

阿普说："你确是能干，不过我的姑娘还不能给你。你去把九片火地种上粮食！"于是交给他九袋粮种，叫他好好开荒、播种、浇水、灌田、看苗，直到收获完毕，再来见他。

利恩便去辛勤干活，一边工作，一边轻轻地唱歌。直到粮食已经成熟，他头顶大簸箕，手拿小筛子，肩上搭了九个口袋，去收割。他到了田边，口中喊道："白蝴蝶来做工，黑蚂蚁来做工，利恩自己也做工。"然而这一次他自己却并未动，他像麂子和獐子一样蜷曲在田边睡起来了。一觉醒来时，庄稼都已收获完毕。回家之后，他还没有开口，阿普就说："你收的粮食少了三粒，两粒在斑鸠的嗉子里，一粒在蚂蚁的肚子里，能干的小伙子，你想法去取回来吧！"

第二天早晨，斑鸠飞来停在阿普家园中的树上，衬红褒白命正在纺线，看见了斑鸠，急忙叫利恩来。利恩弯弓搭箭，想要射死斑鸠。但是他过度紧张，看了又看，瞄了又瞄，还是没有把箭射出。衬红褒白命看他这样，很着急，便用织布梭子轻轻碰了一下他的手。利恩一箭射出，正中斑鸠的胸脯，于是两粒粮食便取了出来。据说，斑鸠胸前的斑点，就是被利恩的箭射过的缘故。

利恩一时高兴，顺手就将旁边一块大石掀起。石头下面有许多蚂蚁，立刻骚动起来。其中有一只蚂蚁，腰间有一个疙瘩，利恩便用一根马尾拴住蚂蚁腰部，用劲一勒，谷种就挤出来了。据说，蚂蚁的腰所以这样细，就是因为被利恩勒过的缘故。

利恩拿了三粒谷种交给阿普，说："我要的，你给我吧！"阿普说："你确是很能干，但是我的姑娘还不能给你。今晚我俩一同到岩头去捉岩羊。"

利恩答应了，把这事告诉衬红褒白命，衬红褒白命悄悄对他说："利恩啊，你要当心，他哪里是要叫你去捉真岩羊啊，他是想把你变成死岩羊。"于是，她教了利恩一个办法。

晚上，阿普和利恩一同去捉岩羊。到了岩头之后，阿普说是倦乏了，叫利恩和他一同在岩洞里睡觉。阿普头朝洞里，利恩头朝洞外。阿普打算乘利恩熟睡时把他一脚蹬下岩去。到了三更，利恩没有睡着，阿普倒睡着了。利恩悄悄起来，把一块大石包在白披毡里，放在阿普的脚边，自己轻轻溜回衬红褒白命的身边。阿普睡梦中用劲蹬了一脚，把那块大石头蹬下岩去，石头正打在一只岩羊的额上。第二天鸡叫之前，利恩走到岩头一看，岩下有一只死岩羊，就把岩羊背了回去。

阿普睡醒，也往家里走。利恩走的是直路，阿普走的是弯路，利恩先到，阿普后到。利恩对阿普说："岩羊肉已经挂在厨房里，请做阿普晚饭的酒菜，请做阿仔①早饭的汤

---

① 阿仔：阿普之妻，衬红褒白命的母亲。

菜。我要的，你给我吧！"阿普说："现在还不能给你！"

过了几天，岩羊肉吃完了，阿普对利恩说："你确是很聪明，确是很能干，今晚咱俩到江里去捕鱼。"

利恩答应了，把这事告诉衬红褒白命，衬红褒白命说："利恩哪，你要当心，他哪里是要叫你去捕鱼呵，他是要把你变成死鱼。"于是，她又教了利恩一个办法。

晚上，阿普和利恩一同去捕鱼。到了江边之后，阿普说是倦乏了，叫利恩和他一同在江边睡觉。阿普头朝着岸，利恩头朝着水。阿普打算趁利恩睡熟时把他一脚蹬下江去。到了三更，利恩没有睡着，阿普倒睡着了。利恩悄悄起来，把一块大石头包在白披毡里，放在阿普的脚边，自己轻轻溜回衬红褒白命身边。阿普睡梦中用劲蹬了一脚，把那块大石头蹬下江去。石头正打在一尾鲤鱼的额上。第二天鸡叫之前，利恩走到江边一看，江里漂着一条鲤鱼，就把鱼背了回去。

阿普睡醒，也往家里走。利恩走的是直路，阿普走的是弯路，利恩先到，阿普后到。利恩对阿普说："鱼已经放在水缸里了，请做阿普的酒菜，请做阿仔的汤菜。我要的，你给我吧！"

阿普说："你确是很聪明、很能干。你真想娶我的姑娘吗？你去挤三滴虎乳来，就算你能干聪明到家，我的姑娘就可以嫁给你！"

利恩听了这几句话以后，出了一身冷汗，他对阿普说："无论什么绳子呵，都是人搓出来的，而且搓得很紧；可是呵，这一根绳子叫我怎么搓得紧呢？无论什么事情呵，都是人做出来的，而且做得很好；可是呵，这件事情叫我怎么做得好呢？"

　　利恩又生气又伤心，也没有和衬红褒白命商量，就一直跑到荒地里，挤了三滴野猫乳，拿回来交给阿普，他以为野兽的乳汁都是白花花的，怎么分辨得出呢？可是阿普自有办法。他把乳汁放在牦牛圈和犏牛圈上，牦牛和犏牛一点也不骚动，他又把乳汁放在马圈和牛圈上，马和牛仍然一点也不骚动。最后将乳汁放在鸡圈上，所有的鸡全都惊骇动乱起来。阿普怒喝道："这哪里是虎乳呢，小伙子还是放老实些，不要学骗人！"

　　晚上，衬红褒白命知道这事，悄悄来安慰他，并给他出了主意："明天早上，你到高岩间去。母虎在阳坡①处找食，小虎在阴坡处酣睡，趁这时候，拿一块大石头把小虎打死，剥下虎皮，穿在身上。等到早饭时候，母虎会回来喂乳。母虎跳三跳，你也跳三跳；母虎吼三声'阿各米各'，你也吼三声，母虎便会躺在地上翻开肚皮喂乳，这样你就可以把三滴虎乳挤到。"

　　利恩在这生死关头，心情十分沉重。衬红褒白命见他如此，就说："在那黑白交界的地方，说过的三句知心话，难道你忘记了吗？你既相信自己，也要相信我。俗话说：不经一苦，何来一乐？你已经经历了这许多难关，这是最后一次了，难道就不相信我了吗？……"利恩听说，伤心地哭了起来。

　　第二天早晨，利恩到高岩间去，依照衬红褒白命教给他的办法，果然挤得三滴虎乳。中午，回到家里，交给阿普。阿普这次试验得格外仔细。他先把虎乳放在鸡圈上，鸡群安

---

　　① 阳坡：向阳的山坡，阴坡即背阴的山坡。

静如常。他再把虎乳放在牛圈和马圈上，牛马都骚动不安。他又把虎乳放在牦牛圈和犏牛圈上，牦牛、犏牛一齐惊慌动乱起来。阿普微笑着说："这才是真虎乳！"

这天晚上，阿普与阿仔商量女儿的事情。阿仔不停地说："衬红褒白命是你和我的好女儿，从忍利恩何尝不是你和我的好儿子呢？有什么办法能使他俩分离呢？"

阿普还是不大甘心。第二天，他向利恩说："你既然这样聪明、这样能干，你是哪个父族、哪个母族呢？"

利恩说：

我是九位开天的男神的后代，
我是七位辟地的女神的后代，
我是连翻九十九座大山也不会感到疲倦的祖先的后代，
我是连涉七十七个深谷也不会感到疲倦的祖先的后代，
我是大力神九高那布的后代，
是把若保山吞下也不会饱的祖先的后代，
是把江水灌下去也不能解渴的祖先的后代，
我是永远不会被征服的祖先的后代，
我是任何恶人都打不死的祖先的后代，
我是所有的利刀和毒箭都不能伤害的祖先的后代，
一切仇敌都想消灭我的宗族，
可是我毕竟生存了下来，
阿普呵阿普，我要的，你给我吧！

阿普听说，无话可答。他又说："你既然要娶我的女儿，你带来了什么聘礼呢？"

利恩说："天是高的，布满了星辰；地是磊的，滋生着百草。这样辽远的路程呵，我怎样把羊群从地上赶到天上来？怎样背得动金银财宝？这些日子里，我曾经为你砍伐森林，烧辟火地，收了一季又一季的粮食。我曾经到岩头捉过岩羊，我差一点变成死羊；我曾经到江里捕过鲤鱼，我差一点变成死鱼；我曾经到阴坡剥过虎皮，到阳坡挤过虎乳，我差一点被老虎咬死。这一切比羊群和金银财宝恐怕更为宝贵，难道当不得聘礼吗？阿普呵阿普，我要的，你给我吧！"

阿普听了无话可说，而且对利恩的看法已经改变，就答应把女儿给他。

> 云彩纷纷的天空里，
> 白鹤要起飞，
> 可是翅膀还没有展开啊！
> 绿树丛丛的高原上，
> 老虎要活动了，
> 可是威风还没有抖擞啊！
> 在天官的村寨里，
> 在人类生存的大地上，
> 有一对男女要出行了，
> 可是男的还没有长刀①啊！
> 女的还没有打扮好啊！

———————

① 古代纳西族男子都佩带长刀，以示威武。这里以长刀概括一切行装。还没有长刀，即一切行装尚未预备。

有一天，衬红褒白命看见一只火色的老虎，她不敢收拾它，便赶紧回来告诉从忍利恩。过了几天，从忍利恩果然猎获一只老虎，他俩多么高兴呵！虎皮剥下来了，用来做什么好呢？样样都可以做呀！

虎皮的衣服，又威武又好看！虎皮的褥子，又绵软又鲜丽！虎皮帽子、虎皮带子、虎皮箭囊……样样都做好了，样样都齐全了，呵，不对不对！这些服装用具都是男子的，姑娘家哪有用虎皮做衣服的！

时间过得真快，秋天已经到来，高原上的羊群，陆续回到坝子上。衬红褒白命是个能干的姑娘，怎么会落在男人后面呢？她剪了许多羊毛，织成许多毛料衣物。

五斤的披毡，十斤的垫毡，一斤的帽子，半斤的腰带……现在什么都不缺少，样样都已齐全，也不必再要父母的嫁妆了。

然而终究是自己身上一块肉呵！他俩将要下凡时，阿普和阿仔依然给了许多嫁妆：九匹走马，七匹驮马；九对耕牛，七对牦牛；九只银碗，七只金碗；九样种子，七样家畜……

样样都给了，可是七样家畜之中，没有给猫。能干的利恩偷了一只猫种，藏在怀中，带回家来。后来阿普在天上看到地下也有了猫种，十分气恼，就咒骂道："猫到人间之后，叫它肺里发出噪音，叫猫肉不能吃！"现在猫所以不算家畜、肉不能吃以及猫肺发出噪音，据说就是由于被阿普咒骂过的缘故。

九样种子都给了，可是不给芜菁种。聪明的衬红褒白命偷了一点芜菁种，藏在指甲缝里带到了人间。阿普在天上知道,十分气恼,就咒骂道:"芜菁到了人间,叫它不能当饭吃,而且愿芜菁一煮就成水!"现在的芜菁只能做菜,而且容易煮烂,烂得变成一汪水,据说就是由于受了阿普咒骂的缘故。

从忍利恩和衬红褒白命将要从天上移居到人间时,原来没有带狗,分不清主客;后来回去牵来一只白狗,才分清了主人和客人。他们原来没有带公鸡,分不清昼夜,后来回去带了一只大公鸡,才分清了昼和夜。他们用打油茶的木桶背了清水,取意是清水满塘;点着柏柴的火把,取意是光明普照。①

他们择定了吉日,到那一天,他们很早就起来了,黎明前,就辞别两位老人,从天宫下凡来了。走了一天又一天,到了第三天,左边起了白风,右边起了黑风,狂风卷起黑云,从云层中倒下了倾盆大雨,大雨中杂着核桃大的冰雹;顷刻之间,山谷里"哦哦"喧响不息,洪水遍地,无路可通,无桥可过。

这到底是怎么一回事呢?原来是这样的:

衬红褒白命原先已由父亲许给天上的美罗可洛可兴家,但是衬红褒白命不愿到他家去,另找了自己心爱的利恩。现在他俩要下凡去了,美罗可洛可兴家当然很不甘心,所以施展他家所有的本领,下冰下雹,阻止他俩前进,作为报复。

事到如此,怎么办呢?衬红褒白命急中生智,用三瓶牛油、三升白面、三背柏叶,在高山上烧起熊熊的天香,以表

---

① 从前丽江纳西族的婚俗,新娘过门时,要由一个女人挑一担水,一个男人点一把柏柴火把,走在新娘前面。这种风俗与这个传说有关。

示对可洛可兴家的感谢。① 不一刻，天上乌云慢慢消散，火红的太阳暖暖地又照在他俩身上，又有路可走、有桥可过了。他俩如同呼呼的大风、滚滚的江水，没有什么东西可以阻止他们前进！

利恩夫妇高高兴兴下凡来了，他们走一步，跳三步，从今以后，他俩的命运结在一起，他俩将要共同生活、共同唱歌谈心，永不分离了。

不知走了多少路程，翻了多少座山，走过多少平坝，渡了多少道大河，他俩终于来到了有名的英古地②，在那里立下了胜利的石碑，打下了胜利的石桩，男的搭了雪白的帐篷，女的烧起熊熊的篝火，煮茶做饭，开始了自由幸福的生活。他们把牛马羊群放牧在高原，九样谷物撒在坝子里，自己劳动自己享受，自己挤奶自己喝，不知道痛苦和忧愁。

不久，衬红褒白命有了喜，一胎生下三个儿子。可是儿子养育了三年，不会讲话。这可把他俩急坏了。这怎么办呢？叫井白井鲁（蝙蝠使者）去见阿普吧，问问他是什么原因。叫黄狗昼夜不停地叫吧，家里有了事，阿普会听到的。

井白井鲁飞到阿普家，把事情告诉阿普。阿普听说，不但不告诉他什么原因，反而生起气来，说了许多闲言碎语，

---

① 可洛可兴家是掌风雨雪雹之神，所以以下雨下雹来报复利恩夫妇。从那次烧了天香，利恩夫妇下凡以后，每年都要举行一次"斗布"，请东巴（纳西族巫师）念经，表示对可洛可兴家的感谢，请求他家不要再来作怪，否则即会雨水过多，五谷歉收。新中国成立前纳西族地区仍有"斗布"的风俗。

② 英古地：纳西语"丽江"，在云南西北部，是纳西族聚居地区，今为纳西族政治、经济、文化的中心。

发了很多牢骚。井白井鲁从天上回来，对利恩夫妇说："阿普生你们的气哩，他说'喝水不忘挖井人，吃饭不忘庄稼人'，你们两个呵，好像小鸟出窠，高飞远走，不再顾念生身父母了!"

利恩夫妇商量又商量、考虑又考虑，到九布通耻大东巴那里，去看了吉凶，然后请九布通耻大东巴矿黄栗木作"祭木"，砍白杨树作"顶神杆"，宰一头公黄牛，用一只大公鸡，还有祭米祭酒，在阴历正月十一日，举行一次极其隆重的"祭天"①，一是感谢父母——子劳阿普和阿仔，二是感谢可洛可兴家。

后来，祭天成了纳西族的风俗，从从忍利恩一代开始，代代相传，以至于今。

有一天早上，利恩的三个儿子正在门前芜菁田里愉快嬉戏，忽然看见有一匹马跑来偷吃芜菁，三个孩子一时着急，齐声喊出三种声音，变成三种语言：长子说"打你羽毛妙"，次子说"软你阿肯开"，幼子说"买你苴果愚"。

一母所生的三个儿子，变成了三种民族，正如一瓶酒变成了三样味道。他们穿三种不同的衣服，骑三种不同的马，住到三个不同的地方去了。

长子是藏人，住到拉桑多肯潘去了。次子是纳西人，住

---

① 祭天：纳西族隆重的祭祀仪式。时间在正月（日期不一定是十一）和七月。正月叫"大祭天"，七月叫"小祭天"。用黄栗木祭木两根、一代表子劳阿普，一代表阿仔，杀一头黄牛（现用猪）以祭阿普和阿仔。用白杨树"顶神杆"，杀一只公鸡，以祭可洛可兴家。后人还在黄栗木祭木脚下立小祭木（亦用栗木）两根，代表从忍利恩和衬红褒白命。

到姐久老来堆去了。幼子是民家人，住到布鲁止让买去了。① 他们呵，好像天上的星星那样布满了天，地上的青草那样长满了地！也像马儿的鬃毛那样成长，芜菁的种子那样繁殖！他们的井水是满满的，他们听到的消息都是好消息！愿他们的后代，光辉灿烂，万世昌盛！

〔附记〕

这篇传说根据东巴文的经典，并参考采集的口头材料翻译整理而成。《民间文学》编辑部对译文曾作了些修改，修改时还参考了和即仁同志所记录的材料。这篇传说并以韵文歌唱形式流传，即已整理出来的《创世纪》。

翻译整理者：和志武

# 格姆女神②

在很早以前，者波村里有一个美丽迷人的姑娘，她生下七天就会说话，说起话来就像鸟儿唱歌一样动听。她生下来三个月后，就开始聪明得赛过天上的神仙，地上的什么事都明白。她长到三岁时，美得就像迎春花，美名已经传遍了九

---

① 拉桑爽肯潘等都是部落时代的古地方。拉桑多肯潘意为"上面"，姐久老来堆意为"中间"，布鲁止让买意为"下面"。具体地点，有待考证，过去有人以为拉桑多肯潘即拉萨，实为附会，没有什么根据。

② 本故事流传于云南省宁蒗县永宁区地区，由王四代选自《云南摩梭人民间文学集成》，中国民间文艺出版社 1990 年版。

山十八寨，所有的人都跑来看她。长到十八岁的时候，天下所有的小伙子都来求婚，求婚的歌像水一样流，送的礼物堆成了山。但是，姑娘始终没有开口，急得小伙子们一夜又一夜地守在她家屋后。她的名字叫格姆。

可是，有一天，当她来到地里帮母亲干活，天上的男神看中了她，变作了一股龙卷风，突然刮下来，把她卷到了天上。她在半空中呼叫，男神紧紧地抓住她不放。

整个永宁坝的人们都看到了她，也听到了她的声音，所有的人在地上大喊起来，声音就像打雷一样响。男神听到那么多人的呼叫声，一下子慌了神，失手把姑娘放了。格姆姑娘就落下来，落到了狮子山头，再也下不来了。她骑着一头白马，左手握着一棵珍珠树，右手拿着一只短笛，永远在山头上巡游，保护着永宁地方的人畜平安。每当暴雨或狂风要来时，她就变成一朵洁白的云彩，飘到山顶上，向人们报讯。人们永远感激她，每到七月二十五日过朝山节，载歌载舞地朝拜她。

女神也有自己的阿夏，她的长期阿夏是瓦如卜拉男神，短期阿夏是则技男神、高沙男神。有一次，她的长期阿夏瓦如卜拉出门到远处去，她就跟则技男神约会。到了夜半时分，瓦如卜拉男神风尘仆仆地归来，恰好看见了他们如醉如痴的约会，一气之下拔出腰间的长刀，砍掉了则技男神的生殖器，自己就跟格姆女神一起过起阿夏生活，所以，直到现在，则技还是缺着一个角。

还有一次，高沙男神趁瓦如卜拉男神不在，悄悄地走访格姆女神，但他们闹了别扭。高沙男神准备离开格姆女神，要到远方去找苍山姑娘。格姆女神舍不得让他离开自己，她

227

就扯着高沙的衣襟挽留，就这样，一个往回拉，一个往后拉，拉来牵去，已经到了黎明时分，公鸡已经打鸣了，他们只好爬在了地上，直到现在，高沙男神的衣襟还扯在格姆女神的手中，他们紧紧地连在一起了。

讲述者：翁吉玛·鲁若

收集翻译者：拉木·嘎吐萨

## 蝙蝠取天书①

很古的时候，歌盘若金是天的儿子，歌盘命金是地的女儿。突然，歌盘若金和歌盘命金犯了头痛病：他们的脑壳疼得像锥子锥着一样痛，像着火似的昏热。天的儿子说着天上的昏话，地的女儿也说着地的昏话，病魔摧残着天地的儿子和女儿，弄得居住在告争鲁普瓦村寨里的人们心里像有一窝蚂蚁在咬噬，村寨的上空遮蔽着石头重的乌云，人们的脸上横流着泪水，他们都为歌盘若金和歌盘命金的疾病操心。人们请了东巴和桑尼，杀了牦牛、羊、鸡等丰厚祭品，虔诚地祭祀着天鬼和地妖，可是人们请东巴和巫师的祭祀感动不了鬼神，歌盘若金和歌盘命金的疾病祛除不了。

告争鲁普瓦寨的人们眼看着歌盘若金和歌盘命金将会被死神尤鲁瓦捆走，便焦急地商量，他们派遣了黑腮麻雀和花

---

① 本故事由王四代选自《纳西族民间故事选》，上海文艺出版社1981年版，原文为《七星披肩的来历》。

斑鸠到十八层天上寻找盘珠沙美女神，祈求她赐给治疗疾病的卜封书。但它们到半路上为风雪所困，找不到吃的，鸠子就把黑腮麻雀吃了。花斑鸠子继续上路，当它来到居那若罗山时，智者拉王、一世、碧松三位东巴看透了它的心，就把它撵走了。

后来人们又派遣了蝙蝠到十八层天上。蝙蝠从天窗里飞进盘珠沙美的屋里，看到了盘珠沙美女神，经女神的考验，证实了女色迷不住蝙蝠的眼睛、金银财宝动不了蝙蝠的心，盘珠沙美女神就把九十九箱的卜封天书赐给了蝙蝠。当蝙蝠驮载着卜卦天书回到居那若罗神山的时候，忘记了盘珠沙美女神嘱咐他的话，他悄悄地撬开天锁，打开箱盖，偷看了卜封天书。突然，左边刮起了一股白风，右边旋起了一股黑风，两股呼呼卷来的大风把卜封天书吹落到美利达吉海里了。

美利达吉海里潜伏着一只神灵的大蛙和邪恶的孽龙术美那布。这一天，术美那布在海里潜游，突然发现卜封天书吹落下来。他悄悄地把卜封天书拣捞起来，又想不让人知道，便偷偷藏进了大蛙的嘴里。

蝙蝠使卜卦天书被风卷走了，它慌慌张张地飞转天上，来到女神盘珠沙美家里。他虔诚地跪在女神面前，淌着忏悔的泪水，倾吐着痛心悔恨的语言。他的泪水和语言感动了盘珠沙美，女神宽恕了它，告诉了它去寻找卜封天书的诀窍，要它到美利达吉海里去找大蛙，说卜封天书就藏在它的嘴里。"那只蛙，晚上蹲在含英巴达神树上，你去请居住在居那若罗神山的诗松、多知三兄弟，他们是爱吃大蛙肉的人，求他们帮助你把大蛙杀死。而它中箭挣扎的时候，会发出五音惊天震地的斯（木）鲁（石）吉（水）米（火）知（土）的奇妙声音。你就找寻到五行方位了。歌盘若金和歌盘命金就是五行偏斜才犯了这昏天昏地的头痛病。"

蝙蝠请了三兄弟，他们把神箭射向含英巴达神树。突然，天空传来了震天撼地的神奇声音。蝙蝠领着告争鲁普瓦寨的人们，循着神奇的声音，寻找到居那若罗神山，撬起了黄金大盘石，中箭的大蛙睡在下面。神灵的大蛙，蛙头朝北方，蛙尾朝南方，穿过蛙身的神箭，箭头朝西方，箭尾朝东方，蛙肚贴向中央。人们从神灵的大蛙身上找寻到了五行方位，人们从大蛙身上打开了智慧的锁，欢呼着给歌盘若金和歌盘命金矫正了他们偏斜的五行方位，把天的儿子和地的女儿的血液、骨头、毛发、肌肉、肝胆的五行方位扶正了，把他俩的病医治好了。

盘珠沙美女神向人类敞露了智慧的门窗，神灵的蝙蝠虔诚地取回了智慧金钥匙，它从天上又回到了人间，还带回来了居那若罗神山上的智慧石，也带回了美利达吉海的智慧水。天上人间的智慧奉献给了告争鲁普瓦寨的人们，从此，人类掌管了医治天儿地女的疾病的奥秘。

告争鲁普瓦寨的人们为了人类永远避邪祛灾，宰杀了像黑宝石一样的黑绵羊，剥下了羊皮搓揉得像黑云一样柔美，剪裁成大蛙的神奇模样，又仿着大蛙的眼睛，绣出九只大蛙的眼睛。大的两只缀在背带和羊皮的缀连处，另外七只缀在羊皮光板皮面上；两根羊皮背带的末梢，缀口缀成大蛙的嘴巴形状，因而缀口末梢叫蚝嘴巴。七只蛙眼上缀着两根麂皮细索，寓意大蛙神灵的眼神。

吉祥安泰的寓示着五行方位的羊皮裁制出来了，羊皮要背到哪个人的身上呢？大家一齐说："有了雪山，才有群山，雪山是阿妈，有了阿妈，才有众儿女，阿妈是人类的大雪山，阿妈最大了，羊皮送给生养后代的阿妈。"

羊皮背到阿妈的身上，错乱的五行又回归位置了，偏斜的五行又扶正了，人类所有的病痛送到九层云里去了，埋到七层土下面去了。人们顺心舒气的事情像竹笋一样冒土，碍难晦气的事情像云雾一样消隐了。太阳暖暖融融，月亮白亮亮，大山青葱葱，大地绿茵茵，人们长寿安康了。从此，纳西族世世代代背着这张像大蛙的羊皮服饰，它与日月相辉映。

讲述者：和正才　和辉淑
收集整理者：木丽春

# 人会说话的由来①

很古的时候，利恩和翠恒天女结成夫妇后，生了三个儿子。可是他们长得比小牛犊高大了，还不会说话，这可愁坏了做父母的利恩和翠恒。夫妻俩坐在火塘边，日夜寻根究底地找寻着儿子不会说话的原因。

利恩对翠恒说："孩子他妈，天父祇老阿普是你的阿爸，哪家爹妈不挂儿女，骨头里流的是一样的骨血，还是你

---

① 本故事流传于云南省丽江市拉布、太安地区，由王四代选自《纳西族民间故事集成卷》，云南民族出版社1995年版。

回娘家探听一下天父的口风，施个什么奥秘法儿，或是吃什么仙药，才能教我们的儿子说话？"

翠恒叹了一口长气说："孩子他爹，羊儿吃嫩草香甜还留在嘴里，采蜜时挨了黄蜂叮螫，疼痛还留在心坎，你怎么只记得香甜，忘记了疼痛？阿爸为拆散我们的结发撮合，他想出九十九条毒计，都想着把你往陷阱推，是你我的智慧从绝路上逢生，我们才有了烧一座火塘火的美满姻缘。假若你我探到天父心头的奥秘，那是奢望剪下彩霞裁衣衫，空想一场。"

利恩感觉天女说得有道理，但是他想到三个不会说话的骨血，焦躁使得他忘记了翠恒的叮嘱，急火火地说："我们的三个儿子不会说话，他们与牲畜有什么不同呢？你说怎样才能把智慧灵魂喊回来？"

翠恒伸长脖子，对利恩说："囡是妈的心上肉，路有多长。阿妈牵挂女儿的情缘就有多长，阿妈心灵的门窗，永远也不会对女儿关闭。我想，我们派遣一只蝙蝠使者，潜进天父屋梁上，偷听阿妈为女儿操心向天父责问的秘密话吧。"

利恩和翠恒派遣了蝙蝠使者，飞往天庭去了。

这一天，天父和天母坐在火塘边煨着早茶，天母把天父递给她的茶碗顿在火塘边，冷冷地冲着火塘火叹了一口气，弄得火塘里的炭灰噗的一声飞扬起来。天父皱了一下鼻子，惊奇地问："孩子他妈，火塘边没有投落揪心的影子，是什么不愉快的事情，把你搅得心神不安宁，莫非是香甜的茶水变苦胆汁了，或是有什么阴冷的冰团化成扑人的冷风？"

"囡是妈的心头肉、爸的骨里髓，你我忍心看着他们的三个儿子变哑巴，我为这桩事操得心血冰冻了，愁得额头上深犁了三道沟。何况我的心又不是石头做的，哪有喝茶的心思，冷气憋得我的肚子要胀破了。"

天父嗤了一下鼻子，对妻子冷冷地说："对忤逆儿女，还值得发愁叹冷气，小心磨秃了心。"

天母娇嗔地揍近天父的身边，嗔怪地说："你让我高兴地喝茶，就把我心上的病块摘除，不然愁结疙瘩压得我常叹冷气。"

"哎，得了，你掏了我智慧的心里，莫把智慧变成光亮，投映到女儿阴暗的心上吧。若要他们的儿子会说话，不必闯刀梯的险关，也不需淌开山、撒种那样的汗水，他们只要虔诚地祭祀天，三个儿子就会有一条鹦鹉一样的舌头了。"

潜伏在屋梁上的蝙蝠竖尖耳朵捕捉了天父的每一句话。当它听到祭了天能使三个儿子说话的奥秘，从屋梁上扑棱一下飞起来，哈哈地大笑着说："听到了，天父心上的奥秘掏出来了。"

天父发觉自己的奥秘被狡猾的蝙蝠偷听了，知道自己的粗心泄露了天机，气咻咻地从火塘里飞快地抽出一根燃着的柴棍子，冲着蝙蝠逃遁的方向猛摔过去，还赌咒着说："你这披头散发的魔鬼，我让你白天当晚上、晚上当白天，叫你翅膀不长毛、秃尾巴。"

只见天父摔出去的燃着的柴棍子，引燃了蝙蝠翅膀上的羽毛，把尾巴也烧秃了。……

以后，蝙蝠昼伏夜游，翅膀无毛，尾巴也秃了。

讲述者：和 光　和 石　和万阳

翻译者：木丽春

# 丁巴什罗①

天女第七代沙饶里字今姆与阿普第九代今补拖格结婚后不久，今姆怀了丁巴什罗。

当怀孕九个月、产期不足十三天的时候，什罗预备出世了。他在母亲腹中问："妈妈，我从哪里出来呀？"母亲回答说："你就从人类降生的道路出来吧！"什罗说："人类降生的道路不干不净，我不能来。"母亲问："那么，你要从什么地方出来呢？""妈妈，请借我用一用你的左腋吧！"母亲只好抬了一下左臂，什罗就从母亲的胳肢窝里出来了。

两晨复三天，什罗降生的消息传开了，所有天下的魔鬼都来看什罗。魔鬼们看过了什罗后，一个个哭丧着脸，唧唧咕咕着："那对眼睛是降魔的眼睛，那张嘴巴是吃鬼的嘴，那双手是杀鬼的手，那双脚是踏魔的脚。在这个天底下，还有我们魔鬼生存的地方吗？我们就像那禽鸟没有可栖的树，像那牲畜没有可牧放的地方了！"魔鬼们都流着眼泪散去。

过了几天，又有一个名叫司命麻左固松麻的女魔来看什罗。她头戴一口八耳铜锅，手里拿着九丛棘刺和九根麻绳，率领鬼卒三百六十个，装作好人，对什罗的母亲说："听说你生了一个与众不同的神人，抱来给我看一看。"沙饶里字今姆抱出孩子给她看，女魔固松麻一把抢过什罗，夹在腋下就飞跑了。

女魔固松麻把什罗放在大铜锅里煮，煮了三天三夜，认

---

① 本故事由王四代选自《纳西族民间故事选》，上海文艺出版社 1981 年版。

为煮烂了，打开锅盖看，什罗却不在乎地坐在锅里。就在这时，水汽蒸腾，火烟突冒，什罗乘着烟气上升，升到十八层天上去了。

天上有锦缎帐幕，有金银玉器，什罗在那里念《东巴经》，边念边画边写经书。另外还有三个喇嘛也在念经，一边念一边写。

喇嘛忌妒什罗太高明，屡次用法子整他都整不赢，就不给什罗饭吃。什罗很生气，心想要惩治他们。他口里念着咒语，左边刮起了黑风，把喇嘛的经书吹得四处乱飞，分不清哪页是头、哪页是尾。喇嘛理不清自己的经篇，三人非常着急，后来还是什罗替他们整理好，一页都没有错乱。喇嘛佩服什罗的神通，剪下各人的衣服袖子，脱下各人的裤子，一齐献给了什罗。从此，东巴有了花衣和裤子，而喇嘛却没有了裤子，衣服也没有了袖子。

女魔固松麻在人间到处扰乱，到处作祟。天下人不得安宁，天下牲畜不能繁殖。人们一起商量：什罗在天上念经，只有他的法术，才能制服女魔固松麻。大家推举老瓦老沙苴和韩英精褒排前往天宫，请什罗下凡。

老瓦老沙苴骑一匹白云似的马，韩英精褒排驾一只名叫雄贡的大鸟，一齐来到天宫，迎接什罗。他俩向什罗诉说了女魔固松麻扰乱人间的罪行，请求什罗杀灭魔鬼，拯救人类。

什罗答应了两位使者的恳求。临行，每个天神送什罗一件法宝，九十九部经典，白铁的神叉神冠，黄金的扳铃、顶扇，洁白的海螺，绿松石般的法鼓，铁的笃知以及神弓、神箭、宝刀等等东巴教法器，还送了一笼锦缎叫他做帐幕。

什罗骑着乳白色的神马，用天国的牦牛、犏牛驮经，黄

235

象、白象驮法器，带领生翅的护法神三百六十个、生爪的护法神三百六十个、生角的护法神三百六十个、东巴徒弟三百六十个、天兵天将千千万万，右手摇着黄金扳铃，左手敲着法鼓，浩浩荡荡地下凡来了。

什罗率领所有兵将，走到居那若罗山上驻扎下来。一个叫毒苴巴潜心的魔王负着一座黑山前来挑战。什罗向魔王念咒语，才念了九个字，那座黑山即刻倒了，毒苴巴潜心被压死在山下。

什罗所到之处，魔鬼都抵挡不住，有的战死，有的吓死，只剩下固松麻了。女魔固松麻胆战心惊，可是装作不害怕的样子，打扮成花容月貌的美女，来对什罗献媚："你在十八层天上念《东巴经》，还觉得不好吗？这个人世间，简直成了血海地狱，你来干什么呢？"什罗回答说："我在十八层天上，娶了九十九个美貌的妻子，一百个中还少一个，你是世间最美的美女，我特意下凡来娶你，你能答应我吗？"固松麻见什罗中了计，就更娇滴滴地说："你是天宫最英俊的人，我对你一见钟情。但你要娶我，就要对天发誓。"什罗马上发誓道："我的舅舅是神族，他家的牦牛、犏牛最多，如果我不是真的和美女固松麻结婚，让我舅舅家的牛群都死掉！我的姑妈是官族，她家的马帮、骡群最多，如果我不是真的和美女固松麻结婚，让我姑妈家的马帮都死掉！什罗发过誓后，接着对固松麻说："我已发誓，你也要依从我一件事：我们结婚之后，你随身携带的东西，都要埋在地下。"固松麻慨然答应，立刻把八耳铜锅、九丛棘刺、九根麻绳都埋到地下。什罗和女魔固松麻结婚了。婚后，夫妻俩同枕异梦，各做各的事：魔女作祟，使人生病；什罗禳解，使人

236

病愈。

哥排若金病了，开美全金也病倒了，来请什罗禳解。什罗临走的时候，固松麻再三嘱咐他："人家的病好了，主人一定会酬谢很多东西，但是你要牢记着，一切东西都不能接受，一针一线也不能带回。"

什罗替哥排禳解，他的病全好了；什罗又替开美禳解，她的病也好了。主人酬谢什罗很多东西，黄金啦，白银啦，牛、马、羊啦，什么都拿来送给他，什罗一样也不要。

什罗不受谢礼，疾病不会断根，主人心里不安，暗暗把一颗鸽蛋大的绿松石系在什罗的马额上。

什罗回到家里，固松麻正在叫喊着头痛，一见什罗就骂道："你为什么不听我的话，接受了礼物回来？"什罗说："我没有接受一针一线呀？"固松麻叫他去看马额上的那颗绿松石，什罗才知道是主人暗中系上的。

猪肥了就要宰，谷子熟了就要收割，什罗见固松麻病倒，心想下手的时机到了。他一刻不停地念经，右手摇黄金扳铃，左手敲法鼓，急忙召集三百六十个教徒，把女魔固松麻的魔器从地下取了出来，用那九根麻绳绑住女魔的手脚，拿那九丛棘刺作燃料，把她煮在那口八耳铜锅里，煮得固松麻肉烂骨化。

女魔固松麻死了，什罗率生翅的护法神、生爪的护法神和生角的护法神都来杀鬼杀魔，普天下的魔鬼大都杀完了。

从此，人们把什罗奉为东巴教的教主。

讲述者：赵银棠

整理者：杨润光

# 什罗和古基比法①

很古的时候，东巴教的创教始祖丁巴什罗在母亲的肚子里说起话："阿妈，我要出世了，从哪里出来？"

"儿呀，人类出生的路径早就有了，你循着这一条路上出来吧。"

"妈呀，不，这条人类走出来的路不干不净呀，我不愿从这条污秽的路上出来。"

"儿呵，你不走这条人类走的路，你想从哪里出来？"

"阿妈呀，请你抬一下你的左手臂，我从腋窝里出来吧。"

阿妈很快地把左手臂抬起来，丁巴什罗从母亲的腋窝里跳出来了。

丁巴什罗刚生出来，父母亲就把他悄悄地藏了起来。但是山鬼和山妖探知丁巴什罗出生的消息，他们悄悄地走来，想看一看这个捉鬼驱妖的什罗，然后想法子害死他。山鬼和山妖对什罗的母亲说："你的儿子是只虎，或是只羊子，能给我们看一看吗？"

"不，母虎养虎子，我养我的虎子，你不怕母虎的獠牙，就把虎子从母虎的怀里抱走吧。"丁巴什罗的父亲在一旁听到了妻子的话，他不以为然地说："孩子他妈，老虎的威风只能在老林里大风中显示，大鱼的威风也只能在浪涛里显身，不怕，他们要抱走，就让他们抱走吧。"

---

① 本故事流传于云南省丽江市、香格里拉县纳西族聚居地区，由王四代选自《纳西族民间故事集成卷》（云南丽江地区文局等编印）。

　　丁巴什罗被山鬼和山妖抱走了。山鬼和山妖生怕这个抓鬼擒妖的东巴神长大，他们的末日就来到了，便煨了一大锅香油，香油滚沸着，他们把抱了来的丁巴什罗放进油锅里，还在油锅上盖了一只锅盖。他们高兴地围着油锅嘻嘻哈哈地笑着，等待什罗的肉熟了，就把他吃掉。什罗在油锅里待了三天三夜，山鬼和山妖都认为什罗煮熟了。他们抬开了当锅盖的铁锅，只见什罗盘腿坐在油锅里，合掌念叨着，而锅里的香油没有一丝儿热气。山妖和山鬼们吓白了脸，浑身瑟瑟发抖。捉鬼逮妖的什罗东巴神哪会死在山鬼山妖的手里，只有山鬼山妖被踩死在他的神脚下。山妖和山鬼哭喊着"末日到了，末日到了"，奔逃向大山里去了。……

　　什罗从油锅里出来，一下长成了大人。一天，有一个喇嘛教的活佛古基来到了什罗的家里。古基口口声声说他要同什罗比法术。什罗和古基在铜锅里煨上一锅香油，油锅滚沸了，他们把双手伸进了油锅里，滚涨的油锅顿时变冷，两个人的手没有损伤，比试不分胜负。

　　什罗和古基相互不服气，他们又相约比试，看谁能先到太阳的家里。什罗回到家，一进门就抬出一个皮鼓，他骑上皮鼓，敲一下，皮鼓就滚腾着向太阳的家里滚去。古基的徒弟看见什罗走了，而自己的师父却躺坐在火塘边喝茶，他们焦急地催促着古基上路，生怕比不赢什罗。古基不动声色，等他喝足茶水，慢慢地站了起来，朝东山望了一眼，然后又披上袈裟上床睡了。徒弟们看见师父的情况，更加焦急了，说："师父，什罗骑着皮鼓早走了，你还贪睡，难道你害怕同什罗比试了？"

　　古基摇头说："徒弟们，莫慌，莫慌，公鸡才叫了一遍，太阳还打瞌睡，我们也先睡吧，等两个时辰，太阳出山了，你们再催我上路吧。"

启明星融进曙色里了，第一缕阳光缓缓地爬上屋顶的时候，徒弟们七嘴八舌地喊醒师父古基。古基翻爬起来，揉揉惺忪的睡眼，伸了个懒腰，打了个哈欠，然后，扯起身上的袈裟，冲着太阳抖抖灰，披在身上。突然袈裟驮着古基倏地起飞了。……

古基飞到半空里，看见什罗汗流浃背地锤打着皮鼓，慢腾腾地在前面滚动着。古基很快超过了什罗，他像一只展翅的大鹰，首先飞向太阳的家。什罗一见古基赶过他，心里很不服气，他咬着牙、屏着气，穷追恶赶地追逐着古基。他比古基慢了两个时辰，才气喘吁吁地赶到太阳的家。……

古基和什罗请太阳神评价他们的法术谁高谁低。太阳神哈哈地笑道："你们能够来到我的家里，这就说明你们的法术与天齐了，与天一般高了，两个都是能人。"

太阳神仿着自己的脸形，造了一面黄金偏铃，送给了什罗；又仿着月亮的模型造了一个转经筒，送给了古基。所以东巴的法器偏铃、喇嘛的法器转经筒，是这样来的。

古基把自己先到太阳家里的事情，老是念在他的心里，这样他把什罗小看了。有一天，古基在给人们做法事念经，什罗来找古基玩。刚巧这时候古基正在吃午饭，把什罗冷落在一旁。古基不理不睬的样子，刺伤了什罗的心，他心里滚冒起了晦气。他在背地里念了咒符，作起了法术。瞬间，北边卷起一股白风、南边卷起一股黑风，白风和黑风相互摔打着，滚落进古基作法事的地方。两股拥抱着，变成了一股刮地的漩涡风，吹得喇嘛经满天飘（喇嘛经散装，不装订）。

240

等到古基把吹散的经书收拢起的时候，经书前后散乱颠倒了，再也分不清哪页是首、哪页是尾。

古基满头大汗地理着经卷，但他越理越乱，老是理不出一个头绪来。后来古基没有办法，厚着脸皮去请什罗。什罗应古基的邀请，把被吹乱的喇嘛经前后有序地整理出来。古基为感激什罗，脱下自己的裤子送给了什罗。这是喇嘛不穿裤子、东巴穿裤子的开始。古基还把自己的两只袖子剪下来，送给了丁巴什罗。喇嘛衣裳没有袖、东巴衣裳颜色与袖子不同的道理就出在这里。

什罗离开了喇嘛古基，向着自己的家乡走去。什罗边走边写，他见木记木、见石画石、见水描水，见什么画下什么。他写下了许多卷的《东巴经》，带回到家乡。他住在中甸三坝的灵洞里，在那里收了许多徒弟，讲授《东巴经》，后来，纳西族的东巴都要去什罗讲经洞里朝圣，朝圣回来，才公认他是大东巴。……

讲述者：牛　恒　和正才

收集整理者：木丽春

## 门神的故事[①]

洪水以后，天神美利东阿普发现乱伦的勒饮陆阿普和勒

------

① 本故事由王四代选自《纳西族民间故事集成卷》（云南丽江文化局等编）。

饮色阿主两个兄妹没有被洪水吞没。天神欣赏他们兄妹的机灵和智慧，也为使他们有个醒悟的机会，便宽恕他们的罪孽，把他们兄妹从天庭驱逐到人间，做给人类守门护家的门神。当陆和色被驱逐出天庭的时候，美利东阿普严厉地告诫他们兄妹，在人间要帮助人们分清黑白、阴阳、人鬼、神妖、善恶的界限，让他们用智慧的露水洗涤人们心坎上的尘埃，把神的善的都放进屋里，又把鬼的、妖的、恶的拒在门外，使人间变成只有春天、没有冬天的天堂。

陆和色兄妹俩领授天神美利东阿普神旨，离开天庭下凡人间当门神的时候，天神美利东阿普赐给陆门神一头犄角朝天的牦牛当坐骑，又赐给色门神一头利爪如刃的老虎当坐骑。兄妹俩骑着牦牛和老虎，双双下凡到人间担任门神。陆门神守护在人类大门的左边，牦牛拴系在左边；色门神守护在人类大门的右边，老虎也拴系在右边。

陆门神和色门神帮助和教会人类裁判美丑、善恶、真和假的事情，他们叮嘱牦牛和老虎把神和人、善美的吉祥如意放进屋里去，也叮嘱把鬼妖、恶丑的污秽肮脏拒在门外。陆门神和色门神庇佑着人类安泰幸福，也替人类向天神传递着虔诚的妙音，祈求天神普降慈悲的甘霖。

陆门神和色门神下凡到人间多年了，他们勤于职守，后来生了一男一女，男的叫陆助若金，女的叫色盘命金，兄妹俩日长夜大了，他们像两只羽翼丰满的金鸡，很想离开父母飞上天。一天，陆盘若金和色盘命金走进老林里去狩猎。他们走到一条幽深谷里，发现一潭清冽的泉水，泉边落下百兽的脚印子，兄妹俩的心热了，悄悄地把捕捉野兽的扣子暗埋在泉水边。

242

第二天，兄妹俩踩着公鸡喊太阳的声音，又来到泉水边收扣子，看见扣子里扣着一头小马鹿，慈善的小马鹿眼眶里溢着泪水，惶恐地蹬蹭着。兄妹俩第一次进山狩猎，就猎到了一头小马鹿，高兴的事情使他们的头烧昏热了，兄妹俩咬着牙、狠着心，用一根藤索勒死了马鹿，剥下了鹿皮，背着鹿肉回家了。……

陆盘若金和色盘命金的嘴巴沾着鹿血，手上沾着鹿毛，他们刚走到门口，这时坐在门左边的牦牛和坐在右边的老虎，看见了鲜血，闻到了野兽膻腥的气味，它们感到惊骇，误认是陆盘若金和色盘命金暗里来戕害自己，惊骇地嗤着雷鸣般的响鼻，甩着晃闪似的尾巴，舞动犄角，伸出利爪，扑向陆盘若金和色盘命金。牦牛把陆儿子顶死了，老虎把色女儿咬死了。

勒饮陆阿普和勒饮色阿主发现自己的儿女被牦牛和老虎弄死了，他们悲恸的哭声，愁得人间的泉水干涸了，悲得天上的云缕滴下了泪水，呜呜的哭声引得人间树木落叶了，山变老了，水干涸了。陆门神没有了子嗣，啊，他老得胡子像云缕一样又白又长；色门神也没有子嗣了，她老得干皱得像一颗枯干的芜菁一样。他俩的腰佝偻如一张弓，眼睛泛绿了，牙齿像木齿耙了，手脚干枯如鸡爪，脚板似板耙。他们有石头的年岁了，但陆门神和色门神变苍老了，石头永远年轻不老朽。当陆门神离开人间朝着火古洛（北方）走的时候，他把他的灵魂托付给了永不会老朽的石头，这样石头坐在陆门神的座位上了；而色门神也离开人间朝着叶时蒙（南方）走的时候，她把她的灵魂也寄托给了永远不会老朽的石头，这样石头坐在色门神的座位上了。从这以后，纳西族的居家门口，竖坐着两颗牛头大小的石头，是表示陆门神和色门色的灵魂。陆门神和色门神把他们从天上骑到人间的牦牛和老虎依然拴系在门口，让它们守护着门口，裁判人间的神和鬼、人和妖、黑和白、阴和阳、美和丑、善和恶的界限。

金沙江水永远不兴冲瞌睡，她也不知道人间有劳累和疲倦。纳西人一代传一代地延续着，他们的门口守护着托付着陆门神和色门神灵魂的万古不朽的石头，门口雄踞着分清黑白是非的牦牛和老虎。瑞气祥云洋溢于人类的屋门口，安泰和幸福像温暖的春天，永驻火塘边。……

讲述者：和彩云

收集整理者：木丽春

## 朱古羽勒排与康美久命姬①

草深花旺的雪山牧场里，有九十个剽壮的小伙子、七十个能干的胖金美②，放牧着像星星一样多的羊群、老熊一样大的猪群和大象一样高的牦牛、犏牛。可是所有这些，都是男牧主东本久高和女牧主东本阿妞的家产，小伙子和胖金美也是牧主家的牧奴。他们成年累月餐风宿露，没有一群牛

---

① 本故事由王四代选自《纳西族民间故事选》，上海文艺出版社 1981 年版。

② 胖金美：姑娘。

羊、一顶帐篷是自己的；只有饥饿、寒冷、眼泪和年轻人的友谊、爱情，才是自己的。

九十个男牧奴中，最能干的要数朱古羽勒排，他会碾制披毡、种地盘田、射箭打猎，野兽见他也要吓掉魂的。七十个女牧奴中，最美丽的要数康美久命姬，她会剪毛挤奶、纺麻织布、绣花裁衣，能工巧匠也要让她三分。朱古恋着康美，康美爱着朱古。他俩你帮我、我助你，你唱歌、我跳舞，你吹竹笛、我弹口弦。伙伴们都称赞他俩是牧场背后紧挨在一起的两座雪峰，是牧场上空相伴飞翔的两只白鹤！

牧主东本久高和东本阿妞在牧场过腻了，迁徙到山下更好些的地方去。牧奴们像背上抬走了一架山，感到自由了。狡猾的牧主怕牧奴逃跑远游，带信叫他们迁徙下来。可是脱笼的鸟儿怎能再投笼里？牧奴们把牧主的话当耳边风，一个也不愿迁徙。牧主用"愿以古树的寿岁做叶子的寿岁、清水的寿岁做泡沫的寿岁、牧主的寿岁做牧奴的寿岁"的好话引诱他们，先后九次派白鹤、布谷鸟、鱼鹰、绶带鸟、鹊鸲鸟、燕子、麂子、岩羊、金鱼去迎接他们迁徙，牧奴们还是不愿下。朱古和康美斩钉截铁地回答："古树的寿岁不能做叶子的寿岁，清水的寿岁不能做泡沫的寿岁，牧奴们只要自由，不要牧主的寿岁！"牧主怕牧奴赶着畜群逃跑，建起九道白石门、七道黑石门，挡住他们的去路；扎起九道栅栏、七道篱笆，挡住牛羊的去路。

朱古、康美和伙伴们要逃跑了，可是突然丢失了一群羊。朱古带着小伙子去找，康美领着胖金美去找。翻了九架山，过了七条谷，来到奇特无比的含英宝达树下，找到了羊群。这棵树呵，枝是珊瑚枝，叶是碧玉叶，花是金银花，果是珍珠宝石果，穷牧奴们多高兴，围着宝树又唱又跳。他们身上没有饰物，想砍下树上的珍花宝果做装饰。一个小伙子拿起白铁斧去砍，树上没有斧痕，斧子却卷了刃。能干的朱古羽勒排，宰牛剥皮做成风箱，砍倒栗树烧成木炭，用三张铁犁头打成一把利刀，捉来白龙来淬火，取来独角兽的硬角做刀柄，拿到溪边磨得像麦芒一样锋利。朱古握着利刀来到宝树下，砍第一下，飞出白木片，变成白银子，打作小伙子的银手镯和胖金美的银耳环；砍第二下，飞出绿木片，掉进水里变碧玉，琢成胖金美的玉镯；砍第三下，飞出黄木片，变成闪闪的金子，打作美丽的"三须"① 挂在胖金美胸前；砍第四下，飞出黑木片，变成亮亮的珍珠，串在小伙子的脖子上，嵌在胖金美的发辫上；砍第五下，飞出白木片，变成白蚌壳，雕作晶莹的蚌片，系在小伙子腰里，扎在胖金美头上；砍第六下，飞出红木片，变成采藤子，编出花朵结在小伙子宝刀上；砍第七下，飞出花木片，变成一只红虎，剥下虎皮做箭囊、垫褥、刀鞘和腰带；砍第八下，飞出黄木片，变成黄竹林，砍来做竹笛、芦笙和口弦。饰物戴好了，小伙子更英俊，胖金美更美丽。

羊群找回了，饰物戴好了，青年牧奴们要逃跑远游了。朱古羽勒排打开九道白石门、七道黑石门，让伙伴们像流水一样淌出去；康美久命姬打开了九道栏栅、七道篱笆，让羊群像白云一样飘出去。姐姐格贞走了，哥哥精那走了，妹妹如鸾走了，弟弟知由走了。康美骑着绿马跑下来，惦着后面的朱古，一步三回头，朱古骑白额马下来，念着前面的康

---

① 三须：挂在纳西姑娘胸前的一种饰物。

美，三步并作一步赶。牧人们走着走着，秋雨哗哗地下了，眨眼时间，洪水流遍山谷。康美和女伴们刚过了桥，河里的浪头就把桥冲断了，朱古和男伴们隔在河这边。于是小伙子在上游搭座石头桥，但一踩就垮了；胖金美在下游搭座麻秆桥，也一踩就断了。朱古羽勒排砍来松树做小船，过河有了第一条路；朱古宰了白脚公山羊，剥皮做皮筏，过河有了第二条路；朱古砍竹子做溜索，砍桦树做溜板，过河有了第三条路。朱古让伙伴们先走。男伴和女伴会合了，高高兴兴远游去了。朱古来不及过河，被狠心的父母赶来喊回去了。康美久命姬在河那边等呀等呀，不见心上人儿过河来，又孤单又悲伤，沿着河岸来回走来回看。

伙伴远去了，情人还没有来，康美没有吃的穿的，不得不去帮人家织麻布。她想着朱古，边哭边织，清泪水洗白了黑麻布，血泪又染红了白麻布。好心的鹦鹉看见了，飞到织机旁边陪伴她，问她有什么心事。康美对鹦鹉说：“请你告诉朱古羽勒排：天空有三颗没有归回星座的明星，我就是当中的一颗；地上有三丛没有被羊啃过的绿草，我就是当中的一丛；村落里有三个没有被男人亲近过的姑娘，我就是当中的一个，快把金鞍配上好马来接我。”鹦鹉来到朱古家，找不着朱古，就把康美的口信告诉了朱古父母。朱古父母恶狠狠地说：“黑云遮天星不亮，她不是未归星座的明星，是颗不亮的黑星；绿草到冬天要枯萎，她不是绿草是枯草；她有蛙儿蛇儿怀肚中，不是好姑娘，不配金鞍好马去接她，更不许我家儿子去娶她。”鹦鹉回到织机旁，把朱古父母的话错传成是朱古一家说的。康美心上下了霜，更加悲伤，且不说公婆狠心，难道朱古他也变了心？她又请鹦鹉再带一回口

247

信，说："请你告诉朱古，往日我说过话多话，其中有三句应该像羊儿喝泉水似的记在心头：白银才能配黄金，碧玉才能配珍珠，朱古羽勒排才能配康美久命姬。如果还记得，快把金鞍配上好马来接我。"鹦鹉找到朱古，把康美的话原原本本说了。朱古想起康美的深情，巴不得一下子飞到她身边，又想到康美的处境，心里疼得像锥子一样戳扎。他对鹦鹉说："请你告诉康美久命姬：有情人说过的话，像墨溶在清水里，时刻记在我心上。我想在冬天来接她，父母把衣裳鞋子藏起了，两双眼睛把我盯得死死的，没法逃出来；想在春天来接她，碰着青黄不接，父母不给一点干粮，四只眼睛时刻盯在我的身上，没法逃出来；想在夏天来接她，大雨倾盆洪水翻滚，父母把雨帽襄衣都藏了，早晚又把我盯得紧紧的，没法逃出来；想在秋天来接她，该死的牧主又来叫我去干活，活儿多极了，牧主拿着细竹鞭，圆鼓鼓的眼睛整天盯在背上，叫我怎么逃出来呵！等呀等，等得心都裂开了。"鹦鹉叹息一声飞走了。

康美自从捎了第二次口信，从早到晚盼呀盼，盼望鹦鹉早回来，盼望朱古早些来。风儿吹来了，她以为是朱古来接她，起身去开门，哪知扑了空；马蹄声响起了，她以为是朱古来接她，起身去开门，是别家的马，等呵等呵，口信没回音，爱人等不来。康美想着情人变了心，心里如刀割，泪水一串串地滚下。一双巧手像在打摆子，织梭一抛就掉在地上，麻布再也织不成了。

管情死的女神游祖阿仔和男神苟土西馆，看到康美可怜，从"巫鲁游翠阁"①走下来，劝她说："坚贞的康美久命姬呀，你来巫鲁游翠阁殉情、享福吧。你在世上苦脱了皮，熬得了痨疾，还是没有自由和幸福。我们那里呀，有软绵绵的青草地、开不败的四季花、喝不尽的甘露泉；老虎当坐骑，白鹿当耕牛，雉鸡当晨鸡，麂子守家门；杜鹃会带信，画眉会唱歌，没有苍蝇和蚊子，快来，你来教这里的情人织白雪般的绸缎，绣白云似的腰带，吃芳香的松糖。"康美还在等朱古，眼睛望凹了，嘴唇喊干了，腿脚站细了，眼泪流干了。左等右等等不来。她终于绝望了，就听从游神的话，来到居那若倮山上的一棵黄香树下殉了情。

鹦鹉带着朱古的口信飞来了，可是康美到哪里去了？它飞呀飞呀，四处把康美寻找。

朱古做活的牧主家丢失了一只大黄牛，牧主急得团团转。朱古乘机说："让我去找回来吧！"牧主点了头，朱古像拴久了的猎狗解了绳子一样，飞快地跑了出来，他不去找黄牛，径自去找康美久命姬。翻了九十九座山，钻了七十七条谷，总是找不着，朱古伤心地哭了，他对着天空喊："康美久命姬，你在哪里？"喊着走着，来到居那若倮山，来到黄香木树前，终于看见她了。"呵！"朱古吓了一跳，心爱的康美久命姬已经殉情死了！这像雷声轰在头上，朱古发蒙了，抱着康美久命姬的身子痛哭："我心爱的康美呵，我来迟了呀。"哭呀哭，清泪水洗净了康美脸上的灰尘，血泪水洒红了康美的麻衣裳。这时忽然传来了康美的说话声："朱古羽勒排呵，哭也无用了。过去我俩心与心相见、情与情相

①　巫鲁游翠阁：玉龙第三阁。

委，只恨河水隔开了情人。我带了多少次口信，你不给回音
不来接，你太狠心了！"朱古把自己对康美的爱念，把父母
和牧主怎样不让他出来，自己怎样请鹦鹉带回信，都一五一
十告诉了康美。刚巧，鹦鹉也飞来了，它证实了朱古的话是
真心话，它还说第一次带给她的口信不是朱古说的，是朱古
父母说的。康美久命姬一切都明白了，恨只恨牧主的作难和
父母的阻挠。朱古的耳边又传来了她的说话声："我心爱的
朱古羽勒排呵，我不能复生了，你快找来松枝柏叶把我烧化，
送上美丽的巫鲁游翠阁去吧。我的首饰宝物埋在若倮山的黑
白交界处，是留给你用的。亲人呵，我们从此永别了。"

朱古羽勒排悲痛欲绝，连忙跑到黑白交界处取来康美的
珠宝首饰，捡来干净的香松香柏，烧起一堆大火，然后抱起
康美大喊一声："心爱的康美久命姬，我跟你来了！"说完，
跳进熊熊燃烧的烈火中。

朱古和康美化成两朵烟云，在雪山上相会了。

讲述者：和东光

整理者：杨世光

# 崇人抛鼎寻不死药①

从前有一个年轻的小伙子，他的名字叫崇人抛鼎。

------

① 本故事由王四代选自《纳西族民间故事选》，上海文艺出版社 1981 年
版。

有一在，他到遥远的亲戚家里去做客，来回就花去了三天的工夫。这次出门，崇人抛鼎遭到了一件最不幸的事：自他走后，崇人抛鼎年老的父母突然都得了急病，一齐死去了。

在他离开家第三天的时候，因为一心挂念着留在家里的父母，就急忙赶回家来。他一跨进家门，喊了声爸爸，爸爸没有答应，又喊了声妈妈，妈妈也没有答应。崇人抛鼎心里很纳闷，他跑进父母的卧室里，一看，父母已经是两具僵尸了。崇人抛鼎悲痛地昏倒在卧室里，许久才苏醒过来。但是任凭他怎样哭得死去活来，又有什么用呢？

崇人抛鼎的老父老母都死了，这对崇人抛鼎来说，简直是一百个不忍、一千个不忍。他想无论怎样忍饥受冻，无论怎样遭受痛苦和危险，总要想尽一切办法救活父母。

他曾听人这么说过：在遥远的地方，灵山头上长着一丛延寿草，灵山脚下有一口盛满回生水的甘泉。如果死了的人喝一滴那个甘泉里的水，就会苏醒过来；人们如果吃一点延寿草的果果，就会永远年轻，长生不老。

崇人抛鼎正在忧愁的时候，一想起这些话，给了他很大的安慰。于是他决心要找延寿草和回生水来救活他的父母。他丢下了父母的僵尸，眼眶满是泪水，穿上一双结实的草鞋，骑了一匹栗色粉嘴的骏马①，向遥远的西天②出发了。

崇人抛鼎朝着遥远的西天走。他从无量河的东边出发，

① 栗色粉嘴的骏马：是纳西人最喜爱的好马，因此作者把栗色粉嘴的马译作栗色粉嘴的骏马。

② 西天：主要是指纳西族人民理想中的仙境，与信佛教的人称印度为西天相似。

251

横渡河水，以后又走过了低湿的洼地，走过了矗立的高山，从早上走到晚上，从日出走到日落。虽然一路困难很多，危险重重，但是他能逢山开路、遇水搭桥，高山大水都阻挡不住他的去路。崇人抛鼎越过了勒饮思普①的低地，也爬过了河茂尼玖的高坡，来到遥远的冒米巴罗山附近。这是一座巍峨的大山，有一百〇八个小支脉，这座山上长着延寿草，山下便是盛着回生水的甘泉，但是崇人抛鼎不知道什么样的草叫延寿草，也不懂得什么样的水是回生水。

　　崇人抛鼎走到河茂尼玖坡的时候，已经到了黄昏，他决定晚上就歇宿在河茂尼玖的坡下。

　　第二天早晨，他很早就被飞禽走兽的鸣叫声闹醒了。他睁开眼，抬头向四围望望，只见山花怒放，百鸟争鸣，麇鹿也在那儿跳跃着。在这渺无人烟的高山深谷里，他虽然独个儿静听着大自然的乐声，并没有感到丝毫寂寞，但是也没有忘掉内心的忧伤。崇人抛鼎左思右想，正要继续往前寻找的时候，忽然望见一只肥胖胖的白鹿从山坡的林荫处跑下来，崇人抛鼎一看见这只白鹿，感到很诧异，他又惊又喜地自言自语："这回我要是打中了这只白鹿，我一定能找到延寿草和回生水，万一打不中，我将永远没法找到延寿草和回生水了。"说罢，聪明的崇人抛鼎赶忙拉弓搭箭，对准白鹿的胸脯射了一箭，不偏不倚，正巧射在白鹿的胸口，白鹿受了重伤，拼命地挣扎了几下，就不能动弹了。白鹿被射死在山坡上，崇人抛鼎拔出锋利的快刀，正在剖开鹿腑的时候，在白

---

　　① 勒饮思普：本来是一个魔王的名字，这里主要是指这个魔王所管辖的地方。神话里说一般人是没有办法通过这个地方的。

鹿的心窝里突然跳出了一个指头大的小怪物。崇人抛鼎疑心这小鹿是妖怪的化身，以为这是大难将要到来的征兆，他想立刻杀掉它。但是他刚这么一想，连刀子都还来不及挥起来，小怪物就告诫崇人抛鼎说："崇人抛鼎呀，你该知道对小猪不能用屠刀，对老鼠不能用矛箭，对小孩不能用鞭子。现在我诚恳地奉劝你，我是小神仙，不是什么妖怪，你可不能对我无礼，你要知道，将来我还会帮你做好事情哩！"

崇人抛鼎听了这话，对小怪物肃然起敬起来，用双手把它捧到一棵大树下供起来，尊称它为"拉依明汝古普"①。

第二天早晨，崇人抛鼎自言自语地说："我昨夜做了三场好梦，每次都梦见舀到了晶莹莹的回生水、摘到了绿油油的延寿草。"

到第三天早晨崇人抛鼎又继续往前走。他走了又走，走过了低地，又爬过了高山；从早走到晚，从日出走到日落。当他来到绕鸟都知阁的时候，迎面碰上了年轻的小伙子色金白荣。色金白荣碰见了崇人抛鼎便忙着开腔说："崇人抛鼎，你想上哪儿去？"

崇人抛鼎回答说："色金白荣呀，你从哪儿来的？我想上西天去找长生不死的药呀！但我不知道西天离这里还有多少里路哩！"

色金白荣很直率地说："崇人抛鼎呀，西天可快到了，我就从那儿来，只是我很担心你分辨不清什么样的草是延寿草，什么样的草是毒草；什么样的水是回生水，什么样的水是毒水，你想，那还怎么去寻找长生不死药呢？"

---

① 拉依明汝古普：纳西人对神仙的尊称。

崇人抛鼎想了想，回答说："是呀，我不仅不懂得什么样的草是延寿草、什么样的草是毒草，也分辨不出什么样的水是回生水、什么样的水才是毒水。色金白荣啊，请你回转去帮帮我的忙吧！"

色金白荣回答道："好汉不走回头路，好马不吃回头草，我不便和你一路走回头路。"

崇人抛鼎听了这话，感到孤苦无助，只得独个儿往前走。他走了一山又一山，走了一河又一河，好不容易才来到了西天。当他刚刚走入两山之间的峡谷的时候，就在矗立着的山坡上发现了一只又肥又胖的白鹿。白鹿的头上长着丫杈似的长角，从坡头边走边啃地走下来了。崇人抛鼎目不转睛地死盯着白鹿。他对这只白鹿的一举一动都看得非常清楚。他看见白鹿啃到了毒草的时候，药性发作，立刻就在苫上乱滚；当白鹿又啃到一口延寿草的时候，它就立刻又恢复了元气，跳跃着朝着山头跑去了。崇人抛鼎从此知道了开黄花的是延寿草、开紫花的是毒草，他于是摘到了一束延寿草。

崇人抛鼎摘到了延寿草以后，分外高兴、当天晚上，他便就此住宿下来。到了第二天早晨，他在坡头又发现了一只长着獠牙的野猪气势汹汹地跑下来了，崇人抛鼎看见了公野猪，心里非常恐惧，目不转睛地注视着它。他看见公野猪在灰黑色的毒泉里喝了一口毒水，立刻昏倒在地，乱滚起来；当野猪滚到甘泉那边，又喝了一口回生水以后，它立刻又恢复了元气，飞也似的跑回坡头去了。崇人抛鼎从此就认识了什么样的水是毒水、什么样的水是回生水。他于是用一只牦牛角舀了一瓶回生水。

崇人抛鼎将牦牛角挂在身上，把延寿草带在身边，骑上了他的栗色的骏马，越过高山，走过深谷，走过青草地，快马加鞭，拚命地赶程回来。

第二天早晨，这件事被勒饮思普发觉了。勒饮思普非常生气，便赶紧骑上一口又肥又大的黑野猪，赶到拉依明汝古普那儿去告状。拉依明汝古普早已知道了勒饮思普的来意，故意装着不知道的样子向勒饮思普说："勒饮思普啊，你上哪儿去？"

勒饮思普回答说："我那儿的延寿草叫崇人抛鼎盗走了，我那儿的回生水也叫崇人抛鼎舀走了，我特地来追赶他的！"

拉依明汝古普说："崇人抛鼎呵，昨天天刚亮的时候，就骑着一匹栗色骏马溜走了。勒饮思普呀，你怎么今天才来呵！论起能干，你也算是能干了，可是你还比不上崇人抛鼎能干呀！你骑的马儿也算是跑得快了，可是你的马比不上崇人抛鼎骑的马快呀！你的刀儿快，可是比不上崇人抛鼎用的刀儿快呀！他走的时候，还一路上钉上了成千上万的桩子；他还用干马粪球沿途烧着成千上万的烟火堆；他还手挥利剑，把干透了的牦牛角砍作两段；他还拉弓搭箭，射穿了岩头再走。勒饮思普呵！你休想追上崇人抛鼎啦！"

勒饮思普听到这话，心都气炸了，他不管三七二十一，就乱玩起魔术来了。他立刻从他的魔嘴里吐出一股白旋风和黑旋风，地上便刮起了一阵大风暴，遍地尘土飞扬，相距三尺的地方也看不清楚了。崇人抛鼎看到勒饮思普的来势凶猛，他就连忙跑到绕鸟都知阁去避难。但是崇人抛鼎逃走的时候，情绪紧张，心思太乱，他从马上摔了一个大跟头，很久才爬起来，牦牛角里的回生水也都泼了出来。回生水洒遍了山和谷，洒遍了天和地，几乎洒得到处都是。回生水溅到天空，天空就布满了星星；溅到地上，地上就长满了青草；溅到太阳上，太阳出来暖烘烘；溅到月亮上，月亮出来亮堂堂；溅到山上，山上长满了青松和翠柏；溅到河谷里，水就流遍了河谷；溅到阴神和阳神分界地的梅花岭上，岭上的梅花从此就一年开两次了；溅到山岩间，岩间的蜂窝就越来越多；溅在海湖里，海湖里的鱼儿也日益繁衍起来。

崇人抛鼎为了寻找长生不死的药，忍饥受冻，经历了千山万水，克服了种种险阻和困难，终于寻到了延寿草和回生水。虽然长生不死的药没有能把崇人抛鼎的父母救活，但是由于他寻到了回生水到处溅洒，从此地上就长满了青葱葱的草和木，山间林下变成了飞禽走兽的跳舞场，人间开遍了美丽的花朵，结起了累累的果实，整个的大地，变得更加美好，更加可爱了。

翻译整理者：和即仁

## 大鹏斗孽龙[①]

相传在很古的时候，人与龙是同父异母所生。分家时，天，直划成两半；地，横切成两截。房屋、牲畜、森林都分成两份：人一份，龙一份。人住在陆地上，龙住在海里。父

---

[①] 本故事由王四代选自《纳西族民间故事选》，上海文艺出版社出版1981年版。

亲只给自己留了一颗夜明珠，作为传家宝。给人与龙说定了一条：父亲去世后，这颗夜明珠属于人与龙共同所有，谁也不得占为私有。

可是，龙的良心最黑，父亲一死，龙就把夜明珠盗去藏在海底。跟着，龙又一天一天地来侵占人的地盘。逐渐地，天被龙占据了九十九份，地被龙占据了九十九份。人被龙挤得只剩下一顶帽大的天，只剩下一只马蹄踩的地。人去耕地，龙派蟒蛇来咬；人去砍柴，龙派秃雕来抓；人去背水，龙派青蛙来扰。龙的心比锅底还黑、比草乌还毒，竟闹得接连几年滴雨不下。

人们太气愤了，都来商量对付龙的办法。大家说，要对付龙，只有去天上请来大鹏，才能取胜。于是选派了一个使者，到天上去央请大鹏下来帮助。大鹏慨然答应，立刻飞到地上来。

人们告诉大鹏：每逢初五和十五那天清早，孽龙要从海底出来洗头玩耍。

初五那天清早，大鹏伫立在东山的高峰尖上，两眼炯炯盯住海里。太阳刚刚冒出，孽龙就从海里探出头来。它狡猾地东张西望，发现海水里映着大鹏的影子，赶紧缩回头去，不敢出来。

人们气愤地说，孽龙躲得过初五，躲不过十五。十五那天清早，人们给大鹏套上个铁钩金爪。大鹏伫立在西边山峰尖的茂密树丛后，窥伺着海面。

太阳出来了。海面波纹掀起，孽龙探出头来，东边瞧瞧，西边望望，见海面平静，没有大鹏的影子，便拿出金盆银缸、宝石梳子、碧玉面镜、珍珠簪缨，披散了长长的头发梳洗起来。突然，霹雳一声响，大鹏像闪电一般掠到海面，抓住孽龙的头，往上提出一大截龙身。海水哗啦哗啦响，大鹏扑拍着翅膀。孽龙喊叫道："大鹏！你快放开爪！我的身躯有三截，你才提得起一截，还有两截在海底，你提不起！"大鹏厉声说："你有三截身躯，我有三股力气，才使用出一股，还有两股没有使出来！"

大鹏用劲抓得孽龙哇哇叫。大鹏把孽龙提出一截，海水干下去一截；拉出来两截，海水干下去两截；提出三截，海水全干了。大鹏把孽龙拖来绑在神树上。这时候，孽龙装出一副可怜的样子说："大鹏呀，我从没有攀扰过人，人们犁地，犁断了我家蟒蛇的腰；人们砍柴，砍断我家秃雕的脖子；人们背水，扎断了我家青蛙的趾爪。这些我都不说了，愿意和人们讲和。只要人们拿九盆净面、九饼酥油、九背柏叶来我面前烧香祈祷；只要人们送一只山羊、一只白鸡、一头黑牛、一匹白马来给我作为谢礼，向我道歉……"

人们愤怒地骂道："孽龙，你的脸皮确实太厚！你不让我们犁田播种，哪来的净面?！你不让我们上山砍柴、放牲口，哪来的柏叶、酥油?！"

孽龙还想撒赖泼皮，被大鹏截住喝道："孽龙，你听真了，从今以后，只许你去住在远离人世的黑山黑岩间，不许出来。如果你再出来，雷劈你、火烧你！"

从那以后，孽龙再也不来捣乱作怪了。

人们为了感谢大鹏的帮助，把那颗传家的夜明珠送给大鹏。

整理者：赵净修

# 魔穴救姑[①]

很久以前，在玉龙雪山脚下的寨子里，有个叫久补克西的年轻人，非常勇敢。他有个心地善良的姑姑，长得很漂亮，待他非常好，却不幸被力大无穷的恶魔独阿八撞见，硬要她去做魔穴娘娘。那天，忽然间狂风呼啸、飞沙走石、天昏地暗，久补克西只听姑姑断断续续叫了一声"久补克西侄儿快救我"，便连她的影子都看不见了，真是又急又气又悲伤。

久补克西一把抓起打猎的弓箭，便顺着风去追赶恶魔。跑不多久，迎面碰上一个白胡子老人挡住去路，笑着对他说："久补克西，到恶魔独阿八的家要走三天三夜，你不带干粮饿不住。再说，独阿八的身子像黄铜一样硬，拔棵大树像拔草，你拿打麂子的弓箭去救姑姑，不是白送死吗?"

久补克西听了，不禁暗暗落泪。白胡子老人拿出一支七斤重的铁镞箭，递到他手里，说："不要伤心，如果你有志气，快去做张硬弓，每天用这支七斤重的箭练劲，等到你能把这支箭射到云里，隔天才落回地上，你就可以去救姑姑，找恶魔报仇雪恨了。"

白胡子老人说完就不见了。久补克西回到家里，马上动手做了一副桑木硬弓，用牛皮索做弓弦，天天拿七斤重的铁箭练射。过了三十三天，他能把这支箭射到半山腰；又过了三十三天，他能把箭射到山尖上了；练到第九十九天的中

---

① 本故事流传于云南省丽江、中甸等县纳西族聚居地，由王四代选自《纳西族民间故事选》，上海文艺出版社 1981 年版。

午，他站在院子里，把硬弓扯得像月亮一样圆，"嘣"的一声巨响，将七斤重的铁镞箭直直地射向天空，箭像一颗流星，飞进云层看不见了。久补克西看着天空，等呀等，直到第二天中午，铁箭才"咚"地落回到地上。他看到自己力气这么大、武艺这么高强，高兴极了，便背着弓箭，带上干粮，去恶魔独阿八家救姑姑了。

他足足走了三天三夜，才来到独阿八家，刚好恶魔外出，只有姑姑在家。两人相见，痛哭一场，接着赶紧商量对付恶魔的办法。待到太阳偏西，恶魔将要回家，久补克西藏进一间内室，稳稳地坐在一只有盖板的水桶上，头上顶着一块土饼，土饼上又放着一碗水，弓上搭好七斤重的铁镞箭，专等独阿八进屋就射。

不一会儿，门外"嘣咚"一声巨响，独阿八跨进院子里来，粗声粗气对久补克西的姑姑说："门口放着一根小柴、一点小菜，你看看去。"

久补克西的姑姑开了大门，一颗四五人合抱的杉树倒在门前，树上拴着牛样大的一只马鹿。久补克西从里屋门缝里瞧见了，想到这么大的树只是独阿八的一根小柴，这么大的马鹿只是独阿八的小菜，还不知独阿八有多大的力气，不禁暗暗吃了一惊。

独阿八刚坐下，又对久补克西的姑姑说："今天我捅了几窝蚂蚁，牙齿缝里塞了点东西，你给我抠抠。"说着躺下去，张着血盆大口等着。

久补克西的姑姑不敢吭声，顺手拿过一把尖锄来，左脚踩住恶魔的上唇，右脚踩住恶魔的下唇，往齿缝里挖了三下，挖出三具和尚的尸体来。接着，她又担一桶水倒进去，

260

独阿八便咕噜咕噜漱着口坐了起来。久补克西透过内室的门缝，见独阿八说的"蚂蚁"原来是善良的人，不禁又吃一惊，越发对这个吃人恶魔恨得牙痒痒的。

忽然，独阿八抽动鼻子嗅了嗅，瞪起眼睛想了想，又抬出一摞《东巴经》翻看着，自言自语地说："咦，今天我这屋里气味不对，好像有个生人，可是又奇怪得很：说他是在地上，又像在地底下（土饼下）；说他是在水上（水桶上），又像在水底下（水碗下）……"卜算了半天，总是算不出什么名堂，独阿八气得直冒火："这经书也不灵验了，留它有什么用场！"说完，一把塞进灶窝洞里。

久补克西的姑姑说："烧掉可惜了，说不定将来还有用场。"连忙从灶里抢出来，扑熄了火。

久补克西怒气冲天，把桑木硬弓扯开。风从门缝吹进来，吹得牛皮弓弦嗡嗡地响个不停。独阿八听见了，惊跳起来："定是有生人躲在里屋。"说着，直朝久补克西藏身的地方扑去。久补克西的姑姑急了，用火钳敲打着锅边，口里唱道："要射射得了，要杀杀得了……"久补克西听见了，待里屋门一推开，就猛劲射出一支七斤重的铁镞箭。可惜，没有射中独阿八的胸口，但也穿透了独阿八铜一样硬的左膀。独阿八哀号一声，伸出右手来捉射箭的人，久补克西机灵地跳在宽敞的院子里，两人你捶过来，我踢过去，扭在一起搏斗，震得尘土飞天，房上的瓦片也"稀里哗啦"落下来。久补克西虽早已把两臂练得像两根铁棍，拳头像把铁锤，但还比不上独阿八，一时没有办法赢。久补克西的姑姑见到这情景，忙从柜子里撮出豌豆来，直往独阿八的脚底下撒。独阿八接二连三被豌豆粒滑倒，站也站不直，踢也踢不成。久补克西挥动铁锤般的拳头，趁势猛击狠打，把恶魔独阿八打死在地上。他又在魔穴里洒上香油，点上火，将独阿八的家烧成了灰堆。

久补克西报了仇，高高兴兴地接回姑姑，并把《东巴经》也带回来，让子孙世代念诵。这就是纳西族有《东巴经》的来历。现在的《东巴经》残缺不全，据说就是恶魔独阿八曾把它塞进灶洞里烧过的缘故。

讲述者：杨增华

整理者：杨世光


## 高　勒　趣①

很早以前，莪高勒和儿子高勒趣住在高山区。那里坡地上种着大麻，谷地里种着芜菁。冬春农闲季节，父子俩去深山打猎。打着一只大野猪，父子两个高高兴兴扛着大野猪回来。快到村口，莪高勒才发觉砍刀忘记在山里了，叫儿子先回家，他返回山里去找砍刀。

儿子高勒趣回到家里，开剖了大野猪。呵！大野猪真肥，脊肉有九指膘，腿肉圆鼓鼓。照打猎人的规矩请客庆喜，客人们都来了。可是长长的木桌上，剩下一碗肉、一碗饭、一碗酒。老主人——高勒趣的父亲莪高勒没有回来。

---

① 本故事由王四代选自《纳西族民间故事选》，上海文艺出版社1981年版。

　　三天过去了。莪高勒还是没有回来。高勒趣吃茶没味道，吃粑粑咽不下。他到处找寻父亲，找不着。后来打听到父亲莪高勒被山神斯汝抓去了，他挂了砍刀，带了干粮，要去山神斯汝家救回父亲。亲戚、邻居们说："高勒趣呀，去山神斯汝家要过九道险关，道道都有毒蛇猛兽把守，恐怕去不得吧?"高勒趣说："父亲被人家抓去，做儿子的不去救，将来死了，有什么脸面见祖先!"于是他毅然踏上了路程。

　　高勒趣来到第一道险关，是两条大蟒蛇把守：一条是白的，一条是黑的，都有柱子那么粗。一见高勒趣过来，蛇就唰地奔过来。高勒趣还没来得及抽出砍刀，两条蟒蛇就已经把他缠住。两个蛇头张着大口就要争吃他的头。高勒趣左手捏了黑蛇的脖子，右手捏了白蛇的脖子，捏得紧紧的，把身子往坡下滚去。滚到古疙垃里，使劲地滚来滚去。两条蟒蛇被滚得浑身筋骨疼痛松瘫，慢慢地解开了裹缠。高勒趣双手还紧紧捏住两条蛇的脖子，两条蛇疼得直吐舌头求饶，高勒趣才松手放了它们。黑蛇伸着舌头钻进北坡的岩洞，白蛇伸着舌头钻进南坡的岩洞。（蛇的脖子是细的，是高勒趣捏细的。蛇爬行时要不断伸吐舌头，也是高勒趣捏紧过蛇的脖子的缘故）

　　来到第二关。两头大水牛撞过来，想要把高勒趣撞夹在中间。高勒趣伸出双手，一手抓住一只牛角使劲一扳，牛角弯了，像弓一样；又抓住另一只角使劲一扳，又弯成弓一样。水牛疼得叫不出声音，仓皇逃去。（水牛长弯角，身子大而叫声小，原因就出在这里）

　　这两件事被多嘴的鹦哥瞧见了，到处去传话："高勒趣把蟒蛇的脖子捏细了，蟒蛇疼得伸着舌头逃跑了。高勒趣把水牛角扳弯了，疼得水牛叫不出声音了。"守着第三道到第九道七大关口的虎、豹、熊、狼、野猪都听见了，都说"高勒趣还没有砍刀就那么勇猛，如果使出砍刀来，我们的头就不在脖子上了"，纷纷跑去躲避。高勒趣顺利地通过了九道关，来到山神斯汝家。

莪高勒被捆绑着放在熏帘①上，被火烟熏得直淌眼泪。高勒趣仰头看上去，莪高勒的一滴泪水滴到高勒趣的额头上。高勒趣说："阿爹，我来解救你了。"莪高勒说："孩子，山神斯汝抓我来，白天叫我'阿罗扳都'②，犁田耙地，干重活路；晚上又叫我'吾早九高'③，推磨舂碓，干轻活路。我干累了、干不动了，山神斯汝就打我，一天打九次。白天最热的时候，把我熏在熏帘上；晚上最冷的时候，把我冻在冰塘里。"

高勒趣说："我去对山神斯汝说，叫他把你放了，我们一起回家吧。"

莪高勒说："山神斯汝不会放我，你去说，他会答应给你许多东西，你不能要。你只说要那个白天叫做'阿罗扳都'、晚上叫做'吾早九高'的人吧。"

高勒趣来到山神斯汝那里，山神斯汝说："高勒趣啊，我的九道关，你是怎么进来的?"高勒趣说："有关就有路，有路就能走。我就是一步一步走进来的。"山神斯汝觉得惊奇了。九道关他都能闯得进来，一定是个了不起的好汉，就

---

① 熏帘：纳西族人在火塘上方吊挂着一张竹编的帘子，上面搁放肉食、粮种之类，让火烟熏，以防虫蛀。

② 阿罗扳都：给莪高勒取的名，意思是"老牦牯牛"，大力仆人。

③ 吾早九高：给莪高勒取的另一名字，意思是"瘦仆苦力"，小力仆人。

说："高勒趣啊，你到我这里来，一定是来要点什么东西。说吧，要牛马给你牛马，要山羊绵羊给你山羊绵羊，要猪狗给你猪狗，要鸡鸭给你鸡鸭，要银子金子给你银子金子。你说吧，要什么给你什么。"

高勒趣说："山神斯汝啊，你给我牛马，会变成马鹿山骡；你给我山羊绵羊，会变成獐子麂子；给我猪狗，会变成狐狸野猫；给我鸡鸭，会变成野鸡野鸭；给我银子会变成锡，给我金子会变成沙。这些东西我都不要！"

山神斯汝皱着眉头说："那么，你要什么呢？"

高勒趣说："我要一个人！"

"要一个什么人？！"

"要那个白天叫做'阿罗扳都'、晚上叫做'吾早九高'的人，你快给我吧。"

山神斯汝说："那个人杀了我家的野猪，我不能给你。"

高勒趣说："山神斯汝啊，别人杀了野猪，那是好事，你不要把好事丢到九层云外；你抓了杀野猪的人，那是丑事，你不要把丑事埋在九层土里，你就把他放了吧！"

山神斯汝说："不放！不放！"

高勒趣说："山神斯汝，你不想放那个人，你去瞧瞧你那关口上把守的蟒蛇、水牛吧。"

山神斯汝去瞧蟒蛇，蟒蛇的脖子被捏细了，伸着舌头走路；去瞧水牛，水牛的角被扳弯了，疼得没有力气再叫。这下他怕高勒趣了，只得把莪高勒放出来。

高勒趣高兴地把父亲领了回来。从那以后，山上的所有野兽见着人来了就要逃跑，古谱就出在这里。

整理者：赵净修

# 靴顶力士①

远古时候，天上出了九个太阳和七个月亮。白天，太阳一出来，晒得满山遍野的树林噼啪燃烧，江河湖海里的水滚滚沸腾，庄稼烧死了，牛羊渴死了。晚上，月亮出来了，大地一片冰凉，江河冻住了，牲畜冻僵了，人们面临着绝境。

这时，有个名叫桑叶达布鲁的大力士出来对大伙说："乡亲们，我看天上出现这么多的太阳和月亮，一定是神灵有意跟人们作对。我上天找玉皇大帝去。"

桑吉达布鲁抓住一只大鹏的翅膀，飞到了天上。

玉皇大帝坐在金銮宝殿上，桑吉达布鲁冲上去问："天上出了九个太阳和七个月亮，人们无法生活了，你管不管？"

玉皇大帝见来找他的是个平平常常的凡人，便不屑一顾地说："九个太阳也好，七个月亮也好，这是天上的事，你管不了，还是赶快回去吧！"

桑吉达布鲁听了很生气，"呸"，他吐了口唾沫，抢起两条粗壮的胳膊，上前抱住宝殿中间的大圆柱子，咯吱咯吱地使劲摇晃起来，顷刻间整座宫殿就像筛子一样晃来荡去，那些飞檐和宝顶噼噼啪啪纷纷坠地。吓得玉皇大旁跌跌撞撞边往大门口跑边恳求："不要这样摇了，你要什么就说吧！"

桑吉达布鲁看着玉皇大帝这般狼狈的样子，又气又好笑，讥讽地说："玉皇大帝，不要跑了，我只是手臂发痒，

----

① 本故事由王四代选自《纳西族民间故事选》，上海文艺出版社 1981 年版。

跟你开个小玩笑呢!"

玉皇大帝见天宫不再摇晃了,喘着气,恭恭敬敬地对桑吉达布鲁说:"大力士,你要我做什么,请说吧。"

"玉皇大帝,您是天上的至尊,知道怎样才能制服太阳和月亮,快给大地下几场透雨吧!"

"我可以立刻请雷公、电母和龙王给人间下几场透雨,但没有能力制服太阳和月亮。天宫里倒有一把能射日月的神弓和十四支神箭,可是没有一个人拉得动它。"

桑吉达布鲁听说有神弓和神箭,高兴起来,要玉皇大帝叫人拿来给他。

桑吉达布鲁拿起神弓,运了口气,拉了个满弓。接着,嗖嗖嗖,一连射出了十四支神箭。八个太阳和六个月亮一下完全射落了。八个太阳变成了八块草坪,六个月亮变成了六个海子。

树又绿了,草又发了,花又开了,大地又复苏了。座座山谷流淌着清亮亮的泉水,雀鸟啾啾鸣唱,牛羊撒欢嬉戏。人们又开始翻犁土地,播种五谷,过起安居乐业的生活。

谁知好日子没过几年,天上又没有落一滴雨,土地又裂开了尺把宽的缝,庄稼晒得变成干草。人们又发起愁来:唉,大地又要着火了,我们可咋个生活啊?

桑吉达布鲁听到人们的叹息,也急起来。他望着天空,恨不能把它踢个稀巴烂。他又去找玉皇大帝,怒不可遏地说:"玉皇,你好歹毒呀,人们还没有过上几天好日子,你又捣鬼了!"

玉皇见他气势汹汹,便问:"你要干什么?"

"我要杀死你!"说着,桑吉达布鲁猛一抬脚,竟把穿在脚上的一只氆氇皮底靴"咚"的一声踢上了天空。谁知那靴子变成了一个葫芦，从空中把大雨哗哗地洒下来。

枯黄的庄稼又转青了，草滩变得绿油油的，树林变得葱翠翠的。人们都跑到地里去，淋着雨水，手拉着手歌唱着、欢跳着。

雨一停，那只化作葫芦的靴子忽地又从天上落下来，底朝天，筒朝下，不偏不倚刚刚套在桑吉达布鲁的头上。

从此，桑吉达布鲁就把这只靴子戴在头上，人们尊敬地称他做"靴顶力士"。

好多年以后，人们为了纪念桑吉达布鲁的功绩，铸造了一尊铜像。那铜像戴着一顶状如靴子的帽子，身上背一个葫芦，笑眯乐呵的样子。看见这尊铜像，人们就会讲起桑吉达布鲁的故事来。

讲述者：周汝诚

记录者：王思宁　牛相奎　阿　华

整理者：牛相奎

## 古生土称和亨命素舍玛①

很古的时候，在人类居住的大地上，住着米利亨主和他的女儿亨命素舍玛。他们每天赶着犏牛和牦牛，到山上去放

---

① 本故事由王四代选自《纳西族民间故事选》，上海文艺出版社 1981 年版。

牧。这时，有一个叫司汝捏麻的龙王，说人类住的地方不干净，要住在人没有来过、狗没有屙过屎的地方，就来到高山上居住。

有一天，米利亨主赶着牛群到山上放牧，走了一坡又一坡，翻了一山又一山，走到司汝捏麻住的地方，司汝捏麻十分惊异地说："我是住在人类没有来过、狗没有屙过屎的地方，是在与世隔绝的高山上，米利亨主却赶了犏牛和牦牛来这里放牧，这是不能容忍的！"他愤愤地作起法来，使高山隐落、平地崩裂，米利亨主的犏牛和牦牛都不知埋到哪里去了。米利亨主空手回来，无比愤怒地说："这个仇不能不报！不知道有没有人能够把司汝捏麻杀死，如果有谁能杀死司汝捏麻，我就愿意把我的女儿亨命素舍玛嫁给他。"有一个名字叫古生土称的青年，带了弓箭，骑着骏马来到米利亨主面前，说："我能够杀死司汝捏麻，你可一定要把女儿亨命素舍玛嫁给我！"米利亨主答应了。

古生土称背着白铁的弯弓，带上白铜的箭，骑上一匹飞快的骏马，领着红眼的家人，杀司汝捏麻去了。他来到一条小河边，上面是山坡，下边有一棵小树，他在树下休息，哪知一坐下去就睡着了，红眼家人只得坐在他的旁边。

天上飞来一只白鹇鸟，栖息在这棵小树上。红眼家人见了，回头看看古生土称，他正在鼻息如雷地酣睡，便拿了一支铜箭头塞住古生土称的耳朵，赶快拿出弓箭，一箭把树上的白鹇鸟射下来，剥了皮，假充作司汝捏麻的皮，拿到米利亨主家里说："我已经杀了司汝捏麻，剥了它的皮，你把女儿亨命素舍玛嫁给我吧！"

米利亨主看了看，说："司汝捏麻的皮呀，折叠起来装不满一箭袋，张开了能铺九块地，你的这块皮，不是司汝捏麻的。"红眼家人见瞒不了米利亨主，就偷偷地跑回去了。

过了两天，米利亨主的女儿亨命素舍玛牵着一匹灰色的骏马到河边饮水。她看见古生土称睡在小树下，耳朵里插着一支铜箭头，便把缰绳的一端系在古生土称耳里的铜箭上，骑着马一跑，铜箭拔了出来。古生土称惊醒过来，四面一看不见一人，赶快佩上弓箭，骑上骏马来到高山上。司汝捏麻化装成一个喇嘛坐在山头，古生土称见了，心里有点诧异，但不知道这个喇嘛就是司汝捏麻，就上前问道："大喇嘛，你见过司汝捏麻吗？我是来杀他的，要与他箭头对射，比比高低。"

司汝捏麻装做不知道，偷偷地逃跑到黄海和绿海里面去了。古生土称在高山上铲了草士，搭起了九座堡垒，用杜鹃叶子做成盔甲，披在树子上，装成九对木人木马。

到了第二天，司汝捏麻从海里射出箭来，一支支都射在木人木马上。这时古生土称立刻拉开弓，把司汝捏麻射死了。

古生土称杀了司汝捏麻，剥了他的皮，来到米利亨主面前说道："司汝捏麻被我杀死了，这是他的皮，折叠起来装不满一箭袋，打开了能铺九块地。"

米利亨主连连点头："对了，司汝捏麻的皮就是这样的。"随后把女儿亨命素舍玛嫁给了古生土称。

天气晴朗、和风微拂的一天，古生土称向米利亨主说："今天是好日子，我们两口儿到要高原上放牧。"米利亨主答应了他的要求。

夫妻俩赶着犏牛和牦牛，翻了一坡又一坡，来到最高的

270

叫盘爽老盘可的地方。这里山花遍地、绿草如茵，美丽极了，他们搭了帐幕，坐在花丛里玩笑。突然牧棚着了火，霎时间被烧毁了，他们只好迁建新的牧棚，到另一个地方去。搬迁完了，检点东西，不见蒸饭的甑底，以为丢落在高山旧牧棚里，亨命素舍玛便骑上灰色的骏马，独自一个去找甑底。

她来到高山上，那旧牧棚被魔王勒钦斯普占住了。魔王一见了亨命素舍玛，就把她抓住不放，他夺过骏马，骑上马背，把亨命素舍玛放在马屁股上，来到一条明亮的大河边。只见有许多美丽的飞禽在树上栖息飞翔，又有许多走兽在河边饮水睡觉，勒钦斯普高兴极了，把马拴在树下，就去追捕飞禽走兽，亨命素舍玛一见，赶紧翻身下马，躲了起来。

古生土称等着亨命素舍玛，总是不见她回来，十分焦虑不安，于是一路追寻而来。回到一条明亮的大河边上，看见灰色骏马被拴着，却不见亨命素舍玛，他赶紧寻找，终于在大树背后找到了爱人，两人急急骑上骏马，飞快地跑了回来。

勒钦斯普魔王奔波了半天，捉不到一只飞禽，也抓不到一只走兽，累得满头大汗。回到大树下，不见了灰色的骏马，也不见了美丽的姑娘，着急得大哭起来。后来发现了马蹄印，便顺着密林追踪前去，眼看要追上亨命素舍玛了，忽然密林里飞出了千千万万的飞禽，直向魔王头上扑来；跑来了千千万万的野兽，直向魔王脚上乱咬。最后魔王被扑伤、咬死在丛林里。

古生土称和亨命素舍玛骑着灰色的骏马，唱着山歌，在美丽的花丛里，过起了快乐的放牧生活。

翻译整理者：周耀华

# 俄英杜努斗猛妖①

人类祖先从忍利恩和天女衬红认可白成婚，开天辟地，又经历恩亨诺、诺本普、本普俄三世，②传到俄高勒一代，便有俄英固蕊九兄弟。他们九个兄弟在高山上放牧山羊、绵羊、牦牛和犏牛，自由自在。

不料，山里出了个猛妖，叫阿忍莫果桑。一天，俄氏兄弟的舅舅丢了一头黑母牛，九个兄弟带着九只猎犬去找。可是牛没有找到，一个兄弟和一只猎犬却被猛妖吃掉了。八个兄弟带着八只猎犬又去找，又有一个兄弟和一只猎犬被猛妖吃了。后来，剩下的兄弟不甘心，一次又一次去找，每次都被猛妖吃去一个兄弟和一只猎犬。最后，九个兄弟和九只猎犬全被猛妖吞吃了。

俄氏家里有个漂亮聪明的姑娘，叫俄英杜努。她见九兄弟都被猛妖吃了，又伤心，又气恨，发誓去报仇。她对家里人说："我要像蝴蝶缠大树那样，去找猛妖拚命！"说完，俄英杜努穿上漂亮的衣服，头上包着绣花的头巾，耳上戴着闪光的银环，腕上套着晶莹的玉镯，脚上穿着闪光的金鞋，手里拿着梳妆的宝镜，嘴里哼着动听的曲子，从山脚向山头走去。

猛妖阿忍莫果桑吃了九个兄弟，骑着一头山骡，从山头朝山脚走来。到比勒妥树坡，猛妖和俄英杜努相遇。猛妖开

---

① 本故事由王四代选自《纳西族民间故事选》，上海文艺出版社1981年版。

② 古代纳西族有用父名末字作子名首字的父子联名制。

口问："俄英杜努呀，你穿戴得这么漂亮，要到哪里去?"

俄英杜努看到这个吃人妖魔，恨不得一口咬死它，但想到自己势单力孤，不是猛妖的对手，必得用点计谋，便装出忧愁的样子答道："多少岁月过去了，我父亲匹配了九对伴侣，我母亲议定了七对婚姻，却偏偏不给我许婚。女人们都有了自己的伴侣，可怜我直到如今还没有个称心如意的伴侣……"说完，又问猛妖："那你又去哪里呢?"

猛妖阿忍莫果桑听了俄英杜努挑逗的话，心里痒酥酥的，说："我也同你一样，父亲不给我婚配，所有的男人都有伴侣了，我还没有，我要找个合心合意的妻子去。"接着，他向俄英杜努求起婚来，说："田沟耙得平，会有好收成；被遗弃的男女做夫妻，也会生儿育女的。"

俄英杜努假意许诺，往阿忍莫果桑的山骡屁股上一骑，来到猛妖居住的九重大岩洞里。她打开窗子往上看，猛妖的九只猎犬在九座山上追猎，猛妖的七匹骏马在七个黑箐里放牧；她往床下一看，丢着九个兄弟的九颗头颅、九副弓箭、九碗血水和九个狗项圈。俄英杜努见了很伤心，白天坐着哭个不停，夜晚会哼个不住。阿忍莫果桑问："俄英杜努，你为什么白天哭、夜晚哼，有什么不顺心的事?"

俄英杜努把悲伤的真话瞒住不讲，却说道："你的九只猎犬常在山上追猎，七匹黑马常在黑箐放牧，遇着了恶人，碰上了豹子，怎么办? 实在叫我担心!"

阿忍莫果桑哈哈笑着说："猎犬不会丢，黑马不会丢。我像一匹快蹄好马经常去周游，在九个地方结了九个情侣，一点也不担心，你又何必担心呢? 白天不要伤心地哭了，夜晚不要伤心地哼了。"

俄英杜努引过话茬，问："那么，你最担心的是什么呢？"

猛妖无意间把秘密透露出来了："在我这里，卧床的边边敲不得，空闲的毡帘打不得，空碓舂不得，空锅抄不得，细针折不得，细线拉不得。我最担心就是这几件事情。"

俄英杜努套出了猛妖的秘密，暗暗高兴。忽然，猛妖觉得说漏了嘴，怀疑地看着俄英杜努，说："你为什么关心这些事？"

俄英杜努忙装做心不在焉的样子，说："我才不关心这些事。我关心的是我身穿的白皮毡，腕上套的绿玉镯，耳上戴的银耳环，手里拿的宝镜。"说着，把宝镜向猛妖照了一照。

阿忍莫果桑信以为真，放心地把九只猎犬放到高山上去，把七匹黑马放到深箐里去。趁着这个时候，俄英杜努拔出刀来，狠敲猛妖的床沿，狠打空毡帘，又抄起空铁锅，舂起空石碓，折断细针，拉断细线。一眨眼间，猛妖屋里的东西，倒的倒，垮的垮，簸的簸，砸的砸，烧的烧，稀里哗啦，碎成一堆，把阿忍莫果桑也埋进去了。俄英杜努拿起床下的头颅、血水、弓箭和狗项圈，跑下山来。

阿忍莫果桑没有被压死，挣扎了半天，从破烂堆里钻出来，叫来几十个小妖，朝着正往山下奔跑的俄英杜努追来。到了第一坡，俄英杜努眼看猛妖快追上，把九颗头颅往后一丢，头颅像滚石一样砸向妖群，砸死了几个，她便逃脱了。到了第二坡，猛妖又追上来，俄英杜努把九碗血水往后一甩，化成一股洪水冲向妖群，淹死了几个，她又逃脱了。到了第三坡，猛妖又涉过洪水追上来了，俄英杜努把九个狗项圈往后一丢，狗项圈顿时化作绞扣向妖群套去，箍死了几个。到了第四坡，猛妖又追上来了，俄英杜努把弓箭往后一掷，箭像雨点一样射向妖群，射死了几个。到了第五坡，猛妖又追上来，俄英杜努脱下白披毡往后一甩，化作一片浓云遮住道路，她又从第五坡逃脱了……直到第九坡，阿忍莫果桑和几个剩下的妖伴又追来了，俄英杜努没有东西可丢了，怎么办呢？她想起龙部落苏徐蕊家有一只厉害无比的花雄野猪，便一直来到洛多地方的大黄栗树下找苏徐蕊。苏徐蕊对她说："我的花雄野猪惹不得，它一发怒，张开岩洞般的大嘴，翘起利剑般的钢牙，不管什么东西都要被它咬断成百段千段！"

俄英杜努听了想出了一条妙计。等到猛妖追上来时，她刷地拔出刀来，把花雄野猪最宠爱的猪仔的耳朵割掉。猪仔尖声乱叫，花雄野猪听到跑了出来，它一见猛妖，以为是猛妖要吃猪仔，立刻怒吼一声，张开大嘴，翘起利剑一样的钢牙，向猛妖乱撬乱撕，把凶恶的阿忍莫果桑和小妖们咬成了千百段。猛妖的灵魂不死，变成一大片有刺的荨麻。花雄野猪咬得性起，把荨麻枝叶都嚼下肚去，又撒开九层土巴，把荨麻根根也吃个干干净净。俄英杜努报了大仇，开心地笑着，慢慢走回家去。

整理者：杨世光

275

# 黑白之战[1]

很古很古的时候，纳西族分为东部落和西部落两个部落。在两个部落交界的地方，有一座顶天入云的魔岩，魔岩的东边是白色的，为东部落所占有；魔岩的西边是黑色的，为西部落所占有。在这黑白交界的地方，东部落和西部落之间，飞鸟不相往来，鸡鸣犬吠之声不相闻，东边的人从来没有踏过西边的道路，西边的人从来没有踩过东边的土地。他们各自治理着自己的部落，管理着自己的庶民百姓，就像井水和河水互不相犯一样。

东部落酋长阿路生性残暴，用鞭子治理着自己的庶民；西部落的酋长岩山却用道义治理着自己的部落。

东部落的奴仆多得像蜂窝里的蜜蜂，也像蜜蜂那样不停地劳动着。东部落的晒粮架像树林一样多，羊群像天上的朵朵白云，牛羊肉堆得像山峰一样高，奶汁像河水一样流淌……可是东部落酋长阿路的贪心却是一个无底洞，再多的财富也填不满。

一天，阿路起了一个邪恶的念头，他要使自己的部落只有白天没有黑夜，好让他的奴仆和百姓不分日夜地干活；他要使邻近的西部落只有黑夜没有白天，让黑暗永远统治西部落。阿路想出这个罪恶的主意之后，便带着一根又粗又长的金链作起魔法来，套住了太阳，又用金锁把太阳牢牢地锁在

---

① 本故事流传于云南省丽江，由王四代选自《纳西族民间故事选》，上海文艺出版社 1981 年版。这篇纳西族民间著名的神话故事曾由纳西族东巴教教士采录进《东巴经》中，此稿根据《东巴经》和民间口头流传的故事整理，它表现了古代纳西族劳动人民善良、勤劳和追求光明生活的意愿和理想。

东部落撑天的铜砥柱上。最后，残忍的阿路把开锁的金钥匙吞到肚子里。他扬言："从今后太阳永远为东部落所有，决不让一丝阳光透露到西部落。若有人希望把太阳抢走，除非把我的头颅割下来！"从此，东部落就全占了白昼，没有了黑夜；而失去了太阳的西部落，也像失去了光明的瞎眼人一样，分不出天地，看不见山川，万物像被推进了冰窟似的深渊，得不到一点温暖……

西部落的酋长岩山焦躁得像一只跌落到雪坑里的羊羔，不知道哪里有一条逃脱厄运的路。他的妻子格饶次姆像天上的月亮一样美丽，像蜜蜂一样聪颖能干。她看见丈夫的脸上笼罩着忧郁的阴云，便说："主人呀，被抢走的太阳，不能用鲜血去夺取。我们应该拿出所有的金银财宝，买动阿路的心，赎回失去的太阳。"岩山理会了妻子的计议，驮着可垒一座大山的金银财宝和可以把大地铺满的绫罗绸缎，来到黑白交界的地方。

岩山见阿路背靠巨大的珍珠树，坐在黑白交界的地方。大珍珠树的一半属于东部落所有，另一半属于西部落所有。珍珠树上缀满金花银花，金银永远采摘不完；珍珠树上结着一串串的珍珠果子，珍珠果永远采不尽；珍珠树的叶子是绫罗绸缎，可以剪成世代穿不烂的衣裙。岩山把驮载来的金银宝贝和绫罗绸缎奉献给阿路，谦和地说："神明的阿路啊，是你的仁慈使太阳神受到感化，它只愿留居在东部落。请你收下这份微薄的礼物，求你赐给西部落一束太阳的光明。"

阿路懒洋洋地站起身，伸着懒腰，翻了一下白眼，鼻子里嗤着冷风说："如果我开锁放出太阳，我不仅要收下你送来的金银宝贝和绫罗绸缎，还要你把属于西部落的一半珍珠树献给我。"

岩山听了阿路贪得无厌的话，怒火在胸中翻滚，但他忍耐着性子，仍然谦和地说："只要你能答应开锁解放太阳，给西部落带回太阳的光明和温暖，别说这半棵珍珠树，就是挖出我的眼珠作赎金，我也愿意！"

阿路傲慢地吆喝奴仆们收下了西部落送来的金银绸缎，还给珍珠树加派了白鹰兵和白牦牛卒，撵走西部落守护珍珠树的黑鹰兵和黑牦牛卒，霸占了神奇的珍珠树；然后装作很诚恳的样子，答应开锁放出太阳，给西部落带回太阳的光明。

心地纯善的人怎能揣度得出心地邪恶的人心里的阴谋诡计。西部落的百姓在黑暗里盼望着解放太阳有七天了，可总是盼不到太阳的光明温暖，西部落的六畜在黑暗里饥饿地嗥叫，五谷种子在冻土里发不了嫩芽……

岩山和妻子又商量，派黑蝙蝠兵去东部落侦探动静。黑蝙蝠兵悄悄飞到黑白交界的地方，藏匿在魔岩的洞穴里，窥探东部落的动态。只看见太阳仍然被牢牢地锁在铜砥柱上，还加派了眼光敏锐的白雕兵和獠牙尖利的白老虎卒在旁边守卫。黑蝙蝠兵飞回西部落，把侦探到的情况禀告主人。岩山和妻子听了黑蝙蝠的报告，恨阿路失信不仁，决计再派会凿洞的黑耗子兵前去凿洞偷阳光。

黑耗子兵到了黑白交界的地方，从魔岩的这边凿洞，凿呀凿，不知凿了多少时辰，终于凿通了一个洞孔。被锁在东部落的太阳，从洞孔里透出一束光辉照到了西部落的土地上，西部落里爱笑的人又高兴地笑了，爱跳的人又欢乐地跳了，种子开始发芽，绿草开始成茵，牛羊又开始放牧，村寨里又飘起袅袅的炊烟，大地又呈现出一派生机。

西部落的黑耗子兵凿洞盗窃太阳光的事，被东部落眼光敏锐的白雕兵察觉到了。白雕兵把这事报告给酋长阿路。阿路听到太阳光被西部落偷窃，顿时暴跳如雷，他说："西部落想从我的手里夺走太阳，就像从老虎嘴里掏鲜肉！"他立即指令角尖力大的白牦牛兵和白犏牛卒，把西部落黑耗子兵凿穿的洞孔填塞得严丝合缝。贪婪凶悍的阿路为了防止西部落再次盗窃太阳的光明和温暖，指派奴仆们在黑白交界的地方挖掘连环陷阱，陷阱里插上朝天的尖矛和铜签，路口还撒下铁和铜的蒺藜。

东部落的酋长阿路，他的心像草乌①一样毒，像锅底一样黑；他生性贪婪得像一只饥饿的豺狼，连从耗子凿的洞里透进西部落的一束太阳光，他也把它堵死了。西部落又一次被推进黑暗的深渊。岩山沉痛而气愤地说："只靠乞求，难以打动阿路的心，不洒热血，难能把太阳赎回。"岩山要夺取太阳的意志，像永恒的魔岩一样坚定不移，他宁愿把自己的鲜血洒在东部落的铜砥柱下，也要为西部的百姓夺回光明和温暖。岩山左手提着能砸断金链的魔锤，右手握着杀敌的长矛，向美貌如月的妻子格饶次姆辞行。格饶次姆知道丈夫此去是凶多吉少，但她又知道丈夫拿定了主意后是不会改变的，只好流着伤心的眼泪说："善良的麂子对嗜血的老虎轻视，就会上老虎的圈套；如要战胜凶狠的仇敌，既要有黑熊一般的胆识还要有猴子一样的机警。去到东部落，取到了太阳就立即返回，免得我的心日夜紧紧拴在你的腰带上。"妻

---

① 草乌：一种毒性剧烈的草。

子用最贴心的话安慰丈夫，岩山带着伤心的眼泪向妻子辞行。岩山凭着一时的勇气，只身走到黑白交界的地方，悄悄踏进东部落的土地，不料，铁蒺藜和铜蒺藜咬住了他的前脚，还来不及拔取蒺藜，后脚又陷进了陷阱。岩山跌落到陷阱里，被铁矛和铜签活活地刺死了。

阿路为了掩尸灭迹，把岩山的尸首深深隐埋到七层土下，又令奴仆们在埋葬尸首的土层上面挖一条水沟，并在沟里放上水。他把这劳役派给乌鸦奴仆和吸风鹰奴仆。吸风鹰奴仆受不了这繁重的劳役，加上平日对阿路的不满，它便背叛阿路，投奔西部落。他拜见了格饶次姆，把东部落的罪恶和岩山被谋杀的事禀报给格饶次姆。

岩山被东部落谋害的消息传遍了西部落，西部落的百姓伤心地哭了。格饶次姆失去了心上的人，眼泪像山泉水不住地涌流。但是，明智的格饶次姆懂得，泪水不能冲走部落的灾难，泪水不能洗刷部落的耻辱，她从悲伤中清醒过来，自言自语地说："公老虎死了，谁说母老虎不会为公老虎报仇？丈夫被人害死，谁说妻子不能为丈夫雪恨？"

格饶次姆招来足智多谋的将领肯子短由和力能拔山的将领拿日佐补，决定派拿日佐补领九万九千名军士去攻打东部落，去抓来贪婪凶狠的阿路，斩下他的头颅祭奠岩山的冤魂。

格饶次姆祭起战神，请来千千万万匠人制作武器。有的打制铁矛头，有的砍下云杉制矛杆，制造出了竹林一样多的长矛；有的杀了黑牦牛和黑犏牛，用坚硬的牛角削制弓柄，用柔韧的牛皮做成弓弦；铁匠打的箭镞，用黑鸡毛作箭翎，箭翎堆满了九间木楞屋；篾匠砍下铁竹，编织了千万副竹盔

280

甲……西部落的将领身披竹盔甲，挎着弩弓，握着长矛，带领军队进行操练。西部落的兵像迁徙的蜂群一样多，像草滩上的青草一样密，一个个像黑熊一样雄壮，像老虎一样威武。西部落的军队布满了山头和坝子，磨刀声、锣鼓声和螺号声，震撼着大地，在黑白交界的魔岩上引起了沉闷阴森的回响……

比狐狸还狡猾的阿路，听到了西部落军的磨刀声和操练声，心里焦躁不安，他急忙派白鹰兵和白风卒做侦探，潜入西部落里侦察敌情。白鹰兵和白风卒刚刚进入西部落的地界，就被西部落的哨兵——眼光敏锐的黑鹰兵和耳朵机灵的黑风卒发现，把他们追赶回来。白鹰兵和白风卒向阿路禀报说，西部落的九千个寨子戒备森严，寨子内外的军队数也数不清……阿路听了白鹰兵和白风卒的话，心里恐怖得透不过气来。他吃饭像吞沙粒一样没有味道，坐垫上像有刺猬皮一样使他坐不安稳。他急忙又派金鱼兵和金蜂卒去侦探，金鱼兵和金蜂卒又被西部落的哨兵捉住，割掉了舌头赶回来。被割了舌头的侦探嗷着嘴巴说不出话来。阿路无法探得西部落的军情。

阿路的几次侦探都失败，他的信心动摇了。他和妻子次抓吉姆商量：在没遭到西部落攻打的时候，把世代享用不完的金银宝物埋藏在白土坡地底下，把六畜和五谷藏进深邃的沟壑里，然后他们夫妻一起潜匿到舅舅家的白海里去。但是，次抓吉姆摇头说："女人离开了家，家神会不高兴。我是一个女人，没有干过谋财害命的坏事，没有犯过亵渎天神的罪孽，西部落的兵马来了也不会伤害我这个无辜的女人的。"阿路劝不了次抓吉姆，只好让她留在家里，自己逃到舅舅家的白海里躲命去了。

次抓吉姆在家里惶恐地坐了三天，西部落的军队发动进攻了。西部落的旌旗遮蔽了东部落的太阳，螺号声震撼着东部落的大地，千千万万西部落兵包围了东部落的寨墙。东部落的兵马也拼命抵抗着。两家的兵马会飞的有千千万万，生角的有万万千千；两边发射的石矢在天空中穿梭撞击，两边的长矛大刀像电火一样闪耀发光。两部落进行了七天七夜的鏖战，西部落兵终于推倒了东部落的寨墙，东部落的残兵败将纷纷逃到白海里去了。

西部落的将领拿日佐补在东部落的阿路家里抓到了次抓吉姆。他审问次抓吉姆，要她供出阿路的下落来。开始，次抓吉姆流着泪，问山上她说山上没有人，问海里她说海里没有人，只说阿路和东部落兵都被斩尽杀绝了。拿日佐补气愤地把大刀架在她的脖子上，次抓吉姆吓得七魂只剩下三魂，才胆怯怯地指着白海说："阿路躲到他舅舅的白海里去了。"西部落的兵马蜂拥冲向白海，将毒箭射进海水里，将石矢掷进海水里，还用锋利的长矛刺向海水里。可是，阿路隐藏在深深的龙宫里，没有被刺掉一根毫毛。

西部落足智多谋的将领肯子短由，对格饶次姆献计说："要拿鸡血作诱饵，狡猾的狐狸才会进入猎人安设的圈套；要用绵羊的叫声引诱，豺狼才会陷入陷阱；对贪色的阿路，只有用美貌的女人诱引，才能把他诱出龙宫来就擒。"美丽的格饶次姆采纳了肯子短由的计策。她用闪光的珠环，装饰在乌云般的头发上；亮闪闪的银耳环，挂在花瓣般的耳垂上，晶莹的玉手镯套在手腕上，彩虹般的绫罗衣裙穿在身上……她怀着杀夫的仇恨，装着媚人的笑脸，来到白海边。

她对着白浪滔滔的白海，向潜藏在龙宫里的阿路唱起了情歌：

躲在白海龙宫中的阿路啊，
你像闪光的珠宝一样充满智慧；
有你智慧光芒的照身，女人才会比月亮漂亮，
可你却潜到海底龙宫不敢出来相会；

莫不是你的智慧变成了可笑的愚蠢，
莫不是显赫的酋长变成了胆小的鼠辈！

女人离开你的勇敢就会失去力量，
女人没有你的智慧就会无所作为，
只要答应我轻轻地看上你一眼，
美貌的女子愿与你终身相配。

勇敢智慧的阿路啊，快出来吧！
多情的女人等着与你共枕同杯。

格饶次姆像蜂儿绕着毒花飞舞，向她所仇恨的阿路显露女人的恋心。她坐在白海边，边唱情歌边洗涤她那乌云似的黑发，洗涤她那柔嫩的手腕，还坦露出她那像酥油一样丰润的奶头，用白水浇洗……

好色的阿路被格饶次姆的情歌挑动了淫荡的心，被格饶次姆月亮般美丽的容貌迷住了七魂九魄，他从白海里出来了。他作起魔法，变成一只眼光敏锐的白魔，在空中巡视了三圈，没有发现一个西部落哨兵的影子，也没有察觉一丝可疑的迹象。阿路的胆子慢慢变大了，他来到了格饶次姆的身

边。他们在海边洗涤玩耍，谈情唱歌。

格饶次姆怀念死去的丈夫岩山，不觉流露出了对阿路憎恶的脸色，狡猾的阿路立即感觉到，心里掠过了恐怖的阴影，又隐遁到龙宫里去了。

第二天，格饶次姆又来到白海边，边唱情歌边洗涤着她的黑黝黝的头发和白生生的胸脯。阿路听了格饶次姆动人的歌声，觑见了格饶次姆柔美的身姿，禁不住嘴角流出涎水，浑身骨头酥麻，他记不清是走着还是飞着来到了格饶次姆的身边。他作起魔法，变成一只白鹰，格饶次姆也作起魔法，化成一只黑鹰。白鹰和黑鹰在天空中追逐嬉戏，自由翱翔。阿路追着格饶次姆不知飞翔了多少路程，度过了多少时辰。格饶次姆为岩山复仇心切，不觉流露出对阿路仇恨的眼神，奸诈的阿路又察觉到了，心里产生了疑惧的阴云，他怕坠入不祥的陷阱，于是又隐身飞到白海里去了。

贪婪的恶鹰虽然狡诈，但它看见了羽毛美丽的雏鸡，会把狡诈变成蛮干。第三天，阿路按捺不住情欲烧心，还没有听到格饶次姆的歌声，就从海里钻出来等待着了。他作起魔法，变成一头白牦牛，格饶次姆也作起魔法，变成一头黑牦牛。他们在绿绒般美丽的草滩上啃吃青草，做着互抵犄角的游戏。阿路玩得忘记了饥饿，忘记了自己在什么地方。格饶次姆强忍住对这条贪婪残暴的毒蛇的厌恶的仇心，装着一副笑脸唱道：

> 能干的阿路啊，
> 天上的月亮和星星互相依偎；
> 你是月亮，我是星星。

地上的青草和鲜花并蒂同生，
你是青草，我是鲜花。
愿我俩像月亮和星星互相依偎在一起，
让我们俩像青草和鲜花永远结合一起。

阿路被格饶次姆的美貌和情话紧紧抓住了心，神魂颠倒，只顾咧开大嘴狂笑，说不出话来。格饶次姆又说："人间太辛苦了，我们离开这个苦地方吧！搬到那绿宝石缀满天空、黄金铺满大地，树上开金花、石上开银花，银色的野鸡当晨鸡、金色的狐狸当牧羊狗的好地方安家去吧！"阿路眨着怀疑的眼睛说："我的祖父那一代，长慧眼的智者出过一千人，聪明能干的长者出过一万人，从没听说过人间会有这样好的地方呀！"格饶次姆作起魔法，使阿路眼里仿佛出现了绿宝石缀满天空、黄金铺满大地、树上开金花、石上开银花、银色的野鸡当晨鸡、金色的狐狸当牧羊狗的美好世界。阿路的疑虑像冰雪遇到火塘一样消失了，他的心完全拴在格饶次姆的辫梢上了。格饶次姆用强装的笑脸，引诱着阿路走到了距离白海一天路程的地方，她又对阿路说："人间有个白鹿长银角、山骡长金鬃的好地方，我俩到那里安家去！"阿路闪着疑问的眼神，说："在我的父亲那一代，学识渊博的智者出过一千人，文武双全的强者出过一万人，从来没有听说过人间会有白鹿长银角、山骡长金鬃的好地方呀！"格饶次姆又作起魔法，把阿路引到山坡上，使他看见坡下有长银角的马鹿跳舞、坡头有长金鬃的山骡走动。格饶次姆又对阿路说："若是我俩结婚同居，前面还有更好的地方。那里的树木会走路、烧柴不用砍，泉水会爬坡、喝水不用背，石

285

头会说话、出门用不着担心迷路。我俩还是搬到那里去吧!"格饶次姆像一只母羊在前面走,阿路像一只发情的公羊在后面跟。格饶次姆的心被仇恨磨得雪亮,阿路的心被淫欲涂得墨黑,他俩来到了黑白交界的地方,格饶次姆事先悄悄指派的西部落的黑鹰兵和黑风卒把诱骗到阿路的消息传送给西部落将领拿日佐补和肯子短由,请他们准备消灭仇敌。

西部落的将领拿日佐补和肯子短由得知了这一消息,高兴万分,他俩议定:拿日佐补带领西部落的火兵,潜伏到阿路的身后,烧起触天的大火,截断阿路逃回白海的路径;肯子短由率领西部落的大军,作正面攻击。西部落的兵马发出了山洪暴发般的吼声。阿路被这突然的吼声震动,如同大梦初醒。他知道自己中了计谋,回头就跑,可是,后退的路上已燃起熊熊的火焰,隐遁回白海的路径已被火墙隔断了。他顿时吓得九根魂柱折毁了七根。阿路再作不起魔法了。就在这黑白交界的地方,骄横一时的东部落酋长束手就擒了。

阿路的双手被反剪着捆上了铁链,两脚被套上了木枷。他流着悔恨的泪水,诅咒说:"老虎看见绵羊,只知道羊肉的鲜美,却忘记了猎人暗设的陷阱;男人看见美貌的女人,只贪恋女人的温柔,却忘记了温柔里藏着灾祸……"他被押解到西部落的黑海边,被割下了头颅。

格饶次姆在庆祝胜利的时候,更加思念她死去的丈夫岩山。岩山生前遗愿还没有实现,格饶次姆脸上还没能出现笑容。她走到胜利的旗幡下,仿佛天上的月亮来到了人间。足智多谋的肯子短由很能理会贤明的女主人的心事,他把从阿路心窝里取出来的开魔锁的金钥匙双手奉献给格饶次姆。格饶次姆领着西部落的水兵,跨过黑白交界的地方,向东部落锁着太阳的铜砥柱奔去。拴在砥柱上的太阳喷吐着炽烈的火焰，烤得人们汗流如注、头昏眼花。格饶次姆爬上铜砥柱，从怀里掏出金钥匙，打开了魔锁，终于解放了被独占的太阳。

太阳从东地的铜砥柱上方起身，翻越过黑白交界的魔岩，又落到西部落的铁砥柱背后。从此，太阳和月亮循环着在东部落和西部落的上空出现。西部落又获得了光明和温暖，东部落又恢复了白天和夜晚。东部落和西部落重新和好了，他们歃血为盟，填平了谋杀的陷阱，扫清了刺人的蒺藜，刀矛、弓箭、盔甲等兵器被锁进了金库。东部落和西部落的子子孙孙，同享着太阳的光明和温暖，五谷丰收，六畜兴旺，百姓世世代代生活在一块美好的土地上。

讲述者：和正才　和　光

搜集整理者：木　易

# 普米族

◎ 中国各民族神话

创世神话

# 石头阿祖和石头子孙①

一

古时候，地上没有山也没有人，只有神仙住在天宫里。神仙可多啦，他们各管各的事、各干各的活。有的管织云，有的管降雨，有的管种花，有的管养马，有的管种五谷，有的管养鱼……纳可玛②女神手下有三千个仙女，专干织云锦的活计。有一天，一个仙女织云锦时不小心失手掉了天梭。天梭穿过云层，落到地上，变成了纳可穆玛山③。

天长日久，纳可穆玛山受了日月的灵气有了灵性。白天，她是一座大山，静静地躺在那里，到了晚上，她就变成一个大姑娘，能说会唱。她唱的调子很好听，逗得天下的雀鸟、野兽都来同她对唱。连天宫中住的神仙，一到晚上，也背着天王悄悄来到她身边，同她对歌，与她谈心做伴。

天宫中管降雨的神叫吉西尼，他是纳可穆玛身边的常客，只要一有空，就来跟纳可穆玛做伴。后来，吉西尼私下天界同纳可穆玛相会的事让天神王都若晓得了，都若便把吉西尼贬下天界，惩罚他变成另一座大山，发落到远隔纳可穆玛千万里远的花月塔④去受苦。天神王都若还派了三千天兵天将一刻不停地轮流往吉西尼身上泼水、盖雪、扇风，要把

---

① 本故事流传于云南省宁蒗、回木木里等地，由王松选自1986年第5期《山茶》。

② 纳可玛：西王母。

③ 纳可穆玛山：昆仑山。

④ 花月塔：指今云南丽江地区。

吉西尼冻死。吉西尼身上终年冰雪不化，人们便把它叫做卡六巴黑①。

## 二

自从吉西尼被天神王都若惩处变为卡六巴黑后，天上其他的神再也不敢来同纳可穆玛玩耍了。可怜的纳可穆玛就像冬至落尽了叶子的树干，孤孤单单的一根，多寂寞啊。她满腹的知心话没处说，一肚子的调子无处唱，越想越难受，只好痛哭一场，心里反倒好受些。她白天哭，黑夜哭，年复一年，她的泪水淌成了两条大河，就是长江和黄河。这眼泪淌成的河，也有灵性，它们淌呀淌，一刻不停地向远方淌去，去为纳可穆玛寻找吉西尼。

长江名叫滚毒依，天下就数它跑的路远。它来到花月塔，总算找到了吉西尼。滚毒依一见到吉西尼，冲上前去，紧紧地把吉西尼抱住，喊呀叫呀，嗓子都喊哑了，吉西尼才应声。

"刺骨的寒风吹散了我的骨架，穿心的冰雪冻僵了我的身子，几千年来，从没有谁呼唤过我，把我唤醒的是哪路天神呀？"吉西尼昏昏沉沉地发问。

"天梭离开了云丝，就织不出云锦，纳可穆玛不见吉西尼的面，哭得眼泪淌成河。我是她眼里淌出的泪，为寻找你已奔走了九千年。"滚毒依伤心地回答。

"云彩忘不掉天梭的情分，我时时都在想念纳可穆玛。可我身子被魔锁锁住，再也不能腾云驾雾，去到纳可穆玛身

---

① 卡六巴黑：今云南丽江地区的玉龙雪山。

边，听她唱调子，陪她说话。现在我一刻不停地被水泼、雪压、风刮……"吉西尼说着，流出了眼泪。滚毒依听着听着也噙起了泪花。吉西尼向滚毒依问长问短，打听纳可穆玛的情况，滚毒依一一回答了吉西尼。

滚毒依从吉西尼的问话中听出他实在想念纳可穆玛，为了让吉西尼同纳可穆玛相会，它向风神哀告："风神呀，你是晓得的，我不会走回头路，吉西尼也不会走路，请你给纳可穆玛捎个信，叫她到这里来与吉西尼相会。"风神大骂道："不知死活的滚毒依，我是监处吉西尼的神，要叫他受罪我心里才痛快，我怎能去叫纳可穆玛同他团聚？你真是瞎了眼了。"

滚毒依挨了风神的骂，瞪了风神两眼，咽下了气，转向雪神哀告说："雪神啊，念在吉西尼和你是一路神，请你去给纳可穆玛捎个信，叫她到这里来看望吉西尼。"雪神不怀好意地回答："要我带信也容易，你若同我做一家，我就替你去带信。"气得滚毒依半天不出声。

这时，路过的云神听到了滚毒依和风神、雪神的对话，气得脸都变了。他在天空中对滚毒依说："好心的滚毒依，你莫要气，也不用哭。靠风靠不住，靠雪冷透骨，你求他俩只会痛苦，我替你去带信吧，你好好地招呼吉西尼。"滚毒依很感激云神，回答说："云姐姐，你太好了，为了报答你，我要变做镜子，让你照着梳妆打扮。"吉西尼也很感激云神："云妹妹，你的好处我永远不忘，为了报答你，我要请纳可穆玛织件五彩衣裳给你。"

云神在天空中回答："我不要梳妆镜，不要五彩衣，遇到风神、雪神欺侮我，请你们出把力吧！"她边回答，边飞奔着给纳可穆玛带信去了。

## 三

云神连夜把纳可穆玛带到吉西尼身边，分离了九千年的情人又见面了。云神怕天神王都若看到纳可穆玛和吉西尼相会而加害他俩，也怕风神、雪神杀害他俩，便用一层层云雾搭起了罩棚，把纳可穆玛和吉西尼严严实实地遮住。

罩棚挡风又遮雪，暖烘烘的。吉西尼暖和过来后，想伸伸手脚、翻翻身子，但魔锁锁住了他的心，怎么翻也翻不过来。纳可穆玛扑上前去，用手搬，又用嘴咬，想把魔锁捣烂，救出吉西尼。可魔锁不仅丝毫不动，反而引起吉西尼撕心裂肺的剧痛。纳可穆玛停下了手，伸出舌头，慢慢地、轻轻地为吉西尼舔身上的伤口，边舔边说："吉西尼呀别怨我，要是我知道你在这里受罪，早就到这里来了。今后呀，我再也不离开你了，我要替你分担痛苦。"

吉西尼摇摇头："你对我的好处，就像你的调子一样，我永远记在心上，但我不能让你留在这里，跟我一起受罪。"

纳可穆玛决心要留下，吉西尼就是不允许，结果吵起来。他俩的吵闹声让罩棚外的云神听见了，云神既高兴又难过，高兴的是纳可穆玛的心肠好，难过的是吉西尼太可怜。她想了又想，隔着罩棚对纳可穆玛说："好心的纳可穆玛呀，你的心肠吉西尼知道，你可万万不能留在这里。若时间久了让天神王晓得，他决不会放过你。到那时，你们俩都会同遭灾难，弄不好，还会双双被折磨死掉。你还是回你的老地方去吧。我愿每天晚上都接你到这里来同吉西尼相会，天要亮时，再把你送回去。"

纳可穆玛听了云神的劝说，依依不舍地离开吉西尼，坐上云船回去了。从此，每到晚上，纳可穆玛就坐着云船来看望吉西尼，天一亮，又坐着云船回到自己的住地。据说，从此普米族和摩梭人就有了安达①婚习俗。

## 四

后来，纳可穆玛怀孕了。又过了三千年，她一胎生下了十个娃娃：五个姑娘和五个儿子。五个姑娘取名娜卡、筒巴、尼史、角姑、扯妞，五个儿子取名黑咕卡、羊而若、绒布巴、打史、格若。娃娃一生下来，见风就长，不到一个时辰就长成十个大人。当他们从阿妈口中得知阿爸的遭遇后，决心结伴走遍天下，寻宝求师来解救阿爸。

娜卡同黑咕卡一路向东走去；筒巴同羊而若一路向南走去；尼史和绒布巴结伴向西走去；角姑和打史一同向北走去；扯妞同格若一起向大地中央走去。他们白天连着黑夜走，黑夜接着白天行，十个儿女为早点救出阿爸，一刻也不停地走哟走哟，走了三千年。娜卡同黑咕卡来到了剌踏②地方。这地方有好多好多猴子，有的在打磨石刀石斧，有的在造弓削箭，家什做好后，它们吵嚷着，一齐去围捕老虎、老熊。娜卡对黑姑卡说："这本领可强啰，学会后去同天神厮杀，救出阿爸。"姐弟俩便在剌踏地方住下来，拜猴子为

---

① 安达：意为亲密的朋友或伴侣。安达婚，是一种夜宿晨分的女访男婚姻形式。

② 剌踏：意为老鹿居住的地方，指今云南省宁蒗县永宁区及四川木里、左所一带。

师，精心学习本领。后来，他俩结成了夫妻，生下了五个儿女。这五个儿女也像娜卡和黑咕卡一样，落地随风长，转眼就成了大人。当他们得知阿公吉西尼的遭遇后，又离开了阿爹、阿妈，要像阿爹、阿妈一样，走遍天下去寻宝求师，解救受难的老阿公。这五个孙儿、孙女后来都寻到了师父，就在那个地方居住下来。他们就是云南宁蒗县的狮子山、瓦哈山、则枝山、阿沙山和四川的如卜拉山。阿妈娜卡就是云南宁蒗地区的小凉山，阿爹就是四川的大凉山。因为娜卡和黑咕卡是学狩猎的，所以他们的后代儿孙——大小凉山地区的彝族人大多是好猎手。

筒巴同羊而若一直朝南走，走了三千年，来到了虚儿奶①地方，见成千上万的燕子边啾啾啾地呼唤着，边衔泥做窝。筒巴跟羊而若商量道："这本领可要学一学，学会后，去给阿爹造一个大窝，挡住风雪，阿爹就会少吃些苦头啰。"姐弟俩便在虚而奶地方住下，拜燕子为师，精心学习做窝的本领。相传，筒巴就是云南剑川的石宝山，羊而若就是剑川、兰坪交界处的老君山。后来，他俩结成了夫妻，生下了两男两女。两个姑娘就是剑川的东岭山和羊岭山，两个儿子就是剑川的金华山和巩北山。这四个儿女也同爹妈一样，见风长，转眼就成了大人。当他们得知吉西尼阿公的遭遇后，决心效仿爹妈，走遍天下去求师寻宝解救老阿公。由于筒巴和羊而若是学砌窝的，所以他们的子孙后代——剑川和兰坪等地的白族人多是好木匠。

---

① 虚而奶：今云南剑川、兰坪一带。

尼史同绒布巴一直往西走，走了三千年，来到了格枝叭①地方。这儿的雀鸟可多啦，有穿得花花绿绿的箐鸡，有穿青罩白的喜鹊，有五彩缤纷的凤凰，有素雅清秀的画眉，有披绿挂红的鹦鹉……它们在树枝上又唱又跳。尼史和绒布巴听着看着，浑身痒酥酥的，一路的劳累一下子都消失了。他俩决心留在这里跟雀鸟学习唱歌跳舞，等本事学到手，去花月塔给吉西尼阿爸解闷开心。从此，他俩便在这里住下来，结成了夫妻。尼史就是洱源的玉壶山，西山就是绒布巴的身躯。尼史同绒布巴生了两个如花似玉的姑娘，她们就是大理的点苍山和洱源的凤羽山。尼史和绒布巴以及他俩的姑娘都是跟雀鸟学唱歌跳舞的，所以大理和洱源的白族人个个能歌善舞。

角姑和打史结伴向北走，走了三千年，来到了沃开洼②地方。在这里，他们跟布谷鸟、穿山甲学会了纺线织布和栽花种树的本领。苦头是吃够了，但他俩心里倒也甜。学到了这些本领，可以织出布、缝出衣裳给阿爸御寒，栽花种树为阿爸挡风。他俩结成了夫妻后，在沃开洼地方住了下来，成为鹤庆的龙华山和石宝山。他俩生了三个姑娘和两个儿子，就是鹤庆的月山、朝霞山、玉屏山和五老山、岗脊山。儿女们就守在阿爸阿妈身边，学习抽丝、纺线、织布和栽花种树。鹤庆的白彝人（彝族的一个支系）靠育林伐木为生，就是角姑和打史传下的。

纳可穆玛不放心最小的一双儿女扯妞和格若远走，只让

---

① 格枝叭：指今云南大理、洱源一带。
② 沃开洼：今云南鹤庆。

他俩在大地的中央去寻宝求师。扯妞同格若不怕路途远，道难行，相亲相爱，互相照顾，足足走了六千年，来到了浪卡①。浪卡可是块宝地，遍地是奇花异草。雀鸟、昆虫、野兽受了伤，只消在那些奇花异草中滚一滚，马上就好了。扯妞同格若见了，动起脑子来："这些花草既然能治好雀鸟虫兽的伤，也一定会治好阿爸的伤。"姐弟一商量，决心在此地住下来。后来他们结成了夫妻。他俩白天黑夜不停地种药、采药，天长日久，种出的药草成片成堆。云南宁蒗的药山和牦牛山上的药材多，就是扯妞和格若种下的。他俩也生了四个姑娘和一个儿子，就是宁蒗的光茅山、翠依山、罐罐山、船山和木雄山。这些儿女也在阿爸、阿妈身旁学种草药，一心想多种出药材来，好搭救吉西尼阿公。宁蒗盛产药材，原因就在这里。

## 五

纳可穆玛的十个儿女离开她足足九千年后，各自带着儿孙，陆续从各地回到了她的身边。儿孙们争着向她诉说各人学到的本领，乐得纳可穆玛淌出了眼泪，心想吉西尼有救了。第二天夜里云神带着纳可穆玛和她的儿孙来到吉西尼身边。吉西尼见到了纳可穆玛和本领高强的子孙，欢喜得哈哈大笑。风神、雪神听到他的笑声，吓得抖了起来。儿孙们看到了吉西尼受的苦难，一个个恨得牙齿咬得咯咯响。在纳可穆玛、娜卡、黑咕卡的带领下，大家一起向残害吉西尼的恶神杀去。厮杀了三天三夜，恶神死的死、逃的逃。娜卡和黑

---

① 浪卡：今云南宁蒗。

咕卡用石斧劈碎了锁住吉西尼的魔锁，扯妞和格若在吉西尼的伤痛处擦上药汁，角姑和打史为吉西尼穿上厚实暖和的衣裤，筒巴和羊而若赶忙为吉西尼砌了一处遮风御寒的棚子，尼史同绒布巴带领自己的儿女为吉西尼和全家老小唱调子、跳锅庄舞……吉西尼得救了，全家人团聚了。

云神带着纳可穆玛和吉西尼全家，又飞回他们的老家。住下来后，娜卡和黑咕卡教大家打猎，筒巴和羊而若教大家起房盖屋，角姑和打史教大家纺线织布，扯妞和格若教大家栽花种药草，尼史和绒布巴教大家唱歌跳舞。不久，纳可穆玛和吉西尼的儿孙们就学会了各种技能。纳可穆玛没有忘记云神的好处，编织了一件五光十色的衣裳送给她。我们看见的多姿多彩的云霞，就是云神穿上了纳可穆玛送给她的花衣裳。一到刮风下雪天，云雾老是往山沟中钻，那是纳可穆玛和吉西尼对云神许下的愿：当云遭到风神和雪神的欺侮时，他们就来保护云神。

纳可穆玛和吉西尼的儿女们忘不了他们学艺生存的地方，在老家住了三千年，得到阿爹阿妈的同意，各自带着自己的儿女，回到他们生活过的地方去了。吉西尼丢不下留在花月塔的滚毒侬，也回花月塔去了。全家人分离时，相互约定，每隔三千年，回老家团聚一次。传说每隔三千年，大地就要漫一次洪水。那是因为天下的大山都到昆仑山团聚去了，没有东西阻拦地上的水。而昆仑山和玉龙山为什么终年都是白的？那是因为纳可穆玛和吉西尼都老了，满头白发。

## 六

纳可穆玛和吉西尼的子孙们各自回到学艺的地方定居下

来，建房盖屋，栽花种树，纺线织布……慢慢地成了一个个斯日①。后代儿孙们长大了，又生下了许多儿孙，九千年后，大地上就有了九万九千座大山。

有一次，当所有的子孙都回到纳可穆玛身边团聚时，昆仑山容不下这样众多的后代，纳可穆玛便想出了个好办法，她教儿孙们生孩子时，要从腋窝下生，娃娃快爬出来时，要用手臂夹一夹。她的儿孙们都是照着这办法做，生出的娃娃不再那么大了，高不过七尺，粗只有一尺半，这就是人。

千万年后，人类遍布大地，结成了一家一户；十家八家又集成一个个集体，就成了村寨。人们忘不了自己的祖先，到一定的时候，就要相约去山上祭祀自己的阿公阿祖。传说，宁蒗摩梭人的绕狮子山，普米人的跑罐罐山，大小凉山彝族的踩山节、采药节，剑川八月十五的石宝山歌会，鹤庆三月十五的朝石踏山，大理白族的绕三灵，等等，就是从祭山习俗来的。居住在泸沽湖边上的普米人、摩梭人，每年三、五、七月，都要到阿布流沟山的石洞中去祭石祖。婚后不孕的妇女，也到移木洞向石祖求子。

讲述者：曹正初

搜集者：章虹宇

———————————

① 斯日：血缘家庭。

# 简剑祖射马鹿创天地①

开天辟地之前，没有大地，没有蓝天，没有日月星辰，也没有万物。天神要开天辟地，便做了个巨人，给他取名叫简剑祖。

巨人做成了，天神对他说："简剑祖，你去造天造地吧。"

简剑祖说："我不知道如何造天，我不知道如何造地。"

天神说："我给你一只红狗、一只白狗、一只金狗、一只银狗、一只铜狗和一只铁狗，去追撵野兽吧！这六只狗，会帮助你造天造地的，你快去吧。"

简剑祖正要再问什么，但只眨个眼，天神不见了，却出来那六只不同颜色的猎狗。简剑祖没法，这没天没地的，又不知到哪里去狩猎、到哪里去造天造地，他想问问狗，狗却汪汪叫，腾空而走。

简剑祖没法，只好跟着六只狗走了。也不知走了多少时候，更不知来到了什么地方，面前突然出现一只马鹿。马鹿既肥壮又美丽，它昂头看看简剑祖，不慌不忙朝前走。那六只猎狗看见马鹿就叫着追了过去，一下子围住了那马鹿。简剑祖心想：莫非天神是要他用马鹿来造天造地？正想问，那马鹿冲出狗群，扬起腿，腾空而去。简剑祖忙拉开弓，搭起

---

① 这篇神话是以说唱或诗歌形式流传下来的，流传地区较广。杨庆文撰写的《普米族文学简介》中这个故事的标题是"捷巴鹿的故事"，季志超米所写论文《藏族普米族创世神话比较》中所举例子的标题叫"吉赛叽"，主人翁吉赛叽是猎人的意思。这个故事是普米族杨祖德和杨学胜讲的，内容大同小异。这篇神话根据这两篇神话和其他材料编辑而成。

箭，"嗖"的一声射了出去，恰恰射中马鹿，马鹿被射死了。

简剑祖是个聪明的巨神，他看鹿头最庄严、最美丽，就割下鹿头做天。鹿头冉冉而上，上面就出现了蓝蓝的天。六只狗高兴地汪汪叫。简剑祖看看天，觉得天上宽宽的，空落落的什么也没有，他便取下马鹿的牙齿，把马鹿的牙齿抛向天，那天上便出现了满天的星辰。六只狗啊又汪汪叫，表示祝贺。简剑祖出神地端详着蓝天，他仍然不满足，觉得天上地下都还昏暗不明，于是，他挖出马鹿的一对眼睛，把左眼抛向天，左眼便变成了亮堂堂的太阳，照得天上地下都金光灿烂；他又把右眼抛向天，右眼立刻变成一轮明月挂在蓝天。六只猎狗又汪汪叫着，高兴地庆贺简剑祖的功绩。

简剑祖再看看天，他已觉得满意，他又看看地，大地却还是一片黑漆，什么也没有，什么也看不见，该是他造地的时候了。该用什么来造地呢？他又看看鹿的身子，美丽柔和的皮毛，厚实的鹿肉，不是可以造成沃土大地？他便剥开了皮毛，砍开了鹿体，把鹿肉撒向下面，鹿体立刻化成了大地。六只狗又跳又叫，庆贺大地的开辟。简剑祖又看看大地，只见一块厚厚的泥土，此外什么也没有。不，还欠缺了点什么东西。他便又把剩下的鹿心、鹿肝和鹿肺抛向大地，鹿心、鹿肝和鹿肺立刻就化成高耸的群山和低窄的峡谷。简剑祖又把鹿肠子抛向大地，大地便出现了无数的江河和道路。他高兴了，便领着猎狗下去踩踩土地，土地软柔柔的，好像就要塌陷下去。是呀，大地应该有骨骼，才能承受起生命的成长。他又把马鹿的骨架丢进了大地，马鹿的骨架立刻便化成大地的地脉。简剑祖益发高兴，他又把鹿胆的胆汁洒在天边，天和地之间便出现了五彩缤纷的虹和彩云。猎狗迎着彩虹跳舞，山河也为它歌唱。简剑祖觉得大地应该更加美丽，便又把鹿的鲜血泼向大地，大地上便立刻出现了龙潭和湖海；把鹿胃抛到湖海里，湖海中便出现了漂着的皮蓑。他再看看大地，大地上已有山，也有水，却总觉得欠缺了一个什么重要的东西。他低下头看看，才发现马鹿的皮和马鹿金色的毛还没有派上用场。他便又把马鹿的皮铺在大地上，大地出现了绿茵茵的牧场、平坦坦的坝子和大川；把马鹿的毛撒在大地上，大地又出现了树木和密密的森林。有了牧场和森林，没有牲畜和野兽也是枉然，简剑祖又把鹿皮上的斑纹丢进草地和森林，草地上这才出现成群的牛羊，野兽开始在森林里畅快地奔跑。

是呀，人应该有住的地方，简剑祖应该有个落脚的去处，他再用四只鹿脚变成房屋的支柱，盖起了人住的草房。人要打猎，应该有皮靴，他又把鹿腿变成了皮靴。

天开辟了，地做成了，万物都有了，简剑祖回想起天神，这一切都是天神对人类的恩赐，应该感谢天神的造化，应该感谢天神的指点，应该永远纪念天神的恩德，他又把鹿尾巴插进大地，大地便长出了青松①。这就是人类祭天的神物。

---

① 普米族每家都认定一棵松树或麻栗树作为本家的山神，在各家的山神树中，又会认一棵最大的松树与麻栗树为全村的山神，并且都加以祭祀。各家的祭祀日期一般在农历七月或腊月。全村公祭一般在四五月封山和七八月开山时。普米族也祭龙潭、山神，祭龙潭和山神的日子不能吃荤。

# 人和狗换岁数[①]

从前，树王和人、狗争论寿岁的事。树王说："我要活一千年。"人和狗说："你要活一千年，那我俩就要活一万年。"

正在这时，天神来到他们身边问："你们争吵什么？"树王、人和狗都争着说："天神呵，你给我们一个合理的寿岁吧。"

天神想想说："好的。今晚上我叫水牛来向你们喊寿岁，谁回答得快谁就得那个寿岁。"树王、人和狗都同意了。

天黑了，人和狗很想听到牛的声音，可是一直没有听到。人以为水牛不会来喊，就去睡了。狗见人睡，它也跟着睡了。只有大树王没有睡，它在天底下细细地听着。到了半夜，水牛才骑着月亮从天边飞来，到半空中，水牛大声喊道："要寿岁的三个，你们听着吧，谁要活千万年，快回答！"

大树王马上回答："我要活千万年。"

水牛又问："谁要活一百年？"

狗一下子醒过来答道："我要活一百年。"

这时，人在屋里睡得正香，他一点也没听到。水牛又喊："活五十年的人，你听到没有？快回答。"

人没有回答。水牛感到奇怪，再次喊："活十二岁的快

---

① 本故事流传于云南省宁蒗县翠依乡，由王四代选自《普米族故事集成》，中国民间文艺出版社1990年版。

回答。"这时人才慌慌张张从梦中醒过来，说："我要十二岁。"水牛立即骑了月亮飞走了。

人只得了十二岁，坐在屋里痛哭。狗听到人的哭声，来到人的身边问："你怎么啦？"

人说："我才得到十二岁的寿岁，太短了！"

狗听了也很难过，它想了一下说："你才有十二岁的寿岁，你死了，我怎么过日子呢？这样吧，把咱俩的寿岁交换一下，你只要每天给我两顿饭，不打骂我就行。"于是，狗和人交换了寿岁。

第二天晚上，天神又对水牛说："今晚上你给大树王说，千万年只吃一顿食；给人和狗说，一天吃一顿饭。"

水牛听得迷迷糊糊，它在天上乱喊道："千万年不会吃饭的大树王，一天吃三顿都吃不饱的人，一天吃一顿饭的狗……"喊完就回去了。

第三天，天神知道水牛喊错了话，就把水牛叫来说："你喊错了话，一天三顿都吃不饱的人，哪里有那么多吃的给他？如今只有你去帮助人们犁田翻土、生产食物，让他们三顿有饭吃。"

水牛被天神赶下来，不小心把上牙都跌落了。从此以后，普米人中流传着这样一句话："人的寿岁是从狗那儿换来的，水牛是神仙给来犁田的，黄牛是水牛请来的长工，水牛的上牙是它从天上下来时跌落的。"

讲述者：熊尔干

记录整理者：曹银秀

洪水神话

# 洪水滔天①

很古以前，有三个普米族弟兄，他们分别到森林里去开荒。第一天，老大拿着木锄去挖地，挖着挖着，突然有只乌鸦飞到他旁边的一棵树上叫唤："哇呀！哇呀！你若把午饭给我吃，我就告诉你一件很要紧的事情。"

老大听了很生气，骂道："你这死乌鸦，别想骗我的午饭吃了，快滚！"

接着，他随手捡了块石头打过去，把乌鸦撵跑了。

第二天，老二去挖荒，乌鸦照样飞到树上向他要午饭吃，也被老二打骂走了。

第三天，老三去挖荒，乌鸦又飞来向他要午饭吃，老三就把自己的午饭给乌鸦吃了。乌鸦吃完饭，对老三说："今天下午要发洪水了，你赶快逃命吧！"说完，就飞走了。

老三听了急得连忙往家里跑去，刚到半路，被一只青蛙挡住了路，老三很有礼貌地向它说道："阿格巴丁②，马上要发洪水了，我要回家去告诉两位哥哥。你能不能告诉我们怎样才能躲避洪水？"

青蛙听了跳到路边，和气地对老三说："你回去告诉你的两位哥哥，叫他们各人准备一根又粗又长的麻绳。你除了准备一根麻绳外，还带上一条狗、一只猫、一只公鸡和一根舂棒。中午我到你家，领你们到月亮上去。"说完，青蛙就不见了。

---

① 本故事原载 1983 年第 3 期《山茶》。
② 阿格巴丁：普米语，即青蛙舅舅。

　　老三连忙跑到家里，把事情一五一十地给两位哥哥说了。快到中午时分，青蛙出现在老三家门口，三弟兄带上准备好的东西，跟着青蛙腾云驾雾来到月亮上。青蛙把他们三弟兄带到一棵又粗又高的巴达薪代崩神树下，用粗麻绳把老大拴在树脚，把老二拴在树腰，把老三拴在树尖。拴完后，青蛙对老三说："洪水淹倒你脚跟的时候，你把狗丢下去，水就会退到树腰；你又把猫丢下去，水就会退到树脚；你再把公鸡丢下去，水就会退到月亮下；这时候，你把舂棒丢下去，就可以知道大地上还有没有水了。"青蛙说完，又不见了。

　　这时，太阳已偏西，他们三兄弟忽然听见轰隆轰隆的声音，这声音就像天崩地裂，可吓人啦！接着，只见大地上洪水哗啦哗啦朝天翻滚上来，很快翻滚到神树脚底了。老二看到这情景，着急了，大声问脚底的老大水淹到哪里了，老大说到他的脚跟了。老二第二次问老大时，老大已被洪水淹没，没有一点声音了。在树尖的老三看到洪水咆哮奔腾着一直往上翻滚，太害怕了，他慌忙问脚底的老二水淹到哪里了，老二说淹到他脚跟了。老三第二次又问时，老二说水淹到他胸口了。老三第三次再问时，老二也被洪水淹没，没有一点声音了。眼看洪水已淹到脚跟了，老三按青蛙教他的办法，连忙把狗丢了下去，狗汪汪叫了几声，就被洪水淹没了。他朝下一望，洪水果真已退到神树腰。他又把猫丢下去，猫喵喵地叫了几声，也被洪水淹没了。这时，洪水已退到神树根。他再把公鸡丢下去，公鸡喔喔地叫了几声，又被洪水淹没了。这时，洪水果然已退到月亮下面了。老三就把舂棒丢了下去，只听见舂棒着地后发出了咣啷啷的声音，他知道洪水已退完了。

老三被拴在神树上下不了地面，急得没办法，只好等着死。他等啊等，等了九九八十一天。这天，他抬头往神树尖上一看，突然看见上面有个大神雕窝。他心里很高兴，不知哪里来的力气，一下子挣脱了麻绳，爬到神雕窝里一看，只见里头有两只小神雕正在啄食鹿肉。他肚子实在太饿了，就把鹿肉抢来吃，然后，爬到窝底躲着。他这样吃了好多天。

有一天，老神雕发觉小神雕瘦了，感到很奇怪，就问小神雕，小神雕就把老三每天来抢鹿肉吃的事告诉了老神雕。老神雕听了很高兴，心想："洪水滔天以后，还剩下一个人，这太好了，人有后代了！"它就出去看，看见窝底躲藏着一个英俊的小伙子。老神雕和气地请他骑在自己身上，从月亮上把他带到了荒无人烟的人地上。歇稳后，老神雕对老三说："现在大地上只有两家：一家是山神，他的老婆在天上，他带着三个姑娘住在高山上；一家是魔王，他带着老婆住在箐谷中。你一定要到高山上去找山神家，千万别去箐谷中，当心碰到魔王。"神雕说完，就飞上天去了。

老三按神雕的嘱咐往高山上走去，爬了一段陡坡，不觉来到一个大山洞口，只见里头有两个长眼皮的怪物，一男一女，坐在火塘边传递糖饭团吃。老三饿极了，悄悄地摸到这两个怪物身边，伸手把他们传递的糖饭团接过来吃了。不一会儿，男怪物问女怪物：

"我已递给你几次饭团了，为什么你老是不递给我？"

"怪了，我也递给你几次了！"女怪物说道，"我好像闻到一股生人味，格是有人把饭团接过去吃了。"

女怪物用木棍撑开长眼皮一看，只见老三正站在背后啃

310

着饭团，一把把他抓了过来，一口吞到肚里去了。

正在这时，青蛙走了过来，对女怪物说道："魔王啊，这个人是我的外甥，你把他吞吃了，我就不给你家推磨了。"

原来这两个怪物就是魔王夫妇，青蛙是它们请来推磨的龙子。女魔王一听青蛙的话，火了，大声地说："不推就算了！推磨的人东有三千、西有八百！你走吧，用不着你推！"

青蛙真的走了。魔王只好把喜鹊请来推磨，喜鹊在磨盘上跳来跳去，推不动，反而把麦粒偷吃光了。魔王把喜鹊赶走，又请来蟒蛇帮它家推，蟒蛇盘在磨上，把磨槽都堆满了，还是推不动。魔王无法，只得又到龙宫去请青蛙来推。青蛙就对女魔王说："你把我的外甥吐出来，我就给你家推磨，吐不出来，我就不推。"

女魔王说："你给我端九桶灰水来喝，再用石头敲我的脊背，我就可以吐出来。"

青蛙照着做了，女魔王把老三吐了出来。只见老三手脚被嚼烂，手指脚趾长短不一，大耳朵也没有了。青蛙又叫魔王吐，吐了半天，只吐出几小块碎肉，没法，青蛙只好把这些碎肉凑合起来，拼成两只小耳朵给老三贴上。所以，现在人的手脚指头长短不一，耳朵凸凹不平，就是这样来的。

老三被青蛙救出来以后，又向山神家走去。他走啊走啊，突然，前面出现了一座富丽堂皇的宫殿。他走进去一看，里边没有人，只见堂屋中摆着一桌丰盛的饭菜，正冒着热气呢。他不顾一切地抓吃起来。不料，山神领着三个姑娘来了。老三来不及跑，只好钻到山神的床下躲藏起来。

　　山神领着姑娘们走进宫里，发现桌上摆的饭菜被抓过了，又闻到了一股生人味。他就叫姑娘们在宫里搜查。搜来搜去，最后在床下发现了老三。老三一走出来，山神看到世间还留下了这样一个漂亮的小伙子，感到人有后代可传了，高兴地叫姑娘们摆酒菜款待他。老三看到三姑娘长得很美，暗暗地爱上她了。

　　席间，山神问老三是否会射箭，老三说会一点。山神叫三姑娘拿了三根针平排插在大门上，又拿了套弓箭给老三，要他一箭射穿三个针孔。老三不慌不忙地一箭射去，不偏不倚，箭从三个针孔中穿出去了。山神看到老三真有本事，就对他说："我跟魔王家正在打仗，明天你去帮我的忙。男魔王胸脯上有个黑点，这是它的致命处。打仗时，你会看到树木翻滚在一起厮打，当中有棵大树上有个黑点，你用箭射中这黑点，我们就可以战胜魔王了，那时，你要什么就给你什么。"

　　老三答应了。

　　第二天，老三跟着山神去了，走不多远，突然乌云密布，狂风大作，只见树木滚在一起厮打着。老三仔细一看，见其中有棵大树上有个黑点，他就张弓搭箭照那黑点射了一箭。顿时，云散风停，魔王现出了原形，被射死了。山神非常高兴，问他要些什么。老三什么都不要，只要他的三姑娘做伙伴。山神答应了，要老三在第二天清早到宫殿对面的山垭口等着。

　　第二天清早，老三拿了弓箭到山垭口等着。不一会儿，狂风大作，只见有只斑斓猛虎往山垭口窜过来。老三把它让过去了。紧接着，有只金钱豹又往山垭口窜来了，老三照样

312

把它让过了。接着又窜来了一条花蟒蛇，老三正要让过蟒蛇，忽然，他心里一亮，莫非这就是三姑娘的化身？他一咬牙，连忙转身用弓点了蟒蛇的尾巴一下，只见蟒蛇叹了口气，马上变成那位美丽的三姑娘。

三姑娘对老三说："我家大姐本事很大，能用一颗青稞做成九个粑粑，你不娶她？我家二姐本事也大，能用一颗青稞做七个粑粑，你也不娶她？我没有什么本事，一颗青稞只能做三个粑粑，为什么你偏偏要娶我呢？"

老三说："你能用一颗青稞做三个粑粑，已经足够了。你吃一个，我吃一个，剩下的那个，等我俩有了孩子给他吃。"

三姑娘点头答应了。他俩拜别了山神，双双来到坝子里安了家。他们开出了一块荒地，但是没有牲畜，没有籽种，三姑娘要到娘家去要。临走时，她对老三说："我上天后，你遇到打雷下雨时马上念'招福词'，烧香叩头。"老三答应了。

日子一天天过去了，三姑娘还没有回来，老三把三姑娘嘱咐的话也忘记了。有一天，打雷下雨了，他跑到门外扒了堆烂木渣，点上火烧起来。不料，三姑娘带到半空中的牲畜和籽种闻到烟味后，转回天上去了（现在的普米族人在打雷下雨时，习惯用木渣、松毛火烟熏天，相传是从这里来的）。后来，三姑娘回到人间，责怪老三不该忘记她的话，把事情弄坏了。她又用灰给老三捏了个推磨的姑娘，帮着他料理家务，并嘱咐他千万不要接近灰姑娘。可是，三姑娘上天三日，人间却过了三十年。老三等不得了，就与灰姑娘结了婚，并养了许多孩子。

　　三姑娘在天上过了三天，带着从娘家要到的牲畜和籽种下凡了。当她驾着白云来到她家的上空时，发觉老三已与灰姑娘结成夫妻，而且有了孩子，她气极了，转身要把牲畜籽种带回天上去。这时，在地上做活的老三见到三姑娘转身上天，急忙从家里拿出弓箭射那些牲畜和籽种。他射下了牛、马、猪、羊、骡、驴、鸡、狗，以及五谷和蔓菁籽种。五谷和蔓菁籽种落到地上后，马上长成棵棵了（现在骡、马、驴的蹄子凹进去，猪、牛、羊的蹄子成两半，鸡和狗的脚成了有指爪，大、小麦上有道缝缝，相传都是老三的箭射成的）。三姑娘在半空中看见了，十分气愤，她飞落到地上拔甜荞棵，荞秆划破了她的手，鲜血染在荞秆上，荞秆变成红的了。她大骂道："我要让甜荞籽发苦，要让蔓菁煮了尽成水，给你当不了饭吃！"骂完，愤愤上天去了。（现在的甜荞秆发红，苦荞面有了苦味，蔓菁含水，就是这个缘故）。

　　因为龙子青蛙救了普米族人的祖先，所以普米人不打青蛙，并祭祀龙神。山神把自己的姑娘嫁给普米人的祖先，帮助人传下了后代，普米人才重视祭山神。

讲述：马六斤　曹永忠　曹新民

记录整理：季志超米

# 洪水朝天①

天上了有了太阳和月亮，地上也有了白天和夜晚。慢慢地有了树，有了花，有了草，也有了动物。地上三个哥哥害怕在天上的妹妹和弟弟看见自己不穿衣服，他们就追猎捕兽，用兽皮做裤子穿。在打猎中，看见金色的鸟儿搭窝，三个哥哥也学着鸟儿，用树枝搭房子。有了房子居住，他们便砍林开荒，开始种庄稼了。

三个兄弟一连三天砍林开荒，可是头天砍下树木开出荒地，第二天又还原了。第二天砍下树木开出荒地，第三天又还原了。三个兄弟商量说："我们白天辛辛苦苦干活，晚上是谁捣鬼呢？让我们躲起来看看。"

于是，他们又砍了树林开出荒地。第四天晚上，大哥拿着长矛，二哥拿着大刀，三哥拿着木棒，躲在老林里守候着。半夜三更的时候，跳出一只大青蛙。那大青蛙在砍下的树林旁边跳几跳，倒下的树木"刷"一下立起来，全都复原了；它在开出的荒地上抓几抓，荒地也复原了。这时，三个兄弟看得清楚。大哥端起长矛冲出来，大声吼着："刺死它！"

二哥举起大刀跳出来，呼喊着："砍死它！"

三哥丢了木棒，连忙跑出来拦住两个哥哥说："杀不得，杀不得。它深更半夜干这种事，一定有来历。让我问一问。"

说话间，那大青蛙往地上一蹲，变成一个白胡子老头。

---

① 本故事选自李子贤编《云南少数民族神话选》，云南人民出版社1990年版。本书有删节。

三哥走上前去问道："老人家，我们三兄弟什么时候得罪了你，让你生这么大的气？"

老头说："我看你心地善良，是个老实人，就实话告诉你吧：三天以后，洪水要朝天啦，你们砍林开荒全白做！"

三兄弟一听，都吓呆了，连忙问："老人家，那我们怎么逃脱呢？"

白胡子老头说："地上万物都无法逃脱，只有高大无朋的'巴杂甲初崩'① 大树能够独存。老大用绳子把自己拴在'巴杂甲初崩'大树底下，老二用绳子把自己拴在'巴杂甲初崩'大树中间，老三用细针粗线缝个黑牛皮口袋，口袋里装上狗、猫、公鸡和三个石头、二十七个粑粑，然后爬上高高的'巴杂甲初崩'大树顶端，钻进皮口袋里，躲在树梢的'晓鸡穷'② 大窝里，听见石头落地的声音就可以走出来了。"

三个兄弟按照白胡子老头的吩咐，做完了一切准备。

过了三天，凶猛的洪水黑天黑地冲来了。老三躲在高高的"晓鸡穷"窝里问："大哥，洪水到什么地方了？"

大哥的声音从很远的树底下传来："洪水从四面八方涌来，到脚底下了。"

过了一个时辰，老三又问："大哥，洪水到什么地方了？"

大哥惊慌的声音从很远的树底传来："洪水涌到脖子了！"

再过一个时辰，老三又问，大哥没有声音回答了，他已

① 巴杂甲初崩：普米族传说中的神树，长在大地正中，与天地同生。
② 晓鸡穷：神鸟，兼有凤凰和大鹏的特征。

经被洪水淹死了。

第二天，老三又问二哥："二哥，洪水涨到什么地方了？"

二哥从大树中间回答说："洪水到脚底了。"

过了一个时辰，老三又问："二哥，洪水涨到什么地方了！"

二哥惊恐地回答说："洪水涨齐脖子了啊！"

二哥刚说完，只听得一阵巨浪轰响，二哥也被洪水淹没了。

洪水涨呀涨，巨浪翻又翻，眼看就要涨到"巴杂甲初崩"大树尖尖了。汹涌的巨浪向"晓鸡穷"窝底撞击着，发出万雷震吼的响声。

老三躲在牛皮口袋里静静地听着。过了些时辰，波浪逐渐消歇，他便取出黑石头丢下去，只听见"咚"的一声水响，洪水还没退走呢。又过了很长一段时间，老三丢下黄石头，远远地仍听见石头落水的声音，洪水还没退完。再过了很长时间，老三丢下白石头，这时，从很远的地方传来了石头碰石头的响声，接着又传来石头落水的声音，它告诉老三，洪水快退完了。于是，老三把公鸡丢下去，公鸡落地马上伸长脖子喔喔地叫起来，洪水很快退走。接着，老三把狗丢下去，狗一落地就"岗岗公公"叫起来，被洪水泡软的大地，随着狗的叫声，马上出现坑坑洼洼的高山峡谷。最后，老三把猫儿丢下去了，猫儿一落地就"咪妙——咪妙——"地叫，那些还没有来得及变成高山峡谷的大地，随着猫儿的叫声，又全变成平平展展的土地。如今地上的高山峡谷和平川坝子，就是这样来的。

搜集整理者：贺兴泽　和学良　何顺明　王震亚

英雄神话

# 药　王①

古时候，人不会生病，也不会死亡，只有天上的神仙和地狱中的魔鬼才会生病和死亡。为此，天神和魔鬼老是嫉妒人类，千方百计地想坏点子，让人类生病、死亡。

在喇啦部落居住的塔喇山上，有一棵老高老大的山楂果树。树尖尖托着天，结出的果子又红又大，比天上的星星还多。整个喇啦部落的普米人，就靠采摘这棵树上的山楂果饱肚子。

天神王和魔鬼头商量了九十九天，总算想出一个陷害人类的鬼点子，他俩派瘟神带着蜈蚣、苍蝇、蚊子和各种毒虫到人间，撒在人吃的东西上，害人生病，想叫人死绝。瘟神是个懒家伙，他怕走远路，就顺着长在塔喇山的山楂果树下来。说也凑巧，瘟神刚到人间，就碰上到树下摘山楂果的拉益绒阿普。他看见瘟神红眉毛、绿眼睛、龇牙咧嘴的模样，知道不是个好东西，就上前去盘问："麂子找水塘，是寻水喝；兔子找草草，是为了饱肚子；崖羊找崖羊，是寻找伙伴。你这个从来没见过的东西，独自来到塔喇山，是要干什么？"

瘟神没料到，支支吾吾地撒谎说："我是情格部落的亲戚，要到仓促们那里去做客。"

这下露底了，拉益绒取笑道："情格部落在塔喇山的东边，你怎么不走近路，倒绕了个大圈圈，绕到我们这里

① 本故事流传于云南省宁蒗，四川省木里、盐源等地，由王四代选自《普米族故事集成》，中国民间文艺出版社1990年版。

来？"

瘟神答不上话，也不再同拉益绒说话，赶忙把装病虫的皮袋子往拉益绒头上一摔，转身爬上山楂树，慌忙溜了。袋子撞裂了一个口子，装在里面的毒虫都钻了出来，拼命地吮吸拉益绒的血，啃咬他的骨肉。拉益绒知道大事不好，忍住疼痛，手捉脚踩这些病虫。可他一个人哪里忙得过来？皮袋中的毒虫不断地从里边往外钻。眼看着毒虫往各处飞爬，有的已爬到人们居住的石洞口。不好了，人类要遭殃了！拉益绒来不及多想，就把捕捉到的毒虫抓到自己嘴里，吞到肚子里去。他一边捕捉毒虫，一边大声地呼唤乡亲："快来捉拿魔鬼呀！快来捉拿魔鬼呀！"

从袋子中爬出的毒虫越来越多，拉益绒干脆就把嘴对准袋子的裂口，用劲猛吸，把毒虫全吞到自己肚子里去了。毒虫到了肚子里，毒性大发，不到一个时辰，拉益绒便被毒死在山楂果树下。

乡亲们含着泪，把拉益绒埋葬好，随后各折一枝树枝，扑打漏网的毒虫。可还是有一些毒虫逃跑了，有的钻进石缝，有的躲进草丛，有的钻进死牛死马的骨肉里，一有机会又悄悄地钻出来害人，让人生病。从此，人就会生病和死亡了。

拉益绒阿普死后，他的身体变成了各种草药，长满了坟头，他的精魂变成了一只小鸟，到处飞着叫："有病吃我坟头上的草草！有痛吃我坟头上的花花！"有病痛的人到拉益绒坟头上拔草草花花泡水喝，果然病去痛止。后来，人们把拉益绒坟头上长出的草草花花称作"吾益"（草药名），把叫唤的小鸟叫作"吾益车尔爪山尼"（巫医），把拉益绒叫作"山尼懒"（药王），四时祭供，一直传到今天。

讲述者：曹匹初

记录整理者：章天柱

## 为人盗五谷种的神牛①

远古时候，牛住在天上，一刻不停地耕云犁雾，让仙女播种星星。一天，神牛犁云犁到黑底刺木②上空，因用力过猛，把天犁通了一个大洞，幸好一绺云把它挂住，不然，神牛就跌到地上来了。待它从惊吓中定下神来，从洞口往地下一看，才看到人间很美：干木山绿得像绸缎，洛水海碧得像镜子，花朵遍地开，人们勤快得一刻不停地干活。从此，它每天到洞口来，看那地上人间的情景。

一天两天，十天半月，神牛看出人间一些短处来：地上不出五谷粮食，人靠山果野菜充饥。"唉，人类太可怜了！"神牛很同情人，决心要帮助人类，把天上的五谷送给人间。天上的五谷装在神柜里，神柜用龙锁锁着，还有天神守护，就是蚊子也飞不进去。怎么办呢？神牛想了三天三夜，决定偷。

神牛每天耕雾犁云，仙女酬劳它一罐仙酒、一筐仙果。它把仙女送给的酒果留下来，饿了，就独自啃干草充饥。等

---

① 本故事流传于云南省宁蒗，四川省木里、左所一带，由王四代选自《普米族故事集成》，中国民间文艺出版社1990年版。本文原为《神牛送五谷》。

② 黑底刺木：即今云南省宁蒗县永宁坝子。

仙酒仙果积攒到一定数量，就送去给守神柜的天神吃喝。神牛同天神们成了好朋友。后来，神牛把积攒了一个月的仙酒仙果带去让天神们一次吃了，把守神柜的四个天神都灌醉，就趁机拿角去挑龙锁。它把角都挑弯了，才挑开龙锁。如今牛角是弯的，就是当时留下的残疾。神牛又用头去撞神柜门，把额头都撞肿了，才把门撞开。最后总算偷到了五谷种。

神牛要把五谷种送到人间去，可不是一件容易的事。天和地的交界处有九十九道天门，每道天门有九十九个凶神守卫，没有天上神王的许可，谁也不能跨出天门半步。神牛想了三天三夜，决定永远不做天上的神牛了。它把五谷种藏在自己的毛衣内，走到天洞边，看准落脚的地点，闭上双眼，跳到地上来。

神牛先是落在干木山顶，身上的荞子、燕麦也抖落在山顶。现在山区产荞子、燕麦，就是这个缘故。它从山顶上一直往下滚，滚到半山坡，被一棵大树挡了一下，毛衣内的苞谷也抖落在半坡。所以，今天半山区主产苞谷。挡住神牛的树，被神牛撞了个底朝天，随同神牛一起滚呀滚，一直滚到干木山脚、黑底刺木的平坝上，这才被普米人救起。神牛看到普米人好，便把毛衣内的种子全抖出来，教普米人栽种、收割，同人们一起干活。从此，大地上有了粮食。

人们为了报答神牛，在自己的住房旁边盖房让牛居住，真心实意对待它。从此，神牛成了人类的好朋友，大地上的人也就有了耕牛这个好帮手，也传下了敬耕牛、给耕牛过"春游节"的风俗。

讲述者：曹娜基

记录整理者：章虹宇

# 洪水后留下的老三①

## 一、阿克巴底②

洪水翻天后的大地，什么也没有。有一家三兄弟，老三活了下来。孤单单的老三四面望望，真伤心！他一个人在地上走呀走，一连几天，饭吃不着，肚子饿得很。

有一天，他走进阴森的峡谷里，来到一座大岩石下面的岩洞口，看见两个生不麻③对坐着递东西吃。生不麻都是独脚人样，上眼皮大得出奇，不仅遮住眼睛，还垂到地上盖着脚。老三饥饿难忍，便站在生不麻中间，把它们递送的东西接过来吃。过一阵，两个生不麻一齐说："我怎么没吃到你递来的东西？"

刚说完，又一齐回答："都递过来啦，你不是拿去了吗？"

男生不麻皱皱鼻子说："不对，我嗅着人味。一定有生人来这里。"

女生不麻说："大地上洪水翻天，人都淹死完了，哪还有人！"

说罢，伸出双手，从脚背上捧起眼皮一看，老三正狼吞虎咽地吃着东西呢。生不麻张开大嘴，一口就把老三吞进肚里。

---

① 本故事流传于云南省宁蒗县、四川省木里县，由王四代选自《普米族故事集成》，中国民间文艺出版社1990年版。本篇原文名为"直呆南木"。

② "阿克巴底"，普米语，意即青蛙舅舅。

③ 生不麻：妖怪。

　　这时，正给生不麻推磨的青蛙看见了这一切，它立即停下来，伤心地沉默着。两个生不麻听不到推磨的声音，便吼叫起来："什么时候了，还不赶快推磨，误了我们吃饭，你背罪不起！"

　　青蛙悲哀地回答说："我有伤心的事呀，无心给你们推磨了。"

　　两个生不麻很奇怪，平时蹦蹦跳跳的青蛙怎么有伤心事呢？便问："勤快的青蛙，你有什么伤心事，说给我们听听。"

　　青蛙说："我的外甥来看我，面没见着，就被你们吞吃了，你们不吐出我外甥，我再也不给你们干活。"

　　生不麻心想：我久没吃到人肉，刚吃下又吐出来怎么行，便说："你不干就走吧，还有蛇、乌鸦和喜鹊三个仆人呢。"

　　青蛙走了。生不麻叫蛇去推磨，蛇缠在磨把上，只会缠，不能使磨盘转动。生不麻又喊乌鸦去推，乌鸦用嘴壳衔着磨把，只会衔，也不能使磨盘转动。最后，它去请喜鹊推，喜鹊站在磨盘上"喳喳喳"地叫，只会叫，也无法使磨盘转动。蛇、乌鸦和喜鹊三个仆人都不会推磨，生不麻没东西吃了。她想了想只得再去请青蛙，青蛙说："你把我外甥吐出来，我才推。"

　　生不麻没办法，便说："你灌我三桶灶灰汤，用磨盘砸我的背，我就能吐出来。"

　　青蛙照着办了，老三果然被生不麻吐出来。可一看，耳朵却不在。青蛙说："你不吐出耳朵，我还是不推。"

　　生不麻又再让青蛙灌三桶灶灰汤，在背上猛砸磨盘，这

324

样，老三的耳朵才被吐出来，可已经不是原来的样子。生不麻用手捏捏扯扯以后，随便粘在老三的头两侧。如今人的耳朵成这个形状，就是那样来的。

老三死里复生，吃了大亏。青蛙把他送出岩洞，悄悄指点说："你不要再往深山峡谷里走啦，那是妖魔鬼怪住的地方，它们会吃掉你。你要往高山冒烟的地方走，那里才是神仙居住的地方，他们会帮助你。"

老三很感激青蛙，说："世上最大不过舅舅，永远不得罪舅舅。"老三的后代从此也记住了青蛙的恩情。所以，普米人至今还叫青蛙"阿克巴底"，见着青蛙要让路，遇着青蛙要把它请到上面，这个老规矩从那时一直传到现在。

## 二、和仙女成亲

老三按照青蛙的话，向着高山走呀走，走到一座大山顶上。远远地有一缕青烟缭绕，他便径直向那青烟走去，走近了，却是一座房子。老三轻轻地推开了门，里面没有人，只见桌上摆着三碗清水。老三口渴了，他就每碗喝了一口；走了这么多路，老三也累了，他就蜷在火铺下面休息。原来，那房子是天神木多丁巴的三个姑娘住的。天神木多丁巴看见地上洪水翻天后，人类被淹死了，只有妖魔鬼怪活下来，他便派三个姑娘来到大地，斩妖灭魔。三个仙女白天出去征讨妖魔，黄昏又回来休息。桌上的三碗清水，便是三姊妹临走前晾下的神水。

黄昏时候，三个仙女回来了。她们一进门就齐声说："我碗里的水被谁喝了一口！"

大姐说："有生人气味，一定是人进屋里来过。"

二姐说："洪水翻天后，大地上人都灭绝了，怎么会有人呢？"

三姐说："是呀，人种都灭绝了，哪会有人呢？"

三个仙姑娘你一言我一语，个个都觉得奇怪，躲在火铺下面的老三听了，忍不住笑出声来。仙女们一听是人的声音，便齐声叫道："你是谁？快出来！"

在火铺下面的老三说："姑娘呵，我身上一丝不挂，没穿衣服没穿裤子呀，叫我怎么出来？"

大姐听完，丢下一匹麻布，用口一吹，麻布变成衣服了；二姐丢一匹麻布，用口一吹，就成包头帕；三妹丢下麻布，用口一吹，变成鞋子和绑腿了。然后，三个仙女齐声说："快穿上衣服出来吧！"

老三在火铺下穿好了一切，随后走出来。三姊妹一看，原来是个英俊高大的小伙子！她们很高兴，都说："我们认为大地上人都灭绝了，想不到你还活着，那就跟我们住下吧。"

于是，老三跟仙女们一起生活。

三个仙女每天练习射箭，老三闲着没事做。有一天，仙女们问老三："你会射箭吗？"

老三说："以前射过，可是手太笨。"

仙女们说："伸出手来让我们看看。"

老三伸出手。那只手啊，五个指头齐齐整整一般长，大拇指与其他四个指头粘在一起。仙女们看了后说："让我们给你修整修整。"

于是，大姐拿了把砍刀，把老三的拇指与其他四指分开。人类的手变成现在这样子，就是当时仙女们修整的。

修好了手，三姊妹给老三一张弓、一壶箭，让他先射一箭看看。老三拿了弓箭，向一只斑鸠射去，斑鸠应声落下。三姊妹争着去捡，最后，还是三妹捡着，一看，老三的箭把斑鸠的下嘴壳连着上嘴壳穿通了。从此，老三和三姊妹一起天天练习射箭。老三进步很快，箭术越练越精。为了再试老三的箭术，三姊妹拿来一根绣花针插在门槛上，叫老三一箭穿针眼。老三搭上箭，瞄准针眼射去，第一箭偏了，射断了针眼，第二箭不偏不斜，箭头正正地穿过针眼飞出去。仙女们高兴地说：“你的箭术很高。从今以后，你可以在地上和那些妖魔鬼怪打仗去。”

于是，老三和三个仙女经常出去与妖魔征战。

有一次，三个仙女告诉老三：不远的西方有两个大海，一个海水像牛奶一样雪白，一个海水像锅烟一样漆黑。白色的海子是吉祥的征候，黑色的海子是邪恶的征候，吉祥与邪恶经常战斗。谁要是消灭了邪恶，天下生灵就安全了，世间就会感激他。老三听后问道：“要怎样才能消灭那漆黑的邪恶呢？”

三个仙女说：“你坐在两个大海交界处，白色海浪翻腾时，你心里默念‘泽泽羊克依’①。黑色海浪翻卷时，你就准备好弓箭。那巨大的黑色旋涡中会涌出一个骑着黑马的大汉，大汉胸前有个土蜂大的光点在飞快旋转，你只要射中那旋转的土蜂光点，就能够消灭邪恶。”

老三听后，决心消灭邪恶。他带着弓箭，往西方走了很久，来到那黑白海子交界处。他按照仙女们的指点，坐在两

---

① 泽泽羊克依：吉祥如意。

个大海交界处，准备好弓箭等待着。不一会儿，黑色的海水动荡起来，接着掀起翻天黑浪。随着浪卷涛涌，一个骑着黑马的大汉出现在黑海中心。老三拉满弓，箭头准准地瞄着黑汉胸前那飞快旋转的土蜂光点，然后一松手，只听得"当"的一声巨响，黑大汉立即从马上跌落下去，黑色的海水也飞快下落，四周的山谷发出动地震天的哀叫。白色海浪这时翻腾不息，老三不停地念着"泽泽羊克依"。

老三消灭了邪恶，背着弓箭往回走。三个仙女早已来到半路迎接。大姐说："我们过去天天和邪恶的魔鬼打仗，总是打不过，现在你消灭了它，天下的生灵安全了，我们的愿望实现了。为了感激你，我们愿意做你的妻子。你站在高高的山垭口上，我们跑过来，你喜欢谁，只要碰一下就行。"

老三爬上山垭口去，他站在那里望着。不一会儿，一只老虎直奔山垭口，老三见虎来了，吓得往旁边一闪，不敢动。接着，一只豹子又飞奔过来，老三一看是豹子，也不敢动。最后，一条大蟒爬过山垭口来了。老三想，再不碰，就没有机缘了，他慌慌忙忙用手里的弓碰了碰蟒尾，大蟒立即变成三姑娘。三妹对老三说：

"我大姐一颗麦子能做九个粑粑，我二姐一颗麦子能做七个粑粑，你都不要；我一颗麦子只能做三个粑粑，你却要了。你为啥不要那聪明能干的大姐和二姐，偏偏选我呢？"

老三高兴地拉着三妹说："你也聪明能干。一颗麦子能做三个粑粑，你一个，我一个，剩下一个，够吃了。"

于是，人间的老三与天上的仙女姑娘成了一家。

### 三、百鸟求神

老三和三姑娘成家后，三姑娘从父亲家里带来麦子、荞子等种子，他们一起生活，一起劳动，后来生了一个姑娘，取名索拉耳吉。索拉耳吉十三岁，要行成年礼了，按规矩要去娘家报喜。可娘家在天上，凡人不能去，只有三姑娘才能去。老三依依不舍。临走时，三姑娘对老三说："我去了，你没有伴，我给你做一个陪伴的人吧。"

她随便抓了几把灶灰捏几下，吹口仙气，就变出一个姑娘来。那灰姑娘陪伴着老三，尽心尽力侍候他。日子久了，灰姑娘也生出了儿女。据说我们现在的人抓身子会在身上抓出灰灰，就是这样来的。

天上一天，地上三年。三姑娘在天上舅舅家玩一天，大姐家玩一天，又陪二姐玩一天，在娘家只住了一天，这样地上就过了十二年。老三与灰姑娘一起生活，渐渐把三姑娘忘了，到十二年那天，三姑娘要回来了。去接她的只是女儿索拉耳吉。那一天，索拉耳吉走了很远的路。走到高高的山顶时，看见白云滚滚、天光地明，三姑娘从娘家带着牛奶、吉祥的海螺花和种子瓜果等正走回来。半途中，她看自己的女儿来迎接，便拿出桃梨水果给女儿吃，可索拉耳吉没有吃，她把水果装在怀里，三姑娘问："你为啥不吃呢？"

索拉耳吉说："我要带回去给家里的灰弟灰妹吃。"

三姑娘马上停下脚步。她不走了，她明白自己的丈夫已经跟灰姑娘成了一家。于是她对人间充满怨恨，决定回到天上去。

折回之前，她要把自己带来的粮食全部带走。这时跟在她周围的百鸟一齐请求说："三姑娘，请你留点五谷粮食给我们吃吧，我们要生活哇。"

在百鸟请求下，三姑娘每样粮食只留了一点。苞谷原先每个节都长一包，头上的天花全长谷子，三姑娘把谷子收了，每棵苞谷只留一两包。现在苞谷结一两包，天花上的谷子没有了，就是这样来的。小麦等原先从底到顶都长籽粒，三姑娘从下往上捋了所有的籽粒，只剩下头顶上的一小点，留给百鸟吃。现在小麦只顶端结点粮食，就是这样来的。三姑娘最后收的是花荞，由于每样作物都用手往上捋，手被作物秆划出血，现在花荞秆上那些血红的斑点，就是当时三姑娘手上的血染成的。瓜瓜和蔓菁，三姑娘拿不动，她就诅咒说："你们背起来像石一样，吃起来像水一样。"

现在瓜瓜蔓菁背起来很重，吃进肚里不经饿，就是这样来的。

## 四、狗找来了谷种

三姑娘一气之下，收完了所有的粮食。地上的人没有吃的了，只有跟雀子争粮吃。生活一天不如一天。

有一年，索拉耳吉过不下去，就烧了青香，向天神求种子，可仙女们不给。住在天上的太阳妹妹知道了，便主动向天神和仙女求情，最后，求到一小点青稞种和一条狗。老三想再要点谷种，便请太阳妹妹再去说情，太阳妹妹第二次去说情，就惹怒了天神。天神放出天狗去咬太阳妹妹。老三帮不了妹妹的忙，便回到家里赶紧敲锣打鼓放鞭炮，撵天狗。现在太阳落难时，地上的人要敲锣打鼓放鞭炮，老规矩就是这样来的。老三的弟弟月亮也被看管起来，每个月有好几个夜晚不能出来。

老三没办法在天上要到谷种，他只得在地上寻找。他带着狗四处走啊走，走了一月又一月，走了一年又一年，忍饥挨饿，跋山涉水，都没找到。不知是哪一年，老三和狗来到东方的汪洋大海边，在那里，他听说大海的对岸全都居住着神仙，那里有谷子。老三望着一片汪洋，心里想着怎么过去，他想呀想，没有办法，只好对狗说："大海那边有谷子，可我过不去。要是你能过去就好了。"

那条狗摇着尾巴，竟然神奇地说出话："我能够游过去，你要我做什么？"

老三很高兴，忙说："你游过汪洋大海，上了岸，看见有人晒谷子，就在谷堆上滚几滚，把谷种带点回来。"

狗听了老三的吩咐，便跳下海向对岸游。狗游上岸后，身上的毛全湿了。它看见有人晒谷子，便跑到谷堆上打了几个滚，于是，全身都粘满谷子，随后，它就游回来。等在岸边的老三，把狗抱在怀里收谷种，可粘在狗身上的谷子全被海水冲掉了，只有脊背毛里还留着一小把。老三高兴极了。他带着那一小把谷子回到家，赶忙撒下去，终于有了收获。他没忘记狗的恩情，每逢收新谷以后，都要先给狗喂米饭，这个风俗就从那时兴起，直到现在普米人都是这样：吃大米饭，先要喂给狗。

老三有了谷种，学会了种谷子，从此生活越来越富裕，日子起来越好，子孙也越来越兴旺。

搜集整理者：贺兴泽　和学良　何顺明

执笔：王震亚

# 什撰何大祖的故事[①]

什撰何大祖饥肠辘辘地在大山里走着。有天黄昏，他来到了一个不知名的黑湖边，发现湖滩上堆积着不少的人骨头，心里感到奇怪起来。就在这时，突然，跑在前头的小狗朝湖边的一个大岩洞汪汪地吠起来。他心里想："洞中一定有吃人的猛兽，打死它几头烧吃充饥，太好不过了！"他便随手抓了几个石头，摸到洞口伸头往里一看，只见洞里有三个美貌的姑娘，坐在洞里依偎着哭泣。他丢下手中的石头走进洞中，问道："你们三位为什么来到这黑湖边的岩洞中哭泣啊？"

三个姑娘抬头看见什撰何大祖，泣不成声地对他诉说道："我们这个地方有三只凶猛大妖鹰，规定给人们一月奉送三个姑娘让它们啄食，如果不及时奉送人来，它们就飞到牧场村寨去啄食人畜了。明天是月底的最后一天，今天人们把我们奉送到这里，明早天一亮，它们就要飞来啄食我们了！"

什撰何大祖听了她们的诉说后，回想到黑湖边堆积的无数人骨头，知道这三只妖鹰啄食了不少美丽善良的姑娘。他决心除掉它们，让人们过上安宁的生活，于是安慰姑娘们说："你们不必伤心掉泪，我来对付这三只大妖鹰，搭救你们的生命好了。"三个姑娘听到他的话后，心里马上转悲为喜。

---

①　本故事流传于云南省兰坪县通甸区，由王四代选自《普米族故事集成》，中国民间文艺出版社1990年版。

当晚，什撰何大祖想出了杀死大妖鹰的办法。第二天东方未白，他把三个姑娘和小狗在深洞里藏好，并到黑湖边拾来了三个完好的死人头颅摆在洞口。又拾来了九个与头颅一般大的白顽石头，堆放在一旁用披毡盖住，解下背锅的粗麻绳，等待着三只大妖鹰飞来。

天刚放亮，黑湖上卷起了呼呼的狂风。随着风声，三只大妖鹰威风凛凛地飞来了。它们落到岩洞外后，看到什撰何大祖手持长刀把住洞口，生气地拍打着翅膀对他叫道：

"人啊，你好大胆子，为什么把住洞口挡着不让我们进去啄食早餐？"

什撰何大祖威严地晃了晃雪亮的长刀，对它们说道："我今天受天神干衣卜的命令，前来要你们三只鹰用翅膀打碎这三个死人头颅。打碎了，放你们进洞啄食人肉，如果打不碎就休想进洞啄食了！"

三只大妖鹰不知是计，一听到他是上天派来的使者，不敢违背天神干衣卜的圣旨，于是鼓着饥饿的恶眼，异口同声地说道："遵从干衣卜的圣旨，等我们打碎了头颅后，再进洞啄食好了。"说完便"扑啦扑啦"地展翅向高空飞上去了。

什撰何大祖看到三只大妖鹰已经中计，心里高兴极了，赶忙把三个头颅藏进披毡下，转而拿出三个白顽石头在原地摆上。

三只大妖鹰在高空盘旋了一圈后，侧着翅膀像闪电一般飞扑下来了，随着三声"哒哒哒"的巨响，三个白顽石头被它们打碎了。正当它们打得头昏眼花的时候，什撰何大祖急速地从披毡下把三个头颅拿出来在摆在原地。等三只大妖鹰清醒过来时,对它们说道:"你们是怎么打的呀?三个头颅还没有打碎啊!"

三只大妖鹰不知是计,看到头颅还在原地摆着,于是请求什撰何大祖让它们再飞打一次。什撰何大祖同意了,它们又展翅飞上高空去。在这当儿,什撰何大祖赶忙又拿三个白顽石头替换了三个头颅。

三只大妖鹰第二次中计了,可照样不知是计,肚子早就饿极了,为了啄食到人肉,又强打精神,请求什撰何大祖让它们最后飞上打一次。什撰何大祖马上同意了,它们又振作起精神向高空飞上去了。这时,什撰何大祖同样从披毡底下拿出最后剩下的三个白顽石头,替换了三个头颅在原地摆上。

三只大妖鹰在高空盘旋了三圈之后,又侧身飞扑下来。随着三声"哒哒哒"的巨响,三个白顽石又被它们打碎了,它们也都昏倒在地上动不得了。这时,什撰何大祖立刻拿出粗麻绳,把它们的翅膀和双脚捆得严严实实,他准备向人们宣布一下它们的罪行后杀死它们。过了一会儿,三只大妖鹰苏醒过来,看到它们被捆绑得不能动弹,知道要被杀死了,于是吓得浑身瑟瑟发抖,苦苦地向什撰何大祖求饶。第一只大妖鹰向什撰何大祖求饶道:"从今天起,我愿变小成一只黑老鹰,只啄食偷吃人们麦苗间的野兔,再不敢啄食人畜了。"

第二只大妖鹰也向什撰何大祖求饶道:"从今天起,我愿变小成一只老鹰,只啄食糟蹋人们庄稼的斑鸠和野鸡,再不敢啄食人畜了。"

第三只大妖鹰也跟着向什撰何大祖求饶道:"从今天

起，我愿变小成一只鹞子，只啄食偷吃人们五谷的麻雀和老鼠，再也不啄食人畜了。"

什撰何大祖听了它们的求饶后，心想留着它们对百姓还有一点好处，于是没有杀死它们。他让它们变成了黑老鹰、老鹰和鹞子，解开捆绑它们的绳索，放它们飞走了。

再说大岩洞中的那三个姑娘，看到什撰何大祖降服了三只大妖鹰，救了她们的命，个个对他感恩不尽，一起要求做他的妻子。什撰何大祖看到她们三个长得可爱，于是接受了她们的要求。他带着三位妻子来到一处山箐中，着手成家立业，开山种地生活着。白天他让妻子们在家料理家务，自己忙着下地劳动。

有天晚上，他从地里收工回家，突然发现妻子们的脸上失去了血色，个个显得面黄肌瘦。他奇怪了，并向她们问起了缘由："你们的脸庞变瘦了，害病了吗？"

三位妻子对他说："今天你下地后，从碓房中的本碓里钻出一个可怕的老太婆，把我们都吓昏了。等我们清醒过来时，她早就把我们的血液吸干不见了。"

什撰何大祖听了后，知道是妖精作怪，当晚想出一个制服妖精的办法。

第二天吃过早饭，他没有下地，在家准备了一根草绳，并暗地拿了根铁链盘在腰间，蹲在木碓旁等候老妖婆出来。不久，果然一个面目狰狞的老妖婆从木碓里钻出来了。什撰何大祖马上装出一副和气的样子，上前递草绳给她说："阿迪，今天我俩相互捆绑。你先捆我，捆住了后吸我的血液，如果捆不住我，我就捆你，捆住了后吸你的血液，如何？"

老妖婆看到自己先捆什撰何大祖，内心高兴极了，笑嘻

335

嘻地对他说道："好哟，阿一祖①，我不会捆人，试试瞧吧。"

老妖婆用草绳下手捆着什撰何大祖，她咬着怪牙使劲一勒，"叭"的一声，草绳被拉断了。这时，什撰何大祖迅速从腰间解下铁链，三下两下就把老妖婆捆绑起来了。为了让老妖婆活活饿死，他把她拖到沟边的一棵白倒钩刺②树上拴稳，才回家去了。

第二天清早，他的小妻子到沟中去挑水，发现老妖婆拔走刺棵逃跑了，于是她急忙跑回家告诉了丈夫什撰何大祖。什撰何大祖听了后，马上挎上长刀披上披毡，跟着脚印追赶着。他追啊追啊，追了三天三夜后，追到了阴间。这时，老妖婆的脚印消失了。怎么办呢？他只好向前面的一架怪石嶙峋的大黑山中追去。

他追到大黑山中后，天已经黑了。突然，他隐约听见传来女人们的说话声。他随着说话声往前走去，发现山中有个大岩洞，说话声是从岩洞中传出来的。他到岩洞停步一看，只见老妖婆躺在一张石床上"啊哟啊哟"地呻吟着，群妖们正给她敬苏里玛酒解累。有个小妖对老妖婆说："阿妈，你走了后，姐姐们不教我酿苏里玛酒的方法，还打骂我啊。"

老妖婆道："她们不教你就算了，我教给你。把大麦子煮熟了后，盛在大簸箕里冷却。等水汽干了，把苦草粉拌进去，并盛进土塘中封好，二十一天后苏里玛酒就酿出来

---

① 阿一祖：小孙子。
② 普米人的门上挂白刺，寓意防鬼，是从这个故事而来的。

了。"

老妖婆的话，被洞外的什撰何大祖听到了。为了再听听群妖们在说些什么新鲜的事儿，他就蹲在洞口偷听着。这时他听见群妖们议论老妖婆遇难的事儿。只听有个妖精说："我最怕的是阳间里普米人的毛驴，它耳朵很长，'叽昂叽昂'地狂叫起来，给人怕得直打哆嗦。"

"那算什么，我最害怕的是他们弹四弦和跳锅庄！"

群妖们你一言我一语地诉说着普米人如何可怕的事。

这时，山中刮起了大风，什撰何大祖心想该动手了。他持着长刀把住洞口，并学着毛驴的狂叫和弹四弦的声音，怪声怪气地大叫大唱起来，准备当群妖们窜出洞口时宰掉她们。不料，群妖们没窜出洞来，反而往洞深处躲藏了。于是，什撰何大祖想了个办法，快速扒来了不少干松毛塞满岩洞，并放了一把火。顷刻间，熊熊的烈火烧进了洞里，把群妖们一个不剩地烧死了。

什撰何大祖除尽妖精后，高兴地回到了阳间。他走村串寨，第一次向人们传授了阴间妖精那里听来的酿酒方法。从此，一传十、十传百，普米族人学会了酿造苏里玛酒，并形成喜爱喝苏里玛酒的习惯。

讲述者：熊美珍
记录者：季志超米

# 盗 火 记①

相传在遥远的古代，大地上一片凄凉，人间没有火种、没有光明、没有温暖。先民们吃生食，睡冷草地，经常得疾病死亡。

过了几百年后，有位勇敢的普米后生看到人间灾难重重，日子难过，便练就了一身好本领，准备到天宫，求天神赐给人间一点温暖，使苦命的百姓少受饥寒。他不辞辛劳，来到天宫，向天神祈求："尊敬的天神，我是人间苦命人的后代，大地一片凄凉，百姓正在受难，请天神大发恩慈，给人间一点温暖吧。"

天神听了，不相信小伙子的话，就派大将昌南独几前去察看。他腾云驾雾，下凡观察百姓的生活情景，只见大地上处处白骨，那些妖魔鬼怪趁机大肆作恶，见人就吞、见畜就食。大将昌南独几周游人间后返回天宫，把实情告诉了天神。

天神知道内情，准备把给生活带来温暖的火传给人间。可是天神又犹豫不定，他担心人间有了火，凡人的生活会超过天上人的生活，心里不舒服起来，最后还是没有答应小伙子的请求。

小伙子在天宫苦求了三天三夜，哪知天上的三天三夜时间，正好是地上的三年三月。他心急火烧，不能再继续求下去了，大地上的人们正在期盼他早日归来呵。小伙子祈求无

---

① 本故事流传于云南省宁蒗县，由王四代选自《普米族故事集成》，中国民间文艺出版社1990年版。本篇原为《"查蹉"的来历》。

效，只好采取了偷的办法。他趁天宫里的兵将们寻欢作乐之机，悄悄摸到天神位的金房，偷去了珍贵的火种。

小伙子刚一离开天宫，天神发现火种不见了，就派出十万兵马追杀他。顿时厮杀声震天动地，箭头像雨点子一样朝小伙子射来，他一边逃一边应战，全身被箭头射成了筛子一样，到处是箭眼，鲜血流成了线，染红了整个天边。他忍着痛，决心要把火种传到人间。正当天兵要抓住他手时，他一口吞下了那颗火种，一时间他变成了一个火球，落到大地上。

小伙子舍身把火种传到人间，从此人们得到了温暖，过上了幸福的日子。但妖魔鬼怪还在伤害生灵，先民们想了一个绝妙的办法，他们知道鬼怪最怕见火光和猎犬，于是他们上山砍来了许多松明，在一个夜晚，集中了所有的老少，全部点起火把，拥向妖魔居住的山洞，用猎犬的嗅觉把妖怪撵得四处逃窜。最后，把妖怪全部烧死在山洞里。以后，人间太平，人民获得了新生。

普米的先民不忘拯救自己的英雄，为了庆贺胜利，纪念这位为人间安乐而献身的小伙子，先民们把火把汇集在一起，手拉手围着火堆跳起舞，唱起歌，这种歌舞活动一直延续下来，成了现在人们喜闻乐见的歌舞活动"查蹉"。

讲述者：品　珠
记录者：殷海涛

# 人神敝格哈拉甲不和神猫[①]

很早以前，人间有个神仙，名叫敝格哈拉甲不；阴间也有个鬼神，叫桑格只打甲不。人神有一个非常漂亮的妻子，名叫嘿母扎[②]，她才貌双全，能说会道，会织漂亮的锦，她一天织的锦，能遮住天日。嘿母扎还善于骑马射箭，在战场上是一员猛将。她是一个劳动能手，在家中是一个温顺善良的妻子。因此，鬼神看中了她，一心想霸占她，但自己又敌不过人神，只能眼睁睁地看着，没有一点办法。

一天，人神有事要到天上，临走时告诉妻子，自己要过很长一段时间才能回来。鬼神知道有这个千载难逢的机会，赶快跑到人神家，变成一只蜜蜂，整天缠着嘿母扎，嗡嗡地飞来飞去。嘿母扎感到实在厌恶，想赶也赶不走，躲又躲不开，一气之下抓起一把泥灰向它撒去。谁知一把灰倒帮了鬼神的忙，他借助这把灰力，引来狂风，一瞬间天昏地暗，狂风遮天盖地刮来，把嘿母扎卷到了很远很远的阴间。鬼神为了使嘿母扎依顺，万般巴结、诱哄，有时又大肆威胁、恐吓，但是嘿母扎始终不屈于鬼神，整天思念着自己的丈夫。鬼神对她实在没办法，只得把她关进了阴暗潮湿的牢房。

再说人神从天上回来，得知妻子被鬼神抓去的消息，赶快拿着宝剑，背起神弓，翻越重重高山，跨过无数条江河，历尽千辛万苦，不分昼夜地走了三个月，终于来到阴间的地

---

① 本故事流传于云南省宁蒗县地区，由王四代选自《普米族故事集成》，中国民间文艺出版社 1990 年版。本篇原文为《敬猫的来由》。

② 嘿母扎：仙女。

界。人神看到有一个放猪的老太太，上前询问，知道是给鬼神家放猪的，于是向她打听嘿母扎的下落。得知自己的妻子被关在牢房里时，人神立即用法术把老太太镇住，然后穿上她的衣服，赶着猪群混进鬼神家中。他关好猪后，变成一只苍蝇飞进了牢房。当嘿母扎看清站在自己面前的竟是丈夫时，欣喜万分，但又担心丈夫敌不过鬼神，于是对丈夫说："要战胜鬼神，只能智取，不能硬拼。鬼神胸前有一块像太阳那样发光的肉镜，若能用箭射中这块肉镜，那他就无法再施展法术了。今晚我假装依顺他，用酒把他灌醉，你再躲着射他的肉镜。"

到了晚上，嘿母扎跟着狱卒来到了鬼神的住房，人神变成一只蚊子紧紧跟着。到了鬼神的房中，嘿母扎对鬼神说："我依顺你了。"鬼神听了非常高兴，就命手下人拿出最好的酒来，让嘿母扎陪着自己痛饮。嘿母扎一碗又一碗地给鬼神灌酒，不一会儿鬼神就醉得似摊烂泥。嘿母扎趁机牵了一头母猪睡在鬼神前，鬼神还以为是嘿母扎呢。这时人神在暗中拉弓搭箭，对准鬼神胸前的肉镜，只听"铛"的一声，一支箭稳稳地插进鬼神的肉镜上。鬼神大叫一声跳了起来，知道是人神来救妻子，慌乱中，错把母猪当成嘿母扎，一口吞到肚里，然后拿起刀剑战人神。二神从地上杀到天空，从天空杀到地上，从阴间杀到人间，搅得天昏地暗，杀得地动山摇。一直杀了九天九夜，战了千多个回合，仍然不分胜负。这时一些神仙和人间猛将来帮人神，团团围住鬼神。鬼神惊慌失措，撒腿便逃，人神紧紧追上。鬼神只得回身应战，但早已失去锐气，在慌乱中被人神一刀砍死。人神终于救出了妻子。

鬼神被杀死了，但没想到，他的头发、四肢和骨骼却变成老鼠。于是，三年以后人间布满老鼠。正像以前那个恶魔一样，这些老鼠无恶不作：吃人们的粮食，咬坏人们的衣物箱柜，毁坏房屋，甚至咬食婴儿！人们实在无法过安生的日子，于是派了一名代表去找兽神，要求制裁老鼠。兽神给了人间三只猫，教人们用猫来灭鼠。拿猫的人把三只猫装到一只篮子里，上面盖了些树叶。在经过一座茂密的大森林时，篮子上盖着的树叶被树枝勾落，一只猫趁机跳出篮子，钻进了无边的森林之中，变成了老虎。

那人担心猫再跑，就折了些木棍，插在篮子上，然后再盖上树叶，继续赶路。当他走到一条溪水边时，想在溪里捧点水喝，不料一低头，篮子上的树叶掉了下来，一只猫又从木棍缝隙里钻出来，跳进水中，变成了水獭。

这人害怕最后一只猫也跑掉，又赶快折些木棍，交叉着插在篮子上，然后脱下自己的衣服盖在上面，并把自己的宝剑摘下来压在上头。就这样，这只猫才顺利地到了人间。猫在人间繁殖后代，捕捉老鼠，没过几年，老鼠几乎全被猫捉光，人们又能安生过日子了。一直到今天，普米人家对猫还很尊敬，把它视为神兽。每当过年过节，总要先让它吃一些好的东西。在那神圣的詹巴腊①后面，也只有猫才有权利悠闲自在地来往。

搜集整理者：胡革荣

————————

① 詹巴腊：普米语，指用来供灶神，敬食物的石台。

# 罗多斯白①

罗多斯白这个名字的意思是从头上生出来的娃娃。

古时候，有夫妇俩一直没有生儿育女。每年当白杨树发芽时，喇嘛要来老两口门前为他们祝福。他们把普米人家最好吃的猪膘留到那时才吃。

但是，有一年，白杨树还没有发芽喇嘛就来了。老婆子见喇嘛来为他们祝福，就割下猪膘烧给他吃。正烧着，老头从外面回来，见杨树还没有发芽老婆就烧猪膘给客人吃，一气之下，就拿起一碗猪膘朝她头上打去。结果老婆额上起了大包。没过多久，从大包里跳出了一个男娃娃，叫罗多斯白。两口子见了很奇怪，想先杀死他，但后来因这娃娃说起话求他们，也就不忍心杀死他，养了下来。

但是，这孩子越来越能吃，一顿吃掉四五个大人的饭，老两口很恨他，就设法将他害死。第一次，从山上推圆木柴往山下滚，要他接住，想砸死他，但未被砸死；第二次，老头扛石磨往坡上爬，罗多斯白跟在后，他故意放下石磨要罗多斯白去接，结果也不能砸死他。老两口几次都未能把罗斯白害死，对他更加仇恨了。

罗多斯白知道了老两口的用心，于是就牵着两只猎狗，毅然离开家流浪去了。

罗多斯白离开家，向大森林走去，走到一个山坡上，碰着放猪娃娃尼多金比。"你往哪里去呀?"尼多金比问。罗

---

① 本故事流传于云南省宁蒗县永宁、翠依地区，由王四代选自《普米族故事集成》，中国民间文艺出版社 1990 年版。

多斯白说:"我是父母亲不喜欢的人,我流浪去,你愿意跟我去吗?"尼多金比说:"我和你一样。我们一起去吧。"于是,他们两人走到一起。到了又一个山坡上,放羊娃年喜娃问:"你们俩去哪里呀?"罗多斯白和尼多金比说:"我们去大森林呀,父母亲不喜欢我们。"年喜娃说:"我和你们一样,我也跟你们去吧。"于是,三人翻山越岭,历尽艰难,最后,在一片大森林旁边住下来。

三个不被父母喜欢的人,靠着弓箭和猎犬生活着。每天,罗多斯白和尼多金比都出去打猎,家里只留着年喜娃照看猎物。起初过得很好,可是,越到后面越不够吃,最后,上午的猎物下午就没有了。罗多斯白很是奇怪,便对年喜娃说:"前天的猎物你昨天就吃完了,昨天的猎物今天就吃完了,上午的猎物下午就吃完了,你为什么这样能吃?"年喜娃忙说:"不是我吃的,是魔鬼石八玛背去了。她每天都来,一来就问:'是吃人还是吃肉?'我打不赢她,只好说:'吃肉。'她就把猎物吃的吃、背的背,全部拿走了。"罗多斯白一听,心里好气。

第二天,罗多斯白守候在家。不一会儿,魔鬼石八玛背着篮子来了。她一进门就问:"是吃人还是吃肉?"罗多斯白早有准备,他不慌不忙地说:"吃人也可以,吃肉也可以。不过,老婆婆,你先去端来水,我们煨罐茶吃,茶煨好后,你吃什么都行。"罗多斯白顺手给石八玛一个筛子去端水。石八玛心想:反正人也跑不了,肉也跑不了,先煨罐茶喝也行。于是,她放下篮子,接了筛子去端水。罗多斯白等石八玛出去端水后,便把门紧紧地关起来。石八玛用筛子端水,还没端到门口,水就漏完了,如此好几趟都没端到屋里。她便在门外叫道："你这筛子眼眼多，端的水全漏了。"
罗多斯白在屋里说："那你拔下头发把眼眼塞起来吧。"于
是石八码拼命拔下头发塞住筛子眼眼。一面拔，一面塞，拔
头发疼得很，塞眼眼慢得很，这样就费了很长时间。罗多斯
白在屋里转来转去，考虑计策。突然，他想起魔鬼的篮子，
走近一看，篮子里装有铁锤、铁钳、铁索。铁索是拴人的，
铁钳是夹人吃的，铁锤是打人的。他眉头一皱，便想出个主
意来：石八玛在门外拔头发塞筛子眼眼的时候，罗多斯白用
灶灰捏了一把铁锤、一把铁钳、一根铁索，然后把石八玛的
铁锤、铁钳和铁索换过来，悄悄地藏在枕头底下，把灶灰做
的铁锤、铁钳、铁索放进魔鬼的篮子里。魔鬼石八玛拔光了
头发，塞住了筛眼，可是去端水仍然漏。她怒气冲天，搁了
筛子来推门，可门又从里面关着，推了半天推不开，她便从
门缝里挤进来。她瞪着罗多斯白说："头发拔完了，水也端
不来，是吃人，还是吃肉？"罗多斯白镇定地说："吃人也
行，吃肉也行。我们还是再比一比，用铁锤、铁钳、铁索都
行。"石八玛心想：铁锤比吧，我一锤先打死他，就可以吃
了。便说："用铁锤比，我先打你。"罗多斯白同意了。魔
鬼石八玛从篮里取出那灶灰铁锤往罗多斯白身上用力打去，
哪知锤一落身就散了架。这时，罗多斯白不慌不忙地从枕头
下面取出真的铁锤，使出浑身力气，往石八玛身上一锤打
去。魔鬼石八玛像千根骨头一齐断，"哎哟"地惨叫一声，
心想这锤多像我的铁锤啊，可又说不出，只好咬着牙忍了。
罗多斯白又问："下面我们比铁索还是比铁钳？"石八玛咬
着牙想：我先用铁钳把他夹住，然后再慢慢吃。便说："比
铁钳吧，我先来夹。"说罢就从篮子里取出灶灰钳子。那钳

子碰着罗多斯白也散了。轮到罗多斯白用铁钳夹了，他从枕头底下取出真正的铁钳，一钳夹住石八玛，魔鬼石八玛像千筋万骨一齐烂，"哎哟"地大叫一声，心头想：这钳子多像我的铁钳啊，一钳夹住，好疼哟。最后该比铁索了。罗多斯白问："是你先拴还是我先拴?"石八玛两次都比输了，心想这最后一次一定要比赢，等我先用铁索拴住他，任我慢慢吃。便说："我先拴!"她心急火燎，从篮子里拿出灶灰铁索就去拴，那知灶灰一碰就散了，又没整着罗多斯白。罗多斯白稳稳沉沉地从枕头下取出真正的铁索："现在该轮到我来拴了。"他抖着铁索，把魔鬼石八玛紧紧地拴起来，然后拖出门外，拴到大路边一窝倒钩刺上。做完了这一切，他回到屋里，等待着尼多金比和年喜娃，想一起消灭这害人的魔鬼。

不多一阵，尼多金比和年喜娃回来了。他们路过大路边，看见被拴住的石八玛露出獠牙，张着大嘴，还想吃人，便进到屋里告诉罗多斯白。罗多斯白说："我正等着你们呢。魔鬼总要吃人，我们不打死她，她就要吃我们。"三个人一起商量，决定用铁锤打死她。罗多斯白三个人提了铁锤，拿了铁钳，走到石八玛跟前。魔鬼看见罗多斯白手里的铁锤，吓得拼命地挣扎，最后把一窝倒钩刺连根拔了起来，拖着倒钩刺不要命地逃跑。罗多斯白紧追不放。追过一座大山，魔鬼不见了。路上碰着一个放羊的娃娃，罗多斯白问："放羊的小兄弟，你看见一个拖着倒钩刺的妖怪了吗?"放羊娃娃说："过去每天都看见一个老太婆背着猎物从这儿经过，今天没见着，只看见一个拉着杂刺的老太婆跑过去，怕是拦菜园子的。"罗多斯白相信那就是魔鬼石八玛，便谢了放羊娃娃，朝他指点的方向追去。他翻了高山九十九座，跨了山溪九十九条，来到一座大山脚下。山下宽大的金沙江挡住去路。罗多斯白想，魔鬼一定就在附近。于是他找呀找，找到一个阴森的岩洞，不声不响地走进去。岩洞越走越深，到了一个宽敞的地方，石凳、石桌摆得整整齐齐，一个老太婆正妖声妖气地讲着她被铁锤打、铁钳夹、铁索拴的事。罗多斯白断定她就是魔鬼石八玛了，便大吼一声跳上前去。老妖怪和其他小妖连忙拿起东西，向罗多斯白猛砸过来。说也奇怪，妖怪们砸出的东西，全部又飞转去砸在妖怪们身上，打得他们鬼哭狼嚎，全都跪下求饶。罗多斯白叫妖怪们交出命根子，妖怪们交出一双金筷子。罗多斯白一看，是假的，举起铁锤要打。老妖怪只好重新打开宝箱，拿出了那真正的命根子——一双闪光的金筷。罗多斯白挥起铁锤，一锤打在金筷上。只听得山呼雷响，金筷断成两段，妖魔们全都不见了，只见地上涌出无数黑红的血，那黑血围着罗多斯白，一下子变成铺天盖地的荨麻。罗多斯白被荨麻团团围住，他挥着铁锤、大刀砍啊砍，可总是砍不完。这时，他的两条猎狗嗅着他的足迹跑来了，它们见主人被荨麻围住，便说："你不要砍，要把荨麻的根刨出来，它就长不起来了。"罗多斯白照着猎狗的话去做，终于摆脱了荨麻的围困。于是，他又和尼多金比、年喜娃两个朋友会合了。他们一起为民除害，后来成了普米人个个称赞的英雄。

讲述者：曹三农等

整理者：王　丹

# 羌拉都基①

远古时候，龙王吕依巴士达十分霸道，他经常不让雨神下雨。雨神不下雨，地上的龙泉龙眼龙洞全都枯竭，田地干裂了，生灵渴死了，众怒人怨，万物恨死了龙王。这事情传到天上去，天神们就一起商量怎样解救人类。有个名叫羌拉都基的天神说："这事情交给我吧，我有办法拯救人类。"

于是，羌拉都基打扮以后，来到龙王吕依巴士达家当仆人。羌拉都基在龙王家进进出出，使力干活，很得龙王的喜欢。有一天，他觉得时机到了，便对龙王吕依巴士达说："尊敬的龙王呵，天下富户千万家，你吕家是最富最富的。像你家这样富有的再没有第二家，像你家这样兴旺的再没有第二家了。你什么东西都有，什么东西都不缺，你的名声传出去，连大山也低头。不过，你家还缺少一样。"

龙王吕依巴士达骄横地昂起头说："缺哪样？别人没有的东西我都有！"

羌拉都基装着神秘的样子轻声说："你已经晓得，世上最高贵的是凤凰，凤凰最珍贵的是凤凰蛋，你唯独缺少一个凤凰蛋。"

龙王羌拉都基马上变了态度，点点头说："是吗？这样珍贵的东西，哪里弄得着？你能帮我弄一个吗？"

羌拉都基说："这事倒不难，只要龙王有心要，我就一定给你弄来。"于是，他出了龙宫，升到天上，看见凤凰搭

---

① 本故事流传于云南省宁蒗县永宁区，由王四代选自《普米族故事集成》，中国民间文艺出版社1990年版。原名为"凤凰治龙王"。

在神树上的窝里摆着三个闪亮的凤凰蛋。当时，孵蛋的凤凰正好出去寻食，他便悄悄地偷了一个，带到龙宫，呈送给龙王吕依巴士达。吕依巴士达拿着五彩夺目的凤凰蛋，满脸发光。这时，羌拉都基又说："尊敬的龙王呵，你就是世上真正最富有的人了，你什么东西都齐全，什么都不缺了，我帮你做完了该做的事，我要回去了。"

龙王不好拒绝，只好放走羌拉都基。羌拉都基回到天上，跟天神众布亚和金列尼江又商量了一阵，最后就等凤凰回来，整治龙王。凤凰回来了，它发现自己窝里少了一个蛋，急得四处寻找。它东飞九万里，看不着蛋；西飞九万里，仍看不着蛋；四面八方飞遍了，上上下下找尽了，也找不着蛋。凤凰又急又气，在天上急急忙忙飞来飞去，嘴里还自言自语说："我的窝搭在神树上，神树枝丫撑九天，世上没有任何东西能爬得上去，也没有任何人能偷走我的蛋，可现在蛋不在，那是谁偷的呢？"

正在这时，羌拉都基上前问道："高贵的凤凰呵，你这样慌慌忙忙地飞呀找呀，找什么呀？"

凤凰说："我丢失了一个蛋，你知道是谁偷的吗？"

羌拉都基点点头说："哦，是这样，谁偷你的蛋，我知道，可我没有办法取回你的蛋。要是你愿意的话，可以跟我一起到天宫里商量商量。"

凤凰立即跟了羌拉都基来到天上。这时，天宫的神仙们早已等在那里，看见凤凰来了，就齐声问道："凤凰哥，你有铺天的翅膀，你有闪电般的脚爪，你能不能把龙王吕依巴士达从水里拖出来？你敢不敢拖它？

凤凰答道："做这样的事最容易。可我为什么要拖它出来呢？我只想知道我的蛋是谁偷的。"

众神说："那你就把吕依巴士达拖出来吧，你的蛋就是它偷的。"

凤凰一听，气得爪子都发抖，马上就要飞去跟龙王算账。可众神拦住它说："你不要把它的身子全都拖出来，要这样，人就无法生活了。你只消把它的头拖到这里来，我们就有办法叫它还你的蛋。"

凤凰找到了对头，它立即扇动翅膀飞到九九八十一层天顶上，然后对准大海一收翅膀，身子直向大海劈去。顿时，汪洋大海被劈成两半，海底下立即露出了龙宫龙王。凤凰趁机伸开闪电般的脚爪，抓住龙王吕依巴士达的脖颈拖出了水面。它一面拖一面怒问："你的身子还有多长？"

吕依巴士达被这突然袭击弄得晕头转向，只得赶紧回答："我的身子还长着呢，你才拖出一小半。"

凤凰一听，又用力拖，一直把他的头拖到众神面前。凤凰紧紧地抓着龙王的头大声说："你吕家做事太缺德，为啥偷了我的蛋？今天看在天神面上，还我蛋来就饶你，要是说个'不'，你看看！"

龙王吕依巴士达被凤凰按着脖颈，哪里说得出话，只得连连点头求饶。这时，众天神指着龙王说："吕依巴士达，你身为龙王，不让雨神下雨，整得普天之下土地干裂、庄稼枯死，生灵万物活不下去，你正事不管，还悄悄去偷凤凰蛋，惹得天怒人怨，个个恨你。现在我们问你，你还不还凤凰蛋？"

龙王连连点头说："还、还、还！"

"你下不下雨？"

"下、下、下!"

"那你回去以后,派人把蛋送给凤凰,派雨神立即下雨,让所有龙洞龙泉龙眼都出水,让地上的庄稼生长,让人类有饭吃,让生灵万物都有好日子过,做得到吗?"

"做得到,做得到,做得到。"

"你做得到,人类就会敬你、祭你,他们年年会把最好吃的东西献给你吃。"

众神说完,叫凤凰把龙王轻轻地放进海里去。可羌拉都基走到凤凰面前悄悄说:"你使出大力气狠狠抓出来,重重砸下去。"

凤凰照着羌拉都基说的,使出大力气把龙王吕依巴士达狠狠抓出来,重重砸下去,砸得海水冲起九千九百丈水柱,水柱散成千个万个水珠珠,水珠珠又四面八方喷溅开去。于是,大水珠落地成了大江大河,小水珠落地成了龙泉龙眼,落在高山的成了湖泊,落在山脚的成了龙洞。从那以后,普米人按天神的旨意敬龙王,凡是有水的江河湖泊水塘和出水的龙泉龙洞龙眼,年年都要祭祀,把最好吃的东西献给龙王吕依巴士达,祈求龙王赐给普米好日子过。龙王被凤凰整治以后,比以前规矩多了,再也不敢胡作非为乱整地上的百姓。

讲述者:曹乃主
记录整理者:王震亚

## 统格萨·甲布①

统格萨和他的妹妹阿妮从小就失去了父母，兄妹俩在森林里过着无依无靠的生活。

一天，统格萨到岩洞外面去找吃的，看见不远处有一只麂子在吃草，那黄爽爽的皮毛十分好看。统格萨走上前去，那麂子并不怕他，只是慢腾腾地往前走，统格萨想冲上前去捉住它。正在这时，不知从什么地方"嗖"地飞来一箭，把麂子射倒了。统格萨正看着麂子发愣，从树丛里走出一位白头发白胡子的老人，老人手里拿着弓，腰间佩着刀和箭，身材魁梧面孔慈祥，一看便知是一位很有经验的猎手。老人走近猎物，用手轻轻一提就把麂子提起来扛在肩上，转身要走。这时，统格萨不知从哪里来的勇气，跑上前去扑通一下跪在老人脚边，恳求说："老爷爷，请你收下我吧！我还有妹妹住在岩洞里，我们没有阿爸，也没有阿妈，我们饿，我们怕。收下我们吧！"老人用慈祥的目光把统格萨打量了一番，点点头说："别求啦，孩子，我都知道啦。快去把你妹妹叫来，跟我一起走吧！"统格萨喜出望外，急忙跑回岩洞把妹妹带到老人跟前。老人摸摸妹妹的头，叫他俩闭上眼睛。兄妹俩刚闭上眼睛，就觉得身子轻飘飘地离开了地面，只听见耳边嗖嗖的风声响。过了一会儿，老人叫他俩把眼睛睁开，他俩睁眼一看，已经来到一幢木楞房前，房子的四周长满了树木花卉，草坪上牛羊在吃草，屋檐下山雀野鸡在觅

---

① 本故事由王四代选自《普米族故事集成》，中国民间文艺出版社1990年版。

食。老人把他们带进屋里，刚一进门，一个小姑娘就扑到老人的怀里，娇声地问："爷爷，今天你给我带回什么来了？"老人笑呵呵地说："今天我给你带回来的东西可多了。笃玛，你看，一头麂子，两位客人。快去做饭准备招待客人吧！"姑娘微笑着朝统格萨兄妹点点头，就到火塘边忙乎去了。原来，这姑娘也和统格萨兄妹俩一样，是一个孤儿，名叫日则笃玛，是由老人收养起来的。

从这以后统格萨兄妹俩就在老人屋里住。统格萨每天跟着老人去狩猎，两个小姑娘在家里绩麻织布。

几年以后，统格萨学会了骑马射箭，成了一个能干的青年猎手。有一天，老人把统格萨叫到跟前，把手里的弓交给他，又从腰上解下佩刀、箭壶给他佩上，然后向空中喊了三声，一匹矫健的大马就站在了统格萨面前。老人这才庄重地说："孩子，母鸡的翅膀下养不出雄鹰，雏鹰的羽毛长旺了，就要自己到蓝天里飞翔，我已经教会了你们生活的本领，今后你们就自己好好生活吧！"说完，老人不见了。

从此，统格萨兄妹和日则笃玛三人相依为命地在一起过日子。

冬去春来，他们渐渐地长大了。在长期同甘共苦的生活中，统格萨和日则笃玛产生了爱情，结成了夫妻。第二年，日则笃玛为统格萨生下了一个胖胖的儿子，起名叫统格萨·甲布。每天统格萨进山打猎，姑嫂俩在家里料理家务，他们的日子过得很幸福。

这天，统格萨又要进山打猎了，日则笃玛抱着刚满周岁的儿子，像往常一样为丈夫送行。她把统格萨送到房屋后面的山垭口上，一直望着统格萨骑着神马消失在大森林里，才转回家。

谁知统格萨这一去，竟成了永远的分别。已经九天九夜了，还不见统格萨归来的影子，日则笃玛姑嫂俩抱着统格萨·甲布，早晨向着太阳神磕头，晚上向着星星祷告，祈求它们保佑统格萨平安归来。一天傍晚，神马空着鞍背，污血淋淋地回来了，日则笃玛一见神马身上的血污，知道丈夫遭到了不幸，就抱着它的脖子恸哭起来。她哭啊哭，一直哭了三天三夜。那神马被感动了，突然说起话来："姑娘，别难过，等统格萨·甲布长大了，定会报这个仇的！……"接着，神马把统格萨遭难的经过从头至尾讲了一遍。

原来，这天统格萨在一条小溪边碰上一头正在喝水的野牛。他张弓一箭射去，野牛便带伤奔逃。统格萨顺着血迹紧紧追赶。追着追着，眼看就要追上野牛了，突然天空中出现一个龙头狮身、鹰爪虎尾的怪物，那怪物张开血盆大口，伸开鹰爪向统格萨扑来。统格萨只顾追赶野牛，来不及躲避，就被怪物抓住咬死了。只有神马腾空跃进湖里躲起来，待怪物离开后，才跑回家来报信。

日则笃玛听了神马的讲述，望着远方茫茫的林海，心中升起复仇的烈火。她不再流泪，只是看着怀里的儿子，喃喃地说："甲布呀甲布，你什么时候才能为你死去的阿爸报仇？"过了一会儿，她像是忽然想起了什么，把甲布交给身旁的姑妈，转身一跃骑到神马的背上。神马知道她的心事，驮着她向统格萨遇难的方向驰去。

日则笃玛在湖边的一摊血迹旁，捡起丈夫的弓箭和佩刀，解下头上的包头布，把丈夫的残骨包裹起来，连同其他遗物一起埋在一棵大柏树下，然后坐在湖边的一块石板上休息。明镜般的湖水倒映着她的身影。几天的时间她消瘦了许多，但仍然是那样的美丽。她正望着湖水沉思，忽然天空掠过一片阴影，传来几声令人恐怖的狞笑，接着是飞沙走石，狂风大作。日则笃玛被吹倒在地上，她挣扎着爬起来，紧紧地抱在一棵树上。可是狂风越刮越猛，最后那棵树被连根拔起，日则笃玛跟树一起被狂风卷走了。

这一切，被一直跟在后面的阿妮看在眼里。她紧紧地抱住统格萨·甲布，生怕他又被狂风卷走。神马走到她身边，使劲地用前蹄跺着地皮，似乎有什么话要说。阿妮对神马说："你有什么话就说吧，现在只有你能帮助我了。"

神马开口说："你阿哥被妖怪木拉忍青咬死吃掉了，现在，你嫂嫂又被它抢去了。眼下我们又斗不过它，这个仇只有等统格萨·甲布长大后才能报了。你把我脖子上的响铃解下来藏着，到用着我的时候，只要摇三下响铃，喊三声我的名字，我就会出现在你的面前。"说完，神马跳进湖里不见了。

年复一年，统格萨·甲布在阿妮的抚养下渐渐长大了。五岁这年的一天，甲布去找邻居家的孩子玩，谁知那些孩子一见他就都走开了，一个大点的孩子说："石头滚动，还有个印印在地上，你这没爹没妈的人，谁和你一起玩！"甲布哭着跑回家，问阿妮："我有没有阿爸阿妈？"阿妮只是叹气，没有回答，顺手抓了一把炒麻籽①和一块蜂蜜递给甲布，哄他到一边去玩。八岁这一年，甲布吃着猪找邻家的孩子一起去放，那群孩子说："滚到坡底的松球，落地前也有个根蒂，你像白去一样没根没蒂，你这没爹没妈的人，谁和

---

① 麻籽和青梨炒熟了可作零食。

你一起放猪！"甲布哭着跑回家，问阿妮："我的阿爸阿妈在哪里？"阿妮只是低头揩眼泪，摇头不回答，最后叫他不要再去放猪了。从此，统格萨·甲布再也不找小伙伴们玩了。他从山上砍来桑木，用金黄的桑木心做了一张弓，用箭竹削成了箭。他天天练习射箭，日子久了，什么飞鸟奔兔都逃不脱他的箭法。有一次，天空中飞过一行大雁，甲布举弓一箭，一只大雁便歪歪斜斜地栽了下来，正好落在去河边背水的阿妮的面前。阿妮捡起大雁，看着正向她兴冲冲走来的甲布，情不自禁地说道："多像他阿爸呀！"甲布一听，如梦初醒，一下拉住阿妮的手问："人家都说我是地上的石头天上的云，没有阿爸阿妈，我的阿爸阿妈究竟在哪里，快告诉我！"甲布的问话像一根根黄连刺扎在阿妮的心上，她含着泪激动地说："孩子，谁说你没有阿爸阿妈！你不是地上的石头，也不是天上的白云，你是统格萨家一根苗、一条龙！过去不是阿妮不愿告诉你，只因你太小，怕闹出事来，现在你快成为大人了，是该让你知道的时候了……"阿妮把甲布的阿爸被妖怪木拉忍青吃了、阿妈被木拉忍青抢去的经过说了一遍。甲布听了，恨不得马上找到木拉忍青，杀了它，为阿爸报仇，救出阿妈。可是怎样才能战胜凶恶的妖怪呢？就凭自己手中的桑木弓、羽毛箭吗？甲布急得团团转。阿妮这时拿出神马留下的响铃，交给甲布，并教他如何到神马潜隐的湖边去请神马出来帮忙。

　　统格萨·甲布拿着响铃，经过艰苦的跋涉，终于来到了阿爸遇难的那个湖边。他按照阿妮的吩咐，把响铃摇了三下，又对着湖面喊了三声神马的名字。第三声刚落，神马就来到他的眼前。可是这时的神马已经变得瘦骨嶙峋了，阿布见了心里很失望，凭这么一匹瘦马，能去征服妖怪为阿爸阿妈报仇雪恨吗？神马好像看透了甲布的心思，说："要让我壮起来也不难，只要让我吃上九石九斗九升的料，我就会复原。"甲布在神马的指点下，从柏树下挖出了父亲的弓箭、佩刀等遗物，牵着神马转回家去。

统格萨·甲布精心地饲养着神马。当神马吃了九石九斗料时，甲布骑着它试了试，一跃就跃过了九座山。吃完最后九升时，一跃能跃过十二座山、十二条涧了。于是，甲布带上武器和干粮，告别了阿妮，骑上神马踏上了为阿爸阿妈报仇的征程。

神马驮着甲布飞一样地朝着妖怪居住的方向奔去。一天，甲布来到一座大山前，这是通向妖怪住地的第一道关口。这山高得插进了云层，宽得左右望不到边，神马再有本事，也无法通过。甲布复仇心切，扬起鞭子狠狠一鞭抽去，从山脚到山梁上抽出的鞭痕变成了一条小路，甲布便骑着神马翻过了山梁。

走了几天，到了两堵岩子的跟前。两堵悬崖正在打架。两堵岩子忽而退开，忽而撞拢，碰撞声震耳欲聋，撞裂的石块四处飞溅。从这里经过，不被悬崖夹死，也要被石块砸死。可是甲布必须赶路，他弯弓搭箭，朝正在碰撞的两堵岩石一箭射去。一阵电闪雷鸣，岩石纷纷碎落，两堵岩子赶紧远远地退开，甲布催动神马，一溜烟冲了过去。

冲过悬崖，前面又被波涛汹涌的海水挡住。原来又是两个海子在摔跤。当海水退下时中间露出一条路，当两个海子扭在一起时，撞起的浪头像一堵墙一样直冲上天，无法通过。甲布急中生智，装作好奇地对两个海子说："你们摔跤

357

的样子很好看，要是双方再退远一点，撞在一起的情景就更加壮观了！"两个海子信以为真，就远远地退开，中间现出一条路来，甲布骑着神马飞也似的奔到了对岸。

冲过海子，前面是一望无际的大草原，草原上有牛群和马群，但这些牛和马都是没有头的，牧牛人和牧马人手里拿着鞭子，也没有头颅。甲布上前问道："请问妖怪木拉忍青住在什么地方？"牧牛人生气地说："我们这里不知道什么叫妖怪！"说完赶着牛群走了。甲布恭敬地问牧马人："您能告诉我这里是什么仙地圣境吗？"牧马人回答："这是我们头人家的地界，我们放的牛和马都是头人家的！"

甲布又往前走，见到一群羊儿在吃草，但这些羊都没有四腿，是滚动着前进的，牧羊人拿着鞭子坐在旁边，也没有腿。甲布上前问："请问妖怪木拉忍青住在什么地方？"牧羊人生气地说："我们这里没有妖怪，只有头人！"说罢把头扭到一边去了。

甲布只又好往前走。走了一会儿，看见一群猪在水塘里拱食吃，这些猪是半边的，半个头，半个身子；放猪人也是半边的，半个脸，半个身，一只手，一条腿。甲布又上前探问妖怪木拉忍青的住地，那半边人也是冷冷地回答："我们这里没有妖怪，只有头人。"

甲布骑着神马往前走啊走，不知不觉来到一座高耸入云的石头楼房跟前。神马停住脚，对甲布说："这就是妖怪木拉忍青的家了。你的阿妈也关在里面。现在，我可以离开你了。"神马教给甲布几句咒语，说："危险时只要念动咒语，你要什么，就会有什么。"说完，神马消失了。

甲布仰望楼房，这楼房没有门，也没有楼梯，只在高高的半腰上开着一个窗口。甲布犯起愁来，这么高的窗口怎么攀得进去呢？他想要是有条链梯甩上去扒住就好了。他于是念起神马教的咒语来。果然，一副长长的链梯摆在了他面前。甲布拾起链梯的爪头用力向窗口甩去，可是铁爪抓不住窗栏，又滑下来了。甲布一连甩了几次都没有成功。怎么办呢？甲布正为难，发现离楼房不远处有一间木楞房，里面可能有人，只有去打听一下再说。甲布走近板房，见里面一老一少，老的已近百岁，双目失明，坐在火塘边烤火，小孙孙正从门外一抱抱地往屋里搬柴火。甲布趁小孩出门拾柴的工夫，赶紧抱了一抱柴为柴火放在火塘边，装作小孩的声音说："阿布，今天有人往头人家楼窗上抛链梯。"老人说："傻孩子，外人怎么进得了头人家的门！上头人家去的链梯只有一副，那是由总管特龙用铁屋锁着的。没有那副链梯，别说是人，就是飞鸟也进不了头人家的楼门。"这时，甲布听见那小孩的脚步声往屋里来了，没敢多问，便念动咒语，一袋金子出现在眼前，他随手把金袋挎在老人的手杖上，自己隐藏在门后，待小孩一进屋，他就悄悄地溜出了门。那小孩把柴火放在火塘边，老人听着声音有点不对，就问："孩子，你抱了几趟柴了？"小孩说："两趟呀！"老人说："我就说声音有点不像嘛！快领我去见总管！"说着，就伸手去摸手杖，一摸摸到一只沉甸甸的口袋。他叫孙子看看袋里装的什么东西，小孩一看，是黄灿灿的金子。老人一听说是金子，就坐着不动了。

甲布从老人家出来，心想怎样从特龙家把链梯弄到手呢？他念动咒语，自己变成一只小小的蝙蝠，飞到特龙家里，在屋檐下栖息起来。

特龙是个人首马面、头上长着一对牛角的怪物。他只有一只眼睛，是长在额头上的。他有三个姑娘，个个长得窈窕多姿，可是后脑壳上都长着一张吃人的嘴。他恨自己没有一个儿子，正没好气地对三个姑娘说："谁叫你们不是儿子？明天给我进山烧炭去！我打铁要火炭！"

甲布看到这一切，想出一套整治特龙的办法。他念起咒语，让飞禽走兽变成高头骡马，让石头变成金银，装成驮子，自己则打扮成一个富商，赶着马帮来到特龙家的庄稼地里歇脚。特龙听见马嘶声和铃铛声，赶忙倒骑着毛驴到地里来察看。他见这多的骡马糟蹋自己的庄稼，便放开嗓子吼道："是谁吃了豹子胆，竟敢在老子的庄稼地里放牲口！"甲布大声回答："牲口吃点庄稼算什么！我有的是金子和银子，等明天庄稼吃完了，拿金子银子赔你！"特龙见这满驮子的金和银，心里便有了鬼主意，骑着毛驴懒洋洋地回家去了。

第二天一早，特龙又倒骑着毛驴来到地头。可一看，商人和马帮全不见了，只剩下一大堆马帮吃过的茶叶渣子，特龙气得一脚向茶渣踢去。这一踢不打紧，茶渣飞处露出了一个光身子的婴儿。特龙定睛一看，还是个男的！他转怒为喜，他朝思暮想的不就是希望有个儿子来继承家业吗？特龙赶紧抱起婴儿，跑回家去了。

说来也怪，这婴儿长得出奇得快。三个月以后就会说话走路，九个月以后，就能跟着大人做家务事了。到了第三年，已经是一个英俊的小伙子了。特龙对这养子十分宠爱，随时把他带在身边，真是含在嘴里怕化了，放在手上怕飞了，对养子的要求，无不应允。这养子也十分聪明，他什么都要看、什么都要问。过不了多久，特龙家的所有财产房屋

360

他都看遍了。听几位姐姐说，只有一个地方他还未看到：有一间铁屋，用一把磨盘大的铜锁锁着，锁心灌了铜汁，钥匙只有一把，是特龙的随身之物。她们姊妹还被轮流派去守门呢。一天，养子要求阿爸带他去看铁屋。特龙犹豫了一下，答应了。养子跟着特龙来到铁屋跟前，见特龙拿出钥匙要开门，他一把抢过来就自己试着要开，特龙哈哈笑道："我的宝贝孩子，你以为没有我的咒语，就能打开这把锁吗？"养子好奇地说："开锁还要念咒语？阿爸，你就把咒语教给我罢！"特龙想，反正儿子是自己的，迟早还要他来接管这份家业呢，就把咒语教给了养子。养子默念咒语，朝锁孔里吹了口气，然后把钥匙插进去，大锁就打开了。开了第一道门，里面又是一道铁门紧闭着。门两边站着两个牛头人身的怪物，它们见生人进来，就一齐向养子扑来，特龙说："快念咒语！"养子念动咒语，两个怪物就退回门边，把铁门打开，等待他们进去。走到第三道门，两条水桶粗的大蟒张开大口向养子扑来，特龙念动咒语，大蟒就顺从地在门口盘成一圈。特龙推开铁门，屋里放着一副长长的链梯。链梯的一端有一个像龙爪一样的铁钩，特龙指着链梯对养子说："这就是爬头人家楼房用的链梯，是头人专门让我打制，又让我保管的。没有这副链梯，任何人休想上头人家去。如果我丢失了这副链梯，头人就会要我的命，所以，链梯就是我的命。"养子把这一切牢牢记在心里。

特龙有个习惯，打一天铁，就要睡三天。这天，特龙又开始呼呼大睡了。他睡觉时手掌按在怀窝上，怀窝里装着开铁屋的钥匙。养子悄悄来到特龙身边，想偷钥匙。他打燃火镰，把一点燃着的火草放到特龙的鼻孔上，睡梦中的特龙觉得鼻子有点烫,就抽出按钥匙的手去抓,养子趁势把钥匙拿走了。

养子来到铁屋跟前,见特龙的大姑娘手持妖刀在把守着铁门,他上前说:"大姐,阿爸说头人家要用链梯,叫我拿着钥匙来取。"大姑娘转过脑壳,用背后的那只怪眼望望头人家的楼房,怪笑一声说:"你别来骗我,头人家今天没有要用链梯的事。"养子见计谋被她识破,不禁大吃一惊,赶紧赔笑说:"大姐,刚才我确实是说着哄你的。我是想去找头人家的儿子玩玩,才来找你借链梯的。"大姑娘板着脸说:"除非阿爸亲自来取,不然,我的刀是不认人的!"养子只好没趣地退了回来。

第二天,是二姑娘看门,养子又去求情,说是要去头人家借马,要用链梯。二姑娘鼓着眼睛把他赶了回来。第三天轮到三姑娘守门,养子又去求情,说是要到头人家借牛去耕地,要用链梯。三姑娘蹬蹬脚把他赶了回来。

养子三次取梯不成,这才知道只要特龙和他的三个姑娘活着,就休想拿到链梯。眼看特龙快睡满三天了,只好又把钥匙放回特龙怀里。

几天以后,养子闹着要去山里帮阿爸烧火炭,特龙当然高兴,就让大姑娘陪他一起去。养子和大姑娘来到炭山上,他不提烧炭的事,却请大姐烧起一堆火,自己把那头驮炭用的大公牛牵来杀了,剥皮以后把肉一块一块地割下来烧了吃。大姑娘吓慌了,急忙跑回家找阿爸去了。养子吃到太阳偏西,才把牛皮铺开,把牛骨头收拢,一念咒语,大公牛就完好无缺地站起来了。养子又念动咒语向四面招招手,大鬼小鬼们捧着、兜着火炭聚拢来,装满了牛驮子,他这才不慌不忙地赶着牛下山来。特龙听大姑娘说养子在山上杀了牛,心里本来窝着火，但晚上却见他赶着完好无损的公牛回来了，而且第一次上山就烧了满满一驮炭，马上转怒为喜。他把大姑娘喊到公牛跟前，大姑娘见公牛好好的，张着嘴说不出话来。特龙就一刀把她砍了。

第二天养子和二姑娘上山烧炭，他在山上仍然把大公牛杀来烧了吃，二姑娘赶忙回家报告特龙。谁知特龙晚上看见的仍然是满满的一驮炭和活生生的大公牛，他心里无名火起，说这些姑娘一个个都来骗他，一刀又把二姑娘砍了。

第三天，轮到三姑娘给养子做伴了。三姑娘很机灵，她见大姐、二姐都被杀害了，觉得蹊跷，心想今天我一定要把事情弄个明白。到了山上，她见养子杀牛烧肉吃，就装说她口渴得要命请弟弟给她弄点水喝。当养子向溪边走去时，她抓起一条牛腿就往山下跑。回到家，她把牛腿交给阿爷，并把大姐、二姐遇见的情形重述了一遍。

特龙见了血淋淋的牛腿，相信三个姑娘说的话是真的了。他悔不该把大姑娘、二姑娘杀了。这下他的仇恨都集中到了养子身上，不等养子回来，就操着妖刀到半路上等了起来。

养子吃饱了牛肉，照样把骨头放在牛皮里，念动咒语，大公牛又站在了他面前。可是这次公牛只有三条腿，另一条腿到哪里去了呢？养子想了想，料定是三姑娘扛回去了，便拔出佩刀，用木头削了一条腿撑上，让公牛驮上炭，一瘸一拐地往回走。特龙在半路上见大公牛果真少了一条腿，证实三姑娘说的话不假，便握刀截住养子喝道："我的大公牛的腿怎么少了一条？"养子先是不回答，待特龙逼得急了，才委屈地说："阿爸呀，我原是不愿说姐姐们的，可事到如今，不得不说了。你养下的三个姑娘，一个比一个好吃懒做，大姐、二姐的事就不提了，就说这位三姐吧！今天一上山，她就缠着我要给她烧牛肉吃，我没答应，她就死死抱住牛腿不放，直到把牛腿扯下来才肯罢休，害得我削了一天的牛腿。你看，炭也只烧得这么一点点。"特龙想如果养子把牛杀死烧吃了，怎么除了缺一条腿外大公牛还活着回来了呢？这显然是三姑娘故意嫁祸给养子。特龙认为三姑娘也在骗自己，于是把她一刀砍成了两截。

又一天，养子对特龙说："阿爸，今天你歇一歇，让我替你打一天铁吧！"特龙高兴地答应了。养子上工时还提醒他，不管听到什么，千万别往打铁的地方看。可是特龙听到作坊里叮叮当当的声音，不像是一两个人在打，而像是成千上万的人在打。他很想去看看，但想起养子的嘱咐又忍住了。说也奇怪，越是要忍住，却越发忍不住。特龙走近板壁，把他那只独眼凑在板壁缝上，想看个究竟。突然一根烧得通红的凿子飞来，把他的眼睛戳瞎了。这时，养子提着铁锤赶来，一锤打得他脑浆迸裂，倒在地上死了。

这养子不是别人，正是那一心杀妖复仇的统格萨·甲布。甲布从特龙的身上取下铁屋的钥匙，打开三道铁门，拖出链梯朝妖怪家走去。

来到木拉忍青的楼房下，甲布抓起链梯的龙爪铁钩向楼房半腰的窗口掷去，铁勾拽着长长的链飞向窗口，正好抓住了窗栏。甲布攀着链梯好容易爬进了窗子。前面是一道石门，甲布念动咒语，变成一只蚊子，从门缝钻了过去。整个通道里漆黑一团，到过了第四道门时，才发现前边有一丝亮光。甲布就向着有亮光的地方走去。光线是从一个宽敞的场院里射过来的，场院里一个神情忧郁的中年妇女正坐在织机上咔嗒咔嗒地织布。甲布悄悄走近织机，看见她织出的布很奇怪，一边是羽毛的，一边是麻线的，就问："阿妮，你织的是什么布呀？"那妇女淡淡地说："一边是头人家的羽毛布，一边是统格萨的麻布。"说完才抬起头来。当她看见眼前站着一位英俊的小伙子时，愣住了。这是从妖怪牙缝里逃出来的吗？不像。从妖怪牙缝里逃生的，没有一个是囫囵的。她仔细辨认着，越看越像自己已故的丈夫统格萨。甲布听了她的回答，认定这就是自己的阿妈了。可是，怎样让她相信自己就是她的儿子呢？甲布想了一下说："阿妮，我是从统格萨的家乡来的，一路上头上生了许多虱子，请你帮我捉捉吧！"那妇女也想趁捉虱子的机会，看看小伙子的头上是不是有颗黑痣，因为她记得给统格萨生下的儿子头上有颗黑痣。当她发现小伙子头上确有一颗黑痣时，悲喜交加的泪水不禁滴到小伙的脖子上。但转念一想，头上有痣的孩子不多着呢吗？他会是我的儿子吗？正犹豫间，一只银手镯"当啷"一声从甲布的怀里掉到地上，甲布弯腰拾起来。她问是什么东西，甲布说："这是我阿妈留给我的银手镯，多少年来它就像我的命一样陪伴着我。"妇女接过银镯一看，这不正是统格萨当年给自己的定情礼物吗？眼前这小伙子，是自己的儿子无疑了！但转念一想，不能大意，万一又是妖怪来试探呢？她不就是因为经常想念孩子，而被妖怪欺骗多次遭到毒打吗？于是她问："你阿爸阿妈是谁？他们在哪里？你是怎么到这里来的？"甲布回答说："我从来没见过阿爸阿妈，听我阿妮说，我阿爸叫统格萨，被妖怪木拉忍青咬死了，我阿妈叫日则笃玛，被木拉忍青抢去了，不知她至今怎么样。我是来为阿爸报仇，来找木拉忍青算账，来寻找

365

阿妈……"没等甲布说完，日则笃玛就把甲布紧紧抱住，激动地说："甲布！我的孩子！我就是你阿妈了！"日则笃玛泣不成声，母子俩紧紧地依偎在一起。

过了好一会儿，日则笃玛说："孩子，你还是回家吧，你是斗不过木拉忍青的。这妖怪很凶，每次出去，都把许多死尸卡在牙缝里带回来，用一根很粗的铁棒挑出来吃。趁他不在，你赶快离开这里吧！"统格萨·甲布坚定地说："不！不杀死妖怪、救出阿妈，我决不离开这里！"日则笃玛见儿子这么坚决，就说："那么，你先得把妖怪家门前的那棵守门树砍倒，不然，你是无论如何对付不了妖怪的。"

妖怪家的守门树，有九人合抱那么粗，高得望不见顶。甲布走到树下，抽出宝刀就砍。这面砍到心时，又砍另一面。可是当另一面砍到心时，先砍的一面又长拢了。就这样，这面砍了那面合拢，那面砍了这面合拢，总是砍不断。日则笃玛在一旁看着，急了，就把一条破裙子往砍缺的树缝里一塞，那缺口就再也合不拢了。甲布终于把大树砍倒了。日则笃玛把儿子藏在门背后的一个坑里，坑上面支了一口锅，锅里放上水，放上九块石头，再用筛子盖上。最后嘱咐儿子说：木拉忍青的心长在胳膊底下，那颗心是旋转的，射箭时必须射中那里才能把它射死。

黄昏时分，狂风大作，雷电交加，山摇地动，木拉忍青回来了。他惯常都是从前门出去，从后门回来的。它一进屋就叫唤着浑身不舒服，要到前门看看守门树。日则笃玛嗔怪地说："头人您今天是怎么啦，我们家那守门树谁还奈何得了它？刚才我去背水，还在树下歇了一会儿呢。"妖怪这才安定下来。过了一会儿它吸吸鼻子又问："怎么我们家里有生人味?"日则笃玛说:"头人您成天跟生人打交道,这味是您带回来的呀!再说,除了您头人,我也是人呀,怎能没有点味呢?"过了一会儿,妖怪又说:"我的眼皮发颤,我要卜一卦。"它叫日则笃玛舀一簸箕干净的苞谷来,舀时要一次舀起,这样卜卦才准。日则笃玛舀苞谷时故意舀了三下,并且用自己的裙子在上面拂了三下,这才端到妖怪面前。木拉忍青卜卦后说:"在一个大海(铁锅里的水)的外面,九座大山(九块石头)的背后,上万只眼睛(筛子)的下面,有一个仇人(甲布)正在等着我。"好险啊!差点被妖怪算出来了。日则笃玛安慰它说:"麻雀怎敢向老鹰要肉吃,谁不知道您头人的厉害。别胡思乱想了。"妖怪总算被稳住了。这时,日则笃玛使劲地在一个小妖的屁股上掐了一下,那小妖哇地哭起来。妖怪斜瞟了一眼,没有说话。日则笃玛又狠狠地掐了一下,那小妖哭得更凶了。妖怪烦了,吼道:"贼妇人,怎么老让孩子哭?"日则笃玛说:"这孩子老是哄不乖,他说长这么大了,还不知道阿爸的心长在哪里,非要看,您说我咋个哄住他不哭?""没出息,这也值得哭,"妖怪举起胳膊,用另一只手指着腋窝说,"喏,看吧,阿爸的心就在这里!"躲在坑里的甲布早已把铁锅挪开,这时,他迅疾瞄准那旋转着的心窝就是一箭,"铛"一声,这箭射在护心骨上。"这不,我的仇人来了!"妖怪腾地站起,要去取妖刀。日则笃玛急中生智,忙说:"看您,过路老鼠也当成猛虎!刚才是我洗碗手镯碰响了铜锅。都说您世上无敌,想不到也这么胆小。"木拉忍青最忌讳别人说它胆小,特别是在女人面前,所以它虽然疑心有人在暗算它,也只好硬着头皮又坐了下来。

　　原来，统格萨·甲布箭筒里的三支神箭，一支是专门啃骨头的，一支是专门吃肉的，一支是专门喝血的。甲布一时性急，错把啃骨头的箭拿去射心，所以只射在护心骨上。这时，另外两只神箭在箭筒里嚷着："我要吃肉！""我要喝血！"甲布抽出要吃肉的那支等着，瞅妖怪伸懒腰时，一箭射中了它的心窝；接着又射出了要喝血的那支，把妖怪的血喝干了。甲布跃身扑向妖怪，死死掐住它的脖子。妖怪想挣扎，可是血已被神箭喝干，心上还插着一支，已经动弹不得了。它知道自己末日已到，就乞求甲布说："英雄，今天我是要死在你手上了，临死前，请允许我再放三口气吧！"甲布心一软，手松了一点，妖怪嘴里放出一股气。这时，天空中响起了神马的声音："甲布，快砍死它！妖怪在往肚子里装铜心，到那时你就斗不过它了！"甲布立即抽出宝刀，砍下了妖怪的头颅。木拉忍青终于被除灭了。这以后，世上的蚊子、臭虫、毒蛇、苍蝇等害虫，就是从妖怪嘴里喷出的气体变的。

　　统格萨·甲布杀死了妖怪，为阿爸报了仇，扶着阿妈走出了魔窟。当他们来到一个山垭口上时，甲布请阿妈在这儿等一下，说他有件东西忘在妖怪家了，要回去拿。日则笃玛知道他要回去干什么，就请求儿子说："寄生的枝叶，虽不是树的本身，但毕竟喝的是同一条根上的水，妖怪家有两仓酥油，你一定要把它们炸在油锅里，千万别用刀砍。"甲布答应着走了。

　　甲布回到妖怪家，见小妖们有的扑在尸体上痛哭，有的正在磨刀，还起誓说要报杀父之仇。甲布二话没说，打开酥油仓，熬了三大锅酥油，等油滚开了，就抓起小妖往锅里丢。谁知这滚油烫不死小妖，它们在里面就像洗温水澡一样，从这边丢进去又从那边爬出来。甲布抓住了这个，又跑了那个，弄得他满头大汗，那大一点的还拿刀持枪向他扑来呢。甲布一时性起，就拔出刀来乱砍。不一会儿，十几个小妖就全被砍翻了。他把小妖的尸体丢进油锅，然后迅步向山垭口走来。

甲布回到妈妈身边，阿妈问他："你是用酥油炸的吗？没用刀砍吧？"甲布说："是的，我熬了三大锅酥油烫他们。"阿妈要看甲布的宝刀，甲布抽出宝刀，阿妈见宝刀上还沾着小妖们的血迹，便气死在垭口上了。

统格萨·甲布把阿妈的尸体烧化，把骨灰埋在垭口上，用石块垒成一座坟。他悔恨自己的疏忽，又蔑视阿妈对小妖们的感情，啐了一口唾沫说："女人没辈分！"直到现在，每个垭口上都还垒着日则笃玛的坟堆，永远遭受着路人的唾弃。普米人死了实行火化，就是从这个时候开始的。也就是从这个时候起，普米人数辈分①时就没有妇女的份了。

---

① 普米族逢年过节要举行庄重的祈祷仪式，在这个仪式中，要数辈分，从最早的祖先一代一代地往下数，每一代数一个当家男子的姓名，一直数到父亲这一代，但却没有女人的姓名。据说就是统格萨·甲布发现他的母亲既可从人也可从妖，认为女人的心是水性，生气地说"女人没辈分"以后兴下的规矩。所谓"辈分"，实际是标志人们在家庭、家族和社会上的地位。"女人无辈分"，这是普米族社会发展中母权制让位于父权制这一社会现实在人民口头创作中的反映，它标志着母权的彻底衰落，父权的完全巩固。统格萨·甲布的故事普遍流传在宁蒗县各地的普米族群众中，甲布历险除妖，为父报仇，救出母亲的英雄事迹为人民所称赞，甲布的英勇、机智成为普米族男子的骄傲，甲布的立身行事被视为普米族男性的楷模。不仅如此，普米人还把甲布说成是自己民族习俗的始祖，普米族流传至今的许多风俗习惯据说就是起始于统格萨·甲布的，"因为统格萨·甲布这样做了，所以普米人要这样做"。"数辈分"就是一例。

统格萨·甲布只身回到家里，这老家已经屋塌草长，无法辨认了，阿妮也不知上哪儿去了。他伤心地哭起来。哭着哭着，神马来到他跟前，驮着他飞到天上去了。

搜集整理者：佑米巴菹　禺　尺

# 天将讨阴将[①]

每年农历十二月初，是普米族人民过春节的喜庆日子。到时，家家户户都有祭阴将的习俗，普米话叫做"增巧木"。传说，"增巧木"祭典有这么个来由：

很早以前，有个名叫索玛的普米大妈，她养了一只公鸡。有一天，公鸡下了三个鸡蛋，索玛大妈很奇怪，心想天下只有母鸡会下蛋，哪有公鸡下蛋的呢？她想来想去不安宁，好些个晚上睡不着觉，可过后又自宽自慰地想：公鸡原本不下蛋，没料到它又下上了，既下了，我就叫公鸡抱出来看看。于是，她让公鸡抱蛋。抱了二十天，抱不出，又抱二十天，还是抱不出。索玛大妈想：一共三个蛋，拢共抱他六十天看看，六十天到了，小鸡真的抱出来了：一个黄黄的，一个白白的，一个黑黑的，恍眼看，好像有形又有影，仔细看，却又无影也无形；伸手抓三个小鸡隐隐忽忽，始终抓不着，索玛大妈好奇怪呀。公鸡本来不下蛋，可最终下蛋了。

---

① 本故事流传于云南省宁蒗县拉伯等地，由王四代选自《普米族故事集》，中国民间文艺出版社1990年版。原为《"增巧木"祭典的来由》。

公鸡本来不抱蛋，可最终抱蛋了。抱了四十天抱不出，抱了六十天又抱出了。出了三个小鸡子，好像有形又有影，伸手去捉拿，却又无影也无形。这事真奇怪，索玛大妈心里结下的疙瘩怎么也解不开。那以后，大地上渐渐有了灾难：好端端走着的人，突然会被什么拖走吃掉；好端端的庄稼，突然会叶萎秆枯病死；好端端的牲畜家禽，会突然倒下死去。大地上到处都有灾难，普米人个个惊惊慌慌，日子越过越险恶！眼看这一切，索玛大妈心里暗想：是不是那奇怪的形形影影在作践呢？她去娃姆主山找汗归打卦，那个十分厉害的汗归卜卦后说："你的公鸡抱了三个蛋，三个蛋抱出来的形影恍恍惚惚，是它们在人间作孽。人间治不了它们，它们是人间的阴将。要治它们，只得求天神帮助。"索玛大妈着急了，她赶紧又去求天神帮助，天神同情人类，就派了简阿帝、显阿帝和强彼雅三个大将到人间治阴将。

三个大将来到人间，翻山爬岩，四处寻找那作践人类的阴将。可是，阴将飘飘忽忽，看不真，摸不着，找了很久也没找着。有一天，三个大将爬上一堵岩子，一直往最高处爬，快到岩顶时，他们看见一个石窝里装满清水。大将显阿帝正渴得很，便要喝那清水。另外两位大将阻止他说："不要乱喝。这水怕不干净。"可显阿帝不听劝，他凑上嘴去就喝，谁知刚喝下，整个脸面霎时变黑。大将简阿帝、强彼雅把显阿帝拉上岩顶，那里正好有个小水塘，简阿帝指着水塘说："劝你不要喝，你不听，水塘里照照看，你变成什么样了！"显阿帝朝那水塘一看，自己全身黑黢黢，完全不像人了。他气得大吼大叫，吼声像炸雷。三个大将决心惩治妖恶，一定要把那作孽人类的阴将铲除。

他们走啊、找啊，历尽千辛万苦，最后来到大海边上。抬眼一望，他们好像觉得有一样东西在那天边隐隐忽忽、飘飘闪闪地移动，简阿帝立刻取下摇铃上的铁棒，向那天边的东西打去，铁棒正好打中，只见天边闪出一道黄光，有一样东西落进大海里了。这时，又飘来一样东西，仍旧隐隐忽忽、飘飘闪闪，强彼雅取下摇铃手把打过去，手把准准地打中，只见一道白光闪后，有一样东西落在地上。可天上还有一样东西在飞快飘来。显阿帝明白了，它们就是那作践人类的阴将。只见显阿帝举起摇铃，向那飞快飘来的东西狠狠砸去。摇铃打中阴将的脑袋，脑袋碎成三块，立即闪出三道黑光，随着黑光轰隆隆落在大岩子上，每块碎脑又立即变成三个黑团，三三九个黑团很快藏进岩缝里，它们还想继续在地上作孽。显阿帝被阴将使法。黑了全身，他一肚子仇恨，决心把九个黑团找出来，斩尽杀绝，为民除害。三个大将分头寻找，他们从九座大山的岩缝里，将九个妖团黑怪都捉到了。于是，三个大将在高高的白岩子上搭起栗柴、点起大火，将那妖团烧化。就在这时，九个黑团一齐哀求道："天神大将呵，你们法力无边，最能最狠，我们要打打不赢，要躲躲不过，要杀也只有你们能杀我们了。可你们想想，要是我们都没有了，都被杀了、烧了，地上倒是干净了，人却是要变了。人们会变得懒、变得恶，活路不会做，天不会敬了，神不会敬了。活不干，天不敬，神不敬，有天有地有神也就不明确，人会跟天神一样。"三个天神大将听后想想，以为妖团说得也对，便说："你们以前吃人害人、糟蹋庄稼，使家禽牲畜生病害死，做了很多孽，地上人活不下去才消灭你们。如今听你们说得也有道理，那就不烧死你们。但

372

以后不准吃人害人，不准糟蹋人类，不准害死家禽牲畜，天上不准在，地上也不准在，只准你们飘在半空中，脸朝上，不准朝下。"妖团们一齐说："好是好，可我们吃什么？"三个大将说："吃天上落下来的雨水。"妖团说："光吃雨水，过不了生活啊。"大将说："火焰上再烧点粑粑给你们吃。"可妖团们吃惯了人畜，总是说过不了生活，于是，三个天神大将说："今后，只要你们保护人、爱惜人、人有困难帮助人，家家户户的人都会敬你们，到时候你们的生活就好过了。"

从那以后，普米人有了祭阴将的习俗。春节前几天，各家选定一个日子，约请一个能说会讲的人，待鸡叫头遍，天不亮时，由主人拿着牛奶、白香、红花，提着公鸡，与约请的人一道，轻手轻脚、悄悄地去到房屋后面一个早就选定的人踪罕至的僻静地方，那里搭有阴将的祭石。他们将祭物白香当骨架，红花牛奶当身子，点着的火焰当气，放在祭石前，然后杀鸡敬血，由能说会讲的人（用汗归亦行）祭祀祈求来年人畜平安、五谷丰登。祭典结束后，鸡毛在那里烧，鸡肉拿回来洗了煮着吃，但女人不能吃。传说，阴将的一个兄弟掉进海里，跟龙王成了亲戚，敬龙王时也要敬它，要不它会怂恿龙王作践人类。掉在地上的阴将飘悬在半空，面朝上轻轻移动，人在地上行走都要小心，特别是在龙潭周围行走，更要轻手轻脚，否则被阴将发现，也会倒霉。祭典过程严肃神秘，不能笑，因传说阴将的嘴是缺的，它会认为是人类嘲笑它而加罪于人。

讲述者：熊农布等

记录者：王震亚

# 夜 明 珠①

古时候，爬施恶山下有两个部落，一个叫东波洛，一个叫阿枝洛。阿枝洛土地肥沃，牛羊多，比较富裕；东波洛土地贫瘠，牛羊少，比较贫困。

东波洛是普米寨子。这寨里有户普米人家，家里有个儿子名叫达娃。达娃很能吃苦，一年四季，不管大雪纷飞、暑夏炎热，总是早出晚归，在爬施恶山上放牧。达娃只有阿妈一人，母子俩一个在外放牧，一个在家做事，日夜苦累，勉强能糊嘴。在外放牧的达娃，自然辛苦些。母亲疼爱儿子，常常省下半截粑粑留给达娃放牧做午饭。

一天晌午，太阳晒得难受，达娃就躲到树荫下吃粑粑。正吃着，却听见有声音说："粑粑分给我一半吧。"

达娃大吃一惊，四处望望，心想：是谁在跟我说话呀？望了好久，什么也看不见。最后，他在草丛中看见一只青蛙。他想：莫非青蛙会说话？就对青蛙说："是你在向我要粑粑吃吗？"

青蛙点点头说："是咧，是咧。"达娃笑了笑，就把粑粑分作两半，一半放在地上，青蛙跳过来很快就把粑粑吃了。从此，达娃每天都把一半粑粑分给青蛙，自己只吃一半。

一年过去了，青蛙吃一半不够了，达娃就跟阿妈说："阿妈，我每天跑东山、爬西坡，不到晌午，肚子饿得咕咕

---

① 本故事流传于云南省宁蒗县永宁、翠依地区，由王四代选自《普米族故事集成》，中国民间文艺出版社1990年版。

叫，你以后就给我一个粑粑吧。"阿妈答应了。那以后，就给达娃一个粑粑，达娃得到一个粑粑后，就给青蛙分一半。

过了一年，青蛙吃半个粑粑又不够了，达娃回家又给阿妈说："阿妈，我长大了。一个粑粑不够吃，你就给我两个吧。"

阿妈看看达娃，也确实长高了，于是，就给他两个粑粑。达娃去山上也就每天给青蛙一个粑粑吃。

有一天，青蛙对达娃说："达娃，我要走了。"

达娃奇怪地问道："你要去哪里?"

青蛙说："天下害虫成堆，庄稼正在受难，蛙王叫我们去给庄稼除害。"接着又说："达娃呀，我们相处三年，你真好。我没有什么送你，就送你这颗夜明珠吧。"

说完，肚子一鼓，嘴一张，吐出颗金光闪闪的夜明珠。"这夜明珠拿去，只要有碗米，你放在米里，就会有吃不完的米。你看见有死了的蛇、耗子、蜜蜂，就用夜明珠化滴水，搭救它们，等你受难，它们会来帮你的。可千万不要救死了的人啊!"青蛙说后，就跳进草丛里走了。

达娃回去，把夜明珠放在米罐里，这一夜，他躺在床上睡不着，只听见天上地下到处都在说话，到处都在走动，原来是青蛙姐妹为庄稼除害，正赶往各地。第二天早晨，达娃出门一看，只见一条滚滚奔流的江水向很远很远的地方流去，传说金沙江就是青蛙赶往各地走出的路。达娃又进屋里舀米煮饭，原来只有一升米的土罐里，只这一夜工夫就装着满满一土罐米了。达娃和母亲的生活终于好了起来。

达娃有了吃的，还是天天去山上放牧。有一天，他在路旁看见一条死蛇，忽然想起青蛙的话，便赶紧跑回家，拿来夜明珠化了几滴清水给蛇吃，蛇吃了水顿时活起来。为了答谢救命之恩，蛇说：“达娃，今后你遇到困难时，只要叫一声‘蛇大哥’，不管你在什么地方，我都能听见，我一定来帮你。”说完，静悄悄地钻进了草丛。

又走了一段路，达娃见一个耗子死在路旁，他又用夜明珠化了几滴清水给耗子吃，耗子也活了。为报答救命之恩，耗子说：“达娃，以后你遇到什么困难，就叫我‘耗二哥’，不管你在哪里，我都能听见，一定来帮助你。”说完，很快溜跑了。

最后，他在路边看见一只死蜜蜂，又用夜明珠化几滴清水给蜜蜂，蜜蜂也活了。为答谢救命之恩，蜜蜂说：“你以后要是遇到困难之事，就叫‘蜂三哥’，不管在什么地方我都能听到，到时我一定来帮助你。”说完，扇动翅膀飞走了。

有一天，达娃放牧时看见一个死人，遍身是伤，躺在路旁。他想，那一定是被谁打死的。我用夜明珠化来清水，救活了死去的蛇、鼠、蜂，也许人也能救活。于是，他回家拿了夜明珠来，化了几滴清水给那死人。不一会儿，那个死人也复活了，死人感谢万分，跪在达娃面前说：“救命恩人呵，我不知怎样报答你！”

达娃说道：“不要说报答啦，你活过来就好了。”

达娃带着那个人一同上山放牧，并告诉他，他是怎样被救活的，还把亮光闪闪的夜明珠给他看，那人说了很多好话，最后说：“达娃呵，我实在口渴，我要到江边去喝水。”

达娃是个好心人，说：“你刚活过来，我陪你去。”两人到了江边，那人蹲在江边喝了几口水，又跟达娃要来夜明珠看。忽然他指着江面说："达娃你看那是什么？"达娃朝前看去，那人就趁他不备，猛力一推，将达娃推进江里。

龙王突然被惊醒，说声："不好，有人被害。"一翻身，断了江水，达娃慢慢落到江底。往上看，河岸有天那么高，他爬不上去，达娃想起蛇、鼠和蜜蜂，于是喊道："蛇大哥、鼠二哥、蜂三哥，请帮帮我的忙。"

达娃的喊声震撼着龙蛇国、老鼠国、蜜蜂国，龙王立即派出青蛇去询问，青蛇报告说："达娃落到江底，无法上岩。"龙王就派了大大小小的蛇去帮助；老鼠国得知达娃落入江底，也派出成千上万的老鼠来接应。无数蛇扭成绳子，从岸上放下去；无数的老鼠一个个架成梯子，从岸上搭下去。蛇叫达娃抓住他们扭成的绳子，老鼠叫达娃踩着它们架成的梯子，达娃一步步爬上岸来了。

蜜蜂国听说达娃被蛇和老鼠救上岸来，可夜明珠被人抢走了，就派出所有蜜蜂到处寻找。不多久，蜜蜂就追上了那个忘恩负义的坏蛋，它们一拥而上，将那家伙活活蜇死。蜜蜂取回夜明珠交给达娃，达娃非常感激蛇大哥、鼠二哥、蜂三哥。

达娃得了夜明珠的事很快传到阿枝洛。阿枝洛寨主便派人到达娃家，要买夜明珠。达娃不卖，阿枝洛寨主怒吼道："三天之内不送来夜明珠，我要把东波洛烧尽杀绝，土地全归我用！"

东波洛的寨民听说后，一个个像得了瘟病似的，都来问达娃："怎么办？"达娃气愤地说："东波洛的普米人，好好生生过日子，连死了动物都想法救活它们，为什么要烧我们的寨子、杀我们的人、抢我们的土地？我们决不让他们得逞！"

阿枝洛寨听后，气得响雷似的吼叫，马上派兵去攻打东波洛。达娃领乡亲们迎战。他站在寨门前，眼睛望着大门。一会儿，有人报告说："阿枝洛的人马走进山底了！"一会儿，又有人报告说："阿枝洛人马快进寨子了。"这时，达娃对着大山喊了一声，喊声震撼龙宫，传到老鼠国，传到蜜蜂国。瞬息之间，黑云翻腾，雷声隆隆，地暗天昏，龙王派出百万蛇兵，一条条缠住阿枝洛兵马的脚；老鼠国派来鼠兵，咬烂了阿枝洛全部兵马的弓箭；蜜蜂国派来蜜蜂蜇瞎了阿枝落兵马的眼睛。不到半个时辰，阿枝洛的兵马死的死、跑的跑，大败而回。

第二天，阿枝洛寨主只好求和，还送来亲生女儿给达娃做妻子。达娃看见阿枝洛寨主这样诚心诚意，也就答应了亲事，与阿枝洛寨主的女儿结了婚。

一年后，达娃得了一个胖儿子。儿子满周岁后，天天哭，达娃请来汗归医神无用，请来喇嘛念经也无用。他把家里所有新奇的东西都取出来哄他，可都止不住哭。达娃想来想去，只好拿出夜明珠给儿子玩。说也奇怪，那儿子一见夜明珠就不哭了，还哈哈地笑。这以后，只要儿子哭闹，达娃就取出夜明珠给他玩。

有一次，达娃上山砍柴，家里只有妻子和儿子。达娃刚走，那儿子又哭起来，妻子知道他是要夜明珠玩，可夜明珠搁在哪里，她也不知道。儿子坐在床上一面哭，一面用小手指着楼。妻子上楼去找，翻箱倒柜找遍了，最后翻到一个盒子，打开一看，一颗亮闪闪的夜明珠装在里面。原来阿枝洛寨主把女儿送给达娃前，就叫女儿想方设法盗走夜明珠，现在终于拿到手了，她心里暗自高兴。儿子见了夜明珠，不哭了，玩着玩着渐渐睡着了。这时，达娃砍柴回来，妻子害怕了，心里一急，便把夜明珠放进锅里。锅里正烧着水，滚热滚烫的水把夜明珠的光亮煮掉，夜明珠成了一颗没有光亮的黑子。

第二天，妻子对达娃说："我很久没有回家，我要去看看父母。"

老实的达娃让她去了。可她一到家，就把夜明珠的事情告诉了父亲。第二天，阿枝洛寨主派出全部兵马攻打东波洛。东波洛人听到这个消息，纷纷来问达娃，达娃也不知道是什么原因，连忙去找夜明珠，翻箱倒柜找不到，最后在锅里找到一颗黑珠珠。达娃明白自己受了骗，像头发怒的猛虎吼着。对着大山吼，大山不应；对着老鼠喊，老鼠不应；对着蜜蜂喊，蜜蜂不应，也不飞来。阿枝洛的兵马很快杀进村寨，烧毁房屋，杀死乡亲，土地全被阿枝洛兵马占领了，最后只剩下达娃一人。达娃跑到爬施恶岩头上，推倒石岩往下打，石头纷纷像下雨，一个人打到正月初一这天，阿枝洛的兵马还攻不上去。达娃最后站在高高的岩尖上说："阿枝洛寨主，你听着，你们要抓我，要抢走夜明珠，就得依我一件事。"

阿枝洛的士兵问："什么事？"

达娃说："我要亲自把夜明珠送给你们寨主，你们要抬着我去。"

阿枝洛的士兵答应了。他们抬着达娃到了阿枝洛寨主家门口。达娃走进寨主家，他老婆幸灾乐祸地说："你的夜明珠不灵了，是吗？那是我在锅里煮坏的。"

达娃瞪着双眼说："我知道是你煮坏的。灵不灵，你看吧！"

说完，就把那颗珠子往嘴里一丢，只听得"轰隆隆"一声巨响，达娃和整个阿枝洛部落在半天云里翻了几转，旋了几个圈，"哗啦啦"落在大地上，地上立即矗立起一座大山。大山静静的，再也不动了。后来普米人为了纪念达娃，每年正月初一都要去转山、烧香、放炮，以表达对民族英雄的纪念。

搜集者：凉　冰

# 杀　妖　鹿①

远古时候，汪洋大海边，深山老林里，窜出一只马鹿。马鹿有追风的本领，有坚硬的犄角。马鹿糟蹋过的地方寸草不生，马鹿啃过的树木树叶全落。马鹿逞强，犄角划破天；马鹿显威，吼声地倾斜。马鹿给人间带来了灾难：天与地相撞了，山与水分不清了。勇敢的打猎人呵，杀掉那作恶的马鹿吧！

老辈们说，打猎人要黑头人，不能要白头人。峨萝山上有座青石裂开了，黑头人简锦祖出世了。他扭扭身子，腰有一围粗；他伸伸两臂，手有柱子粗；他转转脖子，身子长成一丈二尺高的大汉子。巨人简锦祖呵，他拳头大的眼睛能看

---

① 本故事流传于云南省兰坪、宁蒗县等地，由王四代选自《普米族故事集成》，中国民间文艺出版社1990年版。原为《杀马鹿的故事》。

透天地，他山神一样的本事能搭救生灵；他要把破损的天补好，要把倾斜的地扶正，要把作恶的马鹿杀掉，要让天地重见光明。简锦祖拿虎皮做了披毡，拿熊爪做了靴子，拿豹皮做了头巾，拿狼皮做了箭袋，拿桑树做成弯弓，拿箐竹做成利箭。出猎前，简锦祖向九层六神问了话，从九层天上领来九色的猎狗：红色猎狗专咬脖子，黄色猎狗专咬肚子，黑色猎狗专咬尾巴，白色猎狗专咬膀子，花色猎狗专咬腿子，灰色猎狗专咬犄角，麻色猎狗专咬脊背，棕色猎狗专咬肋巴。九色猎狗为简锦祖引路做伴，跟着简锦祖去杀马鹿。翻过高山，越过箐沟，简锦祖攀岩过岭，带着九色猎狗来到热水塘旁边，热水塘旁边正好留有马鹿的脚印。九色猎狗嗅着脚印汪汪叫，跟着脚印追进山林。山林里的马鹿跑出来了，跑到高高的山梁子上；九色猎狗追上山梁子，马鹿又跑进宽大的草坝；九色猎狗撵进草坝里，马鹿又跑到坝子中间那高大的紫金杉树下。只见它高昂着头，不怕一切，好神气啊！这时，简锦祖取下利箭瞄准马鹿。第一箭，他向马鹿的大腿射去，逞威的马鹿跪下了；第二箭，他向马鹿的肋巴射去，逞能的马鹿倒下了；第三箭，他向马鹿的心射去，作恶的马鹿吼叫一声断气了。

在高大的紫金杉树下，简锦祖杀死了作恶的马鹿。他挥舞长刀向马鹿的头砍去，头砍下了，鹿头变成天，破损的天补好了。他举起刀尖挖出马鹿的眼睛，眼睛挖出来了，变成了天上的太阳和月亮。简锦祖又取下马鹿的牙齿，鹿牙齿变成满天星星。简锦祖用利刀砍下马鹿腿子，鹿腿顶住倾斜的大地，大地扶正了；马鹿的四只脚变成了人类房屋的柱子。简锦祖用刀刃剥下马鹿皮子，鹿皮子变成了辽阔的大地，鹿毛变成了地上的青草和树木。简锦祖打开马鹿的胸脯，鹿胸脯变成敞开的大门。简锦祖砍下马鹿的肋巴，鹿肋巴变成储存粮食的粮仓。简锦祖割下马鹿的肠子，大肠变成地上的江河，小肠变成地上的道路。简锦祖打开马鹿的肚子，像打开金银库，地上万物都有了。简锦祖取下马鹿的胆，鹿胆变成天上明亮的彩虹。简锦祖取出马鹿肝，鹿肝变成连绵不断的山。简锦祖取出马鹿肺，鹿肺变成大小无数的湖泊。简锦祖取出马鹿心，鹿心变成无边无际的大海和惊天动地的雷声。鹿血变成水，装满了大地上所有的江河湖海。

　　巨人简锦祖呵，他给大地带来了生机，他给人类带来了希望，他给普米带来了安宁，他给生活带来了幸福。


**记录者：王震亚**

# 德昂族

◎ 中国各民族神话

创世神话

# 茶叶变男女开创大地

很古很古的时候，天是开了，地没有开，开天的是万能之神帕达丝，他管理着天堂，那里风和日丽、阳光明媚，到处都苍翠美丽，诸神都过着美满幸福的日子。尤其是那里有一片茶园，使天堂处处都充溢着茶香。可是，大地都没有开，仍旧是一片混沌，没有人，没有动物，没有树木花草，是个黑暗世界，一会儿狂风大作，一会儿又电闪雷鸣。

有一天，那茶园里有一棵又矮又小又焦黄的小茶树向万能之神帕达丝请求道："智慧的大神啊，地下那么荒凉，为什么没有人去开辟呢？让我们茶树下去生长吧。"

帕达丝大吃了一惊，回答道："你不知道那里是个黑暗世界吗？那里没有阳光，那里有的是灾难和死亡。"

焦黄的小茶树说："只要能去开创一个世界，叫大地永远长青，死也甘心。"

帕达丝十分感动，一个又小又焦黄的茶树竟有这样的志气，十分难得，便使了个法术，刮起一阵大风，那大风登时就把小茶树撕碎，一下子便抖落了一百片茶叶，一百片茶叶慢慢往下飘落，刚飘出天门，只见雷电轰鸣，飞沙走石，整个大地掀起剧烈的变化。那一百片茶叶在狂风与雷电中都变成了一百个男女，五十个精悍的小伙子和五十个美丽的姑娘。

这一百个男女，随着风沙在天空中飘荡，想找个落脚的地方，可是，风沙遮着他们的眼睛，雷电使他们胆战心惊，他们什么也看不见，只在黑暗中乱撞。可怜这一百个男女，东飘西荡，没有一个能落脚的地方。

他们又哭又喊，十分悲伤，祈求万能的帕达丝帮忙，帕达丝发了善心，便叫太阳之神施展威力，把大地照亮，又令月亮之神，还有众多的星宿之神都去帮助一百个勇敢的开荒者。帕达丝说："他们都是天上的神，一个神有困难，众神都应该帮忙。"

太阳、月亮和星星都放射出光芒，顿时间，便把大地照得通明。一百个兄弟姐妹都十分高兴，他们看见了大地，又寻找落脚的地方。可是，只见大地一片白茫茫，这里是白浪滔滔，那里又是滚滚波涛，整个世界都是茫茫的海洋，找不出一块陆地，找不着一个落脚的地方，一百个茶叶变的男女，依旧在天空中飘荡，无法落到大地上。

万能的帕达丝知道了他们的处境，便又暗中帮他们忙，再次使出法术，叫大地裂开，海水便不断往地下流淌，慢慢出现了干燥的地方，一百个男女，才一个一个落在大地上。

万能的帕达丝又告诉他们，要开创大地，就要繁衍人类，依靠子子孙孙去开创。要繁衍人类，就要男女婚配。可是，姑娘们不干，她们说是一棵树上的叶子，都是骨肉同胞，哪能结为夫妇。为了逃避婚配，她们又飞上了天空，在天空中自由自在地飘荡。

姑娘们离开了小伙子，小伙子们又难过又寂寞，他们很想把她们拉下来做他们的妻子，但是，他们怎么跳怎么蹦，也抓不着姑娘。弟兄们走到高高的山顶上去抓姑娘，可是，离姑娘还有好几丈。他们又用石头堆砌起台台，可是，还是挨不着心爱的姑娘。他们想尽了一切办法，都抓不着美丽的姑娘。

不知过了多少年，有个聪明的小伙子想出了一个极妙的办法，他用一根青藤扎成一个藤圈，他们把藤圈朝姑娘们丢去，一个一个藤圈都恰恰套在姑娘们的腰间，伙子们便各自把自己套住的姑娘从天上拉下来。

从此，他们便结成夫妻。从此，便有了家庭，繁衍了人类，他们就是德昂人的祖先，他们开创了世界。

所以，至今，德昂人居住的地方都遍地是茶树，德昂人也离不开茶，喝茶，又崇敬茶树；至今，德昂妇女的腰上都缠着藤圈。

最初的人类就是吃茶叶、吃野果，后来又去打猎、吃野兽肉。过了很久很久，智慧的帕达丝才教人用茅草盖房子，又教人种地，才有了五谷，才过上幸福的生活。

搜集整理者：赵　备


# 龙女和神

很古很古的时候，世界上没有人，只有一座大山。在这座大山顶上有个山洞，山洞里住着一个龙女。这龙女平时都不出来，每隔三年才出来一次，到洞外晒太阳。有一个天神在洞外等了三年，终于看见龙女走出洞口，就把龙女逮住了。天神便和龙女结成夫妇。他们结婚后，生下了许多子女。他们就是德昂人的祖先。

搜集者：李崩格

# 满天飞的女人

很古很古的时候，没有人类。那时，天神种了个葫芦。葫芦长大之后，就从葫芦里走出人，这就是崩龙族人。

从葫芦里出来的男人，全是一个模样，分不出这个那个，认不清大的小的。女人从葫芦里走出来不落地，就满天飞，谁也抓不着她们。

过了许久，有一个仙人把男人的面貌改变了，从此，男人就能分辨出来了。男人很想把满天飞的女人捉住做妻子，就想了个办法，用青藤编成圈圈，把圈圈往女人身上丢去，恰恰套在女人的腰上，这才把女人从天上拉了下来。从此，男人和女人就生活在一起，结成了夫妻，才繁衍了人类。

德昂族妇女今天仍然在腰里箍个藤箍圈圈，就是纪念她们刚从葫芦里出来的事。

*记录者：拉　翁*

# 百片树叶百个人

很久很久以前，天和地紧紧粘在一起，又过了很久，天和地才慢慢分开。那时候，宇宙间只有田公和地母，他们结成了夫妻，生下一个女儿。一家三口，开荒种地，过着愉快的生活。一天，田公拿着扁担和砍刀，到山上去砍柴。这时，只见一阵狂风呼呼到来，把一棵大树的树叶刮落了一百片。田公说："啊，如果这些树叶能够变成人，我们就不会孤单了。"

他的话刚说完，这一百片树叶真的就变成了一百个人，突然站在他的面前。这一百个人又分出五十个男人和五十个女人。

这样，世上便活着一百零三个人。树叶变成的一百个人，每人都取了个姓，他们把那棵落叶大树称为"人生树"。

世上有了人，就得有房子住。人们把生人的那棵树砍倒了，锯成木板，在山坡上盖起了房屋，又把山地开出来，种上庄稼，这五十对男女也结为夫妻，共同在森林里过日子。

这时候，他们种出的粮食不够吃了，田公就去到天上，向天神要籽种。天神给了他玉米、旱谷、小麦、大豆、瓜果和葫芦的种子。他带回人间，撒在平坝和山坡上，平坝和山坡就长出各种粮食和瓜果。

他又把葫芦子撒在海边，葫芦子慢慢发芽抽藤，根根都长到大海里。葫芦藤越长越粗、越长越长，上面结了个小山般大的葫芦，在海面上摇摇晃晃地漂着。

这时，世上突然洪水猛涨。这些人就躲进葫芦里，任随洪水漂流。他们在海上漂了很久，有一天靠了岸，刚靠岸，就突然一声巨响，葫芦被炸开一个口，这一百零三个人才从葫芦里走出来。他们就是今天的汉族、傣族、傈僳族、景颇族、德昂族、白族等民族。

讲述者：李仁光　姚世清

搜集整理者：杨玉骧

# 祖先创世纪①

一

很古很古的时候，大地上没有人，水和泥巴搅在一起，土和石头分不清楚，没有鱼虫虾蟹，没有豹子老虎，没有绿草青树，没有红花黄果，没有日月星辰，天空和大地一片混沌，只有雷吼风呼。

狂风吹啊吹，越吹越大，越吹越紧，不知吹了几万年，终于吹出了一团黑乎乎的东西。这团东西在天上转呀转，越转越黑，越转越紧，不知转了多少万年。有一天，风和雷碰到一起，风说："我的力气大无比。"雷说："我的力气谁也比不过。"它们互相不服气，就打了起来。风拼命吹，要把雷赶走。雷拼命打，要把风打死。他们从天上打到地下，从东打到西，从北打到南。有时风把雷赶走，但是雷很狡猾，悄悄躲到天的最高处，等到风神气时，他又突然冲下来。他们两个打打停停、停停打打，谁也不服输，不知打了几万年，一直到现在，只要雷声一响，风就大发脾气。

有一天，风正围着那团黑乎乎的东西转，越转越高兴。雷在天空中看见了，恨得咬牙切齿，就吼着冲下来，争抢这团黑乎乎的东西。抢啊抢，谁也不让谁。最后他们俩使出了全部力气，哗啦一声，黑乎乎的东西被撕成两半，从中间掉出了一个人。这个人慢慢张开了嘴巴，一口一口地吸气，吸

---

① 本故事流传于云南省德宏州德昂族地区，选自李子贤编《云南少数民族神话选》，云南人民出版社 1990 年版。

一口就大一点。不知过了多少年，他长成了大人。但是，他什么也看不见，分不清东西南北。雷神就与老婆商量，为了让这个人看清世界，雷吼着，电婆哗啦一声，就把人的脸凿开两个洞，装上两小粒火，这就是眼睛。风神看见雷神给人做了好事，很不服气，他看到人会吸气，能看见东西，但是不会听，就在人的头两边撕开两道口子，吹开小洞，让人听到声音，这就是耳朵。接着，雷神又给人塑了鼻子，风神给人画了眉毛和头发。由于风神和雷神争着帮助人，人有了眼、耳、鼻、眉和头发，看得见，听得着，聪明无比，叫做"帕达然"。他就是最早的人，也是智慧的神。

帕达然天天靠吸气生活，一个人非常孤寂，就去请求风神和雷神归还衣袍，他还是要躲进衣袍里去。风神气得头发都立起来，雷神气得瞪圆了眼睛，把衣袍撕得粉碎抛给了帕达然。说也奇怪，碎衣袍竟变成了一棵棵小树，这就是茶树。所以，德昂族都说茶树和人的生命连在一起。不同的是，古时候的茶树是会说话的，现在的茶树只有到夜深人静的时候才互相说悄悄话。

帕达然有茶树做伴，十分高兴。他摘了一朵茶挂在天上，变成月亮；又采了一个茶果挂在天上，变成了太阳；他把茶花揉成碎片，洒在蓝幽幽的天上，变成了星星。从此，太阳、月亮、星星与茶树给帕达然做伴。

二

帕达然有茶树做伴，和太阳、月亮、星星一起，时而四处出游，时而互相嬉戏，快快乐乐地生活。不知过了多少万年，帕达然始终兴致勃勃，可是茶树却厌倦了，跟着帕达然

392

出游得越来越少，一起玩的时候，茶树老是提不起精神。有一天，帕达然问茶树："我们的天空到处明亮，走到什么地方都有彩霞踩在脚下，你们为什么愁眉不展？"茶树都低下了头，谁也不敢开腔。

帕达然问了九遍，没有得到回答。他正转身要走时，突然一株最小的茶树开了腔："尊敬的帕达然啊，天空为什么五彩斑斓？大地为什么那么荒凉？您为什么只领我们在天上走？为什么不带我们到地上逛？"帕达然听了小茶树的话，大吃一惊。他细细地看了看小茶树。一字一句地说："这不是你们应该问的事，千万不要胡思乱想，一丝一毫的邪念也会带来万世难解的灾难。"

茶树都被吓住了，有的愁眉不展，有的发抖，有的下跪磕头，有的直淌汗，只有小茶树纹丝不动地挺直腰杆。它镇静地说："尊敬的帕达然啊，天上和地下为什么两样？我们为什么不能到地下生长？"帕达然发怒了，声音震动了天庭："地上一片黑暗，到处都是灾难，谁要想让地上繁华，他就要吃尽万般苦头，永远也不要想再回到天上。"

帕达然的话，像磐石压在每株茶树的心上，只有最小的茶树一点不慌："只要地上能够像天上一样繁华，我愿意去受万般灾难。"帕达然吃了一惊，想不到一株焦黄的小茶树竟有这么大的胆量，于是又进一步试探："小茶树啊，你要仔细思量，地下的一万零一条冰河，会把你冷死；地下有一万零一座火山，会把你烧死；地下有一万零一种妖魔，会把你杀死。天上清吉安康你不在，为什么一定要下去尝苦水？"小茶树听了帕达然的话，一点没有动摇，它拿定主意后又说："尊敬的帕达然，请您开恩，请您帮忙，让我下去试一试……"

小茶树的话还没有说完，狂风就吹得天昏地暗，阵阵雷鸣电闪。狂风撕碎了小茶树的身子，雷电把乌云凿开一道葫芦形的口子。小茶树身上的一百零两片茶叶飘出天门，悠忽悠忽地下降。

雷鸣电闪，狂风怒吼，茶叶被吹得在空中打转，越转越快，转了三万年，化出了一百零两个人，单数叶变成五十一个精悍的小伙子，双数叶化成五十一个美丽的姑娘。所以，直到现在德昂族还流传着一首古老的歌谣："茶叶是德昂的命脉，有德昂的地方就有茶山。茶叶和德昂一样代代相传，德昂人的身上飘着茶叶的芳香。"

## 三

一百零两个青年男女，被风沙簇拥着在天空飘荡，睁着眼睛什么也看不见，你碰我，我碰你，疼得没有办法，女的哭了，男的也哭了，他们的声音越哭越大，一直传到九天之上。正在嬉戏的日、月、星、辰听见了。赶紧跑来帮忙。太阳搬出金盘，月亮端出银盘，星星射出光芒，把大地照得通亮。

五十一对男女青年高兴得手舞足蹈，高兴得淌下了泪水。这些泪水落到地下汇成了大江。泪水越来越多，聚成了大海。大海越涨越高，越来越大，使整个大地变成一片汪洋，到处白浪滔滔。

茶叶兄妹随着风走，走到哪里都没有落脚的地方，因为水神作怪：兄妹们走到东边，水神张开大嘴要吃人；兄妹们走到西边，水神举起寒光闪闪的宝剑要杀人；兄妹们走到南边，水神伸出黑茸茸的大手要抓人；兄妹们走到北边，水神拍拍肚皮说"我要吃人"。

兄妹们没有办法，飘了几万年还在天上游荡。因为时间太长了，太阳疲劳得打起瞌睡，月亮疲劳得呼呼大睡，星星疲劳得闭上了眼睛。这一来，天空又是一片黑暗，一百零两个兄妹跌跌撞撞，眼看就要掉进海洋里，急得大声呼喊："尊敬的帕达然啊，尊敬的日月星辰兄长，我们又在遭难，请快来帮忙！"

呼喊声传遍四面八方，星星吓得直眨眼，月亮吓得打转转，太阳吓得红了脸。他们醒来了，天空、大地又是一片明亮。

又过了几万年，太阳、月亮和星星都实在疲劳了，想睡又怕茶叶兄弟会遭难。他们想啊想，最后还是小星星最聪明，他想出了一个主意：太阳的胆子大，独自照一半，月亮和星星合着照一半。从此以后，人们就把太阳照耀的时间叫白天，把星星和月亮照耀的时间叫晚上。

## 四

地上的洪水仍然泛滥，兄妹们还是落不到地上。他们没有办法，急地大声呼喊，他们的呼声惊醒了万能的帕达然。他伸了个懒腰，打了个呵欠，一股气冲下天庭，把大地震出若干条裂缝，水就顺着裂缝淌。帕达然又请来风神，带着天上积了几千万年的茶树叶下去帮忙。

狂风带着茶叶驱赶洪水，茶叶到的地方，洪水就逃跑，就现出了大地。眼看洪水就要被灭掉，帕达然突然出现在空中，他说："天要分东西南北，地要有河谷山川，四时要分寒热暖凉，人也要有个洗澡的地方。"听了帕达然的话，茶叶停住了脚步，折头返回天上。

因为茶叶赶洪水赶了三万年，已经筋疲力尽，步子越来越慢，有力气的慢慢赶路，没有力气的就躺下来歇息。说也奇怪，茶叶只要停住脚步躺下来歇息的，再也站不起来，化作泥土铺在地上。没有力气的茶叶越来越多，大地越积越厚。原来，这是帕达然怕大地太冷，叫茶叶来保护。有的地方薄些，就是平展展的坝子；有的地方厚些，就是山丘；茶叶堆得最厚的地方，就是地上最高大的山。一条条小河、大江是茶叶兄妹留下的眼泪，大海是帕达然洗澡的地方，大大小小的湖泊是茶叶兄妹照脸的镜子。这就是平坝、高山和江河湖海的来历。

**搜集整理者：陈志鹏**

洪水神话

# 人与葫芦①

一

很古很古的时候，洪水泛滥，人和动物几乎都淹死了，只有少数的人和动物被天神卜帕法救在葫芦里。卜帕法将葫芦封了口，让葫芦漂在洪水里，留下了人种和动物种。

后来洪水退了，卜帕法要砍开葫芦，要砍这边，牛在里面叫："我在这里，砍不得！"要砍那边，狗在里面叫："我在这里，砍不得！"砍这边，这边有动物叫；砍那边，那边有动物叫——都说砍不得。后来兔子说："就砍这里吧！"兔子一把将螃蟹推了过去，卜帕法一刀砍下来，就将螃蟹的头砍掉了。人和动物从葫芦里走了出来。而螃蟹没有了头，就只好横着走。

讲述者：腊腊久
翻译者：何腊飘
整理者：朱宜初

二

远古时，螃蟹是水的娘，螃蟹到哪里，水就发到哪里，

---

① 本故事流传于云南省洛西县三台公社，选自谷德明编《中国少数民族神话》，中国民间文艺出版社1987年版。

人和动物差点都被淹死了。剩下少数的人和动物，就躲到葫芦里去。螃蟹发了洪水，也躲到葫芦里面来，德昂人就把螃蟹的头砍掉了，所以直到现在螃蟹还没有头。葫芦漂在洪水里，人就没有死完。因为葫芦救了人，有了葫芦才有了德昂人，所以德昂人拜佛时离不开葫芦来装水，把水滴下来，嘴里念着救命恩人。

洪水退了以后，人从葫芦里面走了出来，这时只剩下了男人，没有女人。男人见鹭鸶是成对的，也想找女人配成对。这时，一个妇人从天上飞下来，帮男人做饭、做菜，想走时就飞走了。男人一点办法也没有。后来天神告诉他："你给她戴上腰箍，她就飞不了。"于是男人就用银子做了腰箍、手镯、项圈给这女人戴上。这女人说："为什么把我拴住呢？"男的说："戴上好看，银子很贵重。"女人戴上后就再也不会飞，就与男的配成夫妻。因为银子太贵，所以后来就用竹子代替银子做腰箍，用铁做手镯和项圈。后来，这就成为德昂妇女的装饰。

德昂族姑娘十四五岁就谈恋爱，小伙子送腰箍给姑娘表示爱情，姑娘将腰箍都收下，她看中哪个，便回赠给他东西，如回赠挎包之类。

讲述者：早腊摆

翻译者：李岩牙

整理者：朱宜初

# 大火和洪水①

古时候，世界上烧了一场大火，火烧得无边无沿，把世界上的一切都快烧完了。天神看着非常着急，就下了一场大雨，把火浇灭了。结果，大地上到处又发起洪水，人和动物又面临着被灭绝的威胁。天神为了拯救人类和动物，就放下一只很大很大的葫芦。天神叫着人和动物的名字，当时的猪、牛、马等动物都会听话的，天神叫到谁，谁就会飞进大葫芦里去。天神就这样叫了七天七夜，有好几万人和动物都躲进了大葫芦。

大地被水淹没了。蜘蛛就在水上织网。蜘蛛织的网很大很大，也很严密，就像织出来的布一样。后来，天上的尘土就落在大网上，变成了大地，凸出来的部分就成了高山。有了大地，天神就把大葫芦放到地上，人和动物从葫芦里出来了。各种动物可以四处找食吃，人吃什么呢？哪里有粮食种子呢？

地狱里有个好心的鬼，他出来告诉人说："粮食还是有的，我领你到天上去问问天神。"天神告诉人们说："粮食种子在老鼠那儿，你们找老鼠要去吧！"

鬼领人到老鼠那儿要种子。老鼠里边有个老鼠王，长得有牛那么大，还长着一对会飞的翅膀，样子很可怕。可是人为了找到种子，什么都不怕。老鼠王见人来找它，很生气，说："人怎么到这儿来了？"人回答说："我来要种子。"老

---

① 本故事选自谷德明编《中国少数民族神话》，中国民间文艺出版社1987年版。

鼠王说不给，人就说："不给可不行，人没有吃的。"老鼠还是把种子交给了人。种子可大哩，宽有三谋庹，长有一肘。

人背上大种子走了，可是不一会儿回来了，因为他找不到回去的路，并且四周到处是各种可怕的动物。当时鼠王能管各种动物，就派两个小老鼠把人送到牛的地方，牛送人到马的地方，马送人到蟒的地方，蟒又把人送到象的地方，象才把人送到家。

从此，人开始种地、吃粮食。不过，种子越来越小，就像现在的米那么大了。

讲述者：李志崖

搜集者：朱宜初　李景江

整理者：谷德明

## 螃蟹发洪水①

据说螃蟹是水的娘，它走到哪里，哪里就要发洪水。有一年，螃蟹发了一次大洪水，一下子把大地上的人和动物都淹没了。幸好，在螃蟹发洪水的时候，释迦佛祖给人间放下一只大葫芦，一部分男人躲进葫芦里，一些动物也躲进葫芦里。

洪水过后，人和动物从葫芦里走出来。走出来的人是德昂人，有葫芦才有德昂人，可是，这些德昂人都是男的，没

---

① 本故事选自谷德明编《中国少数民族神话选》，中国民间文艺出版社1987年版。

有女的，怎么繁衍人类呢？这时，从天上飞下来一个女的。她帮助男人做活，做完就飞回天上去了。后来男人就想了一个办法，用藤子做了个项圈、腰箍、手镯把她拴起来。从此，女的再也飞不走了，便和德昂男人生活在一起，从此就有了人类。

讲述者：早腊摆　李崖牙

搜集者：朱祖初　李景江

整理者：谷德明

## 龙和大鸟的后代[①]

在德昂族先民还未诞生之前，大地上有一个湖，它的主人是一条龙。一天，天空飞来一只大鸟，发现了龙，它想把龙吃掉。龙变作一位美丽的姑娘坐在湖边石头上休息，大鸟发现龙变成美丽的姑娘后，它也变成一个英俊的小伙子，到湖边与龙女嬉戏。双方情投意合，便结成夫妻，生下五个儿子。有一天，气候炎热，龙女下湖洗澡，出浴后，还没变成人便睡着了。五个儿子发现他们的母亲是龙，感到很害怕。龙女睡醒后，知道自己现了原形，便离开人间回到龙宫。五个儿子成了孤儿，他们到处找出路，找到一座庙里，要求在庙里住下，帮助庙里干活，庙里能给他们吃的穿的。小和尚看见他们相貌长得奇特，便去问佛爷，佛爷说这五兄弟身上

---

① 本故事流传于云南省陇川县章凤地区，由陈平选自杨毓骧手稿。

有三种血：龙血、鸟血、人血，是好人，便收留了他们。后来他们和其他民族的姑娘结婚，生儿育女，便成了德昂族的先民。现在德昂族妇女裙子上绣的花纹象征水的波浪，就是为了纪念他们的祖先——龙女的。

搜集者：赵国昌

整理者：杨毓骧

**图书在版编目（ＣＩＰ）数据**

中国各民族神话·佤族　阿昌族　纳西族　普米族
德昂族／姚宝瑄主编 . —太原：书海出版社，2014. 10
　ISBN 978 - 7 - 80550 - 964 - 8

Ⅰ.①中… Ⅱ.①姚… Ⅲ.①佤族 - 神话 - 作品集 - 中国
②阿昌族 - 神话 - 作品集 - 中国③纳西族 - 神话 - 作品集 -
中国④普米族 - 神话 - 作品集 - 中国⑤德昂族 - 神话 - 作品
集 - 中国　Ⅳ.① I 277. 5

中国版本图书馆 CIP 数据核字（2014）第 222470 号

中国各民族神话·佤族　阿昌族　纳西族　普米族　德昂族

主　　编：姚宝瑄
责任编辑：高　雷
装帧设计：陈　婷

出 版 者：山西出版传媒集团·书海出版社
地　　址：太原市建设南路 21 号
邮　　编：030012
发行营销：0351 - 4922220　4955996　4956039
　　　　　0351 - 4922127（传真）　　4956038（邮购）
E - mail：sxskcb@ 163. com　　发行部
　　　　　sxskcb@ 126. com　　总编室
网　　址：www. sxskcb. com

经 销 者：山西出版传媒集团·书海出版社
承 印 厂：山西出版传媒集团·山西新华印业有限公司

开　　本：890mm × 1240mm　　1/32
印　　张：13. 375
字　　数：300 千字
印　　数：1 - 3 000 册
版　　次：2014 年 10 月第 1 版
印　　次：2014 年 10 月第 1 次印刷
书　　号：ISBN 978 - 7 - 80550 - 964 - 8
定　　价：35. 00 元

**如有印装质量问题请与本社联系调换**